**BEST**SELLER

**Clive Cussler** posee una naturaleza tan aventurera como la de sus personajes literarios. Ha batido todos los récords en la búsqueda de minas legendarias y dirigiendo expediciones en pos de recuperar restos de barcos naufragados, de los cuales ha descubierto más de sesenta de inestimable valor histórico. Asimismo, Cussler es un consumado coleccionista de coches antiguos, y su colección es una de las más selectas del mundo. Sus novelas han revitalizado el género de aventuras y cautivan a millones de lectores. Entre ellas deben destacarse *Dragón*, *El tesoro de Alejandría*, *Cyclops*, *Amenaza bajo el mar*, *El triángulo del Pacífico*, *Iceberg*, *Rescaten el Titanic*, *Sáhara*, *El secreto de la Atlántida* y *La cueva de los vikingos*. Clive Cussler divide su tiempo entre Denver (Colorado) y Paradise Valley (Arizona).

Biblioteca

# CLIVE CUSSLER
## Y PAUL KEMPRECOS

## Oro azul

Traducción de
**Víctor Pozanco**

⊡ DeBOLSILLO

Título original: *Blue Gold*
Diseño de la portada: Equipo de diseño editorial
Fotografía de la portada: © Stone

Primera edición en U.S.A.: enero, 2006

© 2000, Clive Cussler
  Publicado por acuerdo con Peter Lampack Agency Inc.,
  Nueva York
© de la traducción: Víctor Pozanco
© 2002, Random House Mondadori, S. A.
  Travessera de Gràcia, 47-49. 08021 Barcelona

Printed in Spain – Impreso en España

ISBN: 0-307-34809-1

Distributed by Random House, Inc.

# AGRADECIMIENTOS

Gracias a los pilotos Bill Along,
Carl Scrivener y Dave Miller,
que tan generosamente me dedicaron
su tiempo y su pericia

# PRÓLOGO

*Aeropuerto de São Paulo, Brasil, 1991*

Con un poderoso tirón de sus dos motores turbohélice, el estilizado minirreactor despegó de la pista y enfiló hacia el abovedado cielo de São Paulo. Ascendiendo rápidamente sobre la ciudad más grande de América del Sur, el Learjet enseguida llegó a su altura de crucero de cuatro mil metros y se dirigió hacia el noroeste a 800 km/h.

Sentada en un asiento de espaldas a la cabina, la doctora Francesca Cabral escrutaba por la ventanilla la capa de nubes, que parecían de algodón. Ya echaba de menos el bullicio y la atmósfera neblinosa de las calles de su ciudad natal. Un ronquido procedente del otro lado del pasillo la sacó de su ensimismamiento. El que roncaba era un hombre de mediana edad, desaliñado y con el traje arrugado. La doctora meneó la cabeza y se preguntó en qué estaría pensando su padre cuando le asignó como guardaespaldas a Phillipo Rodrigues.

Francesca sacó una carpeta de su maletín y escribió unas notas al margen de su ponencia. La leería en un congreso internacional de científicos medioambientalistas, en El Cairo. Había releído el borrador una docena de veces, pero la meticulosidad formaba parte de su idiosincrasia. Francesca era una ingeniera inteligente y una profesora muy respetada. Pero, en un campo y en una sociedad dominados por los hombres, a una científica se le exigía que fuese más que perfecta.

Veía las palabras borrosas. La noche anterior se había acostado tarde, haciendo el equipaje y ordenando todos los escritos científicos que quería traer consigo. Además, estaba demasiado excitada para poder dormir. Ahora contempló con envidia a su adormilado guardaespaldas y decidió echar ella también una cabezada. Dejó los papeles a un lado, reclinó el respaldo del mullido asiento y cerró los ojos. Acunada por el murmullo de las turbinas, no tardó en adormecerse.

Empezó a soñar. Flotaba en el mar, subiendo y bajando suavemente como una medusa mecida por las olas. Fue una sensación agradable hasta que una ola la elevó en el aire y luego cayó como un ascensor sin control. Abrió los ojos y miró en derredor. Tuvo una extraña sensación, como si se le encogiese el corazón. Pero todo parecía normal. Los sensuales compases de *Samba de una nota sola* de Antonio Carlos Jobim sonaban a través de los altavoces. Phillipo seguía como un tronco. Sin embargo, la sensación de que algo anómalo ocurría persistió. Se inclinó discretamente y movió el hombro del guardaespaldas.

—Despierte, Phillipo.

Como un autómata, el hombre echó mano a la pistolera que llevaba bajo la chaqueta y abrió los ojos. Al ver a Francesca se relajó.

—Lo siento, *senhora* —dijo bostezando—. Me he quedado dormido.

—Yo también. —Hizo una pausa como si temiera que los oyesen y luego añadió—: Me parece que ocurre algo raro.

—¿Qué quiere decir?

—No sé —repuso ella sonriendo nerviosamente.

Phillipo esbozó la comprensiva expresión de un

hombre cuya esposa había oído muchas veces ladrones por la noche. Le dio una palmadita en la mano.

—Iré a echar un vistazo.

Phillipo se levantó y se estiró, fue pasillo adelante y llamó con los nudillos a la cabina del piloto. Abrió la puerta y asomó la cabeza. Francesca oyó el murmullo de una conversación y risas.

Phillipo sonreía al regresar a su asiento.

—Los pilotos me han dicho que todo va bien, *senhora*.

Francesca le dio las gracias, volvió a recostarse en el respaldo y respiró hondo. Sus temores habían sido infundados. La perspectiva de verse libre de su trituradora mental después de dos años de trabajo exhaustivo la había desquiciado. El proyecto la había agotado, robándole horas de sueño por las noches y de ocio durante el día, y había deshecho su vida social. Miró el diván colocado en la parte de atrás del avión. Tuvo que dominarse para no ir a ver si su maleta metálica seguía detrás de los almohadones. Le gustaba imaginar su maleta como una caja de Pandora de la que, al abrirla, en lugar de cosas terribles emergerían cosas buenas. Su descubrimiento aportaría prosperidad y salud a millones de personas. El mundo ya no volvería a ser el mismo.

Phillipo le trajo un vaso de zumo de naranja. Ella le dio las gracias y pensó que, a pesar del poco tiempo que hacía que lo conocía, el guardaespaldas le caía bien. Con su arrugado traje marrón, el pelo entrecano y ya clareado, su fino bigote y sus gafas redondas, Phillipo podía haber pasado por un profesor distraído. Lo que Francesca ignoraba era que Phillipo había pasado años perfeccionando su talante tímido y torpón. Su capacidad para pasar tan inadvertido como los motivos del empapelado de una pared, lo convertían en uno de los mejores agentes del servicio secreto brasileño.

Rodrigues había sido elegido por el padre de Francesca. Al principio, ella se opuso a la insistencia de su padre de ponerle un guardaespaldas. Ya era bastante mayorcita para tener niñera. Pero al percatarse de que su padre estaba realmente preocupado por su seguridad, accedió. Sospechaba que su padre estaba más preocupado por los cazafortunas que por su seguridad.

Aunque su familia hubiese sido pobre, Francesca habría atraído la atención de los hombres. En un país donde la mayoría de las mujeres tenía el pelo oscuro y la tez cenicienta, ella destacaba. Sus ojos almendrados e intensamente negros, sus largas pestañas y una boca casi perfecta los había heredado de su abuelo japonés. Su abuela alemana le había legado un pelo castaño claro, su estatura y una mandíbula cincelada que delataba una tenacidad teutónica. Francesca pensaba que su estilizada figura tenía algo que ver con vivir en Brasil. Las mujeres brasileñas parecen tener el cuerpo especialmente concebido para el baile nacional, la samba. Francesca había mejorado su aspecto a base de pasar muchas horas en el gimnasio, al que iba para relajarse después del trabajo.

Su abuelo era un diplomático de segunda fila cuando el imperio nipón quedó fulminado bajo dos enormes hongos que se elevaron hacia el cielo. Siguió en Brasil, se casó con la hija de un embajador del Tercer Reich, cesante como él, se nacionalizó brasileño y volvió a su amor de toda la vida: la jardinería. Luego se trasladó con la familia a São Paulo, donde la empresa de jardinería en que encontró trabajo tenía una clientela formada por ricos y poderosos. Esto le permitió estrechar lazos con personajes influyentes en el gobierno y el ejército. Su hijo, el padre de Francesca, utilizó estos contactos para ascender sin esfuerzo a una destacada posición en el Ministerio de Comercio. Su madre era una inteligente estudiante de ingeniería, que dejó su carrera universitaria para convertirse en esposa y madre. Nunca lo había lamentado, por lo menos abiertamente, pero le encantaba que Francesca hubiese decidido seguir sus pasos académicos.

Su padre había sugerido que volase a Nueva York en su reactor. Allí se reuniría con funcionarios de las Naciones Unidas antes de embarcar en un vuelo regular rumbo a El Cairo.

Francesca se alegraba de volver a Estados Unidos, aunque sólo fuese para una corta visita, y habría querido que el avión volase más deprisa. Siempre recordaría con agrado los años que pasó estudiando ingeniería en la Universidad de Stanford, en California.

Miró por la ventanilla y se dijo que no tenía ni idea de dónde estaban. Los pilotos no habían informado sobre la ruta desde que el aparato despegó de São Paulo. Excusándose ante Phillipo, fue pasillo adelante y asomó la cabeza por la puerta de la cabina de mando.

—*Bom dia, senhores.* Me gustaría saber dónde estamos y cuánto tardaremos en llegar.

El piloto era el capitán Riordan, un norteamericano enjuto que llevaba el pelo casi al rape y tenía acento tejano. Francesca no lo había visto nunca, pero no le extrañó. Tampoco el hecho de que Riordan fuese extranjero. Aunque el avión era de propiedad particular el mantenimiento corría a cargo de una compañía aérea local, la misma que les proporcionaba los pilotos.

—Buinosss diiias —correspondió él arrastrando las palabras con un marcado acento que destrozaba el portugués, y sonriéndole de medio lado—. Perdone por no haberla tenido al corriente, señorita. Vimos que dormía y no quisimos molestarla —añadió guiñándole un ojo al copiloto, un brasileño coriáceo, cuyo físico sobrado de musculatura hacía pensar que dedicaba muchas horas a levantar pesas.

El copiloto sonrió, desnudando con los ojos a Francesca, que se sintió como una madre que acabase de sorprender a dos muchachos traviesos a punto de cometer una fechoría.

—¿A qué hora llegaremos? —insistió con tono amable pero serio.

—Pues... estamos sobrevolando Venezuela. Calculo que llegaremos a Miami dentro de tres horas. Estiraremos un poco las piernas mientras repostamos, y podríamos estar en Nueva York tres horas después.

La mirada científica de Francesca se dirigió al cuadro de mandos. El copiloto reparó en su curiosidad y no quiso dejar pasar la oportunidad de impresionar a una mujer tan hermosa.

—Este aparato es tan moderno que puede volar solo mientras nosotros vemos partidos de fútbol por televisión —dijo con una amplia sonrisa que dejó al descubierto sus grandes dientes.

—No se deje impresionar por Carlos —terció el piloto—. Esto es el EFIS, el Electronic Flight Instrument System. En lugar de esferas con agujas, como utilizábamos antes, ahora utilizamos pantallas digitales.

—Ya —dijo Francesca, y señaló otro instrumento—. ¿Es una brújula?

—Más o menos —respondió el copiloto, orgulloso de la atención que prestaba su «alumna».

—Entonces, ¿por qué señala que vamos casi directos al norte? —repuso ella frunciendo el ceño—. ¿No deberíamos volar más hacia el oeste para ir a Miami?

Ellos se miraron.

—Es usted muy observadora, *senhora* —dijo el tejano—. Y tiene razón. Pero, en el aire, la línea recta no es siempre el camino más rápido entre dos puntos. Se debe a la curvatura de la Tierra. Para ir desde Estados Unidos a Europa el trayecto más corto es volar a gran altitud y describir una amplia curva. Y también debemos tener en cuenta el espacio aéreo cubano. No queremos que el viejo Fidel se cabree. —El tejano volvió a guiñar el ojo y sonrió.

Francesca asintió con la cabeza.

—Bien, gracias por su tiempo, caballeros. Ha sido muy instructivo. Los dejo seguir trabajando.

—Ha sido un placer, señora. Siempre que quiera algo no tiene más que decírnoslo.

Francesca estaba que se subía por las paredes al volver a su sitio. ¡Imbéciles! ¿La tomaban por tonta o qué? ¡Nada menos que la curvatura de la Tierra!

—¿Qué? Todo bien, ¿no? —dijo Phillipo, y dejó a un lado la revista que estaba leyendo.

—No, no va todo bien —le dijo ella en tono susurrante—. Creo que este avión no sigue el rumbo debido —añadió, y le contó su observación de la brújula—. He notado algo raro mientras dormía. Y creo que ha sido el desvío del avión al cambiar de rumbo.

—Puede que se equivoque.

—Quizá. Pero me parece que no.

—¿Les ha pedido alguna explicación a los pilotos?

—Sí. Y me han contestado algo absurdo: que la distancia más corta entre dos puntos no es una línea recta debido a la curvatura de la Tierra.

El guardaespaldas arqueó las cejas, sorprendido por la explicación, aunque nada convencido.

—No sé...

Francesca pensó en otras incongruencias.

—¿Recuerda que al embarcar dijeron que eran sustitutos?

—Claro. Al parecer, los otros pilotos tenían que atender otro vuelo. Dijeron que los habían sustituido para hacerles un favor.

Francesca meneó la cabeza.

—Curioso. ¿Por qué lo comentaron? Da la impresión de que quisieran curarse en salud y adelantarse a las preguntas que pudiéramos hacerles. Lo que no sé es el motivo.

—Tengo cierta experiencia en navegación aérea —dijo Phillipo—. Iré a echar un vistazo.

Y volvió de nuevo a la cabina.

Francesca los oyó reír y, al cabo de unos minutos, Phillipo regresó muy sonriente. Pero la sonrisa desapareció de su rostro en cuanto se sentó.

—En la cabina hay un instrumento que muestra el plan de vuelo original. No estamos siguiendo la línea azul como deberíamos. Y tiene razón también en cuanto a lo de la brújula. No seguimos el rumbo debido.

—¿Pues qué diablos ocurre entonces, Phillipo?

El guardaespaldas la miró frunciendo el ceño.

—Hay algo que su padre no le contó.

—¿Qué quiere decir?

Phillipo miró la puerta de la cabina.

—Había oído cosas. No se trataba de nada que le hiciese temer que pudiera correr usted algún peligro, pero sí para preferir que yo estuviese a su lado por si necesitaba ayuda.

—Pues parece que los dos podríamos necesitar ayuda.

—*Sim, senhora.* Pero, por desgracia, tendremos que arreglárnoslas solos.

—¿Va usted armado?

—Por supuesto —contestó él, ligeramente divertido por la inocente pregunta de aquella mujer tan culta y hermosa—. ¿Quiere que les pegue un tiro?

—No, claro que no —repuso ella—. ¿Se le ocurre alguna idea?

—Una pistola no es solo para disparar. También se puede utilizar para intimidar, para amenazar y obligar a alguien a hacer lo que no quiere hacer.

—¿Cómo enderezar el rumbo?

—Eso espero, *senhora.* Iré a pedirles amablemente

que aterricen en el aeropuerto más cercano, diciéndoles que es lo que usted desea. Y si se niegan, les mostraré la pistola y les diré que preferiría no tener que utilizarla.

—Es que no puede utilizarla —dijo Francesca alarmada—. Si agujerease el fuselaje se produciría una descompresión en la cabina y moriríamos todos en pocos segundos.

—Cierto. Eso los amedrentará aun más —dijo el guardaespaldas apretándole ligeramente la mano—. Le he prometido a su padre que velaría por usted, *senhora*.

Ella meneó la cabeza como para disipar sus temores.

—¿Y si estoy equivocada? ¿Y si resulta que los pilotos son personas honestas que hacen bien su trabajo?

—Pues no hay problema —repuso él encogiéndose de hombros—. Llamamos por radio, aterrizamos en el aeropuerto más cercano, telefoneamos a la policía, aclaramos las cosas y reanudamos el viaje.

Interrumpieron su conversación en seco. Se había abierto la puerta de la cabina y el capitán se acercaba por el pasillo, agachado para no dar con la cabeza en el bajo techo.

—Nos ha hecho mucha gracia el chiste que nos ha contado —dijo el capitán con una sonrisa forzada—. ¿Sabe alguno más?

—No lo entiendo, *senhor* —dijo Phillipo.

—Bueno... pues yo voy a contarles uno —replicó el piloto.

Riordan entornó los ojos, de gruesos párpados, y le dirigió una mirada fingidamente adormilada, a la vez que sacaba la pistola que llevaba remetida en el cinturón del pantalón.

—Deme la suya —le ordenó a Phillipo—. Y muy lentamente.

Phillipo se abrió con cautela la chaqueta para que su pistolera quedase bien a la vista. Luego desenfundó el arma con la punta de los dedos y se la entregó al capitán.

—Gracias, amigo —dijo Riordan—. Siempre me ha gustado tratar con profesionales —añadió. Se sentó en el brazo de un asiento y con la mano libre encendió un cigarrillo—. Mi copiloto y yo hemos estado hablando y pensamos que nos espían, que eso es lo que ha hecho su amigo la segunda vez que ha ido a la cabina, y creemos que será mejor dejarlo todo claro para evitar malentendidos.

—¿Qué ocurre, capitán Riordan? —preguntó Francesca—. ¿Adónde nos llevan?

—Ya nos advirtieron que es usted inteligente —dijo el piloto sonriendo y exhalando el humo por la nariz—. Y tiene usted razón. No vamos a Miami sino a Trinidad.

—¿A Trinidad?

—Tengo entendido que es muy bonito.

—No comprendo.

—Pues se lo explicaré, señorita. Habrá un comité de bienvenida en el aeropuerto. No me pregunte quiénes son porque lo ignoro. Todo lo que sé es que nos han contratado para llevarla allí. Y todo parecía que iba a ser agradable y fácil. Pensábamos decirle que habían surgido problemas técnicos y que teníamos que aterrizar.

—¿Y qué ha pasado con los... pilotos? —preguntó Phillipo.

—Han tenido un accidente —contestó el capitán encogiéndose de hombros, a la vez que dejaba caer la colilla al suelo—. Hay problemas, señorita. Pero si permanece tranquila todo irá bien. En cuanto a usted, *cavaleiro*, siento que vaya a tener problemas con sus jefes. Podría atarlos a los dos, pero no creo que vayan a hacer ninguna tontería, a menos que sepan ustedes pilotar un avión. Ah, y una cosa más, levántese y dese la vuelta.

Creyendo que lo iba a cachear, Phillipo obedeció. La advertencia de Francesca llegó demasiado tarde. El cañón de la pistola describió un arco e impactó sobre la oreja derecha del guardaespaldas. El crujido fue ahogado por el grito de dolor de Phillipo, que se desplomó en el pasillo.

Francesca se levantó como impulsada por un resorte.

—¡Qué ha hecho usted! —le espetó al capitán—. Tiene su pistola. Phillipo no podía haberle hecho ningún daño.

—Lo siento, señorita. Soy de los que cree en la seguridad por encima de todo —repuso Riordan, y pasó por encima del guardaespaldas como si fuese un saco de patatas—. No hay nada como un cráneo roto para desalentar a un hombre a meterse en problemas. Hay un botiquín allí al fondo. Cuidar de él la mantendrá ocupada hasta que aterricemos.

El capitán se llevó la mano a la visera de su gorra, volvió a la cabina de mando y cerró la puerta.

Francesca se arrodilló junto al maltrecho guardaespaldas. Empapó una servilleta en agua y le limpió la herida. Luego presionó hasta cortar la hemorragia y le aplicó un antiséptico al corte. Después envolvió hielo en otra servilleta y la apretó contra la cabeza para evitar la inflamación.

La joven científica se sentó al lado de Phillipo y trató de analizar la situación. Descartó que se tratase de un secuestro por dinero. La única razón que podía inducir a alguien a tomarse tantas molestias era por su método de trabajo. Pero, quienquiera que estuviese tras aquel plan temerario, querría algo más. Podían haber irrumpido en su laboratorio o apoderarse de su equipaje en el aeropuerto. Pero la necesitaban a ella para interpretar sus hallazgos. Su método, su sistema, era tan críptico, tan diferente, que no se ajustaba a las leyes científicas, y esa era la razón de que nadie lo hubiese descubierto antes.

Dentro de un par de días iba a regalarlo al mundo, a proporcionárselo gratuitamente. Nada de patentes ni de derechos de autoría. No quería cobrar royalties. Quería proporcionárselo sin coste alguno.

Estaba furiosa. Aquella gente implacable y cruel pretendía impedirle mejorar la suerte de millones de personas.

Phillipo gimió al empezar a volver en sí. Parpadeó y la miró.

—¿Se encuentra bien? —le preguntó ella.

—Me duele muchísimo, así que supongo que estoy vivo. Ayúdeme a sentarme, por favor.

Le rodeó con el brazo el torso y lo ayuda a recostarse contra el respaldo del asiento. Cogió una botella de ron del bar y se la acercó a los labios. Phillipo bebió unos sorbos y luego un buen trago. Se quedó unos momentos inmóvil, para ver si lo toleraba bien y, cuando notó que sí, sonrió.

—No es nada. Gracias —dijo.

Ella le tendió sus gafas.

—Se le han roto al caer.

Phillipo las apartó a un lado.

—No son graduadas —dijo—. Veo perfectamente sin ellas.— Y le dirigió una mirada exenta de temor. Miró luego la puerta de la cabina de mando—. ¿Cuánto rato he estado inconsciente?

—Unos veinte minutos.

—Pues entonces aún hay tiempo.

—¿Tiempo para qué?

Phillipo se llevó la mano al tobillo y sacó un pequeño revólver que llevaba remetido bajo el calcetín.

—Si nuestro amiguito no hubiese tenido tanta prisa en abrirme la cabeza lo habría encontrado —bromeó.

Desde luego aquel no era el mismo tipo torpón que

tenía más pinta de profesor distraído que de guardaespaldas.

El momentáneo alivio de Francesca se disipó al pensar en su situación.

—¿Y qué intenta hacer? Ellos tienen dos pistolas y nosotros no sabemos pilotar el avión.

—Tendrá que perdonarme, *senhora* Cabral. Tampoco en esto le he sido sincero del todo —dijo Phillipo casi compungido—. Olvidé decirle que estuve en la fuerza aérea brasileña antes de ingresar en el servicio secreto. Ayúdeme a levantarme, por favor.

Francesca se quedó sin habla. ¿Cuántos conejos más iba a sacarse aquel hombre de la chistera? Lo ayudó a sostenerse en pie hasta que dejaron de temblarle las piernas. Al cabo de un minuto, Phillipo pareció haber recobrado toda su energía y determinación.

—Sígame y no haga nada si yo no se lo indico —dijo él con el talante de quien está acostumbrado a ser obedecido.

Avanzó y abrió la puerta. El piloto ladeó la cabeza ligeramente hacia atrás.

—Vaya... ¡Mira quien acaba de regresar de la tierra de los muertos vivientes! Me temo que no lo golpeé bastante fuerte.

—No va a tener una segunda oportunidad —replicó Phillipo a la vez que le encañonaba la sien con su revólver—. Si mato a uno de ustedes el otro podrá seguir volando. ¿Quién va a ser?

—¡Joder! ¿No dijiste que lo habías desarmado? —exclamó Carlos.

—Me parece que tiene mala memoria, *cavaleiro* —replicó el capitán sin alterarse—. Si nos mata, ¿quién va a pilotar?

—Yo, *cavaleiro*. Lo siento, no he traído mi licencia de vuelo y tendrán que confiar en mi palabra.

Riordan ladeó un poco más la cabeza y reparó en

que la fría sonrisa del guardaespaldas indicaba claramente que no mentía.

—Retiro mi comentario acerca de que me gusta tratar con profesionales —dijo Riordan—. ¿Qué quiere que hagamos?

—De momento entregarme las armas; primero uno y luego el otro.

El capitán le tendió dos pistolas y el guardaespaldas se las pasó a Francesca, que estaba detrás.

—Ahora levántese —ordenó Phillipo arrimándose al tabique de la cabina—. Despacito.

Riordan miró al copiloto y se levantó. Utilizando su cuerpo para ocultar su seña, le hizo un rápido gesto al copiloto, que asintió casi imperceptiblemente para indicar que lo había entendido.

Phillipo lo sacó al pasillo.

—Ahora échese boca abajo en el diván —le ordenó el guardaespaldas sin dejar de apuntarle al pecho.

—Empezaba a temer no poder echar una cabezada —ironizó el capitán—. Es usted muy amable.

Phillipo le pidió a Francesca que recogiese las bolsas de lona que había en los respaldos de los asientos. Con eso ataría al capitán y sólo tendría que vérselas con el copiloto. Le advirtió a Riordan que no hiciese ninguna tontería, porque estaba tan cerca que no erraría el disparo. El capitán asintió y fue hacia la parte de atrás. En ese momento el copiloto hizo una brusca maniobra que puso el aparato en posición casi vertical, con el ala izquierda hacia abajo.

Riordan ya contaba con esa maniobra, pero no sabía cuándo la haría ni que sería tan brusca. Phillipo perdió el equilibrio, cayó sobre el asiento y se golpeó la cabeza contra la mampara. El capitán aprovechó para lanzarle un derechazo a la mandíbula. Phillipo vio varias estrellitas y casi perdió el conocimiento, pero consiguió seguir empuñando la pistola. Riordan amagó otro puñetazo pero Phillipo lo bloqueó con el codo.

Ambos habían aprendido a pelear en las calles y no se andaban con contemplaciones. Phillipo trató de meterle los dedos en los ojos, pero el capitán desvió su mano. El guardaespaldas le soltó un rodillazo en la entrepierna y cuando el otro abrió la boca, Phillipo le dio un cabezazo en la nariz. Pudo haberle sujetado una mano, pero en ese momento el copiloto hizo otra brusca maniobra, esta vez hacia la derecha.

Ambos contendientes salieron despedidos hacia el otro lado del fuselaje. Ahora era el americano quien estaba encima. Phillipo intentó golpearlo con el cañón del arma, pero Riordan le sujetó la muñeca con ambas manos y se la torció hacia abajo.

El cañón del arma se acercó al pecho de Phillipo. El capitán sujetaba la pistola con ambas manos y trataba de arrebatársela, y Phillipo de impedirlo. Casi lo había conseguido, pero la sangre que manaba de la nariz del capitán le había empapado los dedos y el arma resbalaba. El capitán hizo un rápido movimiento y volvió a sujetar el arma, logró introducir el índice en la guarda del gatillo y lo apretó. Se oyó un ahogado ¡pam! Phillipo se estremeció y quedó inerte al penetrar la bala en su pecho.

Al cabo de unos segundos el copiloto equilibró el aparato. Riordan se levantó y fue tambaleante hacia la cabina de mando. Se detuvo y se dio la vuelta al notar algo anómalo: el arma que estaba con el cañón hacia arriba junto al pecho del guardaespaldas, que intentaba apuntarlo. Riordan se abalanzó sobre él como un jabalí enloquecido. Se oyó un disparo que alcanzó en el hombro al capitán, que siguió avanzando. El cerebro de Phillipo murió pero su dedo disparó otras dos veces. La segunda bala alcanzó al capitán en el corazón y lo mató al instante. La tercera fue una bala perdida. Antes de que el capitán se desplomase, la pistola ya había caído de la mano del guardaespaldas.

El forcejeo de uno a otro lado de la cabina había durado solo unos segundos. Francesca había caído entre dos filas de asientos y se hizo la muerta cuando el ensangrentado capitán volvía a la cabina de mando. Pero los disparos la hicieron volver a agacharse. Instantes después, asomó con cautela la cabeza y vio el cuerpo inerte del capitán. Fue a gatas junto a Phillipo, cogió la pistola y fue hacia la cabina de mando, demasiado furiosa para tener miedo. Pero su furia se convirtió enseguida en angustia: el copiloto estaba inclinado hacia adelante. Sólo el cinturón de seguridad había impedido que cayese de bruces sobre el cuadro de mandos. Había un orificio en el tabique de la cabina. La bala había entrado por el asiento del copiloto. Era la tercera bala que había disparado Phillipo.

Francesca incorporó al copiloto. Sus gemidos le indicaron que aún vivía.

—¿Puede hablar? —le preguntó ella.

Carlos puso los ojos en blanco y la miró.

—Sí... —musitó.

—Bien. Está usted herido, pero creo que no le ha dañado ningún órgano vital —mintió—. Voy a cortarle la hemorragia.

Fue por el botiquín, diciéndose que lo que habría necesitado era una UCI de campaña. Casi se desmayó al ver la sangre encharcada en el suelo. Manaba de la espalda del copiloto. La compresa que le aplicó inmediatamente se volvió de color escarlata, pero ayudaría a contener la hemorragia. De todos modos, aquel hombre iba a morir.

Con temerosa aprensión miró al resplandeciente cuadro de mandos, aterrada, al comprender que aquel hombre agonizante era su única posibilidad de supervivencia. Tenía que mantenerlo con vida.

Fue por la botella de ron y la inclinó hacia los labios del copiloto. El licor rezumó por su mentón, y lo poco que tragó lo hizo toser. El hombre pidió más. El fuerte ron le devolvió un poco de color a sus mejillas y un poco de brillo a sus ojos.

—Tiene que seguir pilotando —le susurró ella al oído—. Es nuestra única posibilidad.

La cercanía de una mujer hermosa pareció infundirle energía. Tenía los ojos vidriosos pero estaba consciente. Asintió con la cabeza y alargó la mano derecha, temblorosa, para encender la radio que lo comunicaba con la torre de control.

Francesca se sentó en el asiento del capitán y se puso los auriculares. Enseguida se oyó la voz de un controlador. Carlos le pidió ayuda a Francesca con los ojos. Francesca explicó la situación en que se encontraban.

—¿Qué nos aconseja que hagamos? —preguntó al cabo.

Tras una angustiosa pausa volvió a oír al controlador.

—Diríjanse inmediatamente a Caracas.

—Caracas está... demasiado lejos —dijo Carlos con voz entrecortada—. Tendría que ser... más cerca.

Pasaron unos segundos.

—Hay una pequeña pista a trescientos kilómetros de su posición, en San Pedro, en los alrededores de Caracas. No tienen torre de control pero el tiempo es muy bueno y la visibilidad perfecta. ¿Cree que podrá llegar?

—Sí —dijo Francesca.

El copiloto introdujo unos dígitos en el ordenador de vuelo. Con las escasas fuerzas que le quedaban escribió el identificador internacional de la pista de San Pedro.

Guiado por el ordenador, el aparato empezó a girar. Carlos esbozó una sonrisa.

—¿No le había dicho que este avión sabe volar solo, *senhora*? —dijo con un hilo de voz. Era evidente que cada vez estaba más débil a causa de la hemorragia. Podía tardar más o menos, pero moriría.

—Me da igual cómo vuele este avión —le espetó ella—. Lo único que quiero es que aterrice.

Carlos asintió, puso el piloto automático e introdujo los datos para descender hasta los trescientos metros. El avión empezó a perder altura a través de las nubes y finalmente empezaron a ver rodales verdes. Avistar tierra hizo que Francesca se sintiese tan aliviada como aterrada. Su terror subió de punto cuando Carlos se estremeció como si hubiese sufrido una descarga eléctrica. Asió la mano de Francesca y se la sujetó.

—No llegaré a San Pedro —dijo jadeante.

—Tiene que llegar —suplicó ella.

—Es imposible.

—Mire, Carlos, usted y su compañero han provocado esta desgracia, ¡y ahora ha de sacarnos de esto!

—¿Qué va a hacer usted, *senhora*?, ¿pegarme un tiro?

Francesca lo fulminó con la mirada.

—Deseará que se lo pegue si no consigue que este trasto aterrice —replicó ella sin contemplaciones.

—Un aterrizaje de emergencia... —dijo él meneando la cabeza—. Es nuestra única posibilidad. Busque un sitio.

A través de la ventanilla del copiloto se veían grandes masas de tupida selva. Francesca tuvo la sensación de sobrevolar un enorme campo de coliflores. Miró escrutadoramente hacia aquel verdor que se extendía sin solución de continuidad. Era inútil.

El sol se reflejó en algo brillante.

—¿Qué es eso? —preguntó ella señalando hacia el lugar.

Carlos desconectó el piloto automático, sujetó la palanca con ambas manos y se dirigió hacia el lugar del que partía el reflejo, unas gigantescas cataratas. Enseguida vieron un río estrecho y sinuoso y, junto al río, un claro irregular bordeado de vegetación, frondas de hojas amarillas y marrones.

Volando casi como con piloto automático, Carlos sobrevoló el claro y viró treinta grados a la derecha. Abrió los alerones y orientó el aparato hacia el claro para su aproximación final. Se hallaban a seiscientos metros de altura y descendían siguiendo una suave rampa imaginaria. Carlos acabó de abrir los alerones para aminorar la velocidad.

—¡Demasiado bajo! —exclamó momentos después con un rictus de dolor.

Rozaban las copas de los árboles. Con un esfuerzo sobrehumano, producto de la desesperación, alargó la mano y tiró de la palanca. El avión volvió a elevarse.

Con la vista nublada, decidió aterrizar como fuese. Se le encogió el·corazón. Era una superficie terrible para aterrizar: pequeña y accidentada. Iban a doscientos cincuenta kilómetros por hora. Demasiada velocidad.

Carlos tuvo una arcada, inclinó la cabeza hacia la izquierda y empezó a vomitar sangre. Los dedos que sujetaban la palanca se aferraban ahora a ella con la crispación de la muerte. Fue un tributo a su pericia que en sus últimos momentos hubiese orientado el avión perfectamente. El reactor mantuvo el rumbo y, al tocar el suelo, botó varias veces como un canto rodado lanzado a la superficie del agua.

Se oyó un ensordecedor estruendo de hierro retorcido al impulsarse el fuselaje por el suelo. La fricción fue frenando el avión que, sin embargo, iba aún a más de ciento sesenta kilómetros por hora. El fuselaje surcó la tierra como un arado. Las alas se partieron y los depósitos de combustible explotaron, dejando llamaradas rojinegras a lo largo de más de trescientos metros.

Iban derechos al río.

De no ser porque el suelo cubierto de hierba enlazaba con un marjal fangoso de la orilla del río, el avión se hubiese desintegrado. Privado de sus alas y con el fuselaje azul y blanco salpicado de barro, el avión parecía una luciérnaga gigantesca que tratase de ocultarse en el fango. El avión se deslizó por la enlodada superficie y se detuvo bruscamente. El impacto hizo chocar a Francesca contra el panel de instrumentos y quedó inconsciente.

Salvo el crepitar de la hierba que ardía, el murmullo del agua del río y el siseo del vapor donde el metal candente tocaba el agua, todo era silencio.

Poco después, unas sombras espectrales emergieron de la espesura y rápidamente se acercaron a los retorcidos restos del aparato.

# 1

*San Diego (California), 2001*

El yate *Nepenthe* echó el ancla al oeste de Encinitas, en la costa del Pacífico. Era un barco precioso, la embarcación más majestuosa de una flota que parecía formada por todos los veleros y barcos a motor de San Diego. Estilizado, con un bauprés que sobresalía de la proa y su llamativo yugo, el *Nepenthe,* de setenta metros de eslora, parecía hecho de porcelana blanca que flotase en un mar de cerámica de Delft. Estaba tan bien pintado que toda su estructura espejeaba al sol de California. Banderas y gallardetes se agitaban de proa a popa. De vez en cuando se soltaban globos que se elevaban hacia el cielo, completamente despejado.

En el salón del yate, espacioso y de estilo imperio británico, un cuarteto de cuerda interpretaba una pieza de Vivaldi para una concurrencia de personajes hollywoodenses vestidos de negro, políticos corpulentos y estilizadas presentadoras de televisión que se apiñaban alrededor de una mesa de caoba y gruesas patas mientras devoraban foie-gras, caviar auténtico y gambas, con la misma avidez que si fuesen víctimas de una hambruna.

Fuera, atestando las cubiertas bañadas por el sol, los niños estaban sentados en sillas de ruedas o de pie, apoyados en muletas, comiendo hamburguesas y salchichas y disfrutando de la fresca brisa.

Una encantadora cincuentona iba de un lado para otro entre ellos. La boca grande y los ojos azul claro como el aciano de Gloria Ekhart eran familiares para millones de personas que habían visto sus películas y seguido su popular telecomedia. Todos sus fans sabían lo de su hija Elsie, una muchacha bonita y pecosa que se deslizaba por la cubierta en su silla de ruedas. Ekhart se había retirado en la cima de su carrera de actriz para consagrar su fortuna y su tiempo a ayudar a niños que se hallaran en la misma situación que su hija. A los influyentes y opulentos invitados, que vaciaban una botella tras otra de Dom Perignon en el salón, se les pediría después que sacasen el talonario e hiciesen donativos para la Fundación Ekhart.

Ekhart sabía promocionar y esa era la razón de que hubiese alquilado el *Nepenthe*.

En 1930, cuando salió de los astilleros G. L. Watson de Glasgow, era uno de los yates más bonitos que hubiesen surcado los mares. Su primer propietario, un conde inglés, lo perdió una noche en una timba de póquer ante un potentado de Hollywood tan aficionado al juego como a las fiestas interminables y a las jovencitas aspirantes a actriz. El yate pasó por varios propietarios, que tampoco mostraron demasiado interés por él, y terminó en un fallido intento de reconversión en pesquero. Oliendo a pescado y cebo, el yate languidecía pudriéndose en el amarre de unos astilleros. Lo rescató un magnate de Silicon Valley que se gastó una millonada en restaurarlo y ahora intentaba resarcirse alquilándolo para acontecimientos como el organizado por la Fundación Erkhart.

Un hombre con una chaqueta azul y una insignia de juez de regata prendida en el bolsillo superior, había estado mirando con unos prismáticos al verdoso Pacífico. Se frotó los ojos y volvió a mirar con los prismáticos. A lo lejos, penachos de humo blanco se recortaban en el cielo azul contra el horizonte. Dejó los prismáticos, levantó un pulverizador con una trompeta de plástico encajada y pulsó tres veces el botón.

*Tuuu... tuuu... tuuu.*

El estridente trompeteo resonó por encima del agua como el grito de apareamiento de un ganso monstruoso. La flota oyó la señal y un clamoreo de campanas, silbatos y sirenas llenó el aire y ahogó los gritos de las hambrientas gaviotas. A bordo de sus veleros, centenares de espectadores cogieron entusiasmados sus prismáticos y sus cámaras. Las embarcaciones bascularon peligrosamente, al desplazarse todos los pasajeros hacia un lado. Los invitados que estaban a bordo del *Nepenthe* engulleron sus bocados y salieron del salón sorbiendo sus copas de espumoso. Se hicieron pantalla con la mano y miraron a lo lejos, donde los penachos de humo blanco se adensaban con forma de colas de gallo. Con la brisa les llegaba un zumbido como de un enjambre de abejas enfurecidas.

En un helicóptero que sobrevolaba en círculo el *Nepenthe*, un fornido fotógrafo italiano, Carlo Pozzi, dio unas palmadas en el hombro del piloto y señaló hacia el noroeste. El agua estaba surcada por blancas franjas paralelas que avanzaban como impulsadas por una enorme e invisible fuerza. Pozzi comprobó su arnés de seguridad, asentó los pies en una plataforma que sobresalía de la puerta del aparato, y se cargó al hombro una cámara de televisión de veinticinco kilos. Se agachó con pericia para que el viento no le hiciese perder el equilibrio y enfocó sus potentísimas lentes hacia las franjas que avanzaban. Hizo un barrido de izquierda a derecha, dándoles a los telespectadores de todo el mundo una panorámica de la docena de embarcaciones que participaban en la regata. Luego hizo un zoom hacia los dos barcos que iban en cabeza. Les sacaban casi quinientos metros al resto de participantes.

Las veloces naves se deslizaban sobre las crestas de las olas. Sus cascos, de más de trece metros, asomaban con la proa elevada, como si tratasen de escapar a la ley de la gravedad. El barco que iba en cabeza era rojo chillón. A menos de cien metros, el que iba en segundo lugar brillaba como una pepita de oro. Más que naves diseñadas para navegar por los mares, aquellas dos parecían naves espaciales de combate. Sus lisas cubiertas estaban conectadas a dos cascos de catamarán (llamados enjaretados de tambor) y a aerodinámicas alas por encima de los compartimientos de los motores. A dos tercios de la distancia que separaba la estructura central de las ahusadas dobles proas, había dos cabinas gemelas estilo F-16.

Embutido en la cabina derecha del barco rojo, con un bronceado rostro que reflejaba determinación, Kurt Austin se armó de valor. La embarcación de ocho toneladas golpeaba una y otra vez contra el agua, con tal violencia que tenía la sensación de que las olas fuesen de cemento. A diferencia de los vehículos terrestres, un barco no tiene parachoques que amortiguen los golpes de mar. Cada impacto hacía temblar el casco de una sola pieza, hecho de kevlar y fibra de carbono, y que a Austin le temblasen las piernas y le castañeteasen los dientes. A pesar de sus anchos hombros, de sus musculosos bíceps y del arnés de cinco puntos de sujeción que mantenía sus cien kilos en su sitio, se sentía como una pelota de baloncesto botada a lo largo de la pista por Michael Jordan. Necesitaba hasta el último gramo de su musculoso cuerpo, de metro ochenta, para sujetar con firmeza las palancas de los equilibradores y del acelerador, y el pie izquierdo asentado en el pedal, que controlaba la presión de las potentes turbinas que hacían que el barco avanzase atronando el agua.

José Zavala, a quien casi todos llamaban Joe, iba

sentado al timón en la cabina izquierda, sujetándolo con firmeza. El timón era negro y tan pequeño que parecía inadecuado para mantener el rumbo. Más que de pilotar la embarcación tenía la sensación de tratar de dominarla. Apretaba los labios, muy serio. Sus grandes ojos castaños no tenían su habitual viveza mientras miraban escrutadoramente, a través del coloreado visor de plexiglás, el mar, la dirección del viento y la altura de las olas. El cabeceo de la proa dificultaba las maniobras. El comportamiento de la embarcación en el oleaje, que Zavala notaba al timón, lo notaba Austin, literalmente, a través del fondillo de sus pantalones.

—¿Qué velocidad llevamos? —casi gritó Austin por el micrófono que comunicaba las cabinas.

Zavala miró la pantalla digital.

—Ciento veintidós nudos. —Miró la posición que indicaba el GPS y la esfera de la brújula y añadió—: Rumbo correcto.

Austin miró el reloj y el mapa que llevaba pegado al muslo derecho.

La regata, de ciento sesenta millas, había empezado en San Diego. Tenían que rodear dos veces la isla Santa Catalina y volver al punto de partida, proporcionando a los miles de espectadores que seguían el evento desde las playas un espectacular final.

Faltaba muy poco para la última vuelta. A través del salpicado plexiglás de la cabina, miró a izquierda y derecha. Los veleros de los espectadores flanqueaban una amplia franja de mar abierto. Más allá de los espectadores, los regatistas llegarían a la altura del guardacostas, junto a la boya que señalizaba el lugar de virada, y enfilarían el último tramo. Ladeó la cabeza hacia la derecha y vio un dorado reflejo del sol.

—Voy a acelerar hasta ciento treinta nudos —dijo Austin.

Las fuertes sacudidas indicaban que la altura de las

olas aumentaba. Zavala había visto rodales blancos en el agua y una amplia franja de cabrillas que lo alertaban de que también aumentaba la fuerza del viento.

—No sé si conviene con este zarandeo —gritó Zavala para hacerse oír pese al estruendo de los motores—. ¿Dónde está Alí Babá?

—¡Casi pisándonos los talones!

—Cometerá una locura si trata de adelantarnos ahora. Debería limitarse a seguir detrás, aprovechar nuestra estela y acelerar en el último tramo. El mar y el viento son demasiado imprevisibles.

—Es que a Alí no le gusta perder.

—Está bien —refunfuñó Zavala—. Acelera, pero sólo hasta los ciento veinticinco nudos. Puede que eso lo haga desistir.

Austin pulsó los botones de aceleración y notó el impulso del aumento de velocidad y potencia.

—Puedes llegar hasta los ciento veintisiete —dijo Zavala al cabo de un momento—. Creo que ahora se puede.

La dorada embarcación que los seguía se rezagó un poco, pero enseguida aceleró para que no la distanciasen. Austin veía las letras negras del costado del *Flying Carpet*. El capitán de la embarcación quedaba oculto tras el cristal ahumado, pero Austin sabía que el joven barbudo, que parecía un doble de Omar Sharif, debía de sonreír de oreja a oreja.

Hijo de un magnate de la industria hotelera de Dubai, Alí Ben Saíd era uno de los rivales más duros en uno de los deportes más competitivos y peligrosos: las regatas en alta mar para embarcaciones a motor de la clase I.

Alí estuvo a punto de vencer a Austin en el Grand Prix Duty Free de Dubai el año anterior. Pero perder en «casa», ante los suyos, le resultó bastante difícil de digerir. Alí había aumentado la potencia de los dos motores gemelos Lamborghini del *Flying Carpet*. Por su parte, el *Red Ink*, al que habían introducido varias mejoras, podía alcanzar unos cuantos nudos más por hora, pero Austin creía que el barco de Alí podía disputarle la victoria.

En declaraciones previas a la regata, Alí había bromeado acusando a Austin de recurrir a la NUMA para que abriesen un surco en el mar que facilitase el avance de su embarcación.

Como jefe del grupo de operaciones especiales de la NUMA, Austin tenía los enormes recursos de la agencia a su disposición. Pero no pensaba valerse de ninguna artimaña. Alí no había sido derrotado por la potencia de los motores del *Red Ink* sino por la sincronización con que navegaban Austin y su compañero de la NUMA.

Con su tez oscura y su pelo negro y lacio, peinado hacia atrás, Zavala podía haber pasado por *maître* de un hotel de lujo de Acapulco. La esbozada sonrisa que afloraba siempre de sus labios enmascaraba una férrea voluntad, forjada en sus años de universitario como boxeador de peso medio, y cultivada por los frecuentes retos que implicaban las misiones que le encomendaba la NUMA. Aquel ingeniero náutico, de carácter gregario y suaves modales, tenía miles de horas de vuelo en helicópteros, pequeños reactores y aviones turbohélice, y podía pasar sin dificultad a la caña de una embarcación deportiva. Él y Austin eran como una máquina de precisión. Se habían puesto al frente de la regata en cuanto uno de los jueces alzó el banderín verde dando la salida.

Perfectamente equilibrado y con un ángulo casi idóneo, el *Red Ink* cruzó la línea de salida a ciento treinta nudos por hora. Todos los barcos hicieron el primer paso por la línea de meta acelerando al máximo. Dos encarnizados rivales reventaron sus motores en el primer tramo, uno volcó en la primera bordada —probablemente la más peligrosa en toda regata— y los demás se vieron simplemente superados por los dos barcos que iban en cabeza. El *Red Ink* había dejado a los demás clavados, como insectos atrapados en papel cazamoscas.

Sólo el *Flying Carpet* logró no quedar rezagado. En la primera virada alrededor de la isla Santa Catalina, Zavala había maniobrado con el *Red Ink* muy ceñido a la boya, para que Alí no tuviese más remedio que describir una curva más amplia. Y, a partir de aquel tramo, el *Flying Carpet* no había hecho más que ir a su estela.

Pero ahora el *Flying Carpet* había acortado distancias y estaba casi a punto de situarse a la altura del *Red Ink*. Austin sabía que, en el último momento, Alí podía conectar una turbina más pequeña, idónea para el oleaje fuerte. Austin confiaba en su potente turbina para la mar en calma. Pero Alí fue más avispado, al fiarse de su olfato para el tiempo y no de los partes meteorológicos.

—¡Voy a apretar un poco más! —gritó Austin.

—¡Vamos a ciento cuarenta! —gritó Zavala—. El viento arrecia. Si no aminoramos daremos bandazos.

Austin sabía que era peligroso virar a gran velocidad. Los enjaretados de tambor se deslizaban por la superficie sin apenas resistencia del agua. Pero el mismo diseño que permitía alcanzar grandes velocidades sobre la cresta de las olas permitía también que el viento embistiese el casco, lo levantase como una cometa o, aun peor, lo hiciese volcar boca abajo.

El *Flying Carpet* seguía acortando distancias. Austin maniobraba febrilmente. Odiaba perder. Su combatividad era un rasgo heredado de su padre, junto a un físico de jugador de rugby y ojos del color del coral bajo el agua. Su combatividad acabaría por costarle la vida. Pero no aquel día. Redujo la velocidad y posiblemente eso los salvó.

Una ola enorme, de ancho frente, metro y medio de altura y cresta blanca se les acercaba por babor. Parecía un animal que rugiese al surcar el agua derecho hacia ellos. Zavala rezó para que no los alcanzase, pero ya era tarde para evitarlo. La ola enganchó uno de los enjaretados como un gato con la zarpa un tapete. El *Red Ink* saltó al aire girando. Los relampagueantes reflejos de Zavala le permitieron virar en la dirección del giro, como el conductor de un automóvil que patinase sobre una capa de hielo. La embarcación volcó de tal modo que las cabinas quedaron sumergidas, pero se enderezó al punto.

Alí redujo la velocidad. Pero en cuanto vio que estaban bien, aceleró temerariamente. Quería ganar y sacarle a Austin la mayor ventaja. Desoyendo el consejo de su veterano timonel, Hank Smith, Alí forzó el barco al máximo. La embarcación se elevó, prácticamente volando, a lo largo de doscientos o trescientos metros, y las turbinas gemelas dejaron una ancha y doble estela.

—Lo siento —dijo Zavala—. Nos ha atrapado una ola.

—Has maniobrado muy bien. Vamos por el segundo lugar.

Austin aceleró y con un rugido los motores se lanzaron en persecución del *Flying Carpet*.


El cámara italiano que seguía la carrera desde el helicóptero, había avistado el espectacular vuelco de las embarcaciones que iban en cabeza. El helicóptero describió un amplio círculo y volvió a sobrevolar la flota. Pozzi quería filmar una amplia panorámica del barco que iba destacado y que aceleraba frente a los espectadores hacia la boya de virada para cubrir el último tramo hasta San Diego. Al mirar hacia el mar para orientarse, el cámara vio cabrillas que bordeaban un enorme y resplandeciente objeto grisáceo. Pensó que debía de ser un efecto óptico. Pero no. Sin duda allí había algo. Llamó la atención del piloto y señaló hacia abajo.

—¿Qué demonios es eso? —preguntó el piloto.

Pozzi enfocó la cámara al objeto e hizo un zoom.

—Es una ballena —dijo al verla.

—Ah, ya. Se las ve en sus migraciones. Pero no se

preocupe. Se sumergirá en cuanto oiga los motores.

—No —dijo Carlo meneando la cabeza—. Creo que está muerta. No se mueve.

El piloto escoró ligeramente el aparato para verla mejor.

—¡Vaya! Tiene usted razón. Y hay otras dos más. Son tres... no, cuatro. ¡Joder! ¡Hay muchas, y por todos lados!

El piloto conectó su radio.

—Atención, guardacostas de San Diego. Aquí el helicóptero que sobrevuela la regata. ¡Emergencia!

—Base del guardacostas de Punta Cabrillo. ¿Qué ocurre?

—Veo ballenas en el circuito de la regata.

—¿Ballenas?

—Sí, puede que una docena. Creo que están muertas.

—Recibido. Alertaré al guardacostas para que eche un vistazo.

—Demasiado tarde —dijo el piloto—. Tiene que detener la carrera.

Siguió un tenso silencio.

—Recibido. Lo intentaré.

Al cabo de un momento, el guardacostas se desplazó desde su lugar frente a la boya de virada. Bengalas de señales de color anaranjado se elevaron hacia el cielo azul.

Alí no vio las señales ni el moteado cuerpo gris que se interponía en su camino hasta que fue demasiado tarde. Dio un golpe de timón y eludió el obstáculo por cuestión de centímetros; luego esquivó otro cuerpo, pero no pudo esquivar el tercero. Se escoró y le gritó a Hank que desconectase los motores. Los dedos de Smith volaron sobre el teclado y el barco se equilibró. Pero el *Flying Carpet* iba todavía a cincuenta nudos por hora cuando chocó contra la ballena, que reventó como un globo. El barco se escoró hacia uno de los enjaretados, volcó, dio una vuelta de campana y milagrosamente se posó enderezado.

Alí y el timonel se libraron de fracturarse la cabeza gracias a sus cascos. Envuelto en una humareda negra, Alí le gritó al timonel, que estaba de bruces sobre los mandos. Luego cogió el timón e intentó virar, pero la rueda no respondió.

En el *Nepenthe,* el capitán había dejado el puente y estaba en la cubierta hablando con Gloria Ekhart cuando la actriz se asomó por la barandilla de la borda y señaló.

—Perdone, ¿qué hace ese barco amarillo?

El *Flying Carpet* se tambaleaba como un boxeador atontado que tratase de refugiarse en un rincón. Luego se enderezó, aceleró y enfiló hacia el bao del yate. El capitán confiaba en que el barco virase a tiempo. Pero seguía derecho hacia ellos. Alarmado, se excusó y, sin perder la calma, se alejó unos pasos y sacó un *walkie-talkie* que llevaba al cinto. Trató de calcular cuánto tardaría en embestirlos el barco amarillo.

—Aquí el capitán —bramó al aparato—. ¡Encienda los motores y a toda máquina!

—¿Ahora, señor? ¿En plena regata?

—¿Está sordo? ¡Leve el ancla y saque el barco de aquí! ¡Inmediatamente!

—¿Hacia dónde, señor?

Tenía una probabilidad entre un millón de alejarse a tiempo. El timonel estaba desconcertado.

—¡Hacia delante! —gritó el capitán, casi presa del pánico—. ¡Adelante!

Aunque dio la orden en tono imperioso, el capitán sabía que era demasiado tarde. El barco que iba derecho hacia ellos ya había reducido a la mitad la distancia que los separaba. El capitán empezó a indicar a los niños que fuesen hacia el otro lado del yate. Quizá así lograse salvar algunas vidas, aunque lo dudaba. El casco del yate quedaría reducido a astillas, el gasóleo se derramaría en llamas formando un verdadero infierno, y el yate se hundiría en cuestión de minutos.

El capitán asió el respaldo de la silla de ruedas de una niña, la condujo a lo largo de la cubierta y les gritó a los demás que hiciesen lo mismo.

Paralizada por el pánico, Ekhart vio aquella especie de torpedo amarillo que se dirigía hacia ellos e, instintivamente, hizo lo único que pudo. Rodeó los menudos hombros de su hija con el brazo y la atrajo hacia sí con fuerza.

## 2

A Kurt Austin no le sorprendió que Alí perdiese el control del barco. Se había expuesto temerariamente a volcar o a que lo enganchase una ola. Lo que dejó perplejo a Austin fue la naturaleza del accidente. El *Flying Carpet* se escoró como si patinase sobre las olas y luego voló inclinado, como el coche de un acróbata que se deslizase sobre dos ruedas por una rampa. El catamarán voló a lo largo de unos doscientos metros y cayó con un estruendo descomunal, desapareció por un momento y luego emergió enderezado.

Austin y Zavala habían comprobado que una velocidad de cien nudos podía mantenerlos en cabeza y permitía afrontar los cambios del mar y la dirección del viento. El mar era en aquellos momentos una mezcla de marejadilla y mar rizada. Unas olas eran más grandes que otras, pero todas se deslizaban con la cresta espumosa. El viento no soplaba precisamente con fuerza 12 pero no era desdeñable. Estaban alerta por si veían formarse a lo lejos una errante ola montañosa que volviese a atraparlos.

Zavala hizo que el *Red Ink* describiese una amplia curva y puso proa hacia el barco de Alí, para ver si necesitaba ayuda. Al remontar el barco una ola y descender por el otro lado, Zavala maniobró para esquivar un objeto gris más largo que el barco. La embarcación parecía lanzada en una especie de slalom gigante, zigzagueando para esquivar otros tres grandes objetos de color pizarroso.

—¡Ballenas! —gritó Zavala alarmado—. ¡Están por todas partes!

Austin redujo la velocidad a la mitad, rebasaron otro cuerpo muerto y uno más pequeño que parecía un ballenato.

—¡Ballenas grises! —exclamó asombrado—. Toda una manada.

—No parecen andar muy bien de salud —dijo Zavala.

—No, ni son muy saludables para nosotros —dijo Austin reduciendo más la velocidad—. Esto parece un campo de minas gigantescas.

El barco de Alí iba a la deriva, con la turbina al aire. Pero de pronto las proas se alzaron y la popa se hundió; las aspas de la turbina batieron furiosamente el agua y el *Flying Carpet* salió disparado como un conejo asustado. Aceleró rápidamente recuperando el equilibrio y enfiló hacia los veleros de los espectadores.

—¡Tiene unos cojones de acero! —exclamó Zavala admirativamente—. Lo atropella una ballena y va a saludar a sus fans.

Austin pensó también que Alí iba a chocar. Su barco surcaba el mar como una flecha dorada directa a un ojo de buey. Austin trazó con la mirada una línea imaginaria en el agua, prolongando la trayectoria del *Flying Carpet* hasta la intersección con el yate blanco de babor a la recta final del circuito de la regata. Su estilizada línea lo identificaba como un viejo yate de lujo. Austin reparó, con callada admiración hacia el diseñador del barco, en que la forma del casco de madera era la idónea para su función. Volvió a dirigir la mirada hacia la embarcación de Alí, que iba cada vez más veloz, enfilando hacia el yate sin desviarse.

¿Por qué no se han detenido o virado?

Austin sabía que el casco de una embarcación de regatas era más duro que el acero, pero el timón y la barra de conexión quedaban muy expuestos. Si la barra se había doblado, el timón podía haber quedado bloqueado. Pero ¿y qué? Si el timón se bloqueaba, todo lo que tenía que hacer la tripulación era apagar los motores. Y, si el timonel no podía hacerlo, el regatista podía cerrar el contacto.

El barco había chocado violentamente contra la ballena, pero el impacto habría sido igualmente fuerte, o puede que más, al chocar contra el agua; habría sido como embestir un muro de cemento. Incluso con casco y arnés de seguridad, la tripulación de Alí podía haber quedado aturdida, y puede que incluso incapacitada para maniobrar. Volvió a mirar al yate y vio a los jóvenes rostros alineados en la cubierta. ¡Dios mío! ¡Niños! El yate estaba lleno de niños.

La actividad era febril en cubierta. Habían visto la embarcación que se acercaba. El ancla ya asomaba del agua, pero el yate habría necesitado alas para evitar la desastrosa colisión.

—¡Van a chocar! —exclamó Zavala, más asombrado que angustiado.

La mano de Austin parecía moverse sola mientras los dedos pulsaban los controles. Con los motores rugiendo, el *Red Ink* dio un bandazo hacia delante como un caballo de carreras picado por una abeja. La aceleración pilló a Zavala desprevenido, pero asió con más fuerza el timón y dirigió el *Red Ink* hacia el barco que trataba de huir. Más de una vez, en el curso de las misiones que les encomendaba la NUMA, su capacidad para intuir lo que el otro pensaba les había salvado el pellejo.

Austin aceleró más. Iban al doble de velocidad que el *Flying Carpet*, escorados. Faltaban sólo segundos para la colisión.

—Mantente en paralelo y sitúate a su altura —ordenó Austin—. Cuando te grite, empújalo hacia estribor.

Las sinapsis cerebrales de Austin descargaban tanta energía que habría bastado para el alumbrado de una ciudad. El *Red Ink* remontó una ola, voló por los aires y descendió por el otro lado vertiginosamente. El yate avanzaba con lentitud. Eso reduciría el margen de error, pero no mucho.

Las dos embarcaciones estaban casi a la misma altura. Zavala hizo alarde de su increíble habilidad como piloto, acercando el *Red Ink* aun más a pesar de las olas que levantaba la ancha estela. Austin las dejó rebasar al *Flying Carpet* y luego, lentamente, volvió a igualar la velocidad del *Red Ink* con la del *Flying Carpet*. Los separaban apenas unos metros.

Austin se había deslizado hacia la tierra de nadie entre la mente y la acción, todo puro reflejo, con sus cinco sentidos alerta. El ensordecedor rugido de los cuatro potentes motores ahogaba todo intento de pensar con lógica. Era como si él y el *Red Ink* fuesen una misma cosa, con sus músculos y sus nervios unidos al acero y al kevlar del barco, convertido en una pieza más, como los pistones y el árbol de levas. Los dos catamaranes no navegaban de manera sincronizada. Cuando uno estaba arriba el otro estaba abajo. Austin tuvo que graduar la velocidad hasta que las embarcaciones parecieron dos delfines que nadasen en perfecta formación en fila de a dos.

Arriba.

Abajo.

Arriba.

—¡Ahora! —gritó Austin.

El espacio que separaba a los dos barcos era de centímetros. Zavala giró el timón hacia la derecha. Era una maniobra delicada. Si viraba demasiado, los enjaretados se engancharían y posiblemente saltarían por los aires unidos en un abrazo mortal. Se oyó un fuerte golpe y un rechinar de fibra de vidrio al chocar los dos cascos y luego separarse. Zavala volvió a hacerse con el control de la nave y la mantuvo firmemente equilibrada. Parecía que el timón quisiera soltarse de sus manos.

Austin aceleró. El estruendo de los motores era ensordecedor. Y de nuevo chocaron las dos embarcaciones. Era como tratar de dominar a un novillo indomable. Al fin, el *Flying Carpet* empezó a ceder en su impulso y se desvió hacia la derecha. Ambas embarcaciones volvieron a separarse. Entusiasmado con el resultado, Zavala volvió a hacer chocar ligeramente los barcos. El *Flying Carpet* se desvió aun más.

—¡Ahora vira y apártate, Joe!

El barco de Alí siguió entonces una trayectoria que evitaría que chocase con la popa del yate, y continuó acelerando hacia las embarcaciones de los espectadores, que se dispersaron espantados. Austin sabía que empujar al barco de Alí para que desviase su trayectoria haría que el *Red Ink* saliese rebotado como una bola de billar. No había contado con cuánto tardaría en convencer al *Flying Carpet* de que se alejase. Ahora, él y Joe se precipitaban hacia el yate. Disponía de sólo unos segundos para evitar la colisión. Podían ver las aterrorizadas expresiones de los que estaban en cubierta. El barco iba a setenta y cinco nudos por hora. Aunque apagase los motores en aquel momento, él y Zavala se incrustarían en el viejo yate. Tendrían que recogerlos con cucharilla.

—¿Qué hacemos? —gritó Zavala.

—Mantén el rumbo —contestó Austin.

Zavala juró por lo bajo. Confiaba plenamente en la

capacidad de Austin para sacarlos de un apuro, pero a veces las decisiones de su compañero lo volvían loco. Si Zavala creyó que se trataba de una orden suicida no lo exteriorizó. Su intuición lo inclinaba a dar un golpe de timón y alejarse. Pero, a regañadientes, mantuvo el insensato curso tan firmemente como si aquel yate, de casi setenta metros de eslora y que llenaba su campo de visión como una enorme pared blanca, no fuese más que un espejismo. Rechinó los dientes y tensó los músculos, preparándose para el impacto.

—¡Agáchate! —ordenó Austin—. Agacha la cabeza que voy a zambullirlo.

Austin se inclinó y aceleró al máximo, a la vez que ajustaba los alerones. Por lo general, las zambullidas había que evitarlas. Se producían cuando una embarcación remontaba una ola y penetraba en otra. El peor tipo de zambullida era la llamada *de submarino*, porque en eso era lo que se convertía un barco al zambullirse a gran velocidad. Pero, lejos de evitarla, Austin contaba con ella. Contuvo el aliento al inclinar la proa hacia abajo con un cerrado ángulo, la zambulló y mantuvo la velocidad bajo el agua como un tejón en tierra.

El barco pasó por debajo del yate, pero no a suficiente profundidad para evitar que las cabinas rozasen el casco. Se oyó un angustioso estrépito. Las aspas de las turbinas no les rebanaron la cabeza por los pelos. El catamarán finalmente emergió al otro lado. Tras surgir del agua como un pez volador rojo y enorme, se detuvo con los motores borbotando en una nube de humo rojizo.

El cuerpo central del barco era de materiales tan sólidos que podían resistir el peso de una manada de elefantes, pero las cabinas eran más frágiles. El brusco roce había arrancado de cuajo las techumbres de plexiglás y ahora las cabinas estaban llenas de agua.

Zavala tosió y escupió agua.

—¿Estás bien? —preguntó con cara de pasmo. La

expresión de su rostro atezado y atractivo pareció congelada como en una fotografía.

A modo de respuesta, Austin se quitó el casco y dejó ver su cabeza cubierta de un pelo color platino, casi blanco. Examinó los daños que la turbina había producido en la cubierta y comprendió lo cerca que habían estado de no poder contarlo.

—Aún coleo —dijo Austin—. Pero me temo que el *Red Ink* no fue diseñado para submarino.

—Larguémonos de aquí —dijo Zavala al notar que el agua le llegaba ya a la cintura.

—Sí señor —dijo Austin soltándose el arnés.

Ambos se lanzaron al mar. Para ser admitidos a participar en una competición, los regatistas debían pasar una prueba para demostrar que eran buenos nadadores. Un pequeño yate se les acercó y los rescató chorreando agua, minutos antes de que el *Red Ink* se fuese al fondo.

—¿Qué ha sido de la embarcación amarilla? —le preguntó Austin al patrón del yate, un hombre de mediana edad que fumaba en pipa. Había llegado desde San Diego para presenciar la regata, pero no contaba con asistir a un espectáculo tan inusual.

—Allí —contestó el patrón señalando con su pipa—. Ha pasado entre las embarcaciones. No me explico cómo no ha chocado con ninguna.

—¿Le importaría que fuésemos a echarle un vistazo?

—En absoluto —repuso el patrón, y se puso de nuevo al timón.

Al cabo de unos momentos se detuvieron junto a un costado del *Flying Carpet*. Las capotas de las cabinas estaban levantadas. Austin vio con alivio que sus ocupantes seguían vivos, aunque a Alí le sangraba la cabeza y Hank parecía aquejado de una terrible resaca.

—¿Estáis heridos? —les gritó Austin.

—No —contestó Alí, aunque sin demasiada convicción—. ¿Qué ha ocurrido?

—Que habéis atropellado una ballena.

—¿Una qué? —exclamó Alí y, al notar por la expresión de Austin que su rival hablaba en serio, se quedó lívido—. Pues me temo que no hemos salido bien parados.

—Por lo menos tu embarcación no se ha hundido —dijo Austin.

—Lo siento —dijo Alí, pero enseguida se le alegró la cara al reparar en algo—. Entonces... tú tampoco has ganado.

—Ya lo creo que sí —replicó Austin—. Los cuatro hemos ganado el premio a los hombres con más suerte de este mundo.

—Loado sea Alá —dijo Alí y se desmayó.

## 3

*En la selva venezolana*

La gruesa carpa que formaban las ramas de los árboles impedía el paso del sol, y hacía que las oscuras aguas de la laguna pareciesen más profundas de lo que eran.

Lamentando que el gobierno venezolano hubiese decidido reintroducir en el Orinoco cocodrilos antropófagos, Gamay Morgan-Trout hizo el salto de la carpa, zambulló su flexible cuerpo y, con vigorosos movimientos de sus estilizadas piernas, descendió a la oscuridad estigia.

Así debía de sentirse un animal prehistórico al hundirse en los pozos de alquitrán de La Brea, en California, pensó Gamay. Encendió las dos luces halógenas acopladas a su videocámara Stingray y nadó hasta el fondo. Al pasar por encima de la vegetación que semejaba un espinacal y que, con la corriente, se movía arriba y abajo como si bailase al compás de una música, algo le tocó las nalgas.

Se giró, casi más indignada que asustada, a la vez que echaba mano al cuchillo que llevaba en una funda sujeta a la cintura. A escasos centímetros de su máscara vio un largo y estrecho morro que sobresalía de un cabezón rosado de ojillos negros. El morro se agitaba hacia delante y hacia atrás como un dedo en gesto admonitorio. Gamay apartó el morro a un lado.

—¡Ten cuidado con lo que haces!

La frase brotó del regulador como una sarta de ruidosas burbujas.

El fino morro se abrió en una amistosa sonrisa dejando ver todos los dientes, como el payaso de un circo.

Gamay se echó a reír y su risa sonó como el géiser Old Faithful. Pulsó la válvula que inflaba el flotador. Al cabo de unos segundos su cabeza emergió en la tranquila superficie de la laguna como un muñeco que asoma de una caja sorpresa. Se recostó en el flotador, se quitó el tubo de la boca y sonrió.

Paul Trout estaba sentado en su Bombard semiinflable de tres metros, a solo unas brazadas de ella. En su papel de asistente de inmersión, había seguido las burbujas que marcaban la trayectoria de su esposa bajo el agua. Le sorprendió verla emerger tan risueña. Apretó los labios con expresión de perplejidad y, de un modo muy propio de él, bajó la cabeza como si mirase por encima de unas gafas.

—¿Estás bien? —preguntó parpadeando y mirándola con sus grandes ojos avellanados.

—Estupendamente —contestó Gamay, aunque era obvio que no lo estaba.

La incredulidad de Paul la hizo reír. Tosió tras tragar un poco de agua. La idea de ahogarse de risa la hizo reír aun más. Volvió a meterse el tubo en la boca. Paul remó para acercarse con la lancha, se inclinó hacia el agua y le tendió la mano.

—¿De verdad estás bien?

—Sí, descuida —dijo ella, y recuperó la compostura. Tras un acceso de tos, lo miró—. Será mejor que suba.

Se asió al borde de la lancha y le pasó su equipo de inmersión a Paul, que aupó sin esfuerzo sus sesenta kilos. Con sus shorts color tostado, a juego con una camisa estilo militar con charreteras, y un sombrero de popelín de ala flexible, parecía un fugitivo del Explorers' Club de la época victoriana. Una mariposa tropical posada encima de su nuez era en realidad una de las llamativas pajaritas que tanto le gustaban.

Trout no veía ninguna razón para no ir impecablemente vestido en cualquier parte, incluso en las profundidades de la selva venezolana, donde llevar taparrabos es como ir de etiqueta. La atildada indumentaria de Paul camuflaba una gran fuerza física, cultivada desde sus tiempos de pescador en el Cape Cod. Las callosidades de sus manos, duras como los caparazones de los percebes, habían desaparecido, pero los músculos desarrollados a base de cargar cajas de pescado acechaban bajo los agudos pliegues de sus ropas. Además, Paul sabía cómo utilizar la complexión de su cuerpo de metro ochenta.

—La sonda indica que sólo tiene diez metros de profundidad. De modo que tu aturdimiento no lo ha podido causar una narcosis por nitrógeno —dijo con su analítico modo de hablar.

Gamay se deshizo el lazo que le recogía la melena, que le llegaba por los hombros, y cuyo color pelirrojo oscuro indujo a su padre, gran conocedor de los vinos, a ponerle a su hija el nombre de la uva de Beaujolais.

—Profunda observación, querido —dijo ella sacudiéndose el agua del pelo—. Me reía porque creía ser la fisgona y en realidad era la fisgada.

—Pues es un alivio —repuso Paul parpadeando—. Eso por lo menos aclara las cosas. Sé lo que es una fisgona. Aunque lo de «fisgada»...

Gamay le dirigió una sonrisa radiante.

—El delfín *Cyrano* me ha estado fisgando y me ha tocado el culo.

—No se lo reprocho —dijo él, y miró de reojo su estilizado cuerpo, de estrecha cintura y anchas caderas, y arqueó las cejas a lo Groucho Marx.

—Ya me advirtió mi madre que tuviese cuidado con los hombres que usan pajarita y se peinan con la raya en medio.

—¿No te he dicho nunca que te pareces a Laureen Hutton? —dijo él, exhalando el humo de un cigarro imaginario—. ¿Y que me atraen las mujeres con una sexy separación entre los incisivos?

—Supongo que eso se lo dirás a todas —replicó ella dándole a su voz, siempre pausada y suave, un adusto dejo a lo Mae West—. Pero he aprendido algo científico del descaro de *Cyrano*.

—¿Que te atraen los morritos?

Ella arqueó las cejas.

—No, aunque yo no lo descartaría. He aprendido que los delfines de río pueden estar más primitivamente desarrollados que sus primos de agua salada y que, en general, son más dulces que sus parientes marinos. Pero son inteligentes, juguetones y tienen sentido del humor.

—Necesitarías mucho sentido del humor si fueses sonrosada y gris, tuvieses aletas con dedos, una cómica aleta dorsal y una cabeza como un melón francés.

—No es una mala observación biológica para un geólogo de las profundidades oceánicas.

—Me alegra serte útil.

Ella lo besó en los labios.

—Agradezco de veras que estés aquí; y todo el trabajo que has hecho con el perfil informático del río. Ha sido un cambio agradable. Casi siento tener que volver a casa.

Paul miró en derredor a su apacible entorno.

—La verdad es que me lo he pasado bien. Este lugar

es como una catedral medieval. Y los delfines han sido ciertamente muy divertidos, aunque no acaba de gustarme que se tomen ciertas libertades con mi esposa.

—*Cyrano* y yo tenemos unas relaciones puramente platónicas —replicó Gamay alzando el mentón con gesto digno—. Solo ha querido llamar mi atención. Le daré un bocadito.

—¿Un bocadito?

—Un bocadito en forma de pescado —contestó ella, golpeando el costado de la lancha con un remo.

Se oyó un chapoteo donde la laguna se abría al río. Una joroba rosadogrisácea, con una corta aleta dorsal, formó en el agua una onda en forma de uve hacia ellos. Rodeó la lancha emitiendo una especie de estornudo a través de su orificio nasal. Gamay esparció trozos de pescado en el agua. El ahusado morro asomó a la superficie y se los zampó con avidez.

—Hemos comprobado que esas historias de delfines que acuden cuando se les llama no son falsas. No me extrañaría que ayudasen a los nativos en sus faenas de pesca, como nos han contado —dijo Gamay.

—También habrás comprobado que *Cyrano* se las compone muy bien para enseñarte a darle un bocadito.

—Cierto. Pero la teoría más aceptada es que estos animales son versiones inacabadas. Me intriga que su cerebro se haya desarrollado más deprisa que su aspecto físico.

Durante unos minutos observaron al delfín evolucionar en derredor. Luego, al reparar en que atardecía, decidieron volver.

Mientras Gamay recogía su equipo de inmersión, Paul arrancó la fueraborda y dejó la laguna para adentrarse en la mansa corriente del río. El agua, tan negra en la laguna a causa del color del fondo, adquirió un tono verdoso. El delfín los siguió un trecho. Pero, al comprender que no le iban a dar más bocaditos, al final se alejó. Al poco, la espesura que flanqueaba el río dejó paso a un claro. Un puñado de chozas de techumbre de paja rodeaba una casa encalada, de tejado rojo y una arcada de estilo colonial en la entrada.

Amarraron en un pequeño embarcadero, recogieron el equipo de inmersión y se dirigieron a la casa, con un grupito de niños indios semidesnudos parloteando a su alrededor. Los pequeños fueron ahuyentados por la mujer que cuidaba de la casa, una fornida matrona que empuñaba la escoba como un hacha de combate.

Paul y Gamay entraron en la casa. Un sesentón de cabellos plateados, que llevaba camisa blanca de pechera bordada, pantalones de algodón y sandalias hechas a mano, se levantó de la mesa de su fresco despacho, donde estaba trabajando con un montón de papeles. Se adelantó a saludarlos con agrado.

—Señor y señora Trout, me alegro de verlos. Estoy seguro de que su trabajo ha ido bien.

—Sí, muy bien, doctor Ramírez, gracias —confirmó Gamay—. He podido recopilar más datos sobre el comportamiento de los delfines, y Paul ha terminado de informatizar el perfil del río.

—La verdad es que tenía muy poco que hacer —dijo Paul—. Sólo se trataba de informar a los científicos que trabajan en el proyecto de la cuenca del Amazonas sobre la labor de Gamay aquí, y de pedirles que orienten el satélite LandSat en esta dirección. Puedo terminar el modelado informático del río cuando lleguemos a casa. Gamay lo utilizará para su análisis del hábitat.

—Sentiré mucho que se marchen. Los de la NUMA han sido muy amables al prestarnos a sus expertos para un pequeño proyecto de investigación.

—Sin estos ríos, con su flora y fauna, no habría vida oceánica —dijo ella.

—Gracias, señora Gamay. A modo de reconocimiento, he preparado una cena muy especial para su última noche aquí.

—Es usted muy amable —dijo Paul—. Haremos el equipaje temprano para estar listos cuando llegue el barco de abastecimiento.

—Yo de ustedes no me preocuparía mucho —dijo el doctor Ramírez—. El barco siempre llega con retraso.

—Tanto mejor —dijo Paul—. Así tendremos más tiempo para hablar de su trabajo.

Ramírez se echó a reír.

—Me siento como un troglodita. Sigo investigando botánica al viejo estilo, cortando plantas, conservándolas, comparándolas y escribiendo informes que nadie lee —explicó Ramírez sonriente—. Nuestros pequeños habitantes de los ríos nunca han tenido mejores amigos que ustedes.

—Quizá nuestro trabajo sirva para mostrar dónde está amenazado el hábitat de los delfines. Y entonces se podrá hacer algo para preservarlo.

Ramírez puso cara de circunstancias.

—En Latinoamérica los gobiernos tienden a actuar con mucha lentitud, a menos que alguien pueda llenarse los bolsillos. Muchos proyectos valiosos quedan empantanados.

—Como en nuestro país. Nuestro pantano sin fondo se llama Washington.

Mientras los tres reían de buena gana, la mujer que cuidaba de la casa entró en el despacho con un nativo bajito y musculoso. Llevaba taparrabos y unos grandes aros de cobre en las orejas. Tenía el pelo negro como el azabache, llevaba flequillo y las cejas afeitadas. Se dirigió al doctor en tono respetuoso, pero atropelladamente. Los movimientos de sus ojos dejaban claro que algo anómalo ocurría. Señalaba continuamente hacia el río.

El doctor Ramírez cogió un sombrero de paja de ala ancha que colgaba de un gancho.

—Por lo visto hay un hombre muerto en una canoa —explicó—. Perdónenme, pero como único funcionario del gobierno en casi doscientos kilómetros a la redonda, he de ir a ver.

—¿Podemos acompañarlo? —preguntó Gamay.

—Por supuesto. Tengo muy poco de Sherlock Holmes, y me vendrá bien contar con sus dotes de observación. Quizá resulte interesante. Este hombre dice que el muerto es un espíritu-fantasma. —Reparó en la expresión de perplejidad de sus invitados y entonces añadió—: Luego se lo explico.

Salieron de la casa, dejaron atrás las chozas y fueron hacia la orilla del río. Los hombres del poblado se habían congregado en silencio junto al agua. Los niños trataban de ver entre las piernas de los mayores. Las mujeres se quedaron un poco más atrás. El grupo se dispersó al acercarse el doctor Ramírez. Amarrada al embarcadero había una piragua con grabados ornamentales. Estaba pintada de blanco, a excepción de la proa, que era azul, y de una franja también azul de punta a punta del costado.

El cuerpo de un joven indio estaba en la piragua boca arriba. Al igual que los indios del poblado, tenía el pelo negro, llevaba flequillo y taparrabos. La similitud terminaba ahí. Los hombres del poblado tatuaban sus cuerpos y se untaban pintura carmesí en los pómulos, para protegerse de los malos espíritus que, según ellos, no pueden ver el color rojo. La nariz y el mentón del muerto estaban pintados de un azul pálido que se extendía a lo largo de los brazos. El resto del cuerpo estaba blanco como la cera.

Al acercarse Ramírez a la piragua su sombra espantó a un enjambre de moscas verdes posadas en el pecho del muerto y que dejaron al descubierto un profundo orificio circular.

Paul se quedó sin aliento.

—Parece una herida de bala —dijo.

—Creo que sí —confirmó Ramírez mirándolo muy serio—. No se parece a las heridas de lanza o flecha.

El doctor habló con los nativos y, al cabo de unos minutos, se dirigió a los Trout.

—Dicen que estaban pescando y vieron la piragua en el río. Por el color reconocieron que se trataba de una piragua de espíritu-fantasma y se asustaron. Pero como parecía vacía se han acercado. Vieron al muerto y pensaron dejarla seguir su camino. Pero entonces recordaron que su espíritu podría perseguirlos si no lo enterraban decentemente. De modo que lo trajeron aquí para que yo me ocupe del problema.

—¿Y por qué les asusta ese espíritu-fantasma? —preguntó Gamay.

El doctor se retorció una de las puntas de su enmarañado bigote gris.

—Dicen que los chulo, que es el nombre que los nativos dan a la tribu a la que pertenece el cadáver, viven más allá de las Grandes Cataratas. Los nativos creen que son fantasmas que nacieron de las brumas. Quienes ha entrado en su territorio no han vuelto —explicó el doctor señalando la piragua—. Pero ese hombre era de carne y hueso al igual que nosotros.

Ramírez metió la mano en la piragua y sacó una bolsa de piel que había junto al cadáver. Los nativos retrocedieron como si la bolsa contuviese la peste negra. El doctor le habló en español a uno de los indios, que fue excitándose a medida que hablaban.

Ramírez cortó en seco la conversación y se volvió hacia los Trout.

—Le tienen miedo —dijo. Y estaba claro que así era, porque los indios retrocedieron junto a sus familias—. Si fuesen tan amables de ayudarme podríamos embarrancar la piragua en la orilla. Los he convencido para que caven una tumba, pero no en su cementerio sino allí, al otro lado del río, donde nunca va nadie. El chamán les ha asegurado que puede colocar bastantes totems sobre la tumba para impedir que el muerto vague por ahí. —Los miró sonriente y añadió—: Tener el cuerpo tan cerca aumentará el poder del chamán. Cuando algo no funciona en sus encantamientos, siempre puede decir que el espíritu del muerto ha regresado. Soltaremos la piragua río abajo para que el espíritu pueda seguirla.

Paul reparó en lo bien hecha que estaba la piragua.

—Creo que es una lástima desechar tan hermoso ejemplo de construcción de embarcaciones. Pero, con tal de que se tranquilicen, merece la pena —dijo sujetando uno de los extremos de la piragua.

Entre los tres, aupándola y empujando no tardaron en posarla en la orilla, lejos del agua. Ramírez cubrió el cuerpo con una manta que había en la piragua. Luego volvió a recoger la bolsa, que era del tamaño de una de golf, atada con tiras de piel por el extremo abierto.

—Quizá esto nos revele algo más acerca de nuestro fantasma —aventuró mientras rehacían el camino de vuelta a casa.

Fueron al despacho y colocaron la bolsa en una mesa alargada. El doctor desató las tiras de piel y miró el interior.

—Debemos tener cuidado. Algunas tribus utilizan flechas o dardos de cerbatana envenenados.

Vació la bolsa y varias bolsitas cayeron sobre la mesa; abrió una, sacó un disco de metal brillante y se lo pasó a Gamay.

—Tengo entendido que estudió usted arqueología antes de hacerse bióloga. Quizá sepa qué es esto.

Gamay frunció el ceño al examinar el objeto, plano y circular.

—¿Un espejo? Parece que la coquetería no es exclusiva de las mujeres.

Paul tomó el espejo y examinó las muescas del dorso.

—Tuve uno como este de pequeño —dijo sonriente—. Es un espejo *de señales*. Fíjese, esto son puntos y rayas. No es un código Morse ni nada parecido, pero no está mal. ¿Ve estas figuritas? Forman un código elemental. La que va hacia un lado significa *venir* y la que va hacia el otro *ir*, me parece; esta otra figurita está echada.

—*Quédate donde estás* —aventuró Gamay.

—Sí, creo que sí. Estas dos con lanzas pueden significar *uníos a mí en la lucha*. El más pequeño y el animal podrían significar *caza* —añadió él y rió—. Es casi tan bueno como un teléfono móvil.

—Mejor —lo corrigió Gamay—. No gasta batería ni hay que pagar por minuto.

Paul le preguntó a Ramírez si podía abrir otra bolsita y el español asintió de buen grado.

—Aparejo de pesca —dijo Trout—. Anzuelos metálicos, sedal de fibra... —dijo mientras examinaba unas toscas tenacillas metálicas—. Deben de servir para arrancar los anzuelos.

—Creo que sí —asintió Gamay, que vació otra de las bolsitas y sacó dos aritos de madera unidos que sostenían sendas superficies transparentes y oscuras. Ella se los acercó a los ojos—. Gafas de sol —aventuró risueña.

Ramírez había estado examinando otras bolsitas. Les mostró una calabaza de unos quince centímetros de largo, levantó la tapa y olisqueó.

—¿Medicina? Huele a alcohol —dijo el doctor.

Del fondo de la calabaza colgaba un bol en miniatura, y un asa de madera con una piedra plana y una rueda irregular atravesada por un eje. Paul miró pensativo la calabaza y la tomó de manos del doctor. Llenó el cuenco con el líquido, se acercó el adminículo de madera y accionó la rueda. Al rozar la piedra saltaron chispas, y el líquido se inflamó con una llamarada.

—*Voilà* —exclamó con satisfacción—. El primerísimo encendedor Bic. Muy apropiado para encender un fuego en un campamento.

Siguieron más descubrimientos interesantes. Una de las bolsitas contenía algunas hierbas que Ramírez identificó como medicinales y varias que no había visto nunca; en otra había un trocito de metal liso que acababa en punta por ambos lados. Al introducirlo en un vaso de agua fue agitándose hasta que uno de sus extremos señaló al norte magnético. También encontraron un cilindro de bambú que, al acercarlo al ojo, gracias a las lentes de cristal que había en su interior se convertía en un catalejo de ocho aumentos. También había un cuchillo cuya hoja se doblaba y quedaba oculta en una funda de madera. Su último descubrimiento fue un pequeño arco, hecho con un muelle cuya tensión daba gran impulso a la flecha. El bordón del arco era un fino cable metálico. No tenía nada que ver con el primitivo diseño que cabría esperar en la selva.

Ramírez pasó la mano por el pulido metal.

—Asombroso —dijo—. Jamás he visto nada semejante. Los arcos que utilizan los nativos del poblado son simples ramas tensadas con un burdo cordel.

—¿Y cómo han podido aprender a hacer estas cosas? —exclamó Paul rascándose la cabeza.

—No se trata sólo de los objetos sino de los materiales. ¿De dónde han podido sacarlos?

Permanecieron junto a la mesa en silencio.

—Cabe una pregunta más importante —dijo Ramírez muy serio—. ¿Quién lo ha matado?

—Desde luego —asintió Gamay—. Nos hemos dejado deslumbrar por sus logros técnicos y hemos olvidado que estos objetos pertenecen a un cadáver.

Ramírez frunció el entrecejo con cara de circunstancias.

—Cazadores y pescadores furtivos. Madereros y

tipos que buscan plantas valiosas para la medicina. Matan a cualquiera que se interponga en su camino.

—¿Y cómo podía un indio solo representar una amenaza? —preguntó Gamay.

Ramírez se encogió de hombros.

—Creo que tratándose de una investigación por asesinato hay que empezar por examinar el cadáver —dijo Gamay.

—¿Dónde has oído eso? —preguntó Paul.

—Seguramente en una novela de detectives.

—Buen consejo. Echémosle otro vistazo.

Volvieron al río y descubrieron el cuerpo. Paul lo colocó boca abajo. Un orificio más pequeño indicaba que le habían disparado por la espalda. Trout retiró un colgante grabado que pendía de su cuello; representaba a una mujer alada, con las palmas juntas, como si vertiese algo desde ellas.

El doctor le pasó el colgante a Gamay, que dijo que la figura le recordaba los grabados egipcios de la resurrección de Osiris.

Paul estaba volviendo a examinar los verdugones de los hombros del muerto.

—Parece como si lo hubiesen flagelado —dijo a la vez que volvía a colocar el cadáver boca arriba—. Fíjense en esta extraña cicatriz —añadió señalando un surco estrecho y pálido en la parte inferior del abdomen—. O mucho me equivoco o este hombre fue operado de apendicitis.

Desde el otro lado del río llegaron dos piraguas. El chamán, que llevaba la cabeza adornada con una corona de plumas de vivos colores, anunció que la tumba estaba preparada.

Trout volvió a tapar el cadáver con la manta y, con Gamay al timón, utilizaron la lancha para remolcar la piragua azul y blanca hasta la otra orilla.

Trout y Ramírez portaron el cuerpo a lo largo de

unos centenares de metros, a través de una fronda, y lo enterraron en un hoyo profundo.

El chamán rodeó la tumba con lo que parecían trozos de pollo seco y, solemnemente, advirtió a los congregados que aquel lugar sería por siempre tabú. Luego remolcaron la piragua vacía hasta el centro del río, donde la arrastraría la corriente.

—¿Qué distancia cree que recorrerá? —preguntó Paul, mientras veían la embarcación azul y blanca emprender lentamente su último viaje.

—No lejos de aquí hay unos rápidos. Si no se destroza contra las rocas o embarranca en los cañaverales, podría seguir río abajo hasta el mar.

—*Ave atque vale* —dijo Trout citando el antiguo saludo romano a los muertos.

—¿Se encuentra bien? —preguntó Gamay.

Ramírez hizo una mueca de dolor.

—Verán... los malos espíritus ya han puesto manos a la obra. Creo que me he torcido un tobillo. Me pondré una compresa fría, pero quizá necesite que me ayuden a caminar.

Llegó cojeando a la casa, ayudado por los Trout. Ramírez dijo que informaría del incidente a las autoridades regionales. No esperaba ninguna reacción ni respuesta. En su país, muchos seguían considerando que el único indio bueno era el indio muerto.

—Bueno —dijo el doctor alegrando el semblante—. Ya hemos cumplido. Ahora pensemos en la cena de esta noche.

Los Trout regresaron a su habitación, a descansar y asearse para la cena. Ramírez recogía agua de lluvia en un depósito que tenía en el tejado y la canalizaba hasta una ducha. Gamay seguía pensando en el indio.

—¿Recuerdas el hombre de hielo que encontraron en los Alpes? —preguntó mientras se secaba con la toalla.

Paul se había puesto un batín de seda y estaba echado en la cama con las manos entrelazadas tras la nuca.

—Claro. Un hombre de la Edad de Piedra que se congeló en un glaciar. ¿Por qué lo preguntas?

—Al examinar las herramientas y pertenencias que llevaba encima, pudieron imaginar su modo de vida. Los indios de esta zona no han pasado de la Edad de Piedra. Nuestro amigo de la cara azul no encaja en el molde. ¿Cómo pudo aprender a hacer tales objetos? Si hubiesen encontrado objetos así en el hombre de hielo, el hallazgo habría acaparado las portadas de todos los periódicos. Lo imagino: «El hombre de hielo usaba encendedores Bic».

—A lo mejor estaba suscrito a Mecánica Popular.

—No me extrañaría. Pero, aunque recibiese instrucciones todos los meses sobre cómo hacer determinados objetos, ¿de dónde habría sacado esos metales refinados?

—Quizá Ramírez pueda ilustrarnos durante la cena. Espero que tengas apetito —dijo Paul mirando por la ventana.

—Estoy muerta de hambre. ¿Por qué?

—Porque acabo de ver a dos nativos llevando un tapir hasta la barbacoa.

4

Kurt Austin cruzó la puerta del laberíntico edificio de la base naval de San Diego y olisqueó un horrible hedor procedente de los tres monstruos marinos cuyos cadáveres yacían en sendas plataformas.

Un joven marinero que estaba junto a la puerta había visto acercarse a aquel hombre de anchos hombros y extraño pelo blanco y, por su digno porte, dedujo que era un oficial de paisano.

Cuando Austin fue a identificarse el joven se cuadró.

—Marinero Cummings, señor —dijo—. Quizá necesite esto —añadió ofreciéndole una mascarilla quirúrgica, similar a la que llevaba él—. El hedor se ha hecho difícil de soportar desde que han empezado a extraerles los órganos vitales.

Austin le dio las gracias, preguntándose a quién habría cabreado el marinero para que le encomendasen una misión tan aburrida, y se puso la mascarilla. La tela estaba impregnada de un desinfectante perfumado que no acababa de disimular el apestoso olor.

—¿Qué tenemos? —preguntó Austin.

—Una mamá, un papá y un bebé —dijo el marinero—. ¡No sabe lo que hemos sudado para meterlos aquí!

Austin pensó que el marinero no exageraba. En total eran catorce las ballenas muertas encontradas. Disponer de sus cuerpos había sido una orden difícil de cumplir, incluso aunque nadie la obstaculizase. El capitán del guardacostas estaba preocupado por el peligro que representaban las ballenas para la navegación. Se proponía remolcarlas hasta alta mar y hundirlas a cañonazos. Pero las espectaculares filmaciones de televisión habían dado la vuelta al mundo, y puesto en pie de guerra a los activistas de la protección a los animales, que estaban más furiosos por la muerte de las ballenas que si Los Ángeles se hubiese precipitado al océano Pacífico con todos sus habitantes. Querían explicaciones, y rápido. El Departamento de Protección Medioambiental, por su parte, quería averiguar qué había matado a los mamíferos, que estaban bajo su protección.

La ciudad de San Diego estaba horrorizada ante la perspectiva de que unos apestosos cadáveres de ballenas fuesen a la deriva hasta sus playas, calas, hoteles y chalets de la costa situadas en primera línea de mar. El alcalde llamó al congresista del distrito, que formaba parte de una comisión de indemnizaciones navales, y se llegó a un acuerdo con pasmosa celeridad. Tres ballenas serían remolcadas hasta la orilla para practicarles una necropsia. A las otras las remolcarían hasta alta mar y las utilizarían para prácticas de tiro. Greenpeace protestó, pero cuando hubieron movilizado su flota de embarcaciones, las ballenas habían sido pulverizadas por las cañoneras de la armada.

Entretanto, un remolcador oceánico transportó tres ballenas hasta la base. Con potentes grúas, izaron los enormes cuerpos sujetos con grandes arneses y los trasladaron a un almacén vacío. Forenses de varias universidades californianas, especializados en mamíferos, pusieron manos a la obra. Improvisaron un laboratorio y, protegidos con impermeables amarillos, guantes y botas, treparon a los cadáveres como enormes insectos.

Después de seccionarles la cabeza, extrajeron tejido cerebral para realizar las pruebas. Varias carretillas hacían la misma función que las bandejas de acero inoxidable en una autopsia humana.

—Esto no es exactamente cirugía cerebral, ¿verdad? —comentó Austin al oír el zumbido de las potentes sierras, que retumbaba en el almacén.

—No, señor —contestó el marinero—. Será un alivio que acaben.

—Esperemos que sea pronto, marinero.

Austin se preguntó por qué había dejado su cómoda habitación de hotel para presenciar aquel espectáculo macabro. Si la regata no llega a ser un desastre, tanto de haber ganado como de haber perdido, habría estado brindando con champán para celebrar la victoria de quien fuese con los demás regatistas, y con las encantadoras mujeres que pululaban por el circuito de la regata como bellas mariposas. Descorcharon muchas botellas, pero la fiesta se había visto empañada por lo ocurrido a Kurt, Alí y sus tripulaciones.

Alí apareció con una modelo italiana de un brazo y

una francesita del otro. Pese a ello, no parecía muy alegre. Austin lo hizo sonreír al decirle que esperaba volver a enfrentarse a él pronto. Zavala estuvo a la altura de su reputación ligándose a una morenita preciosa, de entre las muchas que habían asistido a la regata precisamente para ligar. Iban a cenar y Zavala le prometió a la joven contarle los detalles de la odisea de la que había escapado por los pelos.

Austin se quedó allí lo justo para no ser descortés. Luego abandonó la fiesta para llamar al propietario del *Red Ink*. El padre de Austin esperaba su llamada. Había visto la última regata por televisión. Sabía que Austin estaba sano y salvo, y el barco en el fondo del mar.

El padre de Kurt era el propietario de una empresa de salvamento marino, cuya sede central estaba en Seattle.

—No te preocupes —le dijo a Kurt—. Construiremos otro aun mejor. Aunque está vez quizá incluyamos un periscopio.

Riendo maliciosamente, recordó con afectuoso e innecesario detalle la noche que, siendo Austin adolescente, volvió a casa en el Mustang descapotable de su padre con el parachoques hecho un acordeón.

La mayoría de las regatas de *grand prix* tenían lugar en Europa y las ganaban los europeos. Pero el padre de Austin quería que fuese una embarcación de construcción americana la que ganase en aguas americanas. Costeó el diseño y construcción de un barco rápido que llamó *Red Ink*, y contrató una tripulación y una dotación de apoyo de primer orden. Su padre lo expresó con su rudeza habitual.

—Ya es hora de que les demos. Vamos a construir un barco que les demuestre a esos que podemos ganar con piezas americanas, tecnología americana y patrón americano, o sea... tú.

Consiguió una serie de patrocinadores y utilizó su

influencia económica para que se celebrase en Estados Unidos una regata de primer orden. Los promotores estaban ansiosos por llegar al vasto potencial de público americano y, al cabo de poco tiempo, el primer Grand Prix SoCal se convirtió en una realidad.

El almirante James Sandecker, director de la NUMA refunfuñó cuando Austin le pidió que lo dispensase una temporada de las misiones que quisiera encomendarle, para poder participar en las regatas de clasificación. Sandecker dijo que le preocupaba que pudiera resultar herido en una regata y Austin comentó que, pese a lo peligrosas que eran, las regatas eran como un paseo en piragua en comparación con las temerarias misiones que, como jefe del Grupo de Operaciones Especiales de la NUMA, le asignaba Sandecker. Pero, como quien juega un triunfo a las cartas, Austin apeló al marcado orgullo patriótico del almirante, y Sandecker finalmente le autorizó y añadió que ya era hora de que Estados Unidos demostrase al resto del mundo que podía competir con los mejores.

Austin regresó a la fiesta después de hablar con su padre. No tardó en cansarse de la falsa hilaridad, pero afortunadamente lo invitaron a subir al *Nepenthe* para presentarle a Gloria Ekhart, que quería darle las gracias. La belleza y la cordialidad de la actriz le encantaron. Al estrecharse la mano ella se la retuvo un poco. Estuvieron charlando un rato y se dirigieron miradas de mutuo interés. Austin alimentó brevemente la fantasía de ligar con alguien a quien había idolatrado, tanto en el cine como en la pequeña pantalla. Pero, deshaciéndose en excusas, Ekhart tuvo que dejarlo, reclamada por los niños que exigían su atención.

Austin se dijo que no era su día. Volvió al hotel y contestó a llamadas de amigos y colegas de la NUMA. Pidió que le subiesen la cena a la habitación y dio cuenta de un *filet mignon* mientras veía por televisión en diferido algunas fases de la regata. Por los distintos canales pasaban filmaciones a cámara lenta una y otra vez, pero a él le interesaba más la suerte de las ballenas muertas. Un periodista informó que tres de las ballenas iban a ser examinadas en la base naval. Austin sintió tanta curiosidad como hastío. A juzgar por lo que había oído y leído, no habían encontrado en las ballena nada que indicase qué las había matado. Su contrariedad no se debía solamente a la pérdida del barco de su padre, sino a haberse saltado la disciplina por aquel fiasco.

Ahora estaban a punto de concluir la autopsia. Austin pidió al marinero que le mostrase su tarjeta de la NUMA a quien estuviese al mando. El marinero regresó con un cuarentón de pelo pajizo, que se quitó un impermeable y guantes ensangrentados, pero no la mascarilla.

—Señor Austin —dijo tendiéndole la mano—, soy Jason Witherell, del Departamento de Protección Medioambiental. Encantado de conocerlo. Y me alegra que la NUMA se interese por esto. Quizá necesitemos de sus recursos.

—Siempre estamos dispuestos a ayudar a su departamento —dijo Austin—, pero mi interés es más personal que oficial. Estaba participando en la regata cuando aparecieron las ballenas.

—Lo he visto en las noticias —dijo Witherell sonriendo—. La suya ha sido una maniobra fenomenal. Lo siento por el barco.

—Gracias. ¿Han conseguido descubrir la causa de la muerte de las ballenas?

—Por supuesto. Han muerto de NOTENID.

—¿De qué?

Witherell sonrió.

—De No Tenemos Ni Idea.

Austin sonrió a su vez. Muchos forenses cultivaban

un singular sentido del humor para ayudarse a conservar la cordura.

—¿No pueden conjeturar nada?

—De momento no hay indicios de traumas ni de toxinas, y hemos analizado los tejidos, por si se tratase de un virus. Pero nada. Una de las ballenas se había enganchado en una red pero no parece que eso le impidiese comer o le produjese heridas fatales.

—De modo que no tienen ninguna explicación sobre su muerte, ¿no?

—Sabemos cómo han muerto, solo eso. Asfixiadas. Presentan graves lesiones pulmonares que les provocaron neumonía. Y parece que las lesiones de los pulmones se debieron a un calor intenso.

—¿Calor? No acabo de entenderlo.

—Lo expresaré de otro modo. Estaban parcialmente cocidas por dentro y tenían ulceraciones en la piel.

—¿Y qué pudo provocar algo así?

—El NOTENID —repuso el forense persistiendo en su humorada.

Austin reflexionó.

—En fin... Si no saben cuál ha sido la causa, quizá puedan saber cuándo ocurrió.

—Es difícil de precisar. La exposición inicial pudo no ser mortal de inmediato. Los mamíferos pudieron enfermar varios días antes de su muerte, pero seguir su travesía a lo largo de la costa. Los ballenatos debieron de ser los que enfermaron de mayor gravedad y quizá los adultos los esperasen. Hay que tener en cuenta el tiempo que hayan tardado los cadáveres en descomponerse, y los gases de la putrefacción en hacerlos subir hasta donde emergieron en el sector de la regata.

—De modo que podrían calcular dónde estaban cuando murieron. Tendrían que tener en cuenta los tiempos de desplazamiento, alimentación y fuerza y sentido de las corrientes, claro —dijo Austin meneando la cabeza—. Es una pena que las ballenas no puedan decirnos dónde estuvieron.

—¿Quién dice que no pueden? —exclamó Witherell echándose a reír—. Acompáñeme, que le mostraré una cosa.

Lo condujo más allá de las plataformas evitando los charcos de sangre. Varios hombres provistos de sendas mangueras la empujaban con agua a presión hacia un desagüe. Al pasar tan cerca de las ballenas, el hedor se metía en la cabeza como un taladro. Pero a Witherell no parecía afectarle.

—Este es el macho —dijo al detenerse junto al primer cadáver—. Ya puede ver por qué las llaman ballenas grises. El color natural de su piel es oscuro, pero estas tienen ronchas producidas por percebes y piojos de ballena. Ahora está... un poco maltrecho, claro. Cuando estaba entero medía catorce metros.

Fueron hasta la siguiente plataforma, donde yacía una versión en miniatura del macho.

—Este ballenato también es macho —prosiguió Witherell—. De solo unos meses. No sabemos si la hembra que tenemos aquí era su madre —añadió al detenerse junto a la última plataforma—. Ella es más grande que el macho. Y, al igual que las demás, no presenta señales externas de hematomas o laceraciones que pudieran ser mortales. Y aquí está lo que podría interesarle a usted.

Witherell le pidió un cuchillo a un colega, subió al trailer y se inclinó hacia la aleta de la ballena. Al cabo de un minuto bajó y le tendió a Austin una caja cuadrada de plástico y metal.

—¿Un *transponder*? —exclamó Austin.

—Todos los movimientos de esta vieja dama estaban siendo seguidos vía satélite. La persona que la vigiló debería poder decirle dónde estuvo la ballena y cuándo.

—Es usted un genio, señor Witherell.

—Solo un humilde funcionario del gobierno, igual que usted, que trata de hacer su trabajo lo mejor posible —dijo sopesando el *transponder*—. Tendré que quedármelo, pero al dorso hay un número para llamar.

Austin anotó el número en un bloc y le agradeció su ayuda.

—Por cierto —dijo mientras Witherell lo acompañaba hacia la salida—, ¿por qué eligieron precisamente a estas tres ballenas?

—Fue casi al azar. Le pedí a la armada que separase tres ejemplares representativos. Me hicieron caso, pero no sé quién hizo la elección.

—¿Cree que, de haber podido practicarle la autopsia a los otros cadáveres, habría tenido más probabilidades de averiguar la causa de la muerte?

—Lo dudo —repuso Witherell—. Lo que mató a estas mató a las demás. Pero en cualquier caso ya es un poco tarde para especular sobre ello. Tengo entendido que, después de que la armada se encargase de ellas, no quedó ballena ni para un aperitivo. —Más humor de forense.

Austin arrojó la mascarilla a un barril, les echó una última mirada a los descuartizados cuerpos —tristes restos de lo que fueron espléndidos animales marinos—, les dio las gracias a Witherell y al marinero Cummings y salió del almacén.

Cuando estuvo a conveniente distancia respiró hondo varias veces, como si pudiera purgar su memoria y sus pulmones de la exposición a aquel hedor espantoso.

Al otro lado del puerto brillaban las luces de un portaaviones, tan grande que parecía el barrio de una ciudad. Regresó en el coche al hotel y cruzó el vestíbulo rápidamente, pero no lo suficiente para evitar que varias personas arrugasen la nariz a causa del hedor que desprendía su ropa tras su visita a los cadáveres de las ballenas.

Nada más llegar a su habitación, se quitó los pantalones caqui y la camisa blanca que llevaba y los metió en la bolsa de la ropa sucia. Se duchó un buen rato con agua muy caliente; se lavó la cabeza dos veces y luego se puso unos pantalones limpios y un polo. Luego se sentó en un cómodo sillón, cogió el teléfono y marcó el número que figuraba en el *transponder*. Tal como esperaba, el número comunicaba con un buzón de voz. El gobierno no iba a pagar un sueldo para que alguien estuviese, mano sobre mano, aguardando noticias de una ballena. Podían pasar varios días antes de que alguien contestase a su llamada. No dejó ningún mensaje sino que llamó a un servicio permanente de la central de la NUMA, situada en las afueras de Washington, e hizo una petición. Al cabo de media hora sonó el teléfono.

—¿Señor Austin? Soy Wanda Perelli, del Departamento de Defensa Medioambiental. Me han llamado de la NUMA diciendo que quería usted hablar conmigo. Me han dicho que es importante.

—Sí, gracias por llamar. Siento que la hayan molestado en casa. ¿Se ha enterado de lo de las ballenas grises de California?

—Sí. Y me he preguntado quién le ha dado mi número.

—Estaba en un *transponder* adosado a la aleta de una ballena hembra.

—Oh, Dios, ¡era *Daisy*! Era su manada. La he estado siguiendo durante tres años. Era casi como de la familia.

—Lo siento. Había catorce ballenas en total. Y la eligieron al azar.

—¡Qué horror! —exclamó ella compungida—. Hemos trabajado lo indecible para proteger a las ballenas grises, y estaban empezando a recuperarse. Esperamos que nos envíen el informe forense sobre la causa de la muerte.

—Hace un rato he asistido a parte de la autopsia. No presentan rastros de virus ni de tóxicos. Las ballenas murieron por lesiones pulmonares causadas por un intenso calor. ¿Alguna vez ha ocurrido algo semejante?

—Nunca. ¿Y saben cuál fue la fuente de ese calor?

—Todavía no. He pensado que podría echar alguna luz sobre el caso saber dónde habían estado las ballenas recientemente.

—Conozco bien a la manada de *Daisy*. Su migración es bastante curiosa. Hacen una travesía de circunvalación de dieciséis mil kilómetros. Durante el verano se alimentan en los mares del Ártico y luego se dirigen al sur, a lo largo de la costa del Pacífico, hasta las lagunas de apareamiento en la Baja California. Parten entre noviembre y diciembre y llegan allí a principios del año siguiente. Las hembras que han quedado preñadas van delante, seguidas de los machos adultos y los ballenatos, en columna de a dos o en fila india. Se desplazan bastante cerca de la costa. Regresan al norte en marzo. Las ballenas que tienen crías pueden aguardar hasta abril. Vuelven a seguir la línea de la costa en su travesía hacia el norte. Avanzan con mucha lentitud, a un promedio de dieciséis kilómetros por hora.

—Hubo una sesión informativa antes de la regata. Nos advirtieron que tuviésemos cuidado con las ballenas, pero la regata se programó después de que pasase la última manada. Todos creían que no había ballenas en las inmediaciones.

—Lo único que se me ocurre es que fuesen rezagados. Quizá algunos ballenatos enfermaron y varios adultos se detuvieron en alguna parte para dejar que se recuperasen.

—El forense ha aventurado lo mismo. ¿Ha podido usted detectar su migración?

—Sí. ¿Tiene ordenador portátil?

—No sabría vivir sin él.

—Bien. Deme su dirección de correo electrónico. Consultaré la base de datos y le pasaré la información enseguida.

—Gracias. A eso se le llama colaboración.

—Quizá tenga usted ocasión de corresponderme cuando necesite ayuda de la NUMA.

—Descuide.

—Gracias. Oh, Dios, ¡aún no acabo de creerme lo de *Daisy*!

Nada más despedirse y colgar, Austin encendió su ordenador portátil IBM y lo conectó a la línea telefónica. Al cabo de quince minutos abrió su e-mail. Apareció un mapa del oeste de Estados Unidos, Canadá y Alaska. Una línea punteada partía del mar de Chuckchi, pasaba por el de Bering y bajaba a lo largo de la costa hasta el extremo de la península Baja California, que tiene forma de dedo. El mapa se titulaba: «Ruta general de la migración de las ballenas». Un documento adjunto al mapa incluía información específica sobre manadas concretas. Austin fue pasando páginas hasta que encontró la parte del archivo titulada *Daisy*. Desde esa página se podía abrir un vínculo y un mapa que mostraba la ruta exacta que seguía la manada de *Daisy*. La manada había avanzado con regularidad y luego se había detenido frente a la costa de la Baja California, al sur de Tijuana. Tras un descanso, las ballenas reanudaron su travesía hacia el norte, aunque con más lentitud. En determinado punto giraron en redondo como si se hubiesen desorientado. Austin siguió su tortuosa travesía hasta que se detuvieron frente a San Diego.

Luego salió del archivo de las ballenas y conectó con varios sitios web. Al cabo de unos minutos, se reclinó en el sillón y tamborileó la yema de los dedos entre sí. Las ballenas habían migrado con normalidad hasta llegar a cierta zona, y entonces algo cambió. Mientras reflexionaba sobre qué hacer, llamaron a la puerta.

Era Zavala.

—¿Tan pronto has soltado a tu ligue? —le preguntó Austin.

—Sí, le he dicho que tenía que volver al hotel para cuidar a mi compañero de habitación.

—¿Seguro que estás bien de la cabeza? ¿No te habrá trastornado nuestra acrobacia? —exclamó Austin alarmado.

—Debo reconocer que pasar por debajo de un barco ha sido una experiencia peculiar. Ya nunca volveré a considerar el código de circulación náutico de la misma manera.

—Bueno, pues te diré que me encuentro bien. De modo que puedes volver a lo que estuvieses haciendo.

Zavala se dejó caer en el sofá.

—¿Sabes, Kurt? Hay veces en que uno debe mostrar cierta contención.

Austin se preguntó si no sería un clon de Zavala, privado de sus impulsos sexuales, el que había entrado en su habitación.

—No puedo estar más de acuerdo —bromeó—. Ahora dime la verdadera razón.

—No puedo quebrantar la norma de Zavala: no salgo con mujeres casadas.

—¿Y cómo supiste que está casada?

—Porque me lo dijo su marido.

—Oh. Y... ¿es muy corpulento?

—Más o menos... como una hormigonera.

—Ya veo que la contención era especialmente aconsejable en este caso.

Joe asintió sin demasiada convicción.

—¡Con lo buena que está! —suspiró—. ¿Y tú qué has estado haciendo?

—Asistir a la autopsia de una ballena.

—¡Y yo que creía estar pasando un mal trago! ¿No se te ha ocurrido que en San Diego se pueden hacer cosas más divertidas?

—Sin duda. Pero sentía curiosidad.

—¿Han averiguado la causa de la muerte?

—Tenían lesiones pulmonares producidas por exceso de calor, y murieron de neumonía.

—Vaya —exclamó Zavala.

—Ya. Mira este mapa del ordenador. Lo he conseguido a través de un satélite meteorológico de la NOAA. Muestra la temperatura del agua en el océano. ¿Ves esa pequeña curva roja que sobresale del agua, frente a la Baja California? Indica un cambio súbito de temperatura.

—¿Supones que nuestras ballenas enfermaron poco después de cruzar esta zona de alta temperatura?

—Podría ser. Pero lo que más me intriga es qué provocó ese cambio.

—Me temo que vas a proponerme un viajecito al sur de la frontera.

—Podría necesitar un intérprete. Paul y Gamay no regresarán a Arlington hasta dentro de unos días.

—No hay problema. Es importante para mí mantener el contacto con mis raíces mexicanas —dijo Zavala, se levantó y fue hacia la puerta.

—¿Adónde vas?

Zavala miró el reloj.

—La noche es joven. Dos solteros tan guapos y atractivos, sentados en su habitación hablando de ballenas muertas y agua caliente... No es sano, amigo mío. He visto a una monada en el salón al pasar. Y me ha parecido que necesitaba compañía.

—Pensé que ibas a renunciar a las mujeres.

—Ha sido un fugaz desatino provocado por mis heridas. Además, me parece que está con una amiga

—dijo Zavala—. Y tienen a una buena banda de jazz en el salón.

La afición de Austin por el jazz *cool* solo la superaba la que tenía por las mujeres hermosas y los barcos rápidos. Un tequila con lima antes de acostarse le sentaría estupendamente, además de la compañía femenina.

Kurt Austin le sonrió a su compañero y cerró la tapa de su ordenador portátil.

5

El doctor Ramírez miró a sus invitados con cara de satisfacción.

—¿Les gusta? —preguntó.

Paul y Gamay se miraron.

—Está buenísimo —contestó Gamay.

Y, sorprendentemente, lo estaba. Tendría que hablarle a St. Julien Perlmutter, historiador naval y gourmet, de aquel plato exótico. Las lonchas de carne blanca, muy tiernas y finas, estaban adobadas con hierbas de la zona, acompañadas por una salsa fuerte y oscura y boniatos. Regaron la cena con un vino blanco chileno que no estaba nada mal.

¡Oh, Dios! Después de tanto tiempo en la selva no era de extrañar que acabase gustándole el tapir, pensó Gamay. De seguir así, terminaría por gustarle la carne de mono.

Paul hizo gala de su crudeza yanqui.

—Estoy de acuerdo. Está formidable. Jamás habría imaginado que estuviese tan bueno, después de ver cómo traían los nativos a ese extraño animal desde la fronda.

Ramírez dejó el tenedor a un lado y puso cara de perplejidad.

—¿Animal? ¿La fronda? Me parece que no lo entiendo.

—Se refiere al tapir —explicó Gamay titubeante, mirando su plato.

Ramírez seguía perplejo. Se le movió el bigote y se echó a reír. Tuvo que llevarse la servilleta a los labios para contener la risa.

—Han creído... —Se interrumpió, volvió a reír y añadió—: Perdonen. Soy un mal anfitrión. No está bien que me ría a costa de mis invitados. Pero puedo asegurarles que este no es el animal que vieron traer recién cazado. Compré un cerdo en un poblado vecino para esta cena —añadió con una mueca de desdén—. Tapir. No tengo ni idea de cómo sabe. Puede que esté bueno. —Sirvió más vino y alzó su copa para brindar—. Los echaré de menos, amigos míos. Su compañía ha sido muy agradable. Hemos tenido deliciosas conversaciones alrededor de esta mesa.

—Gracias —dijo Gamay—. Para nosotros ha sido una experiencia fascinante. Aunque quizá hoy sea el día más interesante.

—Ah, sí, por lo del pobre indio.

—No —dijo Paul—. Porque me intriga la sofisticada naturaleza de los adminículos que llevaba.

Ramírez separó las manos con las palmas hacia arriba.

—El Pueblo de las Brumas es una tribu misteriosa.

—¿Qué sabe de ellos? —preguntó Gamay con curiosidad científica.

Antes de doctorarse en biología marina por el Instituto Oceanográfico de Scripps, se había licenciado en arqueología marina y había asistido a muchos seminarios de antropología durante sus estudios en la Universidad de Carolina del Norte.

Ramírez bebió un sorbo de vino y asintió satisfecho. Por unos momentos pareció estar ordenando sus ideas. A través del mosquitero de las ventanas les llegaba el zumbido de millones de insectos tropicales, un concierto que proporcionaba un adecuado fondo para contar historias de la selva.

—Lo primero en lo que deben reparar, aquí sentados en esta isla de civilización —les dijo el doctor—, con nuestra cocina de propano y nuestro generador eléctrico, es en que, hace solo unos años, habríamos muerto en pocos minutos de habernos aventurado por esta zona de la selva. Aquí vivían indios feroces. El canibalismo y la decapitación eran prácticas corrientes. Tanto si se trataba de un misionero que predicase la palabra de Dios como de un cazador en busca de pieles de animales, era considerado un intruso al que había que matar. Hace muy poco que esta gente se ha pacificado.

—Pero no los chulo —aventuró Gamay.

—Exacto. Prefirieron retirarse más al interior antes que pacificarse. Debo reconocer que he aprendido acerca de ellos más hoy que en los tres años que llevo aquí. Incluso dudaba seriamente que existiesen. Respecto a esa tribu, hay que separar los hechos de la leyenda. Los otros indios evitan ir más allá de las Grandes Cataratas. Dicen que quienes se adentran en territorio de los chulo nunca vuelven. Y, como han podido comprobar hoy, tienen verdadero miedo. Esos son los hechos.

—¿Y la leyenda? —preguntó Gamay.

—Según la leyenda, pueden hacerse invisibles —respondió Ramírez sonriente—, volar, atravesar obstáculos sólidos. Son más espíritus o fantasmas que hombres. No se los puede matar con las armas habituales.

—El balazo que hemos visto pone eso en entredicho —comentó Paul.

—Eso parece —convino Ramírez—. También cuentan otra historia, más curiosa aun. La tribu es, por lo visto, un matriarcado. La dirige una mujer, una diosa.

—¿Una amazona? —quiso saber Gamay.

Ramírez sacó un objeto del bolsillo. Era el colgante que llevaba el muerto.

—Quizá esta sea nuestra diosa alada. Se dice que protege a la tribu y que su venganza es terrible.

—Ella, la que debe ser obedecida —recitó Gamay con expresión afectada.

—¿Cómo?

Gamay sonrió.

—Es una cita de una novela de aventuras que leí cuando era adolescente; sobre una diosa de la selva que vivió durante miles de años sin envejecer.

Ramírez le pasó el colgante a Paul, que lo examinó.

—Diosa o no diosa, no estuvo muy a la altura de su fama, por lo que a proteger la vida de su súbdito se refiere.

—Sí, pero por otro lado... —dijo Ramírez muy serio.

—¿Qué ocurre? —preguntó Gamay.

—Estoy un poco preocupado. Uno de los indios del poblado vino a verme. Y me dijo que hay indicios de que tendremos problemas en la selva.

—¿Qué clase de problemas? —preguntó Paul.

—No lo sabe. Sólo me dijo que tenían que ver con el indio muerto.

—¿En qué sentido? —dijo Gamay.

—No lo sé exactamente —repuso Ramírez—. Mueren muchos seres vivos en la selva en estos mismos momentos. Insectos, animales y pájaros mantienen constantemente una violenta lucha por la vida. Sin embargo, en este caos sangriento hay un equilibrio —añadió. Sus profundos ojos parecieron agrandarse—. Y me temo que la muerte de ese indio haya alterado el equilibrio.

—Quizá la diosa amazona esté a punto de consumar su venganza —dijo Paul devolviéndole el medallón.

Ramírez lo hizo oscilar como un hipnotizador.

—Como científico debo atenerme a los hechos. Y es un hecho que alguien anda por ahí con un arma de fuego, y que no vacila en utilizarla. O bien el indio salió de su territorio o alguien con un arma lo invadió.

—¿Tiene alguna idea de quién pueda ser? —preguntó Gamay.

—Quizá. ¿Sabe algo acerca de la industria del caucho?

Paul y Gamay menearon la cabeza.

—Hace cien años, el árbol del caucho sólo crecía en la selva del Amazonas. Luego, un científico británico robó unas semillas para emprender vastas plantaciones en Oriente. Y lo mismo está ocurriendo ahora. El chamán que ha dirigido hoy el funeral tiene bastante de impostor en cuanto a su capacidad para ahuyentar a los demonios, pero conoce el valor medicinal de centenares de plantas. Por aquí vienen muchos que dicen ser científicos, pero no son más que saqueadores que buscan plantas medicinales. Y venden las patentes a las multinacionales farmacéuticas. A veces trabajan directamente para las empresas. En cualquier caso, las empresas se forran, mientras que a los nativos que atesoran esos conocimientos no les dan nada. Y aún peor, a veces vienen algunos y simplemente roban las plantas.

—¿Cree que alguno de esos saqueadores pudo torturar y matar al indio? —preguntó Paul.

—Es posible. Cuando están en juego tantos millones, la vida de un pobre indio no significa nada. ¿Por qué lo han matado? No lo sé. Quizá porque vio algo que no debía ver. Los habitantes de la selva han guardado celosamente, durante generaciones, los secretos de las plantas.

—¿Y no hay nadie que intente pararles los pies a esos saqueadores? —preguntó Gamay.

—No es fácil. A veces, los propios funcionarios del

gobierno actúan en connivencia con las empresas farmacéuticas. Se barajan cifras enormes. Y al gobierno le importan poco los indios. Solo les interesa vender al mejor postor los conocimientos que tienen los indios sobre las plantas.

—¿De modo que los saqueadores campan a sus anchas?

—No del todo. Las universidades están enviando equipos de verdaderos científicos para localizarlos. Investigan por su cuenta las plantas. Pero también hablan con los indios, y les preguntan si se han topado con extraños que quieran saber más de la cuenta. Nuestros vecinos brasileños han tratado de detener el robo de secretos genéticos recurriendo a los tribunales. Demandaron a un científico por clasificar semillas y corteza de árbol que los indios utilizan para curas, y lo acusaron de robarles conocimientos a los indígenas.

—Es difícil que este tipo de demandas prospere ante los tribunales —señaló Paul.

—Cierto. Pero Brasil también está impulsando una legislación para proteger la biodiversidad. De modo que estamos avanzando, aunque no mucho. Hay que enfrentarse a empresas que tienen miles de millones, muchísimos recursos. Se trata de una lucha desigual.

—¿Ha intervenido su universidad, doctor Ramírez? —preguntó Gamay.

—Sí. Y hemos tenido aquí algunos equipos de vez en cuando. Pero hay poco dinero para financiar equipos que trabajen en esto con plena dedicación.

No era la respuesta que Gamay pretendía, pero no insistió.

—Ojalá pudiésemos hacer algo —se limitó a decir.

—Y algo podemos hacer —afirmó Ramírez sonriéndole—. Voy a pedirles un favor. Pero les ruego que no se consideren obligados.

—Si está en nuestra mano... —dijo Paul.

—Muy bien. A pocas jornadas de aquí hay otro enclave junto al río. El holandés que vive allí no tiene radio. Quizá se haya enterado de que han matado al indio. Pero habría que asegurarse, comunicárselo, por si esa muerte tuviese repercusiones. —Alargó la pierna dejando ver su tobillo, fuertemente vendado, y añadió—: Casi no puedo andar. No creo que me lo haya roto, pero debo de tener un esguince. Quizá puedan ir ustedes en mi lugar.

—¿Y el barco de abastecimientos? —preguntó Gamay.

—Llegará mañana a última hora de la tarde, y pernoctará aquí. Podrán estar de regreso antes de que zarpe.

—Supongo que podemos hacerlo... —dijo Gamay, y vaciló al ver la mirada que le dirigía su esposo—si a Paul le parece bien.

—Pues...

—Oh, lo siento. Me temo que mi petición ha creado un desacuerdo conyugal.

—Oh, no —lo tranquilizó Paul—. Es que los de Nueva Inglaterra somos muy cautelosos. Pero por supuesto que lo haremos encantados.

—Estupendo. Les diré a mis hombres que les preparen comida, y combustible para mi barco. En el río será más rápido que su lancha. Pueden hacer el viaje de ida y vuelta en el mismo día.

—Creía que en el poblado solo tenían piraguas —dijo Gamay.

—Para casi todo lo que necesito me basta con las piraguas. Pero a veces conviene un medio de transporte más eficiente.

—Cuéntenos más acerca de ese holandés —pidió Gamay.

—En realidad, Dieter es alemán. Es un comerciante casado con una india —explicó Ramírez—. Viene aquí de vez en cuando, pero por lo general envía a sus hombres una vez al mes con una lista y nosotros la cargamos en el barco de abastecimiento. En mi opinión es un tipo raro y esquinado, aunque no por eso puedo dejar de advertirle de un posible peligro. Pero repito que no tienen por qué ir si no quieren —insistió—. Estas cosas no son para ustedes, que son científicos, no aventureros, sobre todo la bella señora Trout.

—Creo que sabremos salir del paso —dijo Gamay mirando divertida a su esposo.

Gamay no quería alardear pero, como parte del Grupo de Operaciones Especiales de la NUMA, ella y su esposo habían sido asignados a innumerables misiones peligrosas. Y, pese a su atractivo, Gamay no era una florecilla delicada. En Racine, Wisconsin, su tierra natal, solía ir con una panda de muchachos, y de mayor siempre había sabido manejarse bien entre los hombres.

—De acuerdo pues —dijo Ramírez—. Después del postre tomaremos una copa de coñac, y nos retiraremos a descansar para estar frescos en cuanto amanezca.

Al poco rato, los Trout estaban de nuevo en su habitación disponiéndose a acostarse.

—¿Por qué has titubeado en ayudar a Ramírez? —preguntó Gamay.

—Por varias razones. En primer lugar, porque este viajecito extra no tiene nada que ver con la misión de la NUMA.

Paul esquivó la almohada que ella le lanzó a la cabeza.

—¿Desde cuándo te has vuelto tan estricto con las normas de la NUMA? —dijo ella.

—Hago como tú: lo soy cuando me conviene. Flexibilizo las normas, pero nunca las quebranto.

—Pues flexibilizémoslas un poco diciendo que el río es parte del océano y, por lo tanto, cualquier persona muerta encontrada en él debe ser investigada por el Grupo de Operaciones Especiales de la NUMA. ¿Debo recordarte que el grupo se formó, precisamente, para ocuparse de asuntos de los que nadie más se ocupa?

—No me lo vendes mal, pero no te ufanes mucho por tus dotes de persuasión. Si tú no hubieses sugerido investigar esto, lo habría hecho yo. Y con similares argumentos, podría añadir. Me subleva que un asesino pueda quedar impune.

—Y a mí. ¿Tienes idea de por dónde empezar?

—Ya he empezado. No dejes que el taciturno talante de los que somos de Cape Cod te llame a engaño.

—Descuida, querido.

—Te contestaré volviendo a tu pregunta de antes. La razón de haber titubeado ha sido mi sorpresa. Era la primera vez que Ramírez comentaba que tenía un barco. Hasta ahora había dejado que creyésemos que sólo utilizaba piraguas. ¿Recuerdas con qué aspavientos comentó lo estupenda que era nuestra lancha? Un día, husmeando por ahí, encontré un cobertizo con un barco.

—¿Un barco? —exclamó ella apoyándose en un codo—. ¿Y por qué no nos lo dijo?

—Creo que es obvio. No quería que nadie lo supiese. Me temo que nuestro amigo Ramírez es más complicado de lo que parece.

—Ya. Ha sido un hipócrita al excusarse por pedirnos, a unos científicos inocentones como nosotros, un favor potencialmente peligroso. Teniendo en cuenta lo que le hemos contado del Grupo de Operaciones Especiales, puede hacerse una idea de lo que hacemos cuando no contamos delfines. Creo que quiere implicar a la NUMA en esto.

—Es como si le hubiésemos caído del cielo, pero no entiendo por qué se comporta tan maquiavélicamente.

—Yo sí —dijo Gamay—. Ha estado hablando de científicos de la universidad que actuaban como biopolicía. Él es científico de universidad. Lo ha dejado caer, sin más.

—Lo he notado —dijo Paul, que se estiró en la cama y cerró los ojos—. ¿De modo que crees que es un biopolicía disfrazado de botánico?

—Tendría sentido —contestó Gamay pensativa—. La verdadera razón de que yo quiera investigar es por las bolsitas que llevaba el indio. Me intriga que un nativo tan atrasado haya tenido acceso a esos instrumentos. Es muy raro, ¿no crees?

Paul no contestó; apenas se le oía respirar. Gamay notó que su esposo acababa de poner en práctica su habilidad para quedarse dormido al instante, meneó la cabeza, se tapó con las sábanas hasta los hombros y lo imitó.

Se levantarían en cuanto saliera el sol, se dijo Gamay, y pensó que iban a tener un día muy ajetreado.

6

El agente de aduanas mexicano asomó la cabeza por la ventanilla de su garita. Les echó un vistazo a los dos hombres de la camioneta Ford blanca, que llevaban unos shorts raídos y camisetas, gafas de sol Foster Grand y gorras de béisbol con el logotipo de tiendas de cebos.

—¿Objeto de su visita? —preguntó el agente.

El fornido tipo que iba al volante se limitó a señalar con el pulgar hacia atrás, a las cañas de pesca y las cajas de aparejos que llevaban.

—Vamos de pesca.

—Me gustaría acompañarlos —dijo el agente sonriendo y les indicó con un ademán que siguiesen hacia Tijuana.

Al alejarse, Zavala, que iba en el asiento del acompañante ladeó la cabeza hacia Kurt.

—¿Para qué nos sirve entonces el manual *Espías como nosotros*? No teníamos más que mostrarle nuestro carné de la NUMA.

Austin lo miró risueño.

—Así es más divertido.

—Suerte tenemos de que nuestro pulcro aspecto no encaje en el perfil de terroristas o traficantes de drogas.

—Prefiero pensar que somos maestros del disfraz —dijo Austin mirando a Zavala y meneando la cabeza—. Por cierto, espero que hayas traído tu pasaporte norteamericano. No me haría ninguna gracia que tuvieses que quedarte en México.

—No hay problema. No sería la primera vez que un Zavala cruza la frontera ilegalmente.

Los padres de Zavala habían vadeado Río Grande en los años sesenta, desde Morales, México, donde nacieron y se criaron. Su madre estaba embarazada de siete meses. Pero su estado no fue obstáculo para que siguiese adelante con su decisión de empezar una nueva vida con su hijo en el Norte. Llegaron a Santa Fe, Nuevo México, y allí nació Zavala. Su padre, buen carpintero y ebanista, consiguió trabajo regular con los acaudalados clientes que construían sus lujosas mansiones allí. Y los mismos influyentes personajes lo ayudaron cuando solicitó el permiso de residencia y luego la nacionalidad.

La camioneta se la había prestado la dotación de apoyo del *Red Ink*, porque no estaba permitido entrar en México con coches alquilados.

Desde su hotel de San Diego, habían ido hacia el sur, por Chula Vista, la población fronteriza que no es mexicana ni estadounidense sino una mezcla de ambos países. Una vez en México, bordearon los barrios bajos de Tijuana y enfilaron después por la MEX 1, la autopista que llaman *carretera transpeninsular*, que cruza toda la Baja California. Pasado El Rosarita, con su concentración de tiendas de recuerdos, moteles y tenderetes de tacos, el bullicio comercial empezaba a disminuir. Al cabo de pocos kilómetros, la autopista estaba flanqueada por campos de cultivo y desnudas lomas a la izquierda, y por la arqueada bahía esmeralda llamada Todos los Santos. Al cabo de una hora de haber salido de Tijuana llegaron a Ensenada.

Austin conocía aquella población turística y pesquera de cuando participaba en la regata para veleros Newport-Ensenada. La meta oficiosa estaba en la cantina Hussong's, un local viejo y sórdido con el suelo cubierto de serrín. Antes de que la nueva autopista trajese a los turistas y sus dólares, el estado de Baja California del Norte era realmente la frontera. En sus mejores tiempos la cantina Hussong's era toda una atracción, por los coloristas personajes y tipos duros que la frecuentaban, y por los marineros, pescadores y pilotos de coches de carrera, que conocieron Ensenada cuando era el último puesto avanzado de la civilización en los mil trescientos kilómetros de longitud de la Baja California, antes de llegar a La Paz. Hussong's era uno de esos bares legendarios, como Foxy's en las islas Vírgenes o Capt'n Tony's en Key West, donde había estado todo el mundo. Al entrar, Austin se animó al ver a unos cuantos borrachines desaliñados, que debían de recordar los buenos tiempos cuando el tequila fluía como un río y la policía pasaba las noches con continuas idas y venidas entre la cantina y el calabozo.

Se sentaron a una mesa y pidieron huevos rancheros.

—Ah, esto resucita a un muerto —exclamó Zavala saboreando un bocado de huevos revueltos con salsa.

Austin se había quedado mirando la triste expresión de la cabeza de alce que presidía la barra desde que tenía memoria. Se preguntaba cómo habría llegado un alce a México. Pero enseguida fijó su atención en el mapa de la Baja California extendido sobre la mesa, junto a la foto del satélite que indicaba la temperatura del agua.

—Vamos aquí —dijo señalando un punto del mapa—. La extraña temperatura se halla en las inmediaciones de esta cala.

Zavala terminó de comer con cara de satisfacción y sacó una guía Baedecker de México.

—Según dice aquí, las ballenas grises llegan a la península de diciembre a marzo, para aparearse y aguardar a que nazcan sus crías. Las ballenas alcanzan las veinticinco toneladas de peso y miden entre tres y dieciséis metros. Durante el apareamiento, un macho sujeta a la hembra mientras otro... —Hizo una mueca y añadió—: Bueno, me saltaré esta parte. La ballena gris fue casi exterminada por los balleneros. Pero en 1947 fue declarada especie protegida. Un momento... déjame que te pregunte una cosa. Ya sé que respetas mucho todo lo que nada, pero nunca había imaginado que te preocupasen tanto las ballenas. ¿Por qué tanto interés? ¿Por qué no dejar que sean las agencias de protección ambiental o de caza y pesca las que se ocupen de ello?

—Buena pregunta. Podría decirte que quiero averiguar la causa que desencadenó los acontecimientos que acabaron con el hundimiento del barco de mi padre. Pero hay otra razón en la que no quisiera entrar. —Puso cara de circunstancias y añadió—: Me recuerda algunas inmersiones espantosas que he hecho, ya sabes. Vas nadando, todo parece normal y de pronto te estremeces, sientes escalofríos y tienes el negro presentimiento de que no estás solo, de que algo te observa, algo que tiene mucho apetito.

—Ya —dijo Zavala pensativo—. Pero todo queda en eso. También yo he imaginado que el más grande, feroz y hambriento de los tiburones estaba detrás de mí, y que estaba pensando que llevaba demasiado tiempo sin probar auténtica comida mexicana. —Engulló otro bocado—. Pero al mirar en derredor compruebo que no hay nada, o quizá solo un pececillo del tamaño de un dedo que me ha estado echando mal de ojo.

—El mar está envuelto en misterio... —citó Austin abstraído.

—¿Y tendremos que descifrarlo?

—En cierto modo. Es una cita de Joseph Conrad: «El mar nunca cambia y su acción, por más que digan los hombres, está envuelta en misterio».

Austin dio unos golpecitos en el mapa con el índice.

—Mueren ballenas todos los días; algunas por causas naturales, otras quedan atrapadas en redes y mueren de hambre, o las destroza un barco, o las envenenamos con la contaminación, porque hay personas que creen que el mar es un vertedero. Pero este caso es distinto. Incluso sin interferencia de los humanos, la naturaleza está siempre en desequilibrio, ajustándose y reajustándose de continuo. Pero no es una cacofonía, es como la improvisación que realiza una buena banda de jazz; Ahmad Jamal en un solo de piano, yendo por su cuenta, y después volviendo a enlazar con el resto. En fin... no sé si tiene mucho sentido lo que digo —concluyó echándose a reír.

—No olvides que he visto tu colección de jazz, Kurt. Lo que estás diciendo es que aquí hay algo que desentona.

—Más que eso: una disonancia universal —dijo Austin pensativo—. Pero me gusta más tu analogía. He tenido la sensación de que me acechaba un tiburón hambriento y con muy malas intenciones, al que sin embargo no veo.

Zavala apartó a un lado el plato, ya vacío.

—Como dicen en mi tierra, el mejor momento para pescar es cuando los peces tienen hambre.

—Da la casualidad de que sé que te criaste en el desierto, amigo —dijo Austin levantándose—. Pero estoy de acuerdo. Vamos a pescar.


Desde Ensenada volvieron a la autopista y se dirigieron hacia el sur. Al igual que en Tijuana, el centro comercial iba difuminándose, hasta desaparecer en el sector donde la autopista tenía solo dos carriles por sentido. La dejaron en la primera salida después de Maneadero, y siguieron por carreteras secundarias, entre campos de cultivo, granjas dispersas y antiguas misiones, hasta llegar a una zona muy solitaria y abrupta, con colinas coronadas de niebla en la vertiente que llegaba hasta el mar. En funciones de copiloto, Zavala consultó el mapa.

—Casi hemos llegado. Está justo tras esa curva —dijo.

Austin no sabía qué esperaba encontrar. Pese a ello, se sorprendió cuando, al salir de la curva, vieron un cartel en español e inglés que indicaba que estaban en «Territorio de la empresa Baja Tortilla».

Kurt se detuvo en el arcén. El cartel estaba al principio de un largo acceso de arcilla flanqueado de árboles. Al fondo se alzaba un edificio grande.

Austin se apoyó en el volante y se subió las gafas de sol hasta la frente.

—¿Estás seguro de que es aquí?

—Sí, es aquí —afirmó Zavala a la vez que le pasaba el mapa a Austin.

—Pues parece que hemos hecho el viaje en balde.

—Puede que no —dijo Zavala—. Los huevos rancheros estaban estupendos y tengo otra camiseta de la cantina Hussong's.

—Siempre he recelado de las coincidencias —dijo Austin frunciendo el entrecejo—. El cartel dice que los visitantes son bienvenidos. De modo que tomémosles la palabra.

Salió de la autopista y siguió varios centenares de metros hasta una zona de aparcamiento cubierta de gravilla, con plazas señalizadas para los visitantes. Varios coches con matrícula de California y un par de autocares estaban aparcados frente al edificio, una estructura de aluminio ondulado con una fachada de ladrillo, pórtico y tejado de tejas rojas, al estilo español. El olor a maíz tostado les llegaba a través de las ventanas abiertas.

—A esto se le llama un camuflaje diabólicamente hábil —dijo Zavala.

—Verás, no esperaba encontrar un cartel anunciando: «Los que mataron a las ballenas os dan la bienvenida».

—Estaría más tranquilo si llevásemos armas —dijo Zavala con fingida preocupación—. Nunca se sabe cuándo puede atacarte una tortilla loca.

—Resérvate los chistes para el viaje de vuelta —le dijo Austin. Bajó del vehículo y enfiló hacia la puerta de la entrada, de madera labrada.

Entraron en la zona de recepción, espaciosa y encalada. Una joven mexicana los saludó sonriente.

—Buenos días —les dijo—. Están de suerte. La visita a la fábrica de tortillas acaba de empezar. ¿No están con el grupo del crucero?

Austin contuvo la sonrisa.

—No. Vamos por nuestra cuenta. Hemos visto el cartel al pasar.

Ella volvió a sonreírles y les pidió que se uniesen a un grupo de personas mayores, la mayoría norteamericanos del Medio Oeste, a juzgar por su acento. La recepcionista, que cumplía también funciones de guía, los condujo hacia la planta de producción.

—El maíz era vital en México, y las tortillas fueron

un alimento básico durante siglos, tanto para los indios como para los colonos españoles —explicó mientras los conducía entre sacos de maíz, que vaciaban en grandes máquinas molturadoras—. Durante muchos años la gente hacía las tortillas en casa. Molían el maíz y mezclaban la harina resultante con agua para hacer la masa, que extendían, cortaban, aplanaban y cocían. Con el aumento de la demanda en México y sobre todo en Estados Unidos, la tortilla se ha convertido en una gran industria. Nuestras modernas instalaciones permiten una elaboración más eficiente e higiénica.

—Si el mercado de esas tortas mexicanas está en Estados Unidos, ¿por qué no han situado la fábrica más cerca de la frontera? —dijo Austin en voz baja—. ¿Por qué fabricarlas aquí y tener que transportarlas a tantos kilómetros de distancia por la autopista?

—Buena pregunta —respondió Zavala—. El negocio de la tortilla en México es un monopolio controlado por individuos con estrechas relaciones en el gobierno. Es una industria que mueve miles de millones de dólares. Aunque tuviesen una buena razón para situar esta planta tan al sur, ¿por qué construirla de cara al océano? Es un buen sitio para un hotel de lujo, pero ¿para una fábrica así...?

La visita siguió por la sala de mezcladoras de masa, que luego pasaba a unas máquinas que producían centenares de tortillas por minuto; las finas tortas salían por un cinta transportadora, donde los trabajadores de la sección, vestidos con chaqueta blanca y gorro de plástico, las recogían.

Mientras la guía conducía al grupo hacia la sección de empaquetado y envío, Austin reparó en una puerta con un letrero de reservado al personal.

—Ya he aprendido todo lo que quería saber acerca de los burritos y las enchiladas —dijo Austin empujando la puerta—. Voy a echar un vistazo.

Zavala miró el imponente físico de Austin y su deslumbrante pelo blanco.

—Con el debido respeto a tu instinto de fisgón, debo advertirte que no encajas con la gente que trabaja aquí. En cambio, yo pasaría tan inadvertido como un gringo gigantón que entrase en el vestíbulo a grandes zancadas.

Zavala tenía razón.

—De acuerdo, fisga tú. Pero ten cuidado. Nos encontraremos al final del recorrido. Si la guía pregunta, le diré que has ido al lavabo.

Zavala le guiñó un ojo y entró. Ya tenía preparada la justificación por si se topaba con alguien: diría que se había perdido buscando los lavabos. Se adentró por un largo pasillo sin ventanas ni aberturas. Solo había una puerta de hierro al fondo. Fue hasta allí y aplicó la oreja a la puerta. Al no oír nada giró el pomo. Pero la puerta estaba cerrada con llave. Metió la mano en el bolsillo y sacó una navaja trucada que servía de ganzúa y que le hubiese costado ser detenido en los países en que están prohibidos esos instrumentos. Al cuarto intento oyó el clic del pestillo. Tras la puerta empezaba otro pasillo. Pero, a diferencia del primero, este tenía varias puertas. Todas estaban cerradas con llave, excepto una que daba a un cuarto con taquillas.

Las taquillas estaban cerradas pero, de haber tenido tiempo, podía haberlas abierto con su navaja-ganzúa. Miró el reloj. La visita debía de estar a punto de terminar. En la pared de enfrente había estanterías con pilas de chaquetas blancas. Se puso una de su talla y, de un armario de material, se agenció una tablilla de las que suelen llevarse en las fábricas para anotaciones. Salió al pasillo y encontró una tercera puerta, también cerrada con llave. Pero tras varios intentos logró abrirla.

La puerta comunicaba con una plataforma elevada que, a su vez, daba a una espaciosa nave y conducía a una serie de pasarelas que cruzaban una red de tuberías horizontales y verticales. El sordo zumbido de maquinaria parecía proceder de todas partes. Bajó un tramo de escaleras. Las tuberías partían del suelo y desaparecían en ángulos rectos por la pared. Dedujo que formaban parte de las instalaciones de la fábrica. En uno de los lados de la nave había otra puerta. Al abrirla, una fresca brisa del océano le dio en la cara.

Se quedó boquiabierto. Estaba de pie en una pequeña plataforma, en lo alto de un acantilado de unos setenta metros que daba a una laguna. Desde allí la vista era preciosa, y de nuevo volvió a preguntarse por qué no habían construido allí un hotel, en lugar de una fábrica. Dedujo que la fábrica quedaba debajo del borde del acantilado, pero no podía verlo desde donde estaba. Volvió a mirar hacia abajo. Un leve oleaje rompía contra las rocas y las cubría de efímeras blondas. La plataforma tenía una puerta de ballesta que daba a un hueco. Qué raro, pensó. A un metro de la puerta, un grueso cable metálico partía de la pared del acantilado y desaparecía en el agua.

Siguió con la mirada el cable hasta la laguna, cuya agua era más oscura en un sector que en el resto. Podía tratarse de kelp o de otras algas que se agitasen contra las rocas. De pronto vio un intenso burbujeo en la base del acantilado y que un objeto grande y resplandeciente, en forma de huevo, asomaba del agua y ascendía por la pared del acantilado. ¡Claro! El cable era para un ascensor.

El huevo ascendía con rapidez. Llegaría a su altura en segundos.

Zavala volvió a la nave de las tuberías y dejó la puerta entreabierta.

El huevo estaba hecho de un plástico o cristal ahumado que se confundía con la pared del acantilado. Se detuvo en la plataforma. Se abrió una puerta por la que salieron dos hombres vestidos con monos blancos. Zavala corrió hacia las escaleras. Al cabo de unos segundos estaba de nuevo en el cuarto de las taquillas. Se quitó la chaqueta, la volvió a doblar y rehizo el camino avivando el paso hacia la planta de producción.

Nadie lo vio volver a entrar en la zona abierta al público. Fue enseguida en busca de Austin. La guía lo vio acercarse y le dirigió una mirada inquisitiva.

—No encuentro los lavabos.

—Ah —dijo ella—. Ahorita se lo indico. —Dio una palmada mirando en derredor—. Bueno, aquí termina la visita.

La joven fue entregando a todos un paquete de tortillas de regalo y volvió a conducirlos a la recepción. Zavala se dejó acompañar por la chica a los lavabos, cumplió con el expediente y salió enseguida.


Al partir los coches y los autocares Austin y Zavala comentaron lo observado.

—A juzgar por la cara que pones, parece que tu exploración ha sido un éxito.

—Sí, he descubierto algo raro, pero no sé lo que es —dijo Zavala, y se lo explicó sucintamente.

—El hecho de que oculten algo bajo el agua indica que no quieren que nadie sepa lo que hacen —dijo Austin—. Vamos a dar un paseo.

Rodearon la fábrica en dirección a la orilla, pero encontraron una alta alambrada de espino a unos cien metros del borde del acantilado.

—Qué pena. Con lo bonita que es la vista —dijo Zavala.

—Probemos a ver por el otro lado de la cala.

Volvieron a la camioneta y se dirigieron de nuevo hacia la carretera. Había varios senderos que conducían hasta el mar, pero la alambrada bloqueaba el paso en todos ellos. Cuando ya iban a desistir, vieron a un hombre con una caña de pescar y un cesto lleno de pescado que subía por un sendero que llegaba hasta la orilla. Zavala le preguntó si podían bajar.

El pescador se mostró un poco receloso, aparentemente pensado que tenían algo que ver con la fábrica de tortillas. Pero, al sacar Zavala un billete de veinte dólares, se le iluminó la cara y dijo que sí, que había una alambrada, pero que se podía pasar por debajo en un pequeño tramo.

Los condujo por un sendero entre altos arbustos, señaló un tramo de la alambrada y dio media vuelta con el billete que acababa de caerle del cielo. Una parte de la alambrada estaba retorcida y dejaba un hueco por el que se podía pasar. Zavala se deslizó fácilmente hasta el otro lado y levantó un poco el borde inferior para que pasase Austin. Siguieron por un sendero cubierto de maleza hasta llegar a un promontorio del lado sur del acantilado.

Un sendero seguramente abierto por los pescadores descendía por la parte menos empinada. Pero los hombres de la NUMA estaban más interesados en la vista del otro lado de la cala. Desde allí, la oscura estructura metálica parecía un siniestro reducto de una película de Conan.

Austin enfocó el edificio con los prismáticos y luego los dirigió hacia la pared del acantilado. El sol se reflejaba en algo metálico por donde Zavala había dicho que estaba el cable del ascensor. Recorrió la amplia boca de la laguna, desde donde el oleaje rompía en las rocas hasta la fábrica.

—Ingenioso —dijo Austin riendo—. Si la instalación estuviese aquí, en un paraje tan escondido, todos, al igual que nuestro amigo el pescador, hablarían de ello. Pero, como está a la vista de todos y se invita al público a visitarla, a entrar y salir a diario, tienen una excelente tapadera para cualquier clase de actividad clandestina.

Zavala le pidió los prismáticos y miró hacia el acantilado de enfrente.

—¿Para qué puede servir un ascensor submarino?

—No tengo ni idea —contestó Austin meneando la cabeza—. Creo que ya hemos visto todo lo que puede verse.

Confiando en detectar señales de actividad alrededor del edificio o en el acantilado, se quedaron allí un rato, pero el único movimiento que vieron fue el vuelo de las aves marinas. Luego se alejaron del mar y, minutos después, volvían a pasar bajo la alambrada.

A Zavala le hubiese gustado preguntarle al pescador si sabía algo acerca del ascensor, o si había visto algo anormal en la laguna. Pero el pescador ya se había marchado, tan campante, con su billete de veinte dólares.

De nuevo en la camioneta, se dirigieron hacia el norte. Zavala sabía por experiencia que su compañero estaba dándole vueltas a algún plan y que en cuanto lo tuviese claro se lo explicaría con detalle.

—¿Sigue la NUMA llevando a cabo análisis del agua frente a San Diego? —le preguntó Austin al poco de dejar atrás Ensenada.

—Que yo sepa sí. Tenía intención de ir después de la regata, para ver cómo va todo.

Austin asintió con la cabeza.

Durante el trayecto de regreso hablaron de nimiedades, contándose anécdotas de pasadas aventuras y de algunas locuras de juventud en México. La caravana que encontraron antes de cruzar la frontera iba a paso de tortuga. Mostraron sus carnés de la NUMA para ganar tiempo y enseguida pasaron por el control de aduanas.

De vuelta en San Diego fueron a la bahía, hasta un

puerto deportivo municipal. Aparcaron y siguieron a pie por un muelle, frente a docenas de veleros y de embarcaciones a motor. Al final de otro muelle, reservado para embarcaciones mayores, vieron un barco ancho y rechoncho de casi treinta metros de eslora. Era el *Sea Robin* de la NUMA, cuyo nombre, pintado con letras blancas, resaltaba en el fondo verde grisáceo del casco.

Subieron por la pasarela y preguntaron a un tripulante si el capitán estaba a bordo. El tripulante los condujo hasta el puente, donde un hombre delgado y cetrino examinaba unos mapas.

Jim Contos era uno de los mejores capitanes de la NUMA. Hijo de un pescador de esponjas de Targon Springs, se había pasado la vida en los barcos.

—Hola, Kurt, Joe... —los saludó Contos sonriente—. ¡Menuda sorpresa! He oído que andabais por aquí, pero no contaba que honraseis al *Sea Robin* con una visita. ¿En qué andáis? —Miró a Zavala y añadió—: Aunque tú siempre sé en lo que andas.

Zavala esbozó una sonrisa.

—Kurt y yo participamos ayer en la regata.

—Sé lo que ocurrió con vuestro barco —dijo Contos con expresión pesarosa—. Lo siento.

—Gracias —dijo Austin—. Entonces también sabrás lo de las ballenas grises muertas.

—Sí... algo muy raro. ¿Tenéis idea de qué las mató?

—Quizá lo averigüemos con tu ayuda.

—Contad con lo que sea.

—Nos gustaría que nos prestases el *Robin Sea* y el «mini» para hacer unas inmersiones al sur de la frontera.

Contos lanzó una risotada.

—Veo que no bromeabais con lo de pedirme ayuda. —Se encogió de hombros y añadió—: En fin, ¿por qué no? Ya hemos terminado los análisis aquí. Si puedes conseguir una autorización para trabajar en aguas mexicanas, por mí de acuerdo.

Austin asintió con la cabeza e inmediatamente llamó a la NUMA. Al cabo de unos minutos de conversación le pasó el móvil a Contos, que escuchó, asintió y, después de hacer algunas preguntas, desconectó.

—Parece que vamos a ir al sur. Gunn ha dado su conformidad. —Rudi Gunn era el director de operaciones de la NUMA en Washington.

—Dos días como máximo. Quiere que tú y Joe estéis de vuelta para entonces; dice que ha de poneros a trabajar otra vez. Pero no podrá conseguir el permiso del gobierno mexicano con tanta precipitación.

—Si alguien nos hace preguntas diremos que nos hemos perdido —dijo Austin con expresión angelical.

Contos señaló las luces y diales de la consola de su barco.

—Dudo que engañásemos a nadie con la parafernalia electrónica que lleva este barco. El *Sea Robin* podrá ser feo, pero os aseguro que sabe lo que ocurre en el mundo. Dejaremos que el Departamento de Estado apechugue con el problema si nos abordan. ¿Cuándo queréis salir?

—Iremos a recoger nuestro equipo y volveremos lo antes posible. El resto es cosa tuya.

—Podríamos zarpar mañana a las siete de la mañana —dijo el capitán, y se alejó para dar nuevas órdenes a su tripulación.

Mientras regresaban al coche, Austin preguntó qué había querido decir Contos al comentar que ya sabía en lo que Joe andaba.

—Pues... es que salimos con la misma chica unas cuantas veces —contestó Zavala encogiéndose de hombros.

—¿Queda alguna mujer en Washington D.C. con la que no hayas salido?

—La primera dama —dijo Zavala tras reflexionarlo—. Ya sabes que no salgo con mujeres casadas.

—Es un alivio —dijo Austin al ponerse al volante.

—Claro que si se divorcian...

Austin lo miró con expresión risueña.


7


Bajo el despejado cielo del oeste el helicóptero McDonnell-Douglas se alejó de los escarpados picos de Squaw Mountain, descendió sobrevolando el lago Tahoe y salió zumbando como una libélula enloquecida hacia la costa de California. Finalmente se posó en el claro de un pinar, sobre una pista de cemento.

Al detenerse los rotores, un enorme todoterreno se acercó al aparato. El chófer, que llevaba un uniforme del mismo color verde oscuro que el helicóptero y que el coche, bajó para saludar al importante personaje que acababa de llegar.

—Por aquí, congresista Kinkaid —dijo el chófer, y le cogió la bolsa de viaje y cargó con ella.

Subieron al coche, que enfiló por un acceso asfaltado a través del bosque. Al cabo de unos minutos el vehículo se detuvo frente a un complejo de edificios que parecía una versión en madera del legendario castillo de San Simeón. El sol del atardecer dejaba a contraluz la espectral silueta de las torres, los muros y las torretas.

Solo para la fachada debían de haber necesitado talar un bosque entero. El edificio era como una gigantesca cabaña de troncos, de forma cúbica, con una serie de anexos alrededor del edificio central, de tres plantas.

—Esto es más grande que el Tabernáculo de los Mormones —musitó el congresista Kinkaid.

—Bienvenido a Valhalla —dijo el chófer sin asomo de ironía.

Aparcó enfrente, cargó con la bolsa del congresista y lo condujo por una amplia escalera hasta un rellano, grande como una pista de bolos, y luego a un espacioso vestíbulo con las paredes y las vigas de madera casi negra. Siguieron por una serie de pasillos, revestidos con paneles del mismo color, y se detuvieron frente a una alta puerta metálica con grabados en relieve y arco gótico.

—Le llevaré la bolsa a sus aposentos, señor. Los demás están esperando. Encontrará una placa metálica con su nombre en su sitio.

Otro hombre se acercó sin decir palabra y pulsó un botón en la pared. Las puertas se abrieron silenciosamente.

Kinkaid se quedó sin aliento al entrar y cerrarse las puertas tras él. Se hallaba en un enorme salón de techo muy alto, iluminado por el fuego de una colosal chimenea y por antorchas que colgaban de las paredes flanqueadas por escudos heráldicos, lanzas, gallardetes, hachas de combate, espadas y otros artilugios mortíferos que recordaban los tiempos en que las carnicerías de la guerra se hacían cuerpo a cuerpo.

Pero lo más asombroso era lo que se alzaba en el centro del salón: un barco vikingo, de unos veinticinco metros de eslora, cuyas popa y proa de roble se curvaban hacia arriba. La única vela, cuadrada y de piel, parecía dispuesta a impulsar la nave de un momento a otro. Una escalerilla cercana a la popa permitía acceder a la cubierta, hasta una alargada mesa con un mástil en el centro.

Kinkaid había servido en la armada, en Vietnam, y aquel entorno no lo intimidó. Sin vacilar, fue hasta el barco y subió por la escalerilla.

Sentados alrededor de la mesa había una docena de hombres que interrumpieron su conversación y lo miraron con curiosidad. Kinkaid se sentó en la única silla vacía y los miró a su vez. En ese momento se abrió la puerta de la entrada.

Una mujer avanzó con paso resuelto hasta el barco, entre las antorchas llameantes. Sus largas piernas cubrieron pronto la distancia. Llevaba unas mallas ceñidas que resaltaban su cuerpo atlético, de una estatura impresionante. Medía más de dos metros. De facciones y cuerpo impecables, su belleza era como la de un iceberg e igualmente amedrentadora. Podía haber surgido perfectamente de los hielos eternos del Ártico. Llevaba el pelo, flexible y brillante, recogido en un moño, con lo que dejaba ver su tez marmórea y unos grandes ojos azules y glaciales. Subió por la escalerilla hasta cubierta y rodeó la mesa.

Con una voz que sorprendía por su suavidad, fue saludando a todos individualmente, llamándolos por sus nombres y agradeciéndoles su asistencia. Al llegar al congresista le dirigió una mirada escrutadora y le estrechó la mano con vigor. Luego fue a sentarse en su sitio, una silla de respaldo alto situada en el extremo de la mesa que daba a proa. Sonrió de una manera fría y seductora a la vez.

—Buenas tardes, caballeros —dijo con una modulación propia de quien tiene dotes oratorias—. Me llamo Brynhild Sigurd. Sin duda se preguntarán qué es este lugar. Valhalla es mi hogar y la sede de mi compañía, pero es también un homenaje a mis raíces escandinavas. El edificio central es una versión ampliada de una casa vikinga. Los anexos están destinados a diversos usos, como oficinas, habitaciones para invitados, gimnasio y un museo con mi colección de arte nórdico primitivo. —Arqueó una ceja—. Espero que ninguno de ustedes sea propenso al mareo. —Aguardó a que cesasen las risitas y continuó—. Este barco, una reproducción de la nave vikinga *Gogstad*, es algo más que un decorado teatral. Simboliza mi fe en que lo imposible es posible. Lo hice construir porque admiro la belleza funcional del diseño, pero también como un recordatorio de que los vikingos jamás habrían cruzado el mar si no hubiesen sido aventureros y audaces. Quizá su espíritu influya en las decisiones que tomemos aquí. —Hizo una breve pausa—. Probablemente se preguntarán por qué los he invitado.

Una voz áspera la interrumpió.

—Creo que su ofrecimiento de regalarnos cincuenta mil dólares o de donarlos a la organización de beneficencia que elijamos, puede tener algo que ver en ello —dijo el congresista Kinkaid—. Yo los dono a una fundación científica que se ocupa de malformaciones congénitas.

—No esperaba menos, dada su reputación de hombre íntegro.

—Perdone la interrupción —dijo Kinkaid volviendo a sentarse—. Siga, por favor, con su fascinante introducción.

—Gracias. Verán, caballeros, todos ustedes proceden de distintas partes del país y representan distintas actividades. Hay políticos, burócratas, catedráticos, ejecutivos e ingenieros. Pero ustedes y yo pertenecemos a una hermandad unida por una cosa: el agua. Un bien cada vez más escaso. Todos sabemos que podríamos enfrentarnos a la que podría ser la más grave sequía de la historia. ¿No es así, profesor Dearborn? Como climatólogo, ¿podría usted darnos su diagnóstico de la situación?

—Encantado —repuso el climatólogo, un hombre de mediana edad que pareció sorprendido de que lo invitasen a intervenir. Se mesó el pelo rojizo, que ya clareaba, y miró en derredor de la mesa—. Este país padece una sequía entre moderada y grave, en la zona central y a lo largo de la costa sur, desde Arizona a Florida. Esto representa casi una cuarta parte de los estados del país. La situación probablemente empeorará. Además, el nivel de las aguas de los Grandes Lagos nunca ha estado tan bajo. No hay que descartar una prolongada sequía que amenace con la desertización, y tampoco una megasequía que dure decenios.

Se produjo un murmullo alrededor de la mesa.

Brynhild abrió una caja de madera que tenía frente a ella y sacó un puñado de arena que dejó escurrir entre sus largos dedos.

—De modo, caballeros, que la situación no está para echar las campanas al vuelo. Ese es el árido y desolador futuro que nos espera.

—Con el debido respeto, señorita Brynhild —la interrumpió uno de los asistentes con un fuerte acento de Nevada—. No nos cuenta usted nada nuevo. En Las Vegas habrá serios problemas. Y las perspectivas de Los Ángeles y Phoenix no son mucho mejores.

Brynhild unió las palmas de las manos como si amagase un aplauso.

—Cierto. Pero ¿y si les dijera que hay un modo de salvar nuestras ciudades?

—Pues me gustaría saber cómo, desde luego —repuso el de Nevada.

Brynhild cerró la caja.

—El primer paso ya se ha dado. Como saben, el Congreso ha autorizado el control privado de la distribución de agua desde el río Colorado.

—Y como debe usted de saber, señorita Sigurd —dijo Kinkaid inclinándose hacia delante—, yo dirigí la oposición al proyecto de ley.

—Por suerte, su oposición no prevaleció. Si el proyecto de ley llega a ser rechazado, el Oeste estaría condenado a la ruina. En los embalses solo queda agua para dos años. Y, si llegan a vaciarse, tendríamos que evacuar la mayor parte de California y Arizona, y grandes zonas de Colorado, Nuevo México, Utah y Wyoming.

—Replicaré lo mismo que les dije a esos imbéciles de Washington. Poner la presa Hoover en manos privadas no hará que llueva más.

—Eso nunca se discutió. El problema no era de escasez de agua sino de distribución. Gran parte del agua estaba siendo mal usada. Acabar con la financiación pública y poner el agua en manos del sector privado significa que no será desaprovechada, por una razón muy sencilla: lo que se desaprovecha no rinde beneficios.

—Yo me atengo a mi argumento básico —insistió Kinkaid—. Algo tan importante como el agua no debería ser controlado por empresas que no han de rendir cuentas a la ciudadanía.

—La ciudadanía tuvo su oportunidad y la desaprovechó. Ahora el precio del agua se regirá por la oferta y la demanda, por las leyes del mercado. Y solo tendrán agua aquellos que puedan pagarla.

—Eso es exactamente lo que aduje en mi intervención en el Congreso, las ciudades ricas seguirán boyantes, mientras que las poblaciones pobres morirán de sed.

—¿Y qué? —exclamó Brynhild con talante inflexible—. Piense en lo que ocurriría si el agua siguiese siendo distribuida por el sector público y los ríos se secasen. El Oeste, tal como lo conocemos, se convertiría en un páramo. Como ha dicho el climatólogo de Nevada, Los Ángeles, Phoenix y Denver se convertirían en ciudades fantasma. No es difícil imaginar la maleza crecer a su aire en los vacíos casinos de Las Vegas. Se produciría un desastre económico. Los mercados de valores se desplomarían. Wall Street nos daría la espalda. Y la pérdida de poder financiero significa pérdida de influencia en Washington. Y el dinero destinado a obras públicas se canalizaría a otras zonas del país. —Dejó que su letanía de desastres hiciese su efecto y luego prosiguió—: Los habitantes del oeste se convertirían en los nuevos parias, como salidos de *Las uvas de la ira*; sólo que, en lugar de dirigirse al oeste en busca de la Tierra Prometida, cargarían con sus bártulos en sus Lexus y Mercedes y se dirigirían con sus familias al este. Pregúntense cómo reaccionarían en el este ante un alud de americanos del oeste que llegase en busca de empleo. —Hizo una pausa retórica y añadió—: ¿Qué tal si la gente de Oklahoma se negase a acogernos?

—No se lo reprocharía —dijo un potentado del sector inmobiliario del sur de California—. No harían sino lo que hicieron los californianos con mis abuelos, recibirlos a tiro limpio, con patrullas y bloqueos de carreteras.

Un ranchero de Arizona sonrió amargamente y lo miró.

—Si ustedes los californianos no fuesen tan codiciosos habría agua suficiente para todos.

Al cabo de unos minutos todos hablaban a la vez. Brynhild dejó que la discusión prosiguiera y luego golpeó la mesa con los nudillos.

—Esta infructuosa discusión es un ejemplo de la polémica que tiene lugar acerca del agua desde hace décadas. En los viejos tiempos, los rancheros solventaban a tiros sus disputas por el agua. En la actualidad nuestra armas son las demandas judiciales. La privatización pondrá fin a estos enfrentamientos. Tenemos que acabar con las disputas entre nosotros.

Un aplauso resonó en el salón.

—¡Bravo! —exclamó Kinkaid—. Aplaudo su elocuente representación. Pero pierde usted el tiempo. Me propongo pedirle al Congreso que se replantee la cuestión y tenga lugar un nuevo debate.

—Eso podría ser un error.

Kinkaid estaba demasiado excitado para reparar en la velada amenaza.

—Lo dudo —replicó el congresista—. Sé de buena tinta que las empresas que se han hecho cargo de la red del Colorado gastaron centenares de miles de dólares para propiciar esa calamitosa legislación.

—Su información es inexacta. Gastamos millones.

—Millones... ¿usted?

—No personalmente sino mi empresa. En realidad es una corporación que agrupa a esas empresas que usted ha mencionado.

—Increíble. ¿No irá a decir que la red hidráulica del Colorado la controla usted?

—Concretamente, está bajo el control de una sociedad constituida expresamente para este fin.

—¡Esto es incalificable! No puedo creer que me diga algo semejante con tal desfachatez.

—No se ha hecho nada ilegal.

—Eso mismo dijeron en Los Ángeles cuando el ayuntamiento se apropió del río Owens Valley.

—Tanto más a mi favor. Lo que digo no es nada nuevo. Los Ángeles se convirtió en la más grande, rica y poderosa ciudad de todos los desiertos del mundo, a base de movilizar un ejército dedicado a las prospecciones acuíferas, abogados y especuladores de terrenos para hacerse con el control del agua de sus vecinos.

—Perdone —terció el profesor Dearborn—, pero me temo que estoy de acuerdo con el congresista. El caso de Los Ángeles fue un ejemplo clásico de usurpación imperialista. Si lo que usted nos expone es cierto, está sentando las bases de un monopolio del agua.

—Permítame que le exponga este panorama, doctor Dearborn —replicó Brynhild—. La sequía persiste. El río Colorado no puede hacer frente a la demanda, las ciudades mueren de sed. No se encontrarían ustedes con abogados que debatiesen sobre la distribución del agua, sino con refriegas a tiros junto a toda charca, como en los viejos tiempos. Piénselo. Multitudes sedientas que se echan a la calle y atacan a las autoridades. El caos. Los disturbios de Watts serían un juego de niños en comparación.

—Tiene usted razón —dijo Dearborn, preocupado—. Pero, perdóneme, no me parece justo...

—Se trata de una lucha por la supervivencia, profesor —lo atajó ella—. Podemos vivir o morir; de nosotros depende.

Dearborn se recostó en el respaldo, abatido. Cruzó los brazos y meneó la cabeza.

Kinkaid optó por salir en su defensa.

—No deje que tergiverse las cosas con su catastrofismo, profesor Dearborn —dijo el congresista.

—Parece que no he conseguido hacerle cambiar de opinión —se lamentó ella.

—No —dijo Kinkaid levantándose—, pero le diré lo que sí ha conseguido. Me ha dado municiones para cuando vuelva a plantear el debate ante la comisión. No me sorprendería conseguir que se apruebe una ley antitrust. Apuesto a que los compañeros que votaron a favor del proyecto de ley de privatización de la red del Colorado cambiarán de opinión si saben que todo el sistema hidráulico va a caer en manos de un grupo de empresas.

—Siento oír eso —dijo Brynhild.

—Lo sentirá mucho más cuando acabe con usted. Quiero abandonar su parque de atracciones inmediatamente.

Brynhild lo miró entristecida. Admiraba la fuerza incluso cuando iba dirigida contra ella.

—Muy bien —dijo Brynhild a la vez que se desprendía una radio del cinturón—. Tardarán unos minutos en preparar el helicóptero y bajar su equipaje.

La puerta del salón se abrió. El hombre que había acompañado a Kinkaid lo acompañó ahora también fuera del salón.

—Aunque algunos consideren esta sequía un desastre —dijo ella cuando se hubieron marchado—, brinda una oportunidad única. El río Colorado es solo parte de nuestro plan. Después nos haremos con el control de otras cuencas del país. Todos ustedes están en situación de influir en el éxito de nuestros objetivos. Habrá grandes recompensas para todos los presentes; mucho mayores de lo que puedan imaginar. Y, al mismo tiempo, estarán contribuyendo al bien público. —Miró a uno y otro lado de la mesa y luego añadió—: Quien quiera marcharse ahora puede hacerlo. Solo pido que me den su palabra de que mantendrán en secreto esta reunión.

Los invitados se miraron y algunos se rebulleron inquietos en la silla, pero ninguno se marchó; ni siquiera Dearborn.

De pronto aparecieron varios camareros que dejaron garrafas de agua en la mesa y un vaso frente a cada uno.

Brynhild los miró.

—William Mulholland fue quien más influyó en traer el agua a Los Ángeles. Señaló hacia el Owens Valley y dijo: «Aquí está. Tomadla».

Como respondiendo a una señal, los camareros llenaron los vasos y se retiraron.

—Aquí está. Tomadla —repitió Brynhild. Alzó su vaso, se lo llevó a los labios y bebió un largo trago.

Sus invitados la imitaron, como si participasen en un extraño ritual.

—Bien. Ahora el paso siguiente. Volverán a sus casas y aguardarán a que les llamen. Y harán lo que se les pida sin discutir. Nada de lo que se ha comentado en esta reunión debe divulgarse; ni siquiera el hecho de que han estado aquí. Si no hay más preguntas —añadió, dando la reunión por terminada—, pásenlo ustedes bien. Dentro de diez minutos se servirá la cena en el comedor. He contratado a un chef de cinco estrellas que supongo que no los defraudará. Después habrá un espectáculo traído directamente desde Las Vegas, y luego los acompañarán a sus habitaciones. Partirán mañana después del desayuno, en el mismo orden en que llegaron. Los veré en la próxima reunión, exactamente dentro de un mes.

Y, sin más, Brynhild Sigurd cruzó el salón y salió por la misma puerta central por la que había entrado. Siguió por el pasillo y entró en una sala contigua.

Dos hombres, de pie, con las piernas muy separadas y las manos cruzadas a la espalda, miraban a las pantallas de televisión que llenaban una pared de arriba abajo. Eran gemelos idénticos, de ojos negros y profundos. Llevaban una indumentaria tan idéntica como ellos: pantalones y chaquetas de piel negra. Tenían la misma complexión fornida, pómulos altos, el pelo del color del heno mojado y unas cejas oscuras y pobladas.

—Bien. ¿Qué opináis de nuestros invitados? —preguntó ella en tono burlón—. ¿Servirán esos gusanos a sus propósitos a la vez que nos abonan el terreno?

Los hermanos, que sólo tenían una cosa en la cabeza, no captaron la analogía.

—¿A quién quiere que eliminemos? —preguntó con acento de Europa central el hombre que estaba a la derecha.

También su tono monocorde era idéntico. Brynhild sonrió satisfecha. La respuesta reafirmó su convicción de haber acertado al rescatar a Melo y Radko Kradzik de las fuerzas de la OTAN, que querían llevar a los notorios hermanos ante el Tribunal Internacional de La Haya, acusados de crímenes contra la humanidad.

Los gemelos Kradzik eran los clásicos psicópatas; habrían cometido innumerables crímenes aunque no se hubiese producido la guerra de Bosnia. Su estatus paramilitar les otorgó una pseudolegitimidad para los asesinatos, violaciones y torturas que cometieron en nombre del nacionalismo. Parecía inconcebible que aquellos dos monstruos hubiesen nacido de una mujer. Eran tan iguales que casi siempre intuían lo que el otro pensaba, como si fueran una misma persona con dos cuerpos. Su lazo los hacía doblemente peligrosos, porque podían actuar sin comunicación verbal.

Brynhild había renunciado a tratar con ellos separadamente.

—¿A quién creéis vosotros que hay que eliminar?

Uno de ellos alargó una mano, que parecía una garra hecha para infligir dolor, y le dio la vuelta a la cinta de vídeo. Su hermano señaló a un hombre que llevaba un traje azul.

—A ese —dijeron al unísono.

—¿Al congresista Kinkaid?

—Sí. Porque a él no... le ha gustado lo que usted ha dicho.

—¿Y los demás?

Volvieron a pasar el vídeo y señalaron.

—¿Al profesor Dearborn? Una pena. Pero vuestra intuición es probablemente acertada. No podemos permitirnos contar con nadie que tenga el menor escrúpulo. Muy bien. Cargáoslo también. Y hacedlo lo más discretamente posible. Voy a convocar pronto una reunión de la Junta de Dirección para analizar nuestros planes a largo plazo. Quiero que todo esté zanjado antes de esa reunión. No voy a tolerar errores como los de aquellos imbéciles que lo fastidiaron todo en Brasil hace diez años.

Brynhild salió de la estancia y dejó allí a los gemelos, que permanecieron en la sala inmóviles, atentos a las pantallas, con la ávida expresión de un gato que elige al más rollizo pez de colores de la pecera para su cena.

## 8

El panorama del río había cambiado poco desde que el doctor Ramírez despidió a los Trout en el embarcadero y les deseó buen viaje. El barco recorrió kilómetros y kilómetros a lo largo de la sinuosa cinta verde oscura del agua. Una impenetrable espesura flanqueaba el río y lo separaba de la noche eterna del interior de la selva. En un recodo el río estaba bloqueado por una maraña de ramas y troncos. Detenerse casi fue un alivio, porque el ruido del motor del aparato era tan ensordecedor que atontaba. Ataron un cabo a un árbol de la orilla y se dispusieron a retirar los troncos y las ramas para desbloquear el curso.

Tardaron bastante, y ya atardecía cuando las densas frondas dejaron ver claros y campos de cultivo cerca de la orilla del río. Luego llegaron a un grupo de chozas de techumbre de paja.

Paul redujo la velocidad y dirigió la proa entre varias piraguas varadas en la fangosa pendiente. Con un acelerón adentró el barco en la orilla y apagó el motor. Se abanicó con la gorra de la NUMA, que había llevado con la visera hacia atrás, y dijo:

—¿Dónde deben de estar?

Aquel anormal silencio contrastaba con el bullicio del enclave del doctor Ramírez, donde los nativos iban durante todo el día de un lado para otro. Aquello parecía desierto. Las únicas señales de actividad humana reciente eran jirones de humo gris que se alzaban desde los hoyos de los fuegos.

—Esto es muy raro —dijo Gamay—. Es como si hubiesen huido de la peste.

Paul abrió una caja y sacó una mochila. El doctor Ramírez se había empeñado en que los Trout llevasen un revólver Colt. Moviéndose con lentitud, Paul colocó la mochila entre ambos, metió la mano, sacó el arma con la funda y tocó la tranquilizadora rugosidad de la culata.

—No es precisamente la peste lo que me preocupa —dijo Paul mirando hacia las silenciosas chozas—. Pienso en el indio muerto de la piragua.

Gamay sentía la misma preocupación.

—Si nos alejamos del barco podríamos tenerlo muy difícil para volver —dijo Gamay—. Aguardemos unos minutos.

—A lo mejor están haciendo la siesta —aventuró Paul—. Vamos a despertarlos. —Hizo bocina con las manos y gritó—: ¡Hola!

No obtuvo más respuesta que el eco de su voz. Volvió a insistir, pero con el mismo resultado.

—Tendrían que estar todos como un tronco para no oír unos berridos así —dijo Gamay riendo.

—Me huele mal —dijo Paul meneando la cabeza—. Hace demasiado calor para seguir sentados aquí. Voy a echar un vistazo. ¿me cubres?

—Tendré una mano en el cañón que nos ha dado el doctor Ramírez y la otra en el contacto. Pero no te hagas el héroe.

—Ya sabes que no voy de héroe. Al menor problema volveré corriendo.

La larguirucha figura de Trout se levantó del asiento frente al cuadro de mandos y pasó a cubierta. Tenía plena confianza en que su esposa sabría cubrirlo.

Cuando vivía en Racine, de pequeña, el padre de Gamay le enseñó a tirar al plato, y era una tiradora excelente con cualquier arma de fuego. Paul aseguraba que su esposa era capaz de acertarle a un mosquito en pleno vuelo.

Paul dirigió la mirada a uno y otro lado del enclave y, al saltar a la orilla, se detuvo alarmado. Había visto movimiento en la oscura entrada de la choza más grande; una cara que asomó y desapareció enseguida.

Volvió a verla. Y al cabo de unos segundos salió un hombre agitando la mano. Gritó lo que parecía un saludo y bajó por la pendiente hacia ellos.

Al llegar a la orilla del río se secó la cara con un pañuelo de seda. Era un hombre alto y fornido. El sombrero de ala ancha de paja lo hacía parecer aun más alto. Llevaba unos pantalones de algodón, muy holgados y sujetos con un trozo de cuerda de nailon, y una camisa blanca de manga larga abrochada hasta la nuez. El sol se reflejaba en el monóculo de su ojo izquierdo.

—Bienvenidos al París de la selva —dijo con acento alemán.

Paul miró hacia aquel grupo de chozas miserables.

—¿Y dónde está la torre Eiffel? —preguntó en tono desenfadado.

—Ah, ¡la torre Eiffel! ¡Maravillosa! Mire hacia allí, no está lejos del arco de Triunfo.

Tras el largo viaje por el río con tanto calor, a Paul no le apetecía mucho intercambiar alardes de ingenio.

—Buscamos a un hombre que llaman el Holandés —dijo.

El hombre se quitó el sombrero, dejando ver una enmarañada cabellera blanca que ya clareaba.

—Su seguro servidor. Pero no soy holandés —dijo echándose a reír—. Cuando llegué a este malahadado lugar, hace siete años, dije que era *deutsch*, pero como les hablé en inglés entendieron *dutch*, o sea, holandés. Pero no. Soy alemán. Me llamo Dieter von Hoffman.

—Yo soy Paul Trout. Le presento a Gamay, mi esposa.

Hoffman dirigió su monóculo a Gamay.

—Un bonito nombre para una encantadora mujer —dijo con galantería—. No vemos a muchas mujeres blancas por aquí, ni guapas ni feas.

Gamay preguntó por qué estaba tan silencioso el

poblado. Dieter entreabrió los labios con cara de circunstancias.

—Les he sugerido a los nativos que se escondan —contestó—. Nunca está de más ser cauteloso con los extraños. Aparecerán en cuanto vean que vienen en son de paz —añadió sonriente—. Bueno, ¿y qué les trae a este humilde poblado?

—El doctor Ramírez nos ha pedido que vengamos. Somos de la NUMA, de la Agencia Nacional Marina y Submarina —repuso Gamay—. Trabajábamos en unas investigaciones sobre los delfines del río y nos alojábamos en casa del doctor Ramírez. Nos ha pedido visitarlo en su nombre.

—A través del telégrafo de la selva, me he enterado de que un par de científicos estadounidenses estaban en las inmediaciones. Pero nunca imaginé que nos honrarían con una visita. ¿Cómo está el estimado doctor Ramírez?

—Quería venir, pero se ha torcido un tobillo y no puede andar.

—Lástima. Me hubiese gustado verlo. En fin, hace mucho que no tengo compañía, pero eso no debe ser excusa para ser un mal anfitrión. Bajen. Deben de estar sedientos con este calor.

Paul y Gamay intercambiaron una mirada de cautela y bajaron del barco. Gamay se colgó del hombro la bolsa en la que llevaban el revólver y fueron hacia las chozas, dispuestas en semicírculo en lo alto de la pendiente.

Dieter gritó en la lengua de los nativos y enseguida salieron de las chozas hombres, mujeres y niños. Se acercaron con timidez y permanecieron en silencio. Dieter les dio otra orden y se dispersaron. Paul y Gamay volvieron a mirarse. Estaba claro que en aquel poblado Dieter no sugería sino que ordenaba.

Una indígena, de veintitantos años, salió de la choza más grande e inclinó la cabeza. A diferencia de las otras mujeres, que solo llevaban taparrabos, ella llevaba un sarong rojo cosido a máquina, ceñido a su estilizado cuerpo.

Dieter le gritó una orden y ella volvió a entrar de inmediato en la choza.

La techumbre de paja sobresalía a modo de marquesina en el umbral de la choza, de cuatro postes. El saliente proporcionaba sombra a una tosca mesa de madera y a unos taburetes hechos con tocones.

Dieter les indicó con un ademán que se sentasen en los taburetes, se sentó él en otro y se quitó el sombrero. Luego se enjugó el sudor de la cabeza con el pañuelo y dio una orden mirando hacia la puerta de la choza.

La mujer salió al poco con una bandeja y tres jarras, hechas con trozos de ramas vaciadas, que dejó en la mesa. Se quedó respetuosamente de pie, a pocos pasos, sin levantar la vista del suelo.

—A la salud de mis nuevos amigos —brindó Dieter alzando su jarra. Se oyó un tintineo al agitar el contenido de la jarra—. En efecto... No les engañan sus sentidos; lo que oyen es el delicioso sonido de los cubitos de hielo. Hay que dar gracias a las maravillas de la técnica moderna que me permiten tener una cubitera portátil que funciona con gas. No hay por qué vivir como Adán y Eva, como estos nativos.

Dieter vació media jarra de un trago.

Paul y Gamay bebieron unos sorbos con cautela. Era una bebida refrescante y fuerte. Gamay miró en derredor del enclave.

—El doctor Ramírez nos dijo que es usted comerciante. ¿Qué clase de mercancías vende?

—Comprendo que a un forastero le pueda sorprender, pero estas gentes sencillas hacen trabajos artísticos bastante refinados. Les proporciono mis servicios como intermediario, para vender su artesanía a tiendas de regalos y almacenes.

A juzgar por el miserable aspecto del poblado, el intermediario debía de quedarse con la parte del león, dedujo Gamay, y miró en derredor de manera ostensible.

—También tenemos entendido que está usted casado. ¿Está ausente su esposa?

Paul tuvo que acercarse la jarra a la boca para disimular su sonrisa. Comprendió que Gamay había adivinado que la nativa que los había servido era la esposa de Dieter, y no le había gustado ver cómo la trataba el alemán.

Dieter se sonrojó y enseguida llamó a la mujer para que se acercase.

—Les presento a Tessa —dijo en tono adusto.

Gamay se levantó y le tendió la mano. La mujer la miró sorprendida y, tras un momento de vacilación, se la estrechó.

—Encantada de conocerla, Tessa. Me llamo Gamay, y este es Paul, mi esposo.

Un fugaz atisbo de sonrisa cruzó el taciturno rostro de Tessa. Temerosa de que Dieter reprendiese a Tessa si se excedía, Gamay asintió con la cabeza y volvió a sentarse. Tessa se alejó unos pasos y volvió a permanecer inmóvil y en silencio.

Dieter disimuló su enojo con una sonrisa afectada.

—Ahora que he contestado a sus preguntas... díganme, ¿a qué se debe su visita?

Paul se inclinó hacia la mesa y dirigió la mirada por encima de la montura de sus inexistentes gafas.

—En el enclave del doctor Ramírez encontraron el cuerpo de un hombre en una piragua, junto a la orilla.

Dieter separó las manos.

—La selva puede ser peligrosa. Hasta hace solo una generación, sus habitantes eran salvajes. Lamento decirles que no es infrecuente ver a un indio muerto.

—Este caso sí es infrecuente —replicó Paul—. Lo habían matado de un disparo.

—¿Disparo?

—Y hay más. Era un miembro de la tribu chulo.

—Ah, eso es grave —admitió Dieter moviendo las mandíbulas—. Todo lo que tenga que ver con los espíritus-fantasmas significa problemas.

—El doctor Ramírez nos comentó que la tribu la gobierna una mujer —dijo Gamay.

—Ah, sí, la leyenda. Colorista, ¿verdad? Naturalmente yo también he oído hablar de esa mítica diosa, jefa de la tribu, pero nunca he tenido el placer de conocerla.

—¿Se han topado alguna vez con miembros de la tribu? —preguntó Gamay.

—Personalmente no, pero se cuentan cosas...

—¿Qué cosas, señor Hoffman?

—Dicen que esa tribu vive más allá de La Mano de Dios, que así es como llaman los nativos a las Grandes Cataratas, que no están lejos de aquí. Dicen que las cinco cascadas que forman la catarata semejan dedos gigantescos. Los nativos que se han acercado demasiado a las cataratas han desaparecido.

—Antes ha dicho que la selva es peligrosa.

—Sí, pudieron ser víctimas de algún animal feroz, de la mordedura de una serpiente venenosa o, simplemente, haberse perdido.

—¿Y qué me dice de los no nativos?

—De vez en cuando aparecen por aquí hombres en busca de fortuna. Siempre les he ofrecido mi hospitalidad y mi conocimiento del entorno y, lo más importante, les he advertido que no se acerquen al territorio de los chulo —explicó a la vez que simulaba lavarse las manos—. Tres expediciones ignoraron mis advertencias, y las tres desaparecieron sin dejar rastro. Se lo notifiqué a las autoridades, por supuesto. Pero saben que es imposible encontrar a nadie cuando la selva se lo traga.

—¿Se trataba de expediciones que buscaban plantas medicinales con utilidad farmacéutica? —preguntó Paul.

—Buscaban plantas medicinales, caucho, maderas preciosas, tesoros y ciudades abandonadas. Los que pasan por aquí casi nunca dicen a qué vienen. Y yo no hago preguntas.

Mientras Dieter seguía explicándose, Tessa había levantado la mano señalando el cielo. Dieter reparó en ello y en la expresión inquisitiva de los Trout. Se puso muy serio pero enseguida recuperó su obsequiosa sonrisa.

—Como pueden ver, a Tessa le impresionó un grupo que pasó por aquí no hace mucho en busca de especies raras. Utilizaban un zepelín en miniatura para sobrevolar las copas de los árboles. A los nativos los asustó el aparato, y he de reconocer que a mí también.

—¿Quiénes eran? —preguntó Gamay.

—Solo sé que representaban a una empresa francesa. Y ya sabe lo reservados que son los franceses.

—¿Qué ocurrió con ellos?

—Lo ignoro. Oí que se adentraron en la selva. Quizá los chulo los apresaran y se los comieran —bromeó—. Y eso hace que vuelva al motivo de su visita. Les agradezco mucho que hayan venido a advertirme. Pero, ahora que ya saben los peligros que acechan por aquí, confío en que volverán al enclave del doctor Ramírez y le expresarán mi reconocimiento.

Gamay se percató de que iba a oscurecer enseguida. Ella y Paul sabían que, en el trópico, el sol se pone con tal rapidez que parece caer como una guillotina.

—Es un poco tarde ya para emprender el viaje de vuelta —dijo—. ¿Qué opinas, Paul?

—Creo que sería muy peligroso navegar por el río durante la noche.

Dieter frunció el entrecejo. Pero al comprender que no iba a convencerlos de que se marchasen, les sonrió.

—Pues entonces serán mis invitados. Podrán salir por la mañana temprano. Así habrán podido dormir y descansar.

Gamay estaba tan abstraída que apenas lo oyó. Tessa ya no tenía la cabeza gacha. La mujer de Dieter miraba a Gamay con fijeza y meneaba la cabeza casi imperceptiblemente. Paul también reparó en ello.

Le dieron las gracias a Dieter por la refrescante bebida y por su ofrecimiento de dejarlos dormir allí, y dijeron que necesitaban recoger algunas cosas del barco. Al verlos bajar en dirección al río los nativos se fueron alejando de ellos, como si aquella pareja estuviese rodeada por un invisible campo magnético que los repeliese en lugar de atraerlos.

Gamay subió al aparato y simuló comprobar el depósito de combustible.

—¿Te has fijado en Tessa? —dijo Gamay—. Nos estaba advirtiendo.

—El terror era inequívoco en sus ojos.

—¿Qué crees que deberíamos hacer?

—No tenemos muchas alternativas. No me entusiasma la idea de pernoctar en este alegre campamento —ironizó Paul—. Pero lo he dicho en serio: sería una locura navegar por el río a oscuras. ¿Qué se te ocurre?

Gamay siguió con la mirada a un murciélago, tan grande que parecía un águila, que cruzaba el río a la luz del crepúsculo.

—Pues lo único que se me ocurre es no quedarnos dormidos los dos al mismo tiempo.

9

El *Sea Robin* surcaba las aguas verdeazuladas frente a la costa de la Baja California. Austin iba sentado en la parte de atrás del minisumergible que llevaban en cubierta. Se preguntaba cómo reaccionaría un cámara de la *National Geographic* que filmase una migración de ballenas, si un hombre sobre una gigantesca bota aparecía de pronto en el visor de su filmadora. Al descubierto, como el pasajero del asiento trasero de un coche antiguo, Kurt veía el contorno de la cabeza y los hombros de Joe, recortado en el resplandor azulado de la pantalla del ordenador de la hermética cabina del piloto.

La voz metálica de Zavala se oyó a través de los auriculares del intercomunicador submarino de Austin.

—¿Qué tiempo hace por ahí, capitán?

Austin dio unos golpecitos con los nudillos en la capota de plexiglás y señaló con el pulgar hacia arriba.

—Bueno. Este trasto es un alivio para los músculos —dijo.

—A Contos le encantará que se lo digas —comentó Zavala sonriendo.

El patrón del *Sea Robin* había sonreído de oreja a oreja con orgullo al mostrarle a Austin el nuevo minisumergible que tenía en cubierta. El minisubmarino era un vehículo experimental maravillosamente compacto. El piloto se sentaba en la cabina presurizada como el chófer de un coche, con las piernas estiradas, pues, a partir del asiento la parte delantera del casco medía 2,7 m. Dos pontones flanqueaban la minúscula cabina, y en la parte trasera había depósitos de aire y cuatro propulsores.

—¡Esto parece una bota vieja! —exclamó Austin pasando los dedos por la capota transparente.

—Traté de conseguirte el *Octubre Rojo* —dijo Contos—. Pero lo estaba utilizando Sean Connery.

Austin guardó silencio. Los miembros de la NUMA sentían un gran apego hacia el equipo de alta tecnología que utilizaban. Cuanto más feo fuese el equipo, más intenso era el apego. Austin quiso explicarle a Contos que sabía perfectamente que estaban probando el prototipo frente a las costas de California, donde habían montado las piezas más importantes. Podía ser embarazoso para el capitán. Porque daba la casualidad de que había sido Austin quien propuso la construcción del minisumergible, para el Grupo de Operaciones Especiales, y lo había diseñado Zavala.

La NUMA disponía de submarinos más rápidos que podían sumergirse a mayor profundidad. Pero Austin quería uno más pequeño y sólido, fácilmente transportable en barco o helicóptero. Y cuanto menos llamativo, mejor. Austin había aprobado los planos, pero era la primera vez que veía funcionar el prototipo.

Zavala era un brillante ingeniero naval y había dirigido la construcción de muchos sumergibles, tripulados y no tripulados. Se inspiró en el *Deepworker*, un minisubmarino comercial diseñado por Phil Nuytten y Zegrahm DeppSea Voyages, una compañía de cruceros para expediciones de aventura. Zavala le aumentó la potencia y añadió un sofisticado instrumental de detección y análisis. Aseguraba que los instrumentos que el minisubmarino llevaba a bordo podían precisar de qué río o glaciar procedía cada gota de agua del océano.

El submarino fue originalmente bautizado *Deep See*, en homenaje a su predecesor.

—Me recuerda las katiuskas que llevaba yo de pequeño —comentó el almirante Sandecker cuando le mostraron la maqueta.

El barco de la NUMA se dirigió hacia el sur desde San Diego, rumbo a aguas mexicanas pero manteniéndose alejado de la costa. Al llegar a la altura de Ensenada, el *Sea Robin* empezó a navegar más cerca del litoral. El barco adelantó a varios pesqueros y a un par de cruceros, y al poco navegaba a media milla de la entrada de la cala que Austin y Zavala habían explorado desde tierra.

Austin escudriñó los escarpados acantilados y la parte trasera de la fábrica de tortillas con sus potentes prismáticos. No vio nada anormal. Grandes carteles colocados a ambos lados de la laguna advertían de la peligrosidad de las rocas ocultas; y señalizaban la zona con boyas colocadas a lo largo de la entrada de la laguna.

El *Sea Robin* rebasó la cala y enfiló un islote. Al soltar el ancla, Zavala hizo unas comprobaciones de última hora. Con la capota ajustada la cabina quedaba hermética y tenía su propia provisión de aire. Zavala llevaba unos cómodos shorts y la camiseta púrpura que había comprado en la cantina Hussong's.

Como Austin iba a sumergirse, llevaba un traje de submarinista y el equipo completo, con botellas de aire. Subió a la parte trasera de «la Katiuska», como llamó el almirante al prototipo, con las aletas posadas en los pontones, y se ajustó el arnés de desconexión rápida enganchado al submarino. Entonces bajaron la escotilla de plexiglás. A una señal suya, una grúa levantó el submarino y luego lo bajó hasta el agua.

Austin se desenganchó los cabos de sujeción y le dio a Zavala la señal de inmersión. Segundos después descendía hacia el fondo entre burbujas.

Los propulsores, alimentados por baterías, se pusieron en marcha con un agudo zumbido y Zavala enfiló hacia mar abierto. El submarino rodeó por las recortadas rocas de la punta y enfiló hacia la boca de la laguna. Navegaba a una profundidad de doce metros, a unos modestos cinco nudos por hora. Joe se orientaba por las indicaciones de Austin y por los instrumentos del minisubmarino. Austin iba con la cabeza gacha para reducir la resistencia del agua. Disfrutaba con aquella exploración, sobre todo por los bancos de peces de colores que, al acercarse, se dispersaban como confeti con el viento. Pero Austin se alegró de ver aquellos peces por razones menos estéticas. Su presencia significaba que el agua seguía siendo habitable para ellos. No había olvidado que una misteriosa energía había matado a una manada de ballenas, mucho más resistentes y adaptables a su entorno que un frágil ser humano.

Aunque los sensores del casco del submarino analizaban automáticamente las aguas que cruzaban, Austin sabía que cuando los instrumentos indicasen el estado del agua podía ser demasiado tarde.

—Nos acercamos a la entrada de la laguna. Entramos justo por el centro —informó Zavala—. Queda un amplio espacio a ambos lados. Veo el cable de una boya de advertencia a estribor.

Austin giró a la derecha y vio un cable delgado y negro que iba desde la superficie hasta el fondo.

—Ya lo veo. ¿Ves tú algo raro?

—Sí —contestó Zavala mientras seguían avanzando—. Que no hay rocas bajo la boya.

—Te apuesto una botella de tequila Cuervo a que también las demás advertencias son injustificadas.

—Aceptaré la botella pero no la apuesta. Está visto que alguien quiere mantener a la gente alejada de aquí.

—Es evidente. ¿Qué tal va la Katiuska?

—Se menea mucho debido al agua que sale de la laguna, pero es bastante más manejable que un coche en la Beltway —dijo Zavala refiriéndose a la autopista que separa Washington del resto del país—. Se porta como todo un... Oh...

—¿Qué ocurre?

—El sonar está detectando múltiples objetivos. Muchísimos, justo enfrente, a unos cincuenta metros.

Austin se había confiado, mecido en lo apacible de la travesía. Imaginó una serie de esbirros submarinos apostados para tenderles una emboscada.

—¿Submarinistas?

—Las imágenes del sonar indican poco o nulo movimiento.

Austin aguzó la vista tratando de ver a través del diáfano azul del agua.

—¿Qué velocidad máxima puede alcanzar la Katiuska? —preguntó Austin—. Lo digo por si tenemos que salir de estampida.

—Siete nudos, a todo tirar —repuso Joe—. Está diseñado más para el desplazamiento en vertical que en horizontal, y transportamos unos cien kilos extra. Eres un peso pesado.

—Me pondré a dieta cuando regresemos —dijo Austin—. Avanza con toda lentitud, pero está preparado, por si hubiese que alejarse enseguida.

Siguieron avanzando a poco más de tres nudos. Al cabo de unos momentos vieron docenas de objetos oscuros en la superficie. Se desplegaron a ambos lados formando una enorme muralla.

—Parece una red —dijo Austin—. Para antes de que nos enganchemos.

La Katiuska se detuvo.

Con un movimiento reflejo, Austin agachó la cabeza al ver una estilizada silueta que se deslizaba desde arriba a sus espaldas. El tiburón permaneció allí solo un momento, lo suficiente para que Austin viese sus redondos ojos blancos y calculase la longitud del voraz predador. Debía de medir dos metros. Sus mandíbulas se abrieron y se cerraron atrapando la mitad de un pez, que forcejeó en vano antes de ser engullido, y desapareció con un golpe de su aleta caudal.

Zavala también lo había visto.

—¿Estás bien, Kurt? —gritó.

—Sí —contestó Austin, echándose a reír—. No te preocupes. Esa criaturita no tiene intención de comer la dura carne humana, teniendo a su disposición un bufé semejante.

—Me alegro, porque acaba de invitar a cenar a sus amigos.

Aparecieron varios tiburones más, que se hacían con una presa y luego, recelosos del submarino, se alejaban. Más que un asalto a la despensa por parte de los predadores parecía una reunión de gourmets eligiendo lo mejorcito de la carta. Centenares de peces se vieron atrapados en la red. Eran de todos los colores, formas, tamaños y especies. Algunos, todavía vivos, trataban en vano de liberarse, pero sólo conseguía atraer la atención de los tiburones. A otros solo les quedaba la cabeza; y había restos de muchos más.

—Nadie se molesta en subir la red —dijo Austin.

—Puede que la hayan echado aquí simplemente para mantener alejados a tipos como nosotros.

—No lo creo —dijo Austin tras reflexionar un momento—. Es una red que se puede cortar con unos alicates. No lleva cables eléctricos. De modo que no parece conectada a una alarma.

—No te entiendo.

—Pensemos. Sea lo que sea lo que hay en la laguna, mató a una manada de ballenas. La gente de por aquí empezaría a hacer muchas preguntas si viese aparecer centenares de peces muertos. Y a nuestros fabricantes de tortillas no les gusta llamar la atención. De modo que tienen la red aquí para que no entren peces vivos ni salgan peces muertos.

—Tiene sentido —convino Zavala—. ¿Qué más?

—Sigue adelante.

Los dedos de Zavala bailaron sobre la consola de control. Dos brazos mecánicos, instalados en la parte delantera de la Katiuska se desplegaron y extendieron como un telescopio, separados por escasos centímetros. Las garras del extremo de cada brazo asieron la malla y la rasgaron. Luego la separaron como un actor que abre el telón. Peces en varios estados de descomposición salieron en todas direcciones.

Zavala pulsó un botón y los brazos retráctiles volvieron a ocultarse. Luego aceleró. Con Austin todavía en la parte trasera del minisumergible, pasaron por el agujero a la laguna. La visibilidad, que hasta entonces había sido de más de diez metros, quedó reducida a la mitad por miles de minúsculas partículas de algas que habían entrado en la cala y se habían hecho trizas en los afilados cantos de las rocas. El submarino redujo la velocidad al mínimo mientras Zavala avanzaba como un ciego con un bastón. No vio el enorme objeto brillante hasta que estuvieron casi encima.

Zavala detuvo el submarino.

—¿Qué es eso? —exclamó.

La luz catedralicia que se filtraba desde la superficie iluminaba una estructura enorme. Tenía casi cien metros de longitud y unos diez de anchura. Parecía un gigantesco microscopio apoyado en cuatro gruesas patas metálicas, ocultas por estructuras de forma cúbica donde se hundían en el mar.

—Si no es una araña gigante de metal es una nave extraterrestre —dijo Austin asombrado—. Sea lo que sea, vamos a echarle un vistazo desde más cerca.

Dirigido por Austin, Zavala viró a babor y siguió a lo largo del perímetro de la estructura hasta donde pudieron. Luego, retrocedieron y la rodearon por el otro lado.

La estructura era casi perfectamente circular, salvo la base, sumergida junto al pie del acantilado.

—Oh, esto es asombroso. Los termómetros indican temperaturas muy altas.

—Noto el calor a través de mi traje. Alguien se está pasando con la calefacción.

—El sensor indica que procede de los pilares, que también deben de ser conductos. Nada peligroso. De momento.

—Aparca esto mientras voy a verlo desde más cerca.

El sumergible descendió fácilmente hasta el fondo y se detuvo apoyado en sus pontones. Austin desenganchó el arnés, le dijo a Zavala que encendiese la luz de posición dentro de quince minutos y se alejó.

Austin nadó hacia el disco y luego por encima de él. Salvo un tragaluz circular, la extraña estructura era de metal pintado de verde oscuro, que habría sido difícil de ver desde la superficie. Descendió hasta el borde del tragaluz y se asomó.

Se veía un laberinto de máquinas y tuberías. Hombres con monos blancos trabajaban en el interior intensamente iluminado. Austin observó la maquinaria sin comprender qué hacían pero que, sin duda, tenía que ver con la elevada temperatura del agua. Desenganchó la filmadora submarina que llevaba prendida del cinturón y filmó lo que veía a través del tragaluz. Luego se dispuso a filmar una vista exterior. Se alejó del disco y, al ir a enfocar la cámara, vio movimiento por el rabillo del ojo.

Se quedó sin aliento, flotando por encima de la estructura. El ascensor en forma de huevo que Zavala le había descrito descendía de la brillante superficie. Lo vio desplazarse por el cable y desaparecer por una escotilla circular que se abría en el tejado de la estructura submarina, por el lado más cercano a la pared del acantilado. Austin volvió a filmar, pero se vio de nuevo interrumpido, esta vez por Zavala.

—¡Será mejor que vuelvas aquí enseguida! ¡La temperatura del agua se está disparando! —El apremiante tono de Joe no dejaba lugar a dudas.

—¡Allá voy!

Austin se impulsó en el agua con vigorosas patadas manteniendo un ritmo que lo hizo avanzar como un pez. Zavala no exageraba al decir que la temperatura se disparaba. Austin estaba sudando. Juró no volver a cocer una langosta.

—¡Date prisa! —lo urgió Zavala—. La temperatura es... enorme, se sale de...

El plateado haz de la luz de posición de la Katiuska parpadeó en la oscuridad. Austin accionó el interruptor de su luz de posición, colgada del compensador de flotabilidad. La Katiuska se acercó a él. El calor era más intenso. Austin se asió a la parte trasera del sumergible y volvió a abrocharse el arnés.

Con Austin a bordo, la Katiuska dio media vuelta y puso la proa hacia la entrada de la laguna, con los motores al límite de su potencia.

—¡Algo muy raro ocurre, Kurt! —gritó Zavala—. Detecto alarmas en el interior de las instalaciones.

Al cabo de unos momentos, Austin oyó un ruido sordo. Miró hacia atrás justo en el momento en que la gigantesca estructura explotaba y quedaba convertida en una bola de fuego. Las llamas calcinaron al instante a todo ser vivo que pudiera estar en el interior. Gas supercalentado entró por las tuberías de la fábrica de tortillas. Por suerte, la fábrica estaba cerrada, ya que era domingo. La Katiuska no tuvo tanta suerte. La alcanzó la onda expansiva y dio una vuelta de campana. Austin se aferró desesperadamente a la parte de atrás. Se sentía como si lo hubiese coceado una mula gigantesca. Los tirantes del arnés se soltaron y se vio lanzado hacia delante con los brazos y las piernas extendidos, entre una maraña de tubos de aire. Estuvo dando vueltas de campana durante una eternidad. Si no hubiera chocado contra la red tendida de lado a lado en la entrada de la laguna, podría haber llegado al centro del Pacífico. Por suerte, golpeó la red con los pies, porque de haber chocado con la cabeza se la hubiese destrozado. La red cedió con una pared de goma elástica que, al volver a su posición, catapultó a Austin, que salió disparado como una piedra lanzada por una honda. Y directo hacia el sumergible que iba hacia él.

La cabina del minisumergible había sido arrancada de cuajo. Zavala ya no estaba dentro. El sumergible siguió avanzando hacia Austin, a punto de embestirlo. Austin se abrazó las rodillas contra el pecho. Cuando parecía que iba a ser aplastado como un mosquito en el parabrisas de un automóvil, el submarino dio un pequeño salto y pasó por encima de la cabeza de Austin, que notó un fuerte golpe al rozarle un pontón el hombro. Luego lo alcanzó una onda expansiva secundaria, debida a múltiples explosiones, que lo lanzó de nuevo tras el minisubmarino. La Katiuska se había abierto paso a través de la red, y esta vez no había nada que pudiera detenerla.

Instintivamente, Kurt alargó el brazo para recuperar el tubo del regulador, atrapó la boquilla del tubo de respiración entre los dientes y respiró hondo. El regulador seguía funcionando. A causa de un golpe, el visor de plástico de su máscara se había convertido en una telaraña de líneas quebradas. ¡Mejor la máscara que su cara! Se quitó la máscara ya inservible, se colocó en posición vertical y giró en redondo.

Era consciente de que lo mejor que podía hacer era subir a la superficie, pero no pensaba hacerlo sin Zavala. Volvió a girar en redondo, muy lentamente esta vez. Sin la máscara lo veía todo borroso, pero creyó distinguir una mancha purpúrea y nadó hacia ella. Zavala estaba flotando a pocos palmos del fondo. Salían burbujas de su boca.

Austin acercó el regulador hacia la cara de Zavala, no muy seguro de que llegase a su objetivo, porque la fuerza que lo impulsaba a tratar de salvar a su compañero quedó anulada por una negra y furiosa ola que rompió contra su cerebro. Alargó el brazo derecho y desabrochó la hebilla de desconexión rápida de su cinturón de pesas. Palpó en busca de la válvula para inflar su compensador de flotabilidad. Creyó oír otra explosión y luego perdió el conocimiento.

## 10

Trout estaba frente a la puerta de la choza, inmóvil como un tótem, observando y escuchando. Llevaba allí varias horas, mirando la oscuridad, con los cinco sentidos alerta, atento a cualquier cambio en el ritmo de la noche. Había visto declinar el día y las sombras mezclarse con la falsa oscuridad creada por los fuegos del enclave. Todos los nativos se habían retirado ya a sus chozas como hoscos fantasmas. No se oía más que el ahogado llanto de un bebé.

Paul pensó en lo insalubre que era aquel lugar. Parecía que él y Gamay hubiesen ido a parar a un pabellón de enfermos infecciosos.

El Holandés, tras echar a la familia que ocupaba la choza contigua a la suya, con un ademán obsequioso, había invitado a entrar a los Trout como pudiera haberlo hecho un portero del Ritz.

Haces de luz se filtraban a través de las paredes del oscuro interior. Apenas penetraba un brizna de aire fresco. El suelo estaba sucio. Dos hamacas colgaban de sendos postes y no había más muebles que un par de toscos taburetes y una mesa, hecha con tocones, para trocear la comida. El bochorno y lo precario del alojamiento no preocupaban a Trout. Lo que lo preocupaba era la sensación de estar atrapados.

Arrugó la nariz como hacía siempre su padre, el viejo pescador de Cape Cod. Lo imaginaba caminando hasta el final del espigón poco antes del alba y olisquear el aire como un sabueso. «Esto me huele bien, capitán. Vamos a pescar», le decía casi siempre. Pero algunas mañanas arrugaba la nariz y se dirigía a la cafetería sin decir palabra. Cualquier duda acerca de las facultades olfativas de Trout desapareció una hermosa mañana, cuando él se quedó en el puerto y seis pescadores perdieron la vida en una inesperada tormenta frente a la costa. Y es que el mar no le había olido bien, dijo después su padre.

Trout tenía ahora la misma sensación aunque estuviese lejos del mar, en el corazón de la selva venezolana. Simplemente porque el silencio le parecía demasiado absoluto. No se oían voces, ni toses, nada que indicase señales de vida humana. Mientras aún había luz del día, había grabado todos los detalles del poblado en su memoria, casi fotográfica. Empezó a imaginar que los nativos del poblado debían de haberse esfumado en silencio durante la noche. Se apartó de la entrada y se inclinó hacia el cuerpo inmóvil que yacía en una de las hamacas.

Gamay alargó la mano y le tocó la cara con los dedos.

—Estoy despierta —dijo—. Estaba pensando.

—¿Qué?

Gamay se incorporó y puso los pies en el suelo.

—Confío tan poco en ese «holandés errante» como en poder derribarlo de un puñetazo. Aunque... con tal de no tocarlo. ¡Aj!

—Yo tengo la misma sensación. Creo que alguien nos vigila —dijo mirando hacia la entrada—. Esta choza me recuerda a una trampa para pescar langostas; se puede entrar pero no salir, salvo para ir a la olla. Sería mejor que fuésemos a pasar la noche en el barco.

—Aunque lamento dejar este hotel de cinco estrellas, por mí, cuando quieras. Pero, una pregunta: ¿cómo vamos a escabullirnos si hay alguien que nos vigila?

—Pues... saliendo por la puerta trasera.

—Me temo que no hay puerta trasera.

—Y yo me temo que no sabes ni media del ingenio yanqui —dijo Paul—. Si tú montas guardia pondré mi inteligencia a trabajar.

Paul desenfundó el cuchillo que llevaba al cinto y se acercó a la parte trasera de la choza. Se arrodilló, introdujo la hoja, de veinte centímetros, y empezó a serrar. Apenas hacía ruido, aunque, para mayor seguridad, acompasó su labor al grito de una criatura de la selva. Al cabo de unos minutos había abierto un boquete cuadrado de más de medio metro. Fue hasta la parte delantera de la choza y condujo a Gamay por el brazo hacia la nueva puerta. Ella asomó la cabeza para asegurarse de que no había peligro y salió. El cuerpo de jugador de baloncesto de Paul la siguió al instante.

Permanecieron juntos detrás de la choza escuchando la cacofonía de insectos y pájaros. Gamay había reparado durante el día en un sendero que iba desde la parte trasera de las chozas hasta el río. Podían ver la tenue franja de tierra endurecida por las pisadas. Gamay fue delante. Al poco, las chozas quedaron tras ellos y empezó a llegarles el hedor a vegetación podrida, que procedía del agua estancada de un recodo del río. Siguieron caminando junto a la orilla y, al cabo de unos minutos, vieron el contorno del fuselaje de su barco. Se detuvieron por si Dieter había apostado a algún nativo para que lo vigilase. Paul lanzó una piedra al agua, pero el ruido no atrajo la atención de nadie que pudiera estar oculto.

Subieron a bordo y prepararon el barco para poder salir en cuanto clarease. Trout apoyó la cabeza en un salvavidas y se tendió en cubierta. Gamay ocupó el asiento frente a la consola de control y se dispuso a empezar su guardia. Paul se quedó dormido enseguida. Al principio tuvo un sueño inquieto a causa del calor y los insectos, pero el agotamiento pudo más y terminó por quedarse profundamente dormido. En su sopor oyó a

Gamay llamándolo desde lejos. La luz empezó a penetrar por sus párpados. Abrió los ojos y vio a Gamay, que seguía sentada, con un semblante grotesco debido al amarillento resplandor.

Tres piraguas se habían detenido junto al barco. Dentro de las embarcaciones había indígenas de feroz aspecto, armados con lanzas y machetes afilados como hojas de afeitar. Las llamas de las antorchas que llevaban iluminaban la espectral pintura roja de sus rostros y cuerpos cobrizos. Negros flequillos les llegaban hasta donde hubiesen estado las cejas de no afeitárselas. Su indumentaria se reducía a un taparrabos, salvo uno de ellos, que llevaba también una gorra de béisbol de los Yankees de Nueva York.

Trout miró el fusil que esgrimía el de la gorra. Una razón más para odiar a los Yankees, pensó.

—Hola —saludó Trout sonriente, como si tal cosa.

La expresión granítica del indígena del fusil permaneció imperturbable. Se limitó a indicarles con elocuentes ademanes que bajasen del barco.

Los Trout saltaron a la orilla y los indios los rodearon. El forofo de los Yankees señaló el poblado con el cañón del arma. Y, con los Trout en el centro, empezó una procesión de antorchas cuesta arriba.

—Lo siento, Paul —gimoteó Gamay—. Han aparecido como por ensalmo.

—No ha sido culpa tuya. Yo creía que cualquier amenaza procedería de tierra.

—Y yo también. ¿A qué venía sonrírles?

—Es que no se me ha ocurrido otra cosa.

—Me parece que Dieter es más listo de lo que creíamos —refunfuñó Gamay.

—Yo no lo creo.

Al acercarse al claro, frente a las chozas, vieron a Dieter. Estaba muy pálido y asustado. Y tenía buenas razones para ello. Otro grupo de indios lo rodeaba, con sus puntiagudas lanzas a unos centímetros de su prominente panza. Sudaba, pero no podía enjugarse el sudor porque permanecía manos arriba. Por si no bastase con los indios, dos hombres blancos lo apuntaban al corazón con sendos revólveres. Su indumentaria era idéntica: pantalones de algodón, camisetas de manga larga y botas altas de piel. Ambos llevaban anchos cinturones de cuero con clips metálicos. Uno era un tipo malcarado que necesitaba urgentemente un afeitado. El otro era bajito y delgado y tenía los ojos pequeños y negros como una cobra. El jefe de los indios le pasó el revólver de Paul. Los duros ojos estudiaron a los Trout y luego volvieron a fijarse en el Holandés.

—Aquí están tus correos, Dieter —dijo el hombre con acento francés—. ¿Sigues negando que querías jugármela?

Dieter sudaba a mares.

—Te juro por Dios que nunca los había visto, Víctor. Se han presentado aquí diciendo que los enviaba Ramírez para notificarme lo del indio muerto, y advertirme de que podía haber problemas. —Le dirigió al francés una huidiza mirada y añadió—: Pero no he picado, y los he metido en una choza para poder vigilarlos.

—Sí, ya he visto tus extraordinarias medidas de seguridad —ironizó Víctor con desdén. Luego se dirigió a los Trout—. ¿Quiénes sois?

—Yo me llamo Paul Trout. Y ella es mi esposa, Gamay. Somos científicos que trabajamos con el doctor Ramírez en un proyecto sobre los delfines.

—¿Y por qué estáis aquí? No hay delfines en esta zona del río.

—Cierto —dijo Paul—. Encontramos el cuerpo de un indio en una piragua. El doctor Ramírez pensó que eso podía provocar problemas y nos pidió que viniésemos a advertir a quienes viven en este enclave.

—¿Y por qué no ha venido Ramírez en persona?

—Porque se ha torcido un tobillo y no puede andar. Además, queríamos ver otras zonas de la selva.

—Ya —dijo el francés sopesando el revólver—. ¿Es esto parte de vuestro equipo científico?

—No; es del doctor Ramírez, que insistió en que lo trajésemos por si había problemas. Y al parecer, tenía razón.

Víctor se echó a reír.

—Es una historia tan absurda que podría ser cierta —dijo mirando a Gamay como solo un francés puede mirar a una mujer—. *Gamay*... es un nombre infrecuente, de origen francés.

Gamay vio lascivia en los ojos de Víctor, pero no le importó utilizar sus encantos femeninos para salir del paso.

—Los franceses que he conocido ya se habrían presentado.

—Ah, lo siento, ¡qué malos modales los míos! Debe de ser por contagio de este cerdo —dijo.

Dieter hizo una mueca al encañonarle el francés la boca.

—Me llamo Víctor Arnaud. Y este es mi ayudante Carlo —dijo señalando a su silencioso compañero—. Trabajamos para una empresa francesa que se dedica a adquirir sustancias raras de la selva.

—Entonces son ustedes botánicos como el doctor Ramírez, ¿no?

—No —dijo Arnaud meneando la cabeza—. Se trata de una labor demasiado dura para un botánico. Tenemos conocimientos prácticos de biología, pero solo somos una avanzadilla encargada de recoger variedades interesantes que luego analizan los científicos. Más adelante, cuando nosotros hayamos abierto el camino, vendrán.

—De modo que buscan plantas medicinales, ¿no es así?

—En cierto modo, como subproducto —dijo Arnaud—. No es un secreto para nadie que el definitivo remedio para el cáncer puede proceder del asombroso tesoro biológico que tenemos encima de nuestras cabezas. —Se dio unos golpecitos en la nariz y en los labios y añadió—: Básicamente, estamos aquí buscando fragancias para perfumes y esencias, y aromas para la industria de la alimentación. Pero si encontramos plantas medicinales, tanto mejor. Tenemos permiso del gobierno venezolano y nuestras actividades son totalmente legales.

Paul dejó vagar la mirada por los feroces rostros pintados de los salvajes, por las armas que los apuntaban y por la aterrada expresión de Dieter. No creyó ni por un momento que aquellos bribones de la selva hiciesen nada legal. No quería enfurecer a Arnaud haciéndole demasiadas preguntas, pero comprendió que al francés le extrañaría que no mostrase cierta curiosidad.

—Van ustedes demasiado armados para ser una expedición científica —dijo Paul.

—Por supuesto —admitió Arnaud—. Los temores de Ramírez no eran injustificados. Ya podéis ver lo peligrosa que es la selva. Habéis visto a un hombre muerto. —Sonrió con ironía—. Debéis de preguntaros qué tenemos que ver nosotros con este ser despreciable —añadió mirando a Dieter—. Nos ha prestado a los nativos de su poblado para ayudarnos en nuestra búsqueda de plantas. Conocen la selva mejor que nadie. Aunque le pagamos espléndidamente, dicho sea de paso.

—Pues parece que están a punto de despedirlo —ironizó Paul.

—Y por buenas razones. Aunque lo que nos has contado sea cierto, que no sois correos, eso no cambia el hecho de que Dieter nos haya robado la planta, una planta que podía representar millones, tal vez miles de millones de dólares, para las industrias farmacéutica, de alimentación y perfumería. Es maravillosa. Íbamos a enviar muestras a Europa para analizarla. Los nativos la vienen utilizando desde hace décadas, aunque, por desgracia, no para perfumarse.

—Yo diría que han solucionado el problema —dijo Gamay—. Tienen a Dieter y la planta.

—Ojalá fuese así —replicó Arnaud con un dejo de crispación—. Tenemos a este cerdo, pero nuestra planta parece haberse esfumado.

—Me temo que no lo entiendo.

—Supimos de esa planta maravillosa por los nativos, pero ninguno de ellos ha sido capaz de localizárnosla. Nos alejamos de nuestra zona original de operaciones y nos adentramos en zonas inexploradas, donde topamos con el indio que han encontrado muerto. Él llevaba muestras de la planta. Le ofrecimos pagarle para que nos mostrase dónde crece, pero se negó. Entonces lo convertimos en nuestro invitado para ver si cambiaba de opinión.

Paul recordó los verdugones en la espalda del cadáver.

—Y como no lo hizo le pegaron un tiro.

—Oh no, no fue tan sencillo. Hicimos todo lo que pudimos para mantenerlo con vida. Dieter estaba encargado de proporcionarle hospitalidad y de vigilar las muestras. Pero una noche se emborrachó y lo dejó escapar. Al pobre diablo le pegaron un tiro cuando huía en una piragua. Supusimos que había huido con las muestras, en cuyo caso debía de llevarlas encima cuando lo encontraron.

—¿Qué aspecto tenían las muestras? —preguntó Paul.

—Bastante corriente. Hojas pequeñas, alargadas y rojizas, que es lo que le da su nombre entre los nativos: hoja de sangre.

—Pues nosotros examinamos lo que contenía la bolsa del indio —dijo Paul—. Y sí, llevaba una bolsita con hierbas medicinales pero ninguna planta como la que describe.

—Bueno... —dijo Arnaud dirigiéndole a Dieter una mirada desdeñosa—. Nos dijiste que el indio se había marchado con la planta. ¿Quién de vosotros miente?

—No sé de qué me hablan —replicó Dieter—. El indio se marchó con la bolsa y todo lo que llevaba en ella.

—No me lo creo —le espetó Arnaud—. Si fuesen ellos quienes tuviesen la planta no habrían cometido la estupidez de volver por aquí. Creo que eres tú quien la tiene —añadió quitándole el seguro a su arma—. Y si no me dices dónde está, te mato.

—En tal caso nunca la encontrarás, Arnaud —replicó el Holandés en tono desafiante. Pero no fue muy oportuno, porque Arnaud no estaba de humor para discutir.

—Cierto. Pero antes de matarte te entregaré a estos amiguitos tan bien pintados. No tendrán reparos en despellejarte vivo como a un mono.

Dieter se quedó lívido.

—No he querido decir que no vaya a decírtelo; solo que debes dejar un margen para negociar.

—La oportunidad para negociar ya se ha esfumado. Estoy harto de este asunto. Y estoy harto de ti —le espetó encañonándole la cara—. Estoy harto de esa boca que miente más que habla.

Se produjo una repentina detonación y la parte inferior de la cara de Dieter desapareció tras el disparo a quemarropa. La sangre empezó a manar a borbotones. El monóculo cayó de su ojo, y su cuerpo se desplomó hacia atrás como un árbol talado por una sierra mecánica.

El francés dirigió entonces su humeante revólver a Paul.

—En cuanto a ti, no sé si dices la verdad o no. Mi

intuición me inclina a pensar que sí. Es una desgraciada coincidencia que hayáis venido a ver a este cerdo. No es nada personal, pero no puedo dejar que vayas contando por ahí lo ocurrido. —Meneó la cabeza y añadió—: Prometo no hacer sufrir a tu bella esposa.

Pero Paul ya había previsto aquello. Le había sorprendido la sumaria ejecución de Dieter, y comprendió que después Arnaud los liquidaría a él y a Gamay. Nada de testigos. El larguirucho cuerpo de Trout y sus movimientos, normalmente lánguidos, eran engañosos. Podía ser muy rápido cuando era necesario. Tensó los brazos, dispuesto a retorcerle la muñeca a Arnaud. Era consciente de que, pese a ello, el francés podía dispararle, pero Gamay tendría oportunidad de aprovechar la confusión y escapar. Aunque, claro, también podían matarlos a los dos.

Al acercar Arnaud el índice al gatillo y Trout disponerse a retorcerle la muñeca se oyó un ruido gutural, entre gruñido y tos, del indio que llevaba la gorra de los Yankees. Había dejado caer el fusil y miraba aterrado la enorme asta de madera marrón que sobresalía medio metro de su pecho. La punta brillaba con su sangre. Intentó arrancarse el asta pero la tremenda hemorragia que le había producido lo hizo desplomarse junto al cuerpo de Dieter.

Otro indio gritó «¡Chulo!» y otra flecha lo abatió sin darle tiempo a decir nada más.

Sus compañeros prorrumpieron en un aterrado clamor.

—¡Chulo, chulo!

Se oyó un grito ululante, y un fantasmagórico rostro pintado de azul y blanco asomó entre los arbustos. Y luego otro. Al cabo de unos segundos había rostros pintados por todas partes. Más flechas surcaron el aire. Más indios cayeron. Caían antorchas al suelo o las tiraban los indios presas del pánico.

Aprovechando la oscuridad y la confusión, Paul cogió a Gamay por la muñeca y ambos corrieron agachados hacia el río pensando lo mismo, que el barco era su única salvación. En su frenética carrera casi arrollaron a una estilizada mujer que les salió al paso entre las sombras.

—¡Deténganse! —les ordenó.

Era Tessa, la mujer de Dieter.

—Vamos al barco —dijo Gamay—. Ven con nosotros.

—No —contestó ella señalando el río—. Miren.

Alumbrándose con antorchas, docenas de hombres de rostros azules saltaban a la orilla desde grandes piraguas.

—Síganme —dijo la mujer cogiendo del brazo a Gamay.

Tessa los condujo fuera del claro y se adentraron en la espesura. Los arbustos y la maleza les herían las piernas y la cara. Los gritos ululantes se oían cada vez más lejos.

Paul y Gamay tenían la sensación de estar viajando al centro de la Tierra, porque jamás habían soportado tanto calor ni se habían visto envueltos en semejantes tinieblas.

—¿Adónde nos lleva? —preguntó Gamay deteniéndose para tomar aliento.

—No podemos pararnos ahora. Los chulo nos alcanzarán enseguida.

Tenía razón. El grito de guerra volvió a oírse más cerca. Siguieron adelante hasta que, al cabo de unos minutos, Tessa se detuvo. Estaban en una plantación de árboles, que parecían pequeños en comparación con los enormes troncos que se elevaban hasta más de treinta metros de altura. A Tessa apenas se la veía a la luz de la luna que se filtraba entre las copas de los árboles. Había alzado una mano. Los Trout miraron hacia las copas. Solo veían oscuridad salpicada de luz de luna.

La mujer reparó en su confusión y, como una instructora que trabajase con niños ciegos, acercó sus manos y les puso en las palmas algo que parecían serpientes muertas. Eran gruesas sogas de nailon. Paul recordó los cinturones que Arnaud y su compañero llevaban y el comentario de Dieter acerca del zepelín. Paul hizo un lazo que ciñó a la cintura de Gamay. Ella cogió el otro extremo de la soga y empezó a izarse. Paul miró en derredor. La mujer de Dieter se había esfumado. Tendrían que arreglárselas solos.

—Sigue subiendo, Gamay —dijo—. Yo subiré ahora.

Paul hizo otro lazo, se lo ciñó también a la cintura y con fuertes tirones del otro extremo de la soga se izó varios metros.

Desde abajo les llegaba el clamor de los extraños gritos de guerra. Y al cabo de un momento aparecieron los chulo. Lanzadas al aire, sus antorchas describieron curvas y cayeron como exhaustos cometas.

Paul y Gamay temieron que, de un momento a otro, los atravesasen con sus flechas, pero siguieron subiendo.

Cuando creían estar ya fuera del alcance miraron hacia abajo y vieron que dos indios se izaban. ¡Claro!, pensó Paul. Lo lógico es que hubiese más sogas para subir.

—¡Ya estoy arriba! —gritó Gamay.

Paul siguió izándose y notó la mano de su esposa, que la había alargado para ayudarlo a subirse a una rama más gruesa que la cintura de un hombre. Gruñendo a causa del esfuerzo, Paul subió a la rama y se sujetó. Tocó una superficie lisa y suave. La luz plomiza de la luna menguante quedaba difuminada por una bruma que colgaba por encima de los árboles. Más arriba vio una gran plataforma de mallas y tubos que semejaba una gigantesca telaraña. Oyó una jadeante respiración a pocos metros de sus pies. Instintivamente, echó mano a su cuchillo de caza pero los indios se lo habían quitado al mismo tiempo que el revólver.

Gamay gritó y señaló la silueta circular de un pequeño dirigible que flotaba por encima de sus cabezas. Se oyó crujido de ramas justo por debajo. Los chulo estaban a solo unos segundos. Paul se soltó de la soga y, con cierta dificultad, caminó por la esponjosa superficie hasta llegar a la soga del amarre. Se asió al cabo y utilizó el peso de su cuerpo para tirar del dirigible hacia abajo, hasta donde Gamay pudiera subir a la barquilla que colgaba bajo el globo de gas. Y, con el peso de Gamay manteniendo el dirigible abajo, Paul subió a su vez.

—¿Sabes cómo funcionan estos trastos? —preguntó Gamay.

—No puede ser muy difícil. Imagina que es un barco. Lo primero que hay que hacer es soltar amarras.

De pequeña, Gamay había navegado a vela en los Grandes Lagos. La comparación le pareció tranquilizadora aunque irreal. Deshicieron rápidamente los nudos de los otros cabos. El dirigible titubeó y luego se decidió a elevarse lentamente por encima de los árboles.

Al mirar hacia abajo vieron saltar varias sombras que trataban de asir las cuerdas que colgaban, pero ya estaban fuera de su alcance.

Se elevaron mucho, por encima de los valles cubiertos por la niebla que se extendía en todas direcciones, y empezaron a navegar a la deriva como un alga, temiendo haber escapado de un peligro para precipitarse en otro.

11

Austin parpadeó con perplejidad al ver un bigote y unas patillas blancas y enmarañadas, que cubrían unas mejillas curtidas y una boca desdentada que sonreía como una calabaza pintada.

—¡Señor! ¡Señor!

Era la cara del pescador mexicano que él y Joe encontraron junto al acantilado el día anterior.

Austin estaba boca arriba en la cubierta de un pesquero, con la cabeza recostada en un rollo de soga. Aún llevaba su traje isotérmico pero no su equipo de buceo. Se incorporó apoyándose con las manos, trabajosamente, porque le dolían las articulaciones y estaba encima de un montón de peces que aún coleaban.

Un pescador que se parecía mucho al otro, y tan desdentado como él, estaba sentado al otro lado del barco cuidando a Zavala. El pelo de Joe, que solía estar pulcramente peinado, apuntaba en todas direcciones. Sus shorts y su camiseta chorreaban agua. Estaba aturdido pero consciente.

—¿Te encuentras bien? —le gritó Austin.

Un pez fue a parar de un salto al regazo de Zavala. El mexicano lo asió por la cola y lo tiró al montón donde estaban los demás.

—No tengo ningún hueso roto. Ahora ya sé cómo se siente uno cuando te utilizan como bala de cañón. ¿Cómo estás tú?

—Magullado —contestó Austin, y se frotó los doloridos hombros y las piernas—. Me siento como si hubiese pasado por un tren de lavado de coches y un teléfono no dejara de sonar en mis oídos.

—Tu voz suena igual que a través del intercomunicador bajo el agua. ¿Sabes qué ha ocurrido? Yo iba a recogerte con la Katiuska cuando se desató un verdadero infierno.

—Hubo una explosión submarina —dijo Austin mirando al mar, liso como un espejo.

El barco estaba frente a la entrada de la cala pero del *Sea Robin* no se veía ni rastro. Austin no podía creerlo. Contos y su tripulación tenían que haber oído la explosión. ¿Por qué no se habían acercado a ver qué ocurría?

Kurt volvió entonces a pensar en su situación.

—¿Podrías preguntarle a tus amigos cómo hemos llegado aquí, Joe?

Zavala se lo preguntó a los pescadores. Uno de ellos se lo explicó.

—Él se llama Juan —tradujo Zavala—. Nos recuerda de ayer junto al acantilado. El otro es su hermano Pedro. Estaban pescando cuando oyeron un estruendo y vieron que el agua burbujeaba y hacía espuma en la cala.

—Sí, sí, la *bufadora* —dijo Juan, y extendió las manos hacia el aire como un director de orquesta que pidiese un *crescendo*.

—¿Por qué gesticula tanto? —preguntó Austin.

—Dice que el estruendo ha sido parecido al del rompiente de Ensenada, donde el mar se estrella contra unas rocas; solo que muchísimo más fuerte. El acantilado de la parte trasera de la fábrica se partió. La explosión levantó un fuerte oleaje que estuvo a punto de hacer volcar el barco. Luego nos vieron emerger del agua y nos izaron como a dos sardinas creciditas. Y aquí estamos.

Austin volvió a otear el horizonte.

—¿Han visto al *Sea Robin*?

—Han visto un barco hace un rato. Y a juzgar por su descripción debía de ser el *Sea Robin*. Rodeó el cabo por el otro lado y no han vuelto a verlo.

Austin empezaba a preocuparse por Contos y su tripulación.

—Por favor, dale las gracias a nuestros benefactores por su amabilidad y pregúntales si les importaría llevarnos al otro lado del cabo.

Zavala transmitió la petición de Austin y los pescadores pusieron en marcha el viejo motor, un fueraborda Mercury, entre una nube de humo azul.

Tosiendo como un asmático, el motor impulsó sin esfuerzo el barco a través del sedoso mar. Con Juan al timón, rodearon el cabo y vieron al *Sea Robin* anclado. El barco de la NUMA no iría a ninguna parte durante una temporada.

En cubierta había una capa de escombros y piedras, y el barco estaba muy escorado a estribor. La popa en forma de A y las grúas móviles de la cubierta de popa parecían trenzas. Por encima del barco, la empinada cara del acantilado mostraba unas franjas amarillas que habían quedado al descubierto al producirse el deslizamiento de la roca. Los tripulantes atacaban los escombros con palas y barras de hierro, echando por la borda todo lo que podían. Una carretilla elevadora levantaba las piedras más grandes.

Austin hizo bocina con las manos en dirección al barco de la NUMA.

—¿Alguien herido? —gritó a pleno pulmón.

—¡Solo algunos cortes y hematomas! —le gritó a su vez Contos—. Por suerte no había nadie en la cubierta de popa. Acabábamos de oír una fuerte explosión, procedente de la cala, y nos disponíamos a ver qué había pasado. Y de pronto, la pared del acantilado se desplomó antes de que pudiésemos levar el ancla. ¿Dónde demonios estabais vosotros dos?

—Me encanta tu nuevo maquillaje —bromeó Austin.

—Es Estee Lauder, ¿verdad? —secundó Joe.

Contos trató de limpiarse lo que ensuciaba su nariz pero solo consiguió pringarse más la cara.

—Si sois capaces de hacer comentarios tan gilipollas, es que sois vosotros y que estáis perfectamente —replicó Contos—. Cuando os apetezca dejar de decir bobadas, ¿os importaría explicarme qué ha ocurrido?

—El estruendo que has oído ha sido una explosión submarina —contestó Joe.

Contos meneó la cabeza con incredulidad.

—No hay actividad volcánica en esta zona, que yo sepa. ¿Qué ha provocado la explosión?

—Lo único que sabemos con seguridad es que ha partido de las instalaciones submarinas —repuso Austin.

Contos lo miró perplejo.

—Luego te lo explicaremos —dijo Austin a la vez que miraba hacia las franjas amarillentas que habían aparecido en la pared del acantilado—. La explosión ha desprendido la roca.

—¡Eh! —exclamó Contos frunciendo el ceño—. ¿Y qué ha sido del Katiuska?

Austin y Zavala se miraron como niños traviesos que acabasen de romper el tarro de la mermelada. Austin empezaba a preguntarse si sería un Jonás, como llaman los marineros a los compañeros que atraen las calamidades. Era el segundo barco que perdía en dos días.

—Lo hemos perdido —contestó Austin—. Lo siento. Ha sido inevitable. Estos pescadores, Juan y Pedro, nos han sacado del agua.

—Encantado de conocerlos —dijo Contos sonriendo a los dos hermanos—. En fin... ya nada se puede hacer. Simplemente la NUMA tendrá que construirme otro.

Austin dirigió la mirada al escorado costado del *Sea Robin*.

—Tu barco está muy escorado. ¿No corre peligro de hundirse?

—Creo que no. No hemos detectado ninguna brecha de agua. A ver qué pasa cuando zarpemos. Casi todos los daños los ha sufrido la cubierta y la superestructura. Las grúas han quedado inservibles, como podéis ver. De modo que lo más pesado tendrá que izarlo la carretilla. No hemos pedido ayuda para no tener que explicar qué hacemos en aguas mexicanas.

—¿Tenemos tiempo de ir a echarle un vistazo a la cala?

Contos miró por el rabillo del ojo hacia la gruesa capa de escombros que quedaba por retirar.

—De acuerdo.

Zavala pidió a los pescadores que los llevasen de nuevo a la cala. La petición provocó una acalorada discusión entre los hermanos. Pedro ya estaba harto de aquel maldito lugar, con sus extrañas explosiones y aquellos hombres rana que habían emergido del agua. Estaba claro que era partidario de poner rumbo a casa enseguida. Pero prevaleció la opinión del hermano.

El pesquero volvió a rodear la punta y, al entrar en la cala, vieron que salía humo de la fábrica. Al igual que el acantilado que quedaba por encima del *Sea Robin*, la roca desnuda que se alzaba detrás de la fábrica presentaba unas franjas amarillas donde la pared exterior del acantilado había sido desprendida por la explosión, que no había dejado ni rastro del ascensor submarino.

El pesquero se abrió paso entre los escombros y los peces muertos que cubrían la superficie del agua. Austin y Zavala fueron pescando fragmentos de plástico fundido y papel chamuscado y lo echaron a un cubo. Al recordar que un pequeño trozo de metal ayudó a averiguar la causa de la explosión del reactor de la TWA sobre Lockerbee, Escocia, Austin pensó que hasta el fragmento más pequeño podía ser útil.

Fue una tarea penosa pero mereció la pena. Zavala pescó un cilindro metálico que cabeceaba en el agua. Tenía más de medio metro de largo y quince centímetros de ancho. Austin vio un número de serie y el nombre del fabricante grabados en el metal.

Joe llamó entonces su atención. Había visto moverse algo en lo alto del acantilado. Numerosas personas estaban junto al borde. A Austin no le apetecía empezar a hacerles preguntas a las autoridades locales, y los pescadores se alegraron de dar media vuelta hacia el otro barco. La cubierta del *Sea Robin* ya estaba casi totalmente despejada cuando se detuvieron a su altura. Además, ya no estaba apenas escorado.

Austin le pidió a Contos un poco de dinero prestado e intentó pagarles a los pescadores por sus servicios, pero los hermanos lo rechazaron. Juan le explicó a Zavala que, mostrarles por dónde se podía entrar bajo la alambrada de espino, fue un servicio por el que podía aceptar dinero, pero que rescatar a unos hombres del agua era un deber moral. Austin reflexionó y luego convenció a los pescadores de que, por lo menos, aceptasen un regalo de un amigo. Y, después de hablarlo con Contos, regalaron a los felices pescadores un motor fueraborda, que iba a ser retirado pronto del servicio pero que seguía funcionando estupendamente.

Pusieron en marcha los motores y el barco se dirigió lentamente hacia alta mar. No detectaron brechas de agua. Contos puso rumbo norte. No pudo ser más oportuno, pues a los pocos minutos vieron aparecer un helicóptero verde oscuro. El aparato sobrevoló varias veces la cala en círculo y luego aceleró hacia el norte.

Se mezclaron con el tráfico marítimo de las inmediaciones de Ensenada, donde avistaron a un guardacostas mexicano que se dirigía a toda velocidad en dirección contraria.

Con el *Sea Robin* ya a salvo, los hombres de la NUMA se ducharon y se pusieron ropa limpia. Luego volvieron a reunirse con Contos en el puente. El capitán acababa de hacer café.

—Muy bien, caballeros —dijo sirviéndoles dos tazas humeantes—. Como capitán de este barco, que destinasteis a lo que ha resultado ser una misión de comando, os agradecería que me pusierais al corriente de lo que *hemos* hecho.

Austin bebió un sorbo del fortísmo y delicioso brebaje preparado por Contos.

—La explosión ha sido una sorpresa para nosotros —le aseguró Austin—. Nuestra misión básica era muy sencilla: averiguar cuál fue la fuente de calor que pudo matar a las ballenas. Y creemos haberla descubierto.

Austin se extendió describiéndole la estructura submarina tal como la vieron al principio, y le explicó con detalle cómo se habían acercado, que habían visto las boyas de advertencia, la red y notado la alta temperatura del agua. Luego dejó que siguiese Joe.

Zavala volvió a situarse mentalmente bajo el agua en los momentos previos a la explosión.

—Todo va bien —dijo simulando sujetar un timón—. Deducimos que la elevada temperatura del agua procede de la instalación. Tú vas a echar un vistazo desde más cerca, y yo aparco el submarino en el fondo para esperarte. La temperatura empieza a salirse de la escala y te sugiero que vuelvas al Katiuska.

Austin buceó también en su memoria.

—Hacía un momento que acababa de asomarme por un tragaluz de la parte superior de la estructura cuando recibí tu llamada —explicó Kurt—. Dentro había maquinaria y varias personas trabajando. Enfilé enseguida hacia el mini, y de pronto... ¡booom!

—Me dijiste que la estructura estaba llena de tuberías —dijo Zavala—. Algunas debían de ser conductos de alta presión, y de ahí su potencial explosivo.

—No sé. Quizá se produjese una grieta en las tuberías, pero era una instalación muy moderna. Debían de tener innumerables válvulas de seguridad y desconexiones automáticas, para evitar un aumento excesivo de la presión. A juzgar por lo que he podido ver, no se ha producido ninguna anomalía. Nadie ha corrido asustado. No se ha detectado la menor señal de que algo ocurría.

—¿Y la elevación de la temperatura del agua?

—Buena pregunta, aunque las fotos del satélite indican que no es la primera vez que se produce una elevación anormal de la temperatura del agua de la cala. De modo que quizá no haya tenido relación directa con la explosión.

Austin se había traído una bolsa de plástico. La abrió y sacó el cilindro de metal.

—Hemos encontrado esto flotando. ¿Tienes idea de qué es?

Contos examinó el objeto y meneó la cabeza.

—Intentaré localizar al fabricante cuando volvamos a Washington.

—Me parece que tu intuición no te engañaba, Kurt. ¿Recuerdas lo que dijiste en la cantina, acerca de que tenías la sensación de que *algo* muy raro nos vigilaba?

—Pues entonces recordarás que también hice otro astuto comentario —replicó Austin mirándolo con dureza.

—¿Cuál?

—Dije que fuera lo que fuese lo que acechase en las sombras, la condenada cosa tiene un apetito feroz.

—Sois un par de fantasmas —dijo Contos—. Cualquiera diría que estáis hablando de Godzilla.

Austin guardó silencio. Miró hacia la proa que surcaba las olas, como si las respuestas a las preguntas que bullían en su cabeza pudieran encontrarse bajo aquel mar azulverdoso.

## 12

*La mano de Dios*

La aeronave que sobrevolaba la selva parecía un enorme farolillo japonés estirado. Las gemelas lenguas de fuego de los quemadores, que calentaban el aire del interior de la envoltura con forma de salchicha, proyectaban un tenue e intermitente resplandor azul anaranjado. La única señal del paso del aparato era una sombra silenciosa que ocultaba la luna y las estrellas como una nube.

Lo que Paul y Gamay creyeron que era un zepelín era, en realidad, un ingenioso híbrido de globo de aire caliente y dirigible. El impulso para la ascensión lo proporcionaba el aire calentado por los quemadores. Pero, a diferencia de un globo, que va adonde lo lleva el viento, aquella aeronave térmica llevaba motor y podía ser dirigida. No tenía la aerodinámica silueta del zepelín sino la habitual forma de pera de la bolsa llamada envoltura, que no era rígida como la del zepelín sino que adaptaba su forma de acuerdo a la presión interna del aire.

Los Trout iban sentados en la parte delantera de la barquilla de aluminio, sujetos a sus cómodos asientos por fuertes arneses. Desde su perspectiva, colgados bajo la panza de la envoltura, el dirigible parecía enorme. La bolsa de tejido de poliéster tenía 33 metros de longitud y 17 de altura. Llevaba timón a popa para la dirección y aletas establizadoras, anchas y gruesas. Detrás de los asientos de los pasajeros iban las bombonas de propano que alimentaban los quemadores, los depósitos de combustible para alimentar el generador Rotex y el motor que movía la hélice de tres aspas.

Paul y Gamay se habían turnado para familiarizarse con los mandos del artilugio. Ambos habían viajado en globo y conocían los principios básicos de la aerostática. Pilotar aquel dirigible era relativamente sencillo. Una válvula que se accionaba con un pedal controlaba los quemadores de acero inoxidable, que hacían fluir el aire caliente a través de un conducto metálico hasta la envoltura. El cuadro de mandos no tenía más que media docena de instrumentos. Los Trout no le quitaban ojo al altímetro para mantener el aparato a unos seiscientos metros de altura, lo que les proporcionaba un razonable margen de seguridad.

Mantener la nave en el aire había agotado el propano de una bombona y ya iban con la reserva. Pero, como habían aguardado a que amaneciese para utilizar el generador, quedaba mucho combustible para accionar la hélice.

Por el este vieron un resplandor gris perla que anunciaba el amanecer. El cielo no tardó en teñirse de rosa.

A causa de la niebla, la visibilidad era escasa incluso con el sol. El vapor que se elevaba de las copas de los árboles absorbía el color del cielo. Un mar de bruma rolante y rojiza se extendía hasta el horizonte.

Mientras Paul pilotaba el dirigible, Gamay rebuscaba en la caja de herramientas que había entre los dos asientos.

—Ya es hora de desayunar —dijo ella alegremente.

—Yo quiero los huevos bien fritos y sin reventar —dijo Paul—. El beicon muy crujiente, por favor, y las patatas fritas doradas por los bordes.

Gamay le ofreció a Paul un paquete de barritas de caramelo.

—Puedes elegir entre fresa o arándano.

—Mira... llamaré al servicio de habitaciones —dijo Paul a la vez que conectaba la radio. Pero no se oían más que interferencias—. Apuesto a que Phineas Fogg nunca pasó tanta hambre —se lamentó—. Pero, en fin... arándano.

Gamay le pasó la barrita y una botella de agua mineral tibia.

—Menuda nochecita —dijo ella.

—Sí, supongo que tener un roce con implacables biopiratas, presenciar un asesinato a sangre fría y escapar de unos indios salvajes podría calificarse de nochecita.

—Le debemos la vida a Tessa. No entiendo cómo se dejó atrapar por Dieter.

—No es la primera mujer que se equivoca con los hombres. Si te hubieses casado con un abogado o un médico, no con el hijo de un pescador, ahora estarías flotando en la piscina de tu casa en lugar de estar aquí.

—¡Qué aburrido! —exclamó Gamay mascando pensativa el caramelo del desayuno—. ¿Tienes idea de dónde estamos, hijo de pescador?

—No. Ojalá estuviese mi padre aquí. Aprendió a navegar como en los viejos tiempos, antes de que empezásemos a depender de instrumentos electrónicos.

—¿Y la brújula?

—Sin puntos de referencia ni balizas no es muy útil. Pero, en fin, de lo que no hay duda es de que el este cae por allí —dijo señalando hacia el sol.

—El enclave del Holandés estaba al suroeste del de Ramírez —dijo Gamay—. ¿Y si nos dirigiésemos hacia el noreste?

Paul se rascó la cabeza.

—Eso podría funcionar si tuviésemos la certeza de seguir en el mismo sitio donde subimos a este trasto. Anoche sopló viento. Y no sé hasta dónde ha podido llevarnos. Podría significar una gran diferencia y nos queda poco combustible para los quemadores. De modo que no podemos equivocarnos. Los depósitos de combustible para el motor están llenos, pero no nos serviría de mucho poder avanzar hacia delante si perdemos altura.

—¡Qué panorama más hermoso! —exclamó Gamay mirando hacia el mar de verdor.

—No tan hermoso como tres huevos fritos y beicon con patatas fritas.

Gamay le pasó otra barrita.

—Pues utiliza tu imaginación.

—Es lo que hago. Trato de imaginar cómo trajeron este trasto a la selva. Pudieron haber llegado volando. Pero lo dudo, porque este aparato no es bastante grande para transportar el combustible de reserva y los víveres necesarios. Me inclino por que lo elevaron cerca de donde lo encontramos.

—Como no hay carreteras —dijo Gamay al hilo del razonamiento de Paul— probablemente llegaron por el río. Si encontrásemos el río o un afluente podríamos volver al enclave de Ramírez. Si nos elevamos más, veremos más selva.

—Brillante idea —dijo él a la vez que pisaba el pedal de los quemadores, que respondieron con un áspero zumbido. Al cabo de unos momentos, el aparato empezó a elevarse.

A medida que ascendían, el calor del sol disipaba la niebla. Empezaron a ver dispersos rodales de verdor. Flores rojizas crecían en la copa de los árboles como arrecifes coralinos.

Al llegar a los novecientos metros de altura, Gamay oteó el horizonte a través de la neblina.

—Veo algo por allí.

Paul encendió el generador e hizo virar la nave lentamente. El motor refrigerado por agua emitió un zumbido sordo, la nave venció la inercia y, al poco, la hélice los impulsó a dieciséis kilómetros por hora.

Con unos prismáticos que había encontrado en la caja de herramientas, Gamay oteaba el horizonte.

—¡Increíble! —exclamó al disiparse la bruma.

—¿Qué ves?

Gamay permaneció en silencio unos momentos.

—¡La mano de Dios! —dijo visiblemente impresionada.

Paul titubeó. Había dormido poco y tardó en captarlo.

—¿Te refieres a las cataratas de las que nos habló el Holandés?

—Sí, incluso de lejos son impresionantes.

Paul intentó aumentar la velocidad. Notó algo raro en los controles, como si llevasen lastre. Miró hacia abajo y vio un objeto triangular rojo que colgaba de cuerdas atadas a la barquilla.

—¡Vaya! —exclamó—. Tenemos compañía.

Gamay bajó los prismáticos y siguió la mirada de Paul.

—Parece una balsa salvavidas. Está hecha de tubo de goma, con malla en el centro. Probablemente la utilizaban para desembarcar pasajeros y suministros en la copa de los árboles.

—Parece una explicación lógica. Tendremos que tener cuidado para que no se enganche en las ramas —dijo Paul, y al alzar la cabeza para comprobar el rumbo sintió un escalofrío.

Estaban acercándose a un promontorio que emergía de la selva en forma de escalón. Un río discurría entre la espesura hacia un precipicio que se abría en el llano, donde las formaciones de roca cortaban el curso y lo convertían en cataratas. A la luz del sol que se reflejaba en el agua blanca, las cascadas emitían destellos que semejaban gemas que pasaran entre unos dedos gigantescos. El agua daba la engañosa impresión de caer con lentitud, como siempre que se precipita desde gran altura. Una gruesa nube de condensación, que parecía niebla, se elevaba a causa de la fuerza explosiva de centenares de miles de litros de agua precipitándose en cascada al lago que se extendía al pie del acantilado.

—Comparadas con estas, las cataratas del Niágara son como un manso arroyo —comentó Paul.

—Toda esta agua ha de tener una salida —dijo Gamay observando el perímetro del lago—. ¡Mira allí, Paul! Veo el río. Parte del lago. Todo lo que hemos de hacer es seguir su curso.

—No, a menos que también veas una gasolinera —dijo su marido mirando la aguja del nivel de propano. El depósito estaba casi vacío—. No tardaremos en caer.

—Pero podemos seguir avanzando. Acércate cuanto puedas al río. Ocultaremos el dirigible y utilizaremos la balsa.

Trout imaginó lo que ocurriría con la zambullida. El peso de la barquilla lo sumergiría. El aire que quedase en la envoltura impediría que la barquilla se fuese al fondo de inmediato. Pero las decenas de metros cuadrados de tejido de poliéster podían atraparlos entre sus pliegues. Tendrían que abandonar el dirigible antes de que tocase el agua, y hacer lo posible para salvar la balsa. Podía ser su pasaporte para salir de la selva.

Paul resumió su análisis y su plan en pocas palabras.

—Creo que deberíamos soltar la balsa antes de aterrizar. De lo contrario podríamos perderla.

Gamay volvió a mirar hacia abajo. La balsa triangular pendía de nueve cuerdas de nailon, tres sujetas a cada vértice.

—En la caja de herramientas hay un machete —dijo ella.

Paul comprobó con el pulgar el filo de la hoja y se guardó el machete en el cinturón.

—Encárgate de acercarnos todo lo posible al agua —dijo él—. Mientras tanto, yo cortaré las cuerdas.

—De acuerdo. Detendré este trasto, lo abandonaremos y nos daremos un baño.

—Eso es. Más fácil imposible, ¿no? —dijo Paul sonriente.

Gamay asió la palanca de dirección y viró lentamente para alejarse de las cataratas. La luz del sol que se filtraba por la bruma que se alzaba del lago formaba varios arco iris. Gamay confió en que fuese un buen presagio.

El peso de Paul hizo que la barquilla basculase al salir él por el lado derecho. Miró hacia el triángulo rojo, que se balanceaba a unos diez metros de la barquilla, y rodeó por detrás los depósitos y los quemadores. Cortó las cuerdas de uno de los vértices de la balsa. Luego se desplazó por el borde de la barquilla y cortó las de otro vértice. Al quedar sujeta sólo por las tres cuerdas del otro vértice, la balsa empezó a girar con el viento.

Gamay pisó un poco el pedal de los quemadores, dirigió el aparato hacia la orilla del río y descendió lentamente. Empezaba a pensar que su disparatado plan podía funcionar. Pero su optimismo se desvaneció al oír un sospechoso ruido del quemador, que enseguida se paró. Se habían quedado sin combustible a trescientos metros de altura.

No se produjo un cambio inmediato en el comportamiento de la nave. El aire caliente mantenía la forma aerodinámica de la envoltura, y la hélice siguió impulsando el aparato, que describió un cerrado ángulo. A los ciento setenta metros de altura la situación se hizo crítica. Al enfriarse el aire, el aparato perdió impulso ascendente y empezó a caer casi a plomo. La presión en el interior de la envoltura disminuyó también, y en la parte delantera se formó una oquedad. La nave empezó a adoptar la forma de un tomate podrido y coleó hacia la izquierda.

Mientras cortaba la última cuerda, a sólo unos pasos de Gamay, Paul se confió y dejó de asirse al borde de la barquilla. De pronto, el dirigible empezó a dar bandazos. El movimiento lo pilló desprevenido, perdió el equilibrio y cayó. Gamay gritó angustiada.

La barquilla siguió dando violentas sacudidas. Gamay se asomó y vio a Paul asido a la cuerda, casi encima de la balsa, que se balanceaba violentamente como un columpio agitado por el viento. El avance del dirigible casi se había detenido. Gamay miró hacia la parte superior de la envoltura, totalmente deformada. Luego miró bajo la barquilla. Paul seguía sujetándose. No quería quedar bajo el dirigible cuando el aparato cayese. Cortó la última cuerda y se zambulló de pie desde casi veinte metros. Al emerger Paul a la superficie la balsa golpeó el agua con gran estruendo.

Gamay funcionaba en aquellos momentos a base de pura adrenalina. Se soltó el arnés, salió de la barquilla asida al borde, respiró hondo y se lanzó al agua. Pese a lo mucho que se movía la barquillla y a haberse lanzado en mala postura, Gamay logró un salto digno de una medalla de oro en las Olimpiadas. Entró en el agua con los brazos en flecha y el cuerpo recto. Se sumergió profundamente y luego emergió a la brillante superficie, justo a tiempo de ver que el dirigible caía encima de la balsa.

La balsa desapareció bajo los pliegues de la envoltura, junto a toda esperanza de poder utilizarla para volver a casa. Pero en ese momento lo que más preocupaba a Gamay era Paul. Sintió un alivio indescriptible cuando oyó que la llamaba, aunque aún no lo veía.

La envoltura se hundió con el peso de la barquilla y arrastró también a la balsa. Entonces Gamay vio la cabeza de Paul al otro lado del dirigible que se hundía. Él le hizo una seña y nadaron ambos para encontrarse en el centro del río. Surcaron el agua unos momentos, atemorizados por las cataratas. Luego, aprovechando la corriente generada por las cascadas, fueron nadando hacia la orilla.

## 13

Sentado en su silla giratoria, el agente especial del FBI Miguel Gómez inclinó su musculoso cuerpo de campeón de lucha libre hacia atrás. Apoyó la cabeza en las manos entrelazadas en la nuca y miró atónito a los dos hombres que estaban sentados al otro lado de la mesa.

—A ustedes, señores míos, deben de gustarles mucho las tortillas para querer ver a Enrico Pedralez.

—Pasaremos de las tortillas —dijo Austin—. Sólo queremos hacerle unas preguntas a Pedralez.

—Imposible —repuso el agente meneando la cabeza.

Miguel Gómez tenía los ojos negros como moras, y la mirada recelosa y triste de los policías que ya lo han visto todo.

—No lo entiendo —dijo Austin con un dejo de impaciencia—. No hay más que concertar una cita con su secretaria, ir a hablar con él y charlar un rato. Como con cualquier empresario.

—Es que el Granjero no es un empresario cualquiera.

—¿El Granjero? No sabía que también se dedicase a la agricultura.

Gómez sonrió con ironía.

—Supongo que podríamos llamarlo así. ¿Han oído hablar de la gran batida en busca de cadáveres enterrados en varios ranchos, justo al otro lado de la frontera?

—Claro —dijo Austin—. Salió en todos los periódicos. Encontraron docenas de cadáveres, probablemente de personas asesinadas por los narcotraficantes.

—Yo fui uno de los agentes que los mexicanos dejaron intervenir en la operación. Los ranchos eran propiedad de Enrico o, más exactamente, estaban a nombre de tipos que trabajaban para Pedralez.

—¿Quiere decir que el rey de la tortilla es un narcotraficante? —dijo Zavala.

Gómez se inclinó hacia delante y fue enumerando con los dedos:

—Drogas, prostitución, extorsión, secuestros, fraude a la Seguridad Social, incluso hurtos por el procedimiento «del tirón». Es una auténtica pesadilla. Hace de todo. Su organización no es de las que se la juega solo a una carta. Emulan a los genios de Wall Street. El santo y seña de la actual mafia mexicana es la diversificación.

—Mafia... —musitó Austin—. Eso puede complicar un poco las cosas.

—Ya puede estar bien seguro —dijo el agente, visiblemente irritado—. Comparada con la mexicana, la mafia siciliana es un juego de niños. La antigua Cosa Nostra se cargaba a un tío, pero dejaba a su familia tranquila; la rusa puede matar a la mujer y a los hijos, pero siempre por cuestiones de sus negocios. Los mexicanos, en cambio, lo convierten en un asunto personal. Cualquiera que se interponga en su camino ofende a su hombría. Enrico no sólo mata a sus enemigos, sino que los destroza, a ellos, sus parientes y sus amigos.

—Gracias por la advertencia —dijo Austin, nada impresionado—. Bien. ¿Querrá decirnos ahora cómo podemos conseguir verlo?

Gómez se echó a reír a carcajadas. Aquellos dos tipos lo tenían intrigado desde que entraron en su despacho y le mostraron su carné de la NUMA. Solo conocía la NUMA de nombre, y que era el equivalente marítimo de la NASA. Pero Austin y Zavala no encajaban en su idea de científicos oceanográficos. Aquel hombre de tez bronceada, penetrantes ojos azul verdoso y pelo albino daba la impresión de poder derribar una pared con sus hombros de ariete. Su compañero era de maneras suaves y no dejaba de sonreír pero, con antifaz y espada, habría sido el ideal de todo director de cine para interpretar el Zorro.

—De acuerdo, muchachos —dijo Gómez meneando la cabeza con expresión de impotencia—. Como sigue siendo ilegal ayudar a un suicida, me sentiría mejor si me dijesen qué se traen entre manos. ¿Por qué está interesada la NUMA en una fábrica de tortillas propiedad de un criminal mexicano?

—Se produjo una explosión submarina en la cala situada detrás de la fábrica que Pedralez tiene en Baja California —explicó Austin—. Queremos preguntarle si sabe algo de ello. No somos del FBI. Simplemente somos una organización que intenta averiguar qué ocurrió.

—Da igual. Todos los funcionarios federales son enemigos. Que le hagan preguntas acerca de sus asuntos lo considerará una agresión. Ha matado a otros por menos.

—Mire, agente Gómez, no tenemos el monopolio de la temeridad —replicó Austin—. Lo hemos intentado antes por otros medios. La policía mexicana dice que las conducciones de vapor causaron la explosión. Caso cerrado. Pensamos que el propietario podía tener algo que decirnos, y llamamos al Ministerio de Comercio. Reaccionaron con muchos aspavientos, diciéndonos que la fábrica era propiedad de Enrico, y nos sugirieron que nos pusiéramos en contacto con Gómez en la oficina del FBI en San Diego; o sea, con usted. De modo que ahora nos gustaría dar el siguiente paso. ¿Tiene Enrico oficinas en Estados Unidos?

—No se atrevería a cruzar la frontera. Sabe que lo detendríamos.

—Pues entonces tendremos que ir a verlo.

—No será fácil. Pedralez fue agente de la policía mexicana y tiene a la mitad del cuerpo en nómina. Lo protegen y le entregan confidentes, competidores y a cualquiera que pueda crearle problemas.

Gómez abrió un cajón de su mesa, sacó dos carpetas y las dejó encima del secante.

—Este es el expediente sobre los negocios sucios de Enrico, y en el otro está reunida la información sobre sus negocios *legales*. Ha de blanquear el dinero negro en alguna parte. Compra empresas legales a ambos lados de la frontera. La fábrica de tortillas es la más importante. Es una industria que mueve millones de dólares desde que se abrió el mercado estadounidense y los americanos empezaron a entusiasmarse con las tortillas. Un pequeño grupo de empresas controla el negocio. No tiene más que ir a un supermercado para comprobarlo. Enrico utilizó sus contactos con el gobierno, prodigó sobornos para conseguir una parte del pastel —añadió Gómez a la vez que les acercaba las carpetas—. No puedo dejar que estos documentos salgan de la oficina, pero pueden leerlos.

Austin le dio las gracias y se llevó las carpetas a una sala de conferencias. Él y Zavala se sentaron en lados opuestos de la mesa. Austin le pasó a Joe la carpeta de los negocios legales y empezó a hojear los documentos de la otra. Quería tomarle el pulso al individuo con quien tendría que tratar. Y cuanto más leía, menos le gustaba. No creía que fuera posible concentrar tanta maldad en un solo hombre. Enrico era responsable de centenares de asesinatos, y cada una de las ejecuciones tenía su siniestro toque personal. Se alegró de que Zavala le diese ocasión de interrumpir la lectura.

—¡Lo tengo! —exclamó Joe, separando dos páginas—. Aquí hay un informe sobre antecedentes y vigilancia de la fábrica. Hace dos años que la compró. El FBI fue a echar un vistazo y no vio nada sospechoso. Parece que se dieron la misma vueltecita que nosotros, aunque no llegaron a hacer la excursión que hice yo. Según el informe parece una empresa que opera dentro de la legalidad.

—¿No dice nada de las instalaciones submarinas?

—Ni una palabra —contestó Zavala.

—No me sorprende. Están bien camufladas.

—Es posible. ¿Y qué dice tu expediente? ¿Has sacado algo en claro?

—Sí, que es un cabrón de mucho cuidado. Tendremos que hablar con él.

—Según Gómez es imposible. ¿Qué piensas hacer?

—Algo se me ocurrirá —dijo Austin pasándole un trozo de papel—. Esto es una lista de sus aficiones. Vino, mujeres, caballos de carreras, juego, lo habitual. Pero hay algo que me ha llamado la atención.

Zavala lo vio también enseguida.

—Colecciona armas de fuego antiguas, como uno que yo me sé.

Austin sonrió. Porque también él coleccionaba armas de fuego, sobre todo pistolas de duelo. Las paredes del barco-vivienda del Potomac, donde él vivía, estaban cubiertas de aquellos mortíferos artefactos primorosamente decorados. Guardaba las piezas más valiosas en una caja fuerte. Tenía una de las mejores colecciones del país.

—¿Recuerdas las nuevas piezas que compré para mi colección el día anterior a la carrera? Son dos piezas excelentes, y las tengo duplicadas. Pensaba utilizarlas para negociar con otro coleccionista.

—Veo dónde quieres ir a parar. ¿Cómo piensas conseguir que Enrico sepa que puede comprarlas?

—Todos los intermediarios avisan a sus clientes de la posibilidad de nuevas adquisiciones. Nunca se sabe cuándo aparecerá una pieza rara, ni durante cuánto tiempo puede el intermediario reservar una pieza para un comprador. Llamaré a un par de intermediarios y les diré que me urge vender las pistolas. Les haré creer que estoy en un apuro económico. Un delincuente nunca puede resistir la tentación de aprovecharse del prójimo.

—¿Y si Enrico tiene pistolas como esas?

—Son bastante raras. Pero, en el supuesto de que las tenga, puede quererlas por la misma razón que yo, para negociar con otros coleccionistas. Lo importante es tener ocasión de hablar con él. Las tenga o no, querrá verlas, tenerlas en sus manos. Es una actitud típica de todo coleccionista.

—Supongamos que llaman al intermediario varias personas sin darse a conocer. ¿Cómo sabemos quién es Enrico?

—Pues... porque sabemos que no es americano. Si me dicen que he de ir a México para negociar, sabremos que es él.

Le devolvieron los expedientes a Gómez y le explicaron su plan.

—Puede funcionar. Y puede que no. Pero es peligrosísimo. No tienen garantías de que quiera hablar, aunque consigan entrevistarse con él —advirtió el agente.

—Ya contamos con esa posibilidad —lo tranquilizó Austin.

—Mire... —dijo Gómez asintiendo con la cabeza— sentiría mucho que le ocurriese algo a un buen tipo como usted. No puedo protegerlo de un modo directo, porque los mexicanos son recelosos respecto a todo policía gringo que entra en su territorio. Lo único que puedo hacer es que, si Enrico lo mata, su vida no valga ni un peso.

—Gracias, agente Gómez. Será un consuelo para mis deudos.

—Es todo lo que puedo hacer. Tendré preparados algunos efectivos. Infórmeme cuando haya de ir a verlo.

Se estrecharon la mano y los hombres de la NUMA volvieron al hotel. Austin sacó el estuche de madera marrón de su bolsa de lona, levantó la tapa y sacó una de las pistolas, envuelta en un paño verde.

—Estas son casi idénticas a dos que tengo en mi colección —explicó—. Las hizo un armero llamado Boutet, en tiempos de la campaña de Napoleón en Egipto. Le incorporó la Esfinge y las pirámides al cañón. Probablemente las hiciese para un inglés —explicó apuntando a una lámpara de pie—. La culata es redondeada en lugar de rectangular como las del tipo europeo. Y tiene el cañón rayado, al estilo francés —añadió volviendo a envolver la pistola en su paño verde—. Creo que es un cebo irresistible para cualquier coleccionista.

Austin consultó su lista de intermediarios e hizo varias llamadas. Se aseguró de que creyesen que estaba muy necesitado de vender las pistolas, aunque fuese perdiendo dinero, y que se marchaba de San Diego al día siguiente. Austin estaba convencido de que las mejores mentiras eran las medias verdades. Dijo que su barco se había hundido y que necesitaba dinero para pagar facturas. Luego, él y Zavala analizaron los posibles imprevistos y cómo reaccionar ante ellos.

Una hora después Austin recibió una entusiasta llamada de un intermediario muy avispado y de reputación algo oscura. Se llamaba Lathan.

—Tengo un cliente potencial para sus pistolas —dijo Lathan—. Está muy interesado y le gustaría verlas lo antes posible. ¿Podría ir usted a verlo a Tijuana, hoy mismo? No está lejos.

Austin alzó el pulgar.

—No hay problema. ¿Dónde quiere que nos veamos?

Lathan le indicó que aparcase en el lado americano de la frontera y que cruzase por el puente peatonal. El estuche de las pistolas lo identificaría. Austin dijo que estaría allí dentro de dos horas y colgó. Luego informó a Zavala.

—¿Y si te lleva a algún lugar donde no podamos

ayudarte, como a uno de esos ranchos donde le gusta «plantar» a la gente?

—En tal caso, me ceñiré a hablar de las pistolas y haremos la operación, si está interesado. Como mínimo tendré ocasión de ver con quién nos la jugamos.

Luego, Austin llamó a Gómez. El agente del FBI le dijo que, en previsión, varios de sus hombres le cubrirían las espaldas, aunque no podrían acercarse demasiado porque Pedralez se aseguraría de que no lo siguiesen.

Al cabo de unos minutos, los hombres de la NUMA se dirigieron hacia el sur, de nuevo en la camioneta de reparto. Zavala dejó a Austin en el lado americano de la frontera y entró en México. Austin aguardó veinte minutos y luego cruzó por el puente peatonal con el estuche de las pistolas bajo el brazo. Nada más dejar el puente un hombre corpulento de mediana edad se le acercó.

—¿El señor Austin?

—Sí, soy yo.

El hombre sacó una placa de agente federal.

—Escolta policial para usted y sus pertenencias —le dijo sonriente—. Cortesía del jefe. Hay muy mala gente en Tijuana.

Lo condujo hacia un turismo azul oscuro y le abrió la puerta trasera. Austin entró primero, echando un rápido vistazo al aparcamiento. No vio a Zavala. Le habría decepcionado que su compañero se dejase ver demasiado, pero se habría sentido mejor sabiendo que le cubría las espaldas.

El coche se adentró en el tráfico de Tijuana, por un laberinto de sórdidas callejas. Mientras el chófer se comía con los ojos a una joven que cruzaba la calle, Austin miró hacia atrás. Nada más vio un destartalado taxi amarillo.

El coche de la policía se detuvo frente a una cantina

sin ventanas, cuya horrible fachada verde oscuro parecía haber sido utilizada para prácticas de tiro de un AK-47. El viejo taxi pasó de largo acelerando. Austin bajó y se quedó junto al letrero oxidado que anunciaba la cerveza Corona, preguntándose si querrían que entrase en la cantina y si le convenía hacerlo. Un Mercedes gris oscuro, que acababa de asomar por la esquina, se detuvo junto al bordillo y bajó un joven de aspecto duro, con gorra de chófer. Sin decir palabra, el joven abrió la puerta trasera. Austin subió al coche, que pronto se adentró en un barrio de clase media.

El Mercedes paró frente a la terraza de un café. Otro joven mexicano abrió la puerta y condujo a Austin hasta una mesa, a la que estaba sentado un hombre solo que le tendió la mano y le sonrió abiertamente.

—Siéntese, por favor, señor Austin —dijo—. Soy Enrico Pedralez.

Austin se asombró de lo camaleónica que era la maldad, de hasta qué punto un monstruo podía parecer una persona normal. Calculó que Enrico debía de tener cincuenta y tantos años. Iba vestido de modo informal, con pantalones beige y camisa blanca de manga corta. Podía pasar por cualquiera de los vendedores de sombreros y mantas de las tiendas para turistas. Tenía el pelo negro y un bigote que parecía teñido, y llevaba muchas joyas de oro, anillos, pulseras y un colgante.

Un camarero trajo dos vasos altos de zumo de fruta frío. Austin bebió un sorbo y miró en derredor. Ocho hombres de tez cetrina estaban sentados de dos en dos en sendas mesas, en silencio. Fingían no mirar a Austin que, por el rabillo del ojo, captó rápidas miradas en su dirección. El señor Pedralez parecía ufanarse de mostrarse en público con tal descaro, pero no corría riesgos.

—Muchísimas gracias por venir a verme tan pronto, señor Austin. Confío en que no le haya causado ningún trastorno.

—En absoluto. Me alegro de que me hayan puesto en contacto con un comprador potencial de inmediato. Me marcho mañana.

—El señor Lathan me ha dicho que participó usted en la regata.

—Sí, y por desgracia fui uno de los que salió mal parado. Mi barco se hundió.

—Una pena —dijo Pedralez, que se quitó las gafas de sol y miró con avidez el estuche de las pistolas. Se frotó las manos impaciente—. ¿Puedo verlas?

—Por supuesto —repuso Austin, abriendo el estuche.

—Oh, son magníficas —exclamó Pedralez con el entusiasmo propio de un experto. Empuñó una de las pistolas y apuntó a uno de sus hombres, que sonrió nervioso. Luego el narcotraficante deslizó el índice de la mano izquierda por el cañón—. Boutet. Las hacía al estilo inglés, para un lord acaudalado, sin duda.

—Eso mismo supuse yo.

—Perfecta, tal como cabía esperar—. Volvió a dejar la pistola en el estuche, suspiró con expresión teatral y luego añadió—: Por desgracia, ya tengo dos similares.

—Ah, pues no se preocupe —dijo Austin simulando ocultar su decepción.

Cuando Austin fue a cerrar el estuche, Pedralez posó una mano en la suya.

—Pero quizá se las compre de todas maneras. Me gustaría regalárselas a un amigo íntimo. ¿Cuánto pide por ellas?

—Ahora se lo diré; antes necesito una información —repuso Austin en tono desenfadado, aunque confiando en que Gómez cumpliese su ofrecimiento de guardarle las espaldas.

—No lo entiendo —dijo el mexicano, y frunció el ceño con expresión recelosa.

—Yo también quisiera comprar algo: una fábrica de tortillas en Baja California. Tengo entendido que podría pagarla a precio de saldo después del incendio.

—Se equivoca —dijo Pedralez con frialdad. Chasqueó los dedos y, de inmediato, sus hombres se pusieron alerta—. ¿Quién es usted?

—Represento a una organización mucho más grande que la suya.

—¿Es usted policía? ¿Del FBI?

—No. Soy funcionario de la NUMA. Trabajo como científico oceanográfico e investigo una explosión que se produjo al lado de su fábrica. A cambio de esa información me gustaría regalarle las pistolas.

La bonachona sonrisa había desaparecido. Enrico apretó los labios y le dirigió una mirada agresiva.

—¿Me toma por imbécil? —le espetó—. Soy dueño de este restaurante. Y todos estos hombres, los camareros, el cocinero, todos, trabajan para mí. Podría usted desaparecer sin dejar rastro. Y jurarían que jamás estuvo aquí. ¿Qué me importan a mí sus pistolas? —añadió con desdén—. Tengo docenas.

Austin le sostuvo la mirada.

—Dígame una cosa, señor Pedralez, de coleccionista a coleccionista, ¿por qué lo fascinaban estas armas antiguas?

Al mexicano pareció hacerle gracia la pregunta. La agresividad desapareció del intenso brillo de sus ojos, pero su crispación solo se mitigó un poco.

—Representan poder e instrumentos de poder. Sin embargo, son también tan hermosas como el cuerpo de una mujer.

—Cierto.

—¿Y por qué lo fascinan a usted?

—Aparte de su belleza, me recuerdan que las vidas y el destino pueden ser alterados por el azar. Apretar un gatillo o esgrimir una pistola precipitadamente; un disparo que pasa casi rozando un órgano vital... Representan el aspecto más letal del azar.

Al mexicano pareció intrigarlo la respuesta.

—Debe de considerarse un hombre con mucha suerte, señor Austin, para atreverse a ponerse en mis manos.

—En absoluto. Supuse que estaría usted dispuesto a charlar.

—Se ha arriesgado. Y aplaudo su audacia. Pero, por desgracia este no es su día. Usted pierde —le dijo Enriço con frialdad—. Me tiene sin cuidado quién sea usted y a quién represente. Ha sacado usted el naipe de la muerte —añadió volviendo a chasquear los dedos. Sus hombres se levantaron de las mesas y empezaron a acércarse.

Austin se sintió como un zorro acorralado por los cazadores. De pronto, el destartalado taxi amarillo se detuvo frente al restaurante. El coche, un viejo Checker, oscilaba aún sobre su suspensión cuando bajó el taxista, que llevaba una sucia chaqueta de tela india azul y blanca, encima de una camiseta de la cantina Hussong, y gafas de sol de plateados cristales reflectantes. Tenía un sospechoso parecido con Joe Zavala.

Se detuvo en la acera.

—¿Ha pedido alguien un taxi? —gritó.

Uno de los hombres de Enrico se acercó y lo increpó.

—Busco a un americano —dijo Zavala mirando hacia Austin—. Al sargento Alvin York.

El hombre de Enrico le plantó una mano en el pecho para intimidarlo.

—¡Está bien, está bien! ¡Malditos gringos! —clamó Joe, que volvió al taxi y arrancó dejando una estela de humo del tubo de escape.

El secuaz de Enrico se echó a reír.

Austin respiró aliviado. Recorrió con la mirada los bajos tejados circundantes y sonrió.

Zavala acababa de pasarle un mensaje, no muy sutil pero eficaz. El sargento York era el tirador de Kentucky, condecorado con la Medalla de Honor por hacer prisioneros alemanes durante la Primera Guerra Mundial.

—Un tipo cómico, ¿verdad, señor Austin?

—Sí, mucho.

—Bien. Ahora he de marcharme. Adiós, señor Austin. Desgraciadamente no volveremos a vernos.

—Un momento.

El mexicano miró a Austin ceñudo, como si acabase de descubrir pelusilla en su camisa.

—Yo de usted no me movería. Está en el punto de mira de un tirador de primera. Un solo movimiento y su cabeza reventará como un melón. Si no me cree, mire hacia ese tejado, y hacia ese otro.

Pedralez giró la cabeza a uno y otro lado como una mantis religiosa, escrutando los tejados cercanos. Los tiradores, apostados en sitios diferentes, no hicieron nada por ocultarse.

Enrico se volvió a sentar.

—Parece que no cree usted del todo en la fuerza del destino. ¿Qué es lo que quiere?

—Simplemente saber quién es el propietario de la fábrica Baja Tortilla.

—Yo, por supuesto. Es muy rentable.

—¿Y qué me dice del laboratorio submarino de la cala? ¿Qué sabe de eso?

—Mire, señor Austin, soy un hombre muy ocupado. Se lo explicaré y luego nos despediremos. Hace dos años vino a verme un abogado de San Diego para hacerme una proposición. Ciertas personas querían construir una fábrica. Pagarían la construcción y yo me quedaría con todos los beneficios, a condición de que estuviese aislada y bajo el agua.

—Lo que me interesa saber es qué construyeron bajo el agua.

—No lo sé. Vino un barco grande, con escolta armada. Trajeron algo a la cala y lo hundieron deliberadamente. Construyeron instalaciones conectadas a la fábrica. El personal iba y venía. Y yo no hice preguntas.

—¿Y qué sabe de la explosión?

Enrico se encogió de hombros.

—Me llamaron después de que ocurriese y me dijeron que no me preocupase, que me compensarían por las pérdidas. Eso es todo lo que sé. La policía se ha inhibido.

—¿Cómo se llama el abogado que hizo de intermediario?

—Francis Xavier Hanley. Bueno, he de irme. Ya le he dicho todo lo que puedo.

—Sí, ya sé que es usted un hombre ocupado.

A una seña de Pedralez, sus hombres se levantaron de las mesas y le hicieron un pasillo en la acera. El Mercedes apareció como por ensalmo y la portezuela se abrió con mecánica precisión. Los guardaespaldas subieron a dos jeeps Cherokee, uno por delante y el otro por detrás del Mercedes.

—Señor Pedralez, un trato es un trato —le dijo Austin—. Olvida las pistolas.

—Quédeselas —le espetó Enrico con una agria sonrisa. Masculló algo ininteligible, subió a la parte trasera del coche y cerró la puerta casi al mismo tiempo que el coche enfilaba calle abajo.

Austin sudaba, y no sólo a causa del calor. El desvencijado taxi se detuvo frente a él e hizo sonar el claxon. Austin subió al asiento del acompañante y miró en derredor atónito.

—¿De dónde has sacado este trasto?

—El agente Gómez ha sido tan amable de tenerlo esperando para mí. Lleva un motor potentísimo, y una parafernalia electrónica con la que he podido comunicar a nuestros amigos dónde estabas. Me va a costar devolverlo. ¿Te ha dicho algo el señor Pedralez?

—Sí —contestó Austin alzando el estuche—, que la próxima vez que venga a Tijuana traiga estas pistolas cargadas.

## 14

El panorama era de una belleza tan estremecedora que Trout casi olvidó el apuro en que estaban él y Gamay. Se sentó en un saliente de roca a unos siete metros por encima del lago, balanceando sus largas piernas, mirando a uno y otro lado para abarcar la impresionante vista. Tenía que echar la cabeza muy hacia atrás para ver la parte superior de las cataratas. Múltiples arco iris señoreaban por encima de las cinco cascadas, al reflejarse el sol en las gotas de agua en la nube de vapor que se elevaba más de cien metros. El agua atronaba como si cien locomotoras cruzasen la selva.

Trout no era un hombre religioso pero, caso de existir la Mano de Dios, allí la tenía.

—¿Qué haces? —preguntó Gamay bostezando y sacándolo de su ensoñación. Estaba a pocos pasos de él, echada a la sombra de un árbol.

—Pensaba que sería un lugar formidable para construir un hotel.

—Hummm —dijo Gamay frunciendo el ceño. Se incorporó y se secó el sudor de la frente—. Pues no olvides instalar refrigeración.

Había estado lloviendo hasta hacía una hora y el sol volvía para vengarse. Como el mirador estaba a la sombra de árboles y arbustos, se quedaron dormidos durante un rato. Pero no había modo de quitarse de encima la asfixiante humedad. Paul fue el primero en despertar.

—Voy a traerte agua, Gamay.

Hizo un remedo de vaso con una hoja de palmera,

bajó hasta la orilla del lago y llenó su improvisado reci-
piente. Derramó la mitad del contenido mientras subía
junto a Gamay, que trataba de desprenderse hojas de
hierba de su enmarañado pelo. Sorbió el agua cerrando
los ojos con expresión beatífica y luego le pasó el resto
a Paul.

—Gracias —dijo Gamay sonriente—. Lo necesitaba. ¿Te importa que me dé un chapuzón en nuestra piscina?

Gamay bajó hasta la orilla del lago, se zambulló y
dio unas cuantas brazadas.

Paul pensó en nadar también, cuando hubiese sa-
ciado la sed, pero notó movimiento en el río y se alarmó. Gritó para advertir a Gamay, pero a causa del estruendo de las cataratas ella no lo oyó.

Descendió hasta la orilla trompicándose y se lanzó al agua. Fue nadando junto a Gamay, que estaba
flotando plácidamente boca arriba, y le tiró de la camiseta.

Gamay se sobresaltó y luego se echó a reír.

—Eh, ¡que no es momento para jueguecitos!

—Chist —la acalló él—. Vuelve a la orilla. Rápido.

Su tono apremiante no dejaba lugar a dudas de que
había alguna razón importante. Sin decir palabra, Gamay nadó rápidamente hacia la orilla seguida de Paul.

Gamay empezó a subir por la pendiente pero Paul
volvió a tirarle de la camiseta y la obligó a ocultarse
bajo un arbusto. Se llevó un dedo a los labios y señaló
hacia el lago.

Gamay aguzó la vista, miró entre el ramaje y se tensó al ver el sol reflejado en remos mojados y destellos
blancos y azules. Indios chulo.

Paul había visto que cuatro piraguas salían del río y
se adentraban en el lago. Iban directas hacia donde se
encontraba Gamay, en fila de a uno. En cada piragua
iban tres indígenas; dos remaban y el otro vigilaba, con

el arco apoyado en el regazo. Parecían dirigirse muy decididamente a un lugar concreto y no haber notado su presencia.

Los indios pasaron a pocos metros del escondrijo, tan cerca que Paul y Gamay podían ver las gotas de sudor de sus músculos. Avanzaron silenciosamente por el lago hasta quedar envueltos en zarcillos de bruma. Al cabo de unos momentos desaparecieron en una nube de vapor.

—A eso se le llama un buen número de ilusionismo —dijo Paul resoplando.

—Ahora sabemos por qué lo llaman el Pueblo de la Bruma —dijo Gamay.

Paul se puso en pie. Su metro ochenta le permitía ver un largo tramo del río. Aguzó la vista para asegurarse de que no viniese ninguna piragua rezagada.

—No vienen más. Tenemos que largarnos de aquí. Aún tengo el machete. Quizá podamos improvisar una balsa con troncos y ramas y alejarnos por el río.

—Tengo una idea mejor —dijo Gamay mirando hacia la bruma—. Aunque puede ser un poco peligrosa.

—¿Un poco? —exclamó Paul sonriendo—. No olvides que sé cómo funciona tu cabeza. Seguro que me vas a proponer que sigamos a esos tipos y les robemos una piragua.

—¿Por qué no? Mira, este es su coto de caza, de modo que no esperarán algo así. Y, con todos los respetos hacia tus habilidades con el machete, no acabo de ver claro que podamos hacernos una embarcación que nos lleve Dios sabe dónde, a lo largo de Dios sabe cuántos kilómetros río abajo, sin que nos hundamos ni nos topemos con otros personajes como esos. Ya fue bastante dura la travesía con el barco de Ramírez. Los indios no pueden pasar todo el día remando en las piraguas. En algún sitio tendrán que parar y vararlas en la orilla. Solo tenemos que localizarlas, aguardar a que anochezca y escabullirnos con una. Puede que ni siquiera lleguen a echarla en falta.

Paul la miró risueño con sus grandes ojos castaños.

—¿Me engaño al ver en tu propuesta un atisbo de curiosidad científica?

—De acuerdo. Reconozco que se trata de algo más que de pura supervivencia. ¿No irás a decirme que no te intriga esa tribu tan tecnificada, y lo que nos contaron sobre la diosa blanca?

—Lo que me intriga es si tienen comida —dijo Paul dándose unas palmaditas en el estómago, a la vez que mascaba una hoja de hierba—. En serio, estamos en un grave aprieto, y no tenemos muchas alternativas. No sabemos dónde estamos ni cómo vamos a salir de aquí. No tenemos víveres. Y como has dicho, este es su territorio. Sugiero que hagamos una operación de reconocimiento. Somos extraños en tierra extraña. Debemos andar con pies de plomo y, si la situación se hace demasiado peligrosa, largarnos a escape.

—De acuerdo —dijo Gamay—. Y, en cuanto a la comida, ya me he quedado sin barritas de caramelo. Pero he visto que los pájaros comen esa especie de moras de aquel arbusto. Como no veo pájaros muertos, probablemente no son venenosas.

—Pues moras —dijo Paul—. No pueden ser tan malas.

Trout estaba equivocado. Las supuestas moras eran tan amargas que era imposible comer una sin tener que escupirla. Con el estómago vacío, los Trout echaron a caminar a lo largo de la orilla del lago. Al llegar a un tramo enfangado que parecía arena movediza, rodearon la pendiente y dieron con un sendero cubierto de maleza y que no parecía haber sido utilizado recientemente. Pese a ello, avanzaron con cautela, dispuestos a internarse entre los arbustos si se topaban con alguien.

Siguieron por la senda a lo largo de casi dos kilómetros, hasta llegar a un lugar donde la bruma del lago flotaba hacia la selva como jirones de vapor. La vegetación estaba tan empapada como si acabase de caer un aguacero y las cataratas atronaban como mil timbales.

Paul y Gamay se percataron de que el mismo ruido que ahogaba el de sus movimientos ahogaría el de todo lo que se les acercase, aunque fuese un ejército. El aire se enfrió tanto que tuvieron que llevarse la mano a la nariz para no estornudar. La visibilidad era de poco más de un metro y tenían que caminar con la cabeza gacha para ver por dónde pisaban.

De pronto se vieron fuera de la espesura. Pero si esperaban llegar a un hermoso valle como caminantes en Shangri-la, se llevaron una desilusión. La selva no era distinta al otro lado de la bruma. La senda ya no discurría a la orilla del lago sino que se desviaba junto a un afluente por el que debían de haberse adentrado las piraguas.

Al cabo de unos minutos, Gamay se detuvo y meneó la cabeza.

—¿No has notado algo raro en este arroyo?

Paul se acercó al borde de la pendiente.

—Sí, que es demasiado estrecho para ser natural. Parece como si hubiesen aprovechado un reguero y lo hubieran ensanchado a pico y pala.

—Eso mismo he pensado yo —dijo Gamay reanudando la marcha—. Ya te he dicho que la tribu de los chulo es fascinante.

Siguieron caminando durante varias horas. Se habían improvisado sombreros con hojas de palmera y se detenían de vez en cuando para beber. También se detuvieron un rato mientras aguardaban a que cesase un chaparrón. Aguzaron más los sentidos a medida que la senda se ensanchaba y empezaron a ver huellas de pies descalzos en la tierra esponjosa y oscura.

Tras comentarlo brevemente, optaron por seguir el curso del arroyo un trecho más, y ocultarse luego en la espesura al anochecer. Estaban agotados y necesitaban reponer energías. A su derecha encontraron otro sendero, cubierto de miles de piedras lisas, que a Gamay le recordó los caminos de los mayas y los incas. Era tan bueno como cualquier trecho de la vía Apia. La curiosidad los indujo a adentrarse por allí durante cinco minutos, atraídos por el resplandor que surgía de una fronda.

El camino se ensanchaba hasta formar un claro circular, de unos veinte metros de diámetro y cubierto también de piedras lisas. En el centro del claro había un objeto grande.

—¡No es posible! —exclamaron los dos al unísono.

Era un reactor. La parte delantera estaba intacta, pero de la cabina del pasaje apenas quedaba nada. La sección de cola conservaba su forma y se había desplazado hasta quedar directamente bajo la cabina del piloto, dándole al aparato un aspecto romo. El fuselaje estaba descolorido pero no cubierto de maleza ni de musgo, como cabía esperar.

Se asomaron a las ventanillas de la cabina de mandos esperando ver esqueletos. Pero los asientos estaban vacíos. Enfrente de la cabina había un hoyo poco profundo, con las ennegrecidas cenizas de un fuego y huesos de pequeños animales chamuscados. Alrededor del claro había totems de madera oscura del tamaño de un hombre, con grabados de figuras diferentes y coronados por la imagen de una mujer alada, con las palmas de las manos juntas y vueltas hacia arriba. Era la misma imagen del medallón que llevaba el indio muerto.

—Parece un altar —musitó Gamay acercándose al hoyo del fuego—. Aquí deben de sacrificar animales.

—Es tranquilizador —dijo Paul. Alzó la vista hacia el sol y luego miró el reloj—. El avión está colocado de manera que hace las veces de reloj de sol. Me recuerda la estructura de Stonhenge, con los círculos concéntricos que servían de calendario.

Gamay posó una mano en el morro del avión.

—¿No te resulta familiar este dibujo blanco y azul?

—Está clarísimo: Los colores de la bandera nacional de los chulo.

Gamay puso unos ojos como platos al mirar más allá de Paul, que estaba de espaldas a la espesura.

—No es el único azul y blanco por estas inmediaciones —dijo ella.

Paul se dio la vuelta y vio a unos veinte indios salir de entre los árboles, con la cara y el cuerpo pintados del color del cielo y la nieve. Se maldijo por haber dejado que su curiosidad por el avión los hiciera bajar la guardia. Los indios los rodearon con espectral silencio. Habría sido inútil correr. Paul y Gamay estaban atrapados.

Los indígenas alargaron el brazo con que empuñaban la lanza y la alzaron, pero luego hicieron una cosa curiosa: abrieron el círculo y uno les indicó que debían pasar por el hueco. Los Trout se miraron para infundirse valor y, flanqueados por los silenciosos indígenas, como si de una guardia de honor se tratase, se alejaron del altar y siguieron por el camino junto al río.

El camino se ensanchaba hasta enlazar con otro que conducía a una empalizada. Entraron por una puerta lo bastante ancha para que pasara un camión. Desde lejos habían visto a ambos lados de la puerta altos postes de madera rematados por bolas, como astas de banderas. Al verlos de cerca, Gamay le apretó la mano a su esposo.

—Mira, Paul —le dijo.

—¡Dios mío! —exclamó él tras seguir su mirada.

Las bolas eran cabezas humanas. Sus rostros parecían cocidos como manzanas al sol. Los pájaros y los insectos habían realizado algunas incursiones, pero aún resultaban reconocibles las facciones de Dieter, que ya no sonreía. Como tampoco sonreían Arnaud ni su taciturno ayudante Carlo. La cuarta cabeza era la de su indígena de confianza. Trout lo reconoció por la gorra de los Yankees.

Al cruzar la puerta dejaron atrás la siniestra decoración. En el interior había docenas de chozas alargadas con techumbre de paja, situadas una junto a otra a lo largo del río. No se veían mujeres ni niños.

Los chulo habían bajado las lanzas y descolgado los arcos. Ahora se limitaban a utilizar sus imponentes físicos para disuadir a los Trout de hacer ninguna tontería.

—Fíjate en esa rueda hidráulica. Es igual que las que tenemos en Nueva Inglaterra.

Habían canalizado agua del río, que fluía por cangilones de madera para hacer girar una rueda. Pero no tuvieron tiempo de verla más de cerca. Su escolta los condujo hacia una estructura que se alzaba en el centro del enclave. Era cuatro veces más grande que las chozas circundantes, y las paredes eran de arcilla y no de troncos. Se detuvieron frente a una entrada que semejaba una boca abierta. Del techo colgaba el ventilador de un motor a reacción. Los indios cerraron filas tras ellos, dejaron sus armas a un lado y se arrodillaron tocando el suelo con la nariz.

—¿Y ahora qué? —exclamó Gamay atónita ante la súbita sumisión de los feroces indígenas.

—A mí no se me ocurriría echar a correr —repuso Paul—. Nos ensartarían con sus lanzas antes de que diésemos dos pasos. Deduzco que quieren que entremos. De modo que... primero las damas.

—Entraremos los dos a la vez.

Cruzaron la puerta de la mano y se adentraron en el oscuro interior. Pasaron por dos estancias pequeñas y luego a otra muy amplia. Al fondo, iluminada por un haz de luz que penetraba por un agujero practicado en el techo, había una persona sentada que, con un ademán, les indicó que se acercasen.

Paul y Gamay avanzaron lentamente. El suelo era de madera y no de tierra como el de las chozas que habían visto antes.

La persona en cuestión estaba sentada en un trono, hecho con lo que parecía un asiento de avión. Salvo las piernas, bronceadas y bien torneadas, casi todo su cuerpo quedaba oculto tras una máscara ovalada azul y blanca que parecía salida de una pesadilla, pintada con enormes ojos y una boca ancha con afilados dientes de tiburón.

Los Trout miraban nerviosos al extravagante personaje, sin saber qué hacer. Entonces asomaron dos manos desde detrás de la máscara y la levantaron.

—Ufff, ¡qué calor da esto! —exclamó la hermosa mujer, que dejó la máscara a un lado, miró a Paul y luego a Gamay.

—Son el doctor y la doctora Trout, ¿verdad?

Gamay fue la primera en sobreponerse a su asombro.

—¿Cómo lo sabe?

—Es que verá, nosotras las diosas blancas lo vemos y lo sabemos todo —contestó sonriendo la mujer, al ver que la perplejidad de Gamay subía de punto—. Pero... no es ser buena anfitriona reírse de los invitados —añadió sonriente.

La diosa dio una palmada y los Trout se llevaron otra sorpresa. Las cortinas de cuentas que había detrás del trono se abrieron con un tintineo y por ellas asomó la esposa de Dieter, Tessa.

## 15

El bufete de Francis Xavier Hanley estaba en la planta 12 de un rascacielos de cristal azul que daba al puerto de San Diego.

Austin y Zavala salieron del ascensor y fueron hacia el vestíbulo del despacho. Le dieron sus nombres a la atractiva recepcionista, que pulsó un botón del intercomunicador y, tras una musitada conversación, les sonrió y les dijo que entrasen. Un hombre de cara rubicunda y complexión de portero de discoteca los recibió. Se presentó como Hanley y los acompañó hasta dos sillones estilo imperio. Después de acomodar su corpulenta humanidad frente a una mesa de caoba, se recostó en el respaldo de su mullido sillón giratorio, unió la yema de los dedos y los miró como un lobo al acecho de dos ovejas.

Después de cruzar la frontera por Tijuana, Austin había llamado al bufete de Hanley para pedir una cita con la historia de que su socio y él «habían ganado unos cuantos milloncitos» en la bolsa y querían colocarlos bien. Enseguida le dieron hora. El brillo de los ojos azul claro del abogado indicaba que se había tragado el anzuelo.

—Soy de los que prefieren ir derecho al grano —dijo Hanley mirándolos—. Según mencionó por teléfono, señor Austin, están interesados en invertir en el extranjero.

—Básicamente en México —concretó Zavala.

El abogado llevaba un carísimo traje gris, y suficiente oro y brillantes en sus rollizas manos como para hundir el *Titanic*. Pero ningún sastre hubiese podido disimular aquel cuerpo de bruto, ni todas las joyas de este mundo ocultar la tosquedad que irradiaban cada palabra y cada movimiento.

Los hombres de la NUMA llevaban vaqueros, camiseta y anorak, una indumentaria estudiadamente informal. En California, los únicos que tienen pinta de millonarios son quienes no lo son.

Hanley reparó en el aspecto de latinoamericano de Zavala.

—Han acudido ustedes al lugar adecuado —dijo sonriéndoles, tratando de mostrarse amable. Pero el rictus de su boca le daba aspecto de buitre—. ¿Les interesa alguna zona concreta?

—Nos gustan las tortillas —dijo Austin con cara de póquer.

El abogado los miró desconcertado.

—Perdón... —dijo, no muy seguro de haber entendido bien.

—Sí, hombre, las tortillas —dijo Austin describiendo un círculo imaginario con un dedo—. Tenemos entendido que es un negocio en alza.

Hanley se repuso de la sorpresa y los miró.

—Y es bien cierto. Se trata de una industria del sector de la alimentación en gran expansión.

Austin tuvo la sensación de que Hanley les hubiese dicho lo mismo de haberse interesado por empanadas de barro. Él y Zavala habían decidido utilizar la misma táctica directa que tan buen resultado les diese para provocar una fuerte reacción en Pedralez.

—Hemos oído hablar de una fábrica de tortillas en Baja California, en las afueras de Ensenada, que podría comprarse bastante barata —dijo Zavala sonriente.

A la sombra de la pronunciada cornisa de su frente, Hanley entornó sus ojos acuosos.

—¿Dónde han oído eso? —masculló.

—Por ahí —contestó Zavala con expresión críptica.

—Pues lo siento, caballeros, pero no sé de ninguna fábrica de tortillas en Baja California.

—Me deja usted de piedra —ironizó Austin encogiéndose de hombros—. Según Enrico Pedralez está usted muy familiarizado con su propiedad. Él nos ha dado su nombre y nos ha dicho que fue el abogado Hanley quien gestionó la operación de compraventa.

Hanley se alarmó al oír mencionar al jefe mafioso. No sabía hasta qué punto podía hablar abiertamente con aquellos dos extraños. Pensó en las potenciales amenazas que pudieran representar: la policía, Hacienda o cualquier otro cuerpo de la administración del estado. Pero aquellos dos tipos le parecían inclasificables. Optó por pasar a la ofensiva.

—¿Podrían identificarse?

—No lo creo necesario —dijo Austin.

—En tal caso, si no salen de mi despacho en dos segundos, los echaré yo mismo.

Austin no hizo el menor amago de levantarse.

—Inténtelo —dijo en tono glacial—. Pero no se lo aconsejo; ni tampoco que llame a sus amigos mexicanos.

Al ver que la intimidación no iba a funcionar el abogado cogió el teléfono.

—Llamaré a la policía.

—¿Por qué no llama también, de paso, al Colegio de Abogados? —dijo Austin—. Estoy seguro de que les interesará saber que uno de sus miembros tiene tratos con un notorio mafioso mexicano. Esa licencia que tienen enmarcada en la pared valdrá menos que... el papel.

Hanley volvió a colgar el auricular y los miró.

—¿Se puede saber quiénes son ustedes? —les espetó.

—Dos tipos que quieren saber más acerca de esa fábrica de Baja California —contestó Austin.

Hanley no acababa de situar a aquellos dos tipos tan atléticos y bronceados con aspecto de ligones playeros. Pero detectó un dejo de dureza bajo sus amables maneras.

—Aunque tuviesen ustedes legítima autoridad para hacerme preguntas, no podría ayudarlos —dijo Hanley—. Todo comentario sobre ese asunto está protegido por el secreto profesional.

—Cierto —admitió Austin—. Pero también lo es que podría ir usted a la cárcel por hacer negocios sucios con un conocido criminal.

Hanley les dirigió una sonrisa forzada.

—De acuerdo, ustedes ganan. Les diré lo que pueda. Pero hagamos un trato. Díganme por qué están interesados en esa propiedad. Creo que es justo.

—Tiene razón —reconoció Austin—, pero es que vivimos en un mundo injusto —añadió mirándolo fijamente con sus ojos verdes—. Para su tranquilidad le diré que sus sucios negocios no nos interesan. En cuanto nos diga quién lo contrató para esa operación de Baja California, lo más probable es que no vuelva usted a vernos.

Hanley asintió y sacó un cigarro del humedecedor sin ofrecerles a sus visitantes. Lo encendió y exhaló el humo hacia ellos.

—Hace dos años me llamó un *broker* de Sacramento. Había oído hablar de mí y creía que yo podía ser el intermediario perfecto para un negocio muy lucrativo, con escaso riesgo y poco trabajo.

—Un ofrecimiento que usted no podía rechazar.

—Por supuesto que no. Pero fui prudente. En California todo el mundo tiene planes para hacerse rico. Como el *broker* conocía mi relación con Enrico, tuve que asegurarme de que no fuese un funcionario, y encargué a un detective privado que indagase sobre él. Resultó una persona honesta.

Austin esbozó una sonrisa ante la ironía de que un abogado corrupto se preocupase por la honestidad.

—¿Y para qué lo contrató ese *broker*?

—Sus clientes querían encontrar terrenos en Baja

California. Tenía que ser un lugar remoto y en la costa. Quería que yo me ocupase del papeleo y sortear los obstáculos jurídicos para la instalación de empresas en México.

—La empresa Baja Tortilla.

—Sí. Quería que un mexicano fuese el verdadero propietario de la fábrica. Dijo que así sería más fácil. Y suscribieron un contrato en virtud del cual sus clientes aportarían la fábrica lista para entrar en funcionamiento. Me proporcionó las características que debía tener la fábrica y contrató a un constructor. Sus clientes requerían tener acceso a la fábrica una vez construida, pero no interferirían en su funcionamiento. Dijeron que Enrico podría quedarse con la mitad de los beneficios y que, al cabo de cinco años, la fábrica sería de su entera propiedad.

—¿Y no le extrañó a usted que hubiese alguien tan generoso para regalar lo que sin duda fue una fuerte inversión?

—Entre otras cosas, me pagan para que no haga preguntas como esa.

—O sea que sus amigos querían una tapadera —dijo Zavala.

—No negaré que lo pensé. Cuando quisieron construir una fábrica de sal en la costa, los japoneses se encontraron con una fuerte oposición. Una organización de amigos de las ballenas armó un follón tremendo contra el gobierno. Deduje que los clientes del *broker* tuvieron en cuenta lo ocurrido con los japoneses y quisieron ahorrarse quebraderos de cabeza.

—¿Cómo se llama ese *broker*?

—Jones —repuso Hanley—. Es su verdadero nombre —añadió al ver la mirada de escepticismo de sus visitantes—. Es un casamentero especializado en compraventa de empresas.

—¿A quiénes representaba?

—No me lo dijo.

Austin se inclinó hacia la mesa.

—No nos tome por imbéciles, Hanley. Es usted un hombre prudente. Sin duda utilizó a fondo los recursos del detective privado.

—Vale —exclamó el abogado encogiéndose de hombros—. Los clientes intentaron ocultar su identidad tras una maraña de documentos de sociedades interpuestas.

—¿Lo... *intentaron*? ¿Quiénes son?

—Solo pude llegar hasta la sociedad Mulholland Group. Es una sociedad limitada vinculada a empresas con intereses en proyectos hidráulicos a gran escala.

—¿Y qué más?

—Es todo lo que sé —les aseguró Hanley consultando su reloj Cartier—. Y van a tener que perdonarme ya. Tengo una cita con un cliente... con un cliente *de verdad*.

—Necesitamos la dirección y el número de teléfono del *broker*.

—No va a servirles de nada. Murió hace unas semanas. Su coche se despeñó por una carretera de montaña.

A través del ventanal que, desde el suelo al techo, tenía Hanley a sus espaldas, Austin vio un helicóptero que sobrevolaba una y otra vez el puerto. A cada pasada se acercaba más al edificio. Al mencionar la inusual muerte del *broker*, Austin volvió a mirar a Hanley.

—De todas maneras, nos gustaría que nos diese toda la información que tenga sobre él; y el dossier que guarde en sus archivos.

Hanley frunció el ceño. Creía haber terminado con aquel par de incordios.

—No puedo darle los originales. Tendré que hacerles copia. Y podría tardar un par de horas.

—No importa. Volveremos dentro de dos horas.

Hanley arrugó la frente pero al punto volvió a sonreír. Se levantó y los acompañó a la puerta.

—Llamaremos a Hiram Yaeger —dijo Austin cuando ya estuvieron en el ascensor—. Estoy seguro de que Hanley nos dará datos incompletos. De modo que nos conviene indagar por nuestra cuenta acerca del Mulholland Group.

Hiram Yaeger era el genio informático de la NUMA. El complejo de diez plantas, que llamaban MAX, estaba conectado a una enorme base de datos oceánicos de todas las fuentes internacionales habidas y por haber. Y una de las misiones rutinarias de Max era piratear otras bases de datos.

Salieron del vestíbulo del edificio al radiante sol de California. Al acercarse Zavala al bordillo para llamar a un taxi, se oyó un fuerte zumbido y el petardeo de un helicóptero verde que sobrevolaba la calle, a unos treinta metros de la fachada de cristal del edificio. Al igual que los demás viandantes, Austin y Zavala alzaron la vista hacia el aparato. Y de pronto Austin cayó en la cuenta.

—Vamos. Entremos de nuevo —le dijo a Zavala sujetándolo del brazo.

Zavala miró el helicóptero, echó a correr detrás de Austin y volvieron a trasponer la puerta giratoria.

Subieron a un ascensor y pulsaron el botón de la planta en que el abogado tenía el bufete. A mitad de la ascensión oyeron un golpe sordo y el ascensor dio una sacudida. Austin pulsó el botón de parada en la planta anterior al despacho de Hanley. Al salir, cruzaron entre sobresaltados oficinistas y corrieron escaleras arriba.

Un humo negro y acre invadía la caja de la escalera. Austin palpó la puerta del bufete y, al no detectar calor que indicase que el interior estuviese en llamas, la entreabrió. Salió más humo. Entonces abrió la puerta lo suficiente para pasar, se agachó y avanzó a gatas entre el asfixiante humo hacia recepción. Habían activado los extintores y enseguida quedaron empapados de gélida espuma. La recepcionista yacía en la moqueta, junto a su mesa.

—¿Y Hanley? —gritó Joe al ver salir un denso humo de su despacho.

—No te preocupes, se ha largado.

Arrastraron a la recepcionista hasta el rellano y bajaron su cuerpo inerte a la planta inferior. Tras practicarle el boca a boca durante unos minutos, la mujer volvió en sí. Varios bomberos llegaron a la planta y la pusieron en manos del servicio de ambulancias del propio cuerpo. Bajaron a pie, por temor a quedar atrapados en el ascensor si se producía un corte de electricidad. Más bomberos entraban en el vestíbulo. También había llegado la policía, que se disponía a evacuar el edificio.

Austin y Zavala se unieron a la multitud de curiosos que se arremolinó en la acera pero, al ver que nada podían hacer, se alejaron caminando. A dos manzanas de allí pararon un taxi.

El taxista que, a juzgar por el nombre que figuraba en su placa de identificación, era senegalés, miró a aquel par de clientes de rostro tiznado.

—¿Estaban ustedes allí? ¡Madre mía! Acabo de oírlo por la radio. Ha sido una explosión.

Zavala miró por la ventanilla trasera hacia el grupo de curiosos que se había formado frente al edificio. La policía estaba cortando el tráfico y acordonando un sector.

—¿Cómo sabías que iba a pasar esto, Kurt?

—No lo sabía. Pero mientras hablábamos con Hanley vi un helicóptero sobrevolar el puerto.

—Yo también lo vi, pero no le di importancia. Supuse que era la policía de tráfico.

—Yo pensé lo mismo. Pero al verlo acercarse tanto recelé, porque ese mismo helicóptero, o uno muy parecido, sobrevoló la zona donde se produjo la explosión en la fábrica.

—Sí, es verdad. También era verde oscuro. Sobrevoló la cala y luego se alejó —dijo Zavala con expresión reflexiva—. Quienquiera que sea el dueño de ese helicóptero quería matar a Hanley del modo más expeditivo.

—Es que ese picapleitos se la jugaba con verdadera gentuza.

—¿Crees que habrá sido Enrico?

—Puede. Sabía que iríamos a hablar con Hanley. Me extrañó que no lo llamase para prevenirlo.

—He estado pensado en ese Jones, el *broker* que gestionó la operación —dijo Zavala pensativo—. Puede que también a él le cerrasen la boca.

—Encajaría con la teoría de Enrico, a falta de que descubramos algo mejor —dijo Austin.

Y, efectivamente, descubrieron algo mejor al regresar al hotel. Mientras Austin fue a asearse y cambiarse de ropa, Zavala encendió el televisor y puso las noticias. Las imágenes mostraban un edificio del que salía humo y coches de bomberos en la calle. El portavoz de los bomberos explicó que varias personas habían tenido que ser atendidos por inhalación de humo tóxico pero que, en principio, solo había habido una víctima mortal. Se daría a conocer el nombre en cuanto se confirmase la identificación. Ignoraban aún cuál había sido la causa de la explosión. Cuando Zavala iba a apagar el televisor apareció un rostro familiar en la pantalla.

—Tienes que ver esto, Kurt.

Austin se asomó del cuarto de baño a tiempo de oír la voz del presentador.

«Según una noticia que acabamos de recibir, el supuesto capo del narcotráfico mexicano, Enrico Pedralez, ha resultado muerto hoy al explotar su coche en Tijuana. Dos hombres, probablemente sus guardaespaldas, han muerto también a causa de la explosión.»

El presentador procedió a leer una lista de los delitos atribuidos al mexicano.

—Parece que al helicóptero de marras no le gusta dejar cabos sueltos —comentó Austin.

En ese momento sonó el teléfono. Contestó Zavala, que escuchó durante unos momentos.

—De nada —musitó antes de colgar—. Era el agente Gómez —dijo.

—¿Y qué quería?

Zavala esbozó una agria sonrisa.

—Sólo darnos las gracias por hacerle su trabajo un poco más fácil.

16

Brynhild Sigurd dirigía su lejano imperio desde la oficina que tenía en un torreón del enorme edificio vikingo que llamaba Valhalla. La estancia era interior y circular, la forma geométrica más cercana a la perfección. Las paredes eran de un blanco cegador, sin decoración de cuadros ni tapices. Estaba sentada frente a una consola con un monitor de pantalla plana y un teléfono de plástico blanco. Era todo lo que necesitaba para estar directamente en contacto con las empresas que tenía repartidas por todo el mundo.

Mantenía la oficina a una temperatura constante de $3\,^\circ$C, tanto en invierno como en verano. Las pocas personas a las que se les permitía entrar allí comparaban la oficina con una cámara frigorífica, pero a ella le encantaba.

Brynhild había crecido en una granja aislada de Minnesota. Adoraba el frío y disfrutaba con las temperaturas que hacen tiritar. Le gustaba esquiar sola durante horas bajo las estrellas, sin importarle que el viento helado azotara sus mejillas. Al crecer y hacerse más fuerte se distanció aun más de los demás, «de la gente insignificante» como ella la llamaba, que la consideraba un monstruo. Durante su años de estudiante en Europa, su inteligencia innata le permitió destacar en los estudios, pese a que rara vez asistía a clase.

Cuando le resultaba imposible evitar la presencia y las miradas de los demás, se afirmaba más en su engreimiento; sentía espoleada su ambición, avivada por un fuerte resentimiento. Poco a poco se convirtió en una megalómana.

En aquellos momentos estaba hablando a través del micrófono.

—Gracias por su ayuda en la legislación sobre la cuenca hidráulica de Colorado, senador Barnes. Su estado saldrá muy beneficiado por su voto, que será clave, especialmente cuando la empresa de su hermano empiece a firmar contratos para las obras que proyectamos. Espero que las sugerencias que le hice le hayan sido útiles.

—Sí, señora, me han sido útiles, y se las agradezco. He tenido que sortear muchos conflictos de intereses, por supuesto, pero mi hermano y yo tenemos muy buena relación. Me entiende, ¿verdad?

—Claro, senador. ¿Ha hablado con el presidente?

—Acabo de hablar con su jefe de Estado Mayor. La Casa Blanca vetará todo proyecto de ley que trate de revocar la ley de privatización que hemos aprobado. El presidente está convencido de que el sector privado puede gestionar mejor que el Estado cualquier organismo, desde la dirección general de prisiones a la seguridad social y el abastecimiento de agua.

—¿Con qué apoyos cuenta la oposición?

—Tiene muy pocos partidarios, nada relevante. Es

una verdadera pena que Kinkaid haya sufrido ese accidente. Kinkaid siempre me cayó bien. Pero sin él para arengar a la tropa, todo intento de revocación de la ley está condenado al fracaso.

—Excelente. ¿Y qué tal van los otros proyectos de ley de privatizaciones?

—Se aprobarán. Se producirá un transvase de la gestión estatal del suministro de agua a la gestión privada en todo el país.

—O sea... que no habrá problemas, ¿verdad?

—Puede que haya uno. El mayor incordio puede proceder del editor del diario más importante de la capital de mi estado. Ha lanzado una campaña muy fuerte que podría dar al traste con todo.

Brynhild le preguntó cómo se llamaba el editor y tomó mentalmente nota de la respuesta del senador. No tenía papel ni bolígrafo en su mesa. Lo confiaba todo a su memoria.

—Por cierto, senador Barnes, ¿fue suficiente la aportación para su campaña de reelección?

—Sí, señora, ha sido muy generosa, teniendo en cuenta que no tengo oposición. Se desaniman cuando ven que un candidato tiene muchos más recursos.

Un luz roja parpadeó en la consola del teléfono.

—Volveremos a hablar luego. Hasta entonces, senador.

Brynhild pulsó un botón y se abrió una puerta en la pared del despacho. Los hermanos Kradzik, con sus habituales chaquetas de piel, entraron en la oficina.

—¿Y bien? —preguntó ella.

Los hermanos sonrieron.

—Nos hemos cargado al granjero mexicano...

—... y al abogado, tal como usted ordenó.

—¿No ha habido complicaciones?

Los Kradzik menearon la cabeza.

—La policía no va a dedicarle mucho tiempo a la

muerte del granjero —dijo Brynhild—. Y el abogado tenía muchos enemigos. Pero vayamos a otros asuntos. Se produjeron ciertos hechos en relación a la explosión en nuestras instalaciones en México.

Brynhild tocó la pantalla y aparecieron dos fotografías. Una de ellas, tomada por una cámara de vigilancia, mostraba a Austin y Zavala en la recepción de la fábrica; la otra era una ampliación de los dos hombres de pie en la cubierta del *Sea Robin*, frente a Ensenada. Brynhild fijó la mirada en el hombre de anchos hombros y pelo plateado, y luego en el apuesto joven de pelo castaño oscuro.

—¿Sabéis quiénes son?

Los hermanos se encogieron de hombros.

—Ese es Kurt Austin, jefe del Grupo de Operaciones Especiales de la NUMA, y el otro es José Zavala, miembro del grupo.

—¿Cuándo podemos...

—... eliminarlos?

La temperatura de la estancia pareció descender diez grados.

—Si han sido ellos los responsables de la destrucción de las instalaciones, lo pagarán con sus vidas —dijo Brynhild—. Pero aún no. Hay un problema menor que solucionar. —Les dio el nombre del editor del periódico y añadió—: Eso es todo. Ya podéis ir por él.

Los hermanos salieron a toda prisa como un par de sabuesos enviados a buscar la presa. Brynhild volvió a quedarse sola en su oficina. Permaneció sentada cavilando sobre sus instalaciones de Baja California. Tanto trabajo... y todo se había ido al garete. Y lo que era peor, el catalizador había sido destruido en la explosión. Dirigió una mirada de odio a las caras de los dos hombres que aparecían en el monitor de su televisor.

—Gentuza —masculló al apagar la pantalla con un simple movimiento de la mano.

## 17

Paul Trout cerró la ducha y volvió a examinar su funcionamiento con admiración científica. El agua fluía por una cañería de madera y salía por pequeños orificios practicados en una corteza de calabaza endurecida. Una sencilla válvula de madera hacía las veces de grifo. El agua desaparecía por un desagüe en el suelo, también de madera igual que toda la cabina. Paul se secó con una toalla de algodón, se envolvió el cuerpo en otra y pasó a una cuarto contiguo iluminado por lámparas de arcilla.

Gamay estaba tumbada en un cómodo colchón relleno de hierba colocado en una plataforma que hacía las veces de cama. Se había echado por los hombros una toalla como si fuera una toga, y se había hecho una trenza con su melena pelirroja. Entretanto, comía fruta de un frutero, como una mujer de la antigua Roma. Miró a Paul, cuya toalla parecía ridículamente pequeña para su elevada estatura.

—¿Qué opinas de todo esto, hombre de la selva?

—En el llamado mundo civilizado he visto peores instalaciones en un cuarto de baño.

—¿Sabías que una civilización puede medirse por la sofisticación de sus instalaciones de fontanería?

—No puedo considerar muy civilizada esa costumbre de los nativos de colgar cabezas en los postes, pero la verdad es que este poblado parece algo milagroso. Fíjate en el acabado de estas paredes —dijo deslizando los dedos por el enyesado—. Hay muchas cosas que me tienen intrigado. ¿Ha dicho algo nuestra anfitriona?

—Nos ha enviado a Tessa para decirnos que nos vería cuando hubiésemos tenido tiempo de descansar. Supongo que nos hablará de cómo se las arregla para sacar conejos de la chistera. Creo que los chulo apresaron a la mujer de Dieter.

La diosa nos les había dado ninguna explicación. Tras saludar a los Trout y presentarles a Tessa se limitó a pedirles paciencia, que luego se lo explicaría todo. Después dio una palmada y aparecieron dos nativas desde detrás de las cortinas con la cabeza gacha. Las doncellas, con los pechos desnudos, condujeron a los Trout a su dormitorio, les mostraron cómo funcionaba la ducha y tras dejarles un frutero bien surtido se marcharon.

—No se me ocurriría desobedecer a una diosa blanca —dijo Paul sentándose junto a su esposa—. ¿Qué opinas de ella?

—Es obvio que no se ha criado aquí. Se expresa con propiedad, es inteligente, amable y, desde luego, tiene buen gusto para la fruta. Ya verás, prueba esta especie de naranjas, saben un poco a canela.

Trout tomó una que ciertamente parecía una naranja pero tenía el tamaño de una ciruela grande, y sabía tal como Gamay decía. Luego se tendió en la cama. Le sobresalían los pies. Sólo querían descansar un rato, pero estaban tan agotados tras su larga caminata, y tan relajados después de la ducha, que se quedaron dormidos.

Al despertar vieron a una doncella indígena sentada en el suelo con las piernas cruzadas, observándolos. Al ver que se movían salió sigilosamente del dormitorio. Encima de una mesa estaba su ropa, que había desaparecido mientras estaban en la ducha. Les habían lavado y doblado con esmero los pantalones y las camisas, pringosos de sudor y mugre. Trout miró el reloj. Habían dormido tres horas. Se vistieron rápidamente, apremiados por un delicioso aroma a comida.

Entonces entró Tessa y les indicó que la siguieran. Los condujo por un pasadizo hasta una amplia estancia. Una mesa de madera oscura y tres taburetes forrados ocupaban el centro de la estancia. Una india vigilaba lo que tenía al fuego en una cocina de cerámica en tres vasijas de arcilla. Sobre la cocina había una campana extractora de humos que salían al exterior por un cañón de chimenea.

La diosa blanca llegó al cabo de un momento. Pese a ir descalza, la oyeron llegar por el tintineo de sus brazaletes en muñecas y tobillos. También lucía un colgante similar al que pendía del cuello del indio muerto. Un conjunto de dos piezas, de piel de jaguar, se ceñía a su cuerpo, estilizado y bronceado. Sus facciones eran orientales, de pómulos salientes. El pelo, casi rubio platino a causa del sol, lo llevaba peinado hacia atrás y con un flequillo al estilo de las nativas.

—Ahora parecen más descansados —dijo tras sentarse a la mesa.

—La ducha nos ha sentado de maravilla —comentó Gamay.

—Es una instalación estupenda —añadió Paul—. Como oriundo de Nueva Inglaterra me ha maravillado su inventiva yanqui.

—Gracias. Fue casi en lo primero que pensé. El agua la bombeamos con una rueda hidráulica que la eleva hasta una cisterna para mantener la presión. Está conectada a un sistema de tuberías de ventilación que pasan por estas paredes y mantienen la estancia fresca incluso en los días más calurosos. Era el mejor sistema de refrigeración que podía instalar con los materiales de que disponía. —Reparó en la curiosidad que reflejaban sus rostros y añadió—: Bueno... primero comamos y luego hablaremos.

La cocinera trajo un estofado de carne con verduras que sirvió con lechuga en unos boles blancos y azules. Las preguntas se dejaron de lado en cuanto Gamay y Paul empezaron a atacar la comida, que acompañaron con una bebida fresca que llevaba un poco de alcohol. Para postre sirvieron unos pastelillos endulzados con azúcar. La diosa los miraba risueña.

Cuando hubieron vaciado los platos, Francesca se dispuso a hablar.

—Bueno, ahora tendrán que pagar la comida —les dijo sonriente—. Contándome qué ha ocurrido en el mundo en los últimos diez años.

—Es un precio de rebajas para un banquete como este —bromeó Paul.

—No se lo parecerá así cuando haya acabado de preguntarles. Empiece por la ciencia, si quiere. ¿Qué progresos, grandes o pequeños, se han realizado en los últimos diez años?

Paul y Gamay se turnaron describiendo los progresos en informática, el generalizado uso de Internet y las comunicaciones inalámbricas, las misiones de las lanzaderas espaciales, el telescopio Hubble, las sondas no tripuladas enviadas al espacio, los descubrimientos realizados por la NUMA en el campo de la oceanografía y los progresos en medicina. La doctora Cabral los escuchó fascinada, apoyando el mentón en sus manos entrelazadas. De vez en cuando interrumpía para hacer preguntas que evidenciaban su preparación científica. Pero casi todo el tiempo lo dedicó a absorber la información con la ensoñada mirada de una adicta que inhalase humo de opio.

—¿Y la situación política? —preguntó Francesca.

De nuevo le refirieron lo más destacado de lo que recordaban: la política presidencial americana, las relaciones con Rusia, las guerras del golfo Pérsico, las luchas en los Balcanes, las sequías, las hambrunas, el terrorismo, la Unión Europea. Ella les preguntó por Brasil y pareció complacida cuando le dijeron que el país se había convertido en una democracia. También hablaron de cine y teatro, música y pintura, y de la muerte de personajes famosos. Incluso Paul y Gamay se sorprendieron por la increíble cantidad de acontecimientos ocurridos en la pasada década. Casi les dolía la boca tras su larga síntesis.

—¿Y el cáncer? ¿Han encontrado ya una cura?

—Por desgracia, no.

—¿Y el agua? ¿Sigue siendo un problema para muchos países?

—Eso está peor que nunca, a causa de la industrialización y la contaminación.

—Cuántas cosas —exclamó Francesca abstraída—. Me he perdido muchas cosas. Ni siquiera sé si mis padres viven aún. Y los echo mucho de menos, sobre todo a mi madre. —Se secó las lágrimas con una servilleta y añadió—: Deben excusarme por agobiarlos con tantas preguntas, pero no saben lo horrible que es vivir aislada aquí en la selva, sin comunicación con el mundo exterior. Han sido muy amables y pacientes. De modo que ya me toca explicarles mi historia.

Pidió que les sirvieran té y luego mandó retirarse a las nativas para quedarse a solas los tres.

—Me llamo Francesca Cabral —empezó, y durante una hora los Trout escucharon absortos la historia de la diosa, que les habló de su familia, de su educación en Brasil y Estados Unidos y, a grandes rasgos, de su vida hasta el momento en que se estrelló el avión.

»Yo fui la única persona que sobrevivió al accidente —dijo—. El copiloto era un canalla pero sabía pilotar. El reactor se deslizó hasta un marjal cercano al río. El barro amortiguó el aterrizaje y evitó que el aparato se incendiase. Al recobrar el conocimiento me vi en una choza adonde me llevaron los nativos. Tenía horribles dolores a causa de los cortes y hematomas, y me había roto una pierna; una fractura múltiple, de las peores. Como habrán oído, algunas medicinas de la selva son muy potentes. Me curaron la pierna y me administraron pociones que calmaron el dolor y ayudaron a cicatrizar las heridas. Luego supe que el avión había aterrizado encima de la choza de su jefe y lo había matado. Pero no me guardaban animosidad sino que, de hecho, fue al contrario.

—La convirtieron en su diosa —dijo Gamay.

—Y entenderán por qué. Los chulo huyeron de las carnicerías provocadas por los blancos hace muchos años. Y eso los dejó aislados del resto del mundo. Entonces llego yo como un cometa envuelta en llamas, caída del cielo. Dedujeron que su jefe había hecho enfadar a los dioses y me convirtieron en la cabeza de su religión.

—El culto a lo que cae del cielo, ¿no? —aventuró Gamay.

—Durante la Segunda Guerra Mundial —terció Paul— los nativos que veían aviones sobrevolar sus cabezas por primera vez, construían réplicas en tierra para convertirlas en objeto de culto.

—Sí —dijo Gamay—. ¿Recordáis la película *Los dioses deben de estar locos*? Una botella de coca-cola caída de un avión se convirtió en objeto de veneración religiosa y provocó muchos problemas.

—Exacto —dijo Francesca—. Imaginen cómo habrían reaccionado esos nativos si en lugar de una botella les aterrizaba el avión.

—Eso explica el altar con el reactor en el centro.

—En efecto —confirmó Francesca—. Trajeron las piezas del avión aquí y volvieron a ensamblarlo bastante bien. Para ellos venía a ser algo como «el carro de fuego del Dios». De vez en cuando tenemos que sacrificar un animal para que los dioses protejan a la tribu de todo mal.

—Como el avión era azul y blanco, se pintan con los mismos colores —aventuró Gamay—. ¿O es una coincidencia?

—Creen que esos colores los protegen de sus enemigos.

—¿Y cómo llegó Tessa aquí?

—Tessa es medio chulo. Su madre fue apresada durante una incursión de una tribu vecina, y se la vendieron a un europeo que fue el padre de Tessa. Murió durante un enfrentamiento tribal, y a partir de entonces Tessa pasó a ser propiedad de Dieter. Él conocía a los chulo y se casó con Tessa cuando ella era todavía una niña, creyendo erróneamente que eso le permitiría integrarse en la tribu y tener acceso a las plantas medicinales con las que traficaba.

—¿Y por qué permaneció Tessa con Dieter?

—Porque creyó que no le quedaba otro remedio. Dieter no dejaba de recordarle que era una mestiza impura, una proscrita. Pero Tessa tenía un hermano que vivía aquí y estaba decidido a encontrar a su familia. Empezó a explorar más allá de las cataratas. Se enteró de que su madre había muerto pero que tenía una hermana, Tessa. Y fue a traerla aquí. Los chulo se toman el honor familiar muy a pecho. Los biopiratas que trabajaban para Dieter lo apresaron. Trataron de obligarlo a decirles dónde crece la planta llamada hoja de sangre.

—Arnaud mencionó esa planta.

—Es la especie milagrosa que utilizaron para curarme después del accidente. La tribu la considera sagrada. De modo que el hermano de Tessa se negó a decirles dónde encontrarla y lo torturaron. Y, al tratar de escapar, le pegaron un tiro. Entonces fue cuando lo encontraron ustedes. Dieter robó las muestras y yo envié una partida para buscar al hermano de Tessa. Ella intentaba volver aquí cuando la encontraron y les contó lo ocurrido. Yo la envié de nuevo con Dieter, con instrucciones de mantenernos informados de todo lo que ocurriese. Y entonces, inesperadamente, aparecieron ustedes. Tessa intentó prevenirlos, pero como no surtió efecto los ayudó a escapar. O por lo menos esa fue su intención. En todo caso, ahora están aquí.

—Y sanos y salvos. No se puede decir lo mismo de Dieter y sus amigos.

—Los hombres de la tribu me regalaron sus cabezas. —Miró en derredor del comedor, adornado con tapices que representaban escenas de la vida en el pueblo, y añadió—: Como las cabezas habrían desentonado con mi decoración sugerí que las pusieran en la entrada del pueblo.

—¿Y fue también usted quien les sugirió que nos diesen la bienvenida?

—Sí, claro. Reconocerán que ese globo azul y anaranjado en el que volaban era muy llamativo. Los hombres de la tribu informaron que habían estado a punto de ser arrastrados por las cataratas. Entonces les ordené que los vigilasen pero no les causaran daño. Los han estado siguiendo desde el principio. Me sorprendió que se dirigiesen ustedes hasta aquí. De todas maneras no se habrían perdido porque mis súbditos lo habrían evitado.

—Nuestra idea era subir a una piragua y huir río abajo.

—Hummm, ¡qué audaces! No habrían podido. La fama de esta tribu es totalmente justificada. Los estuvieron siguiendo durante kilómetros. A veces hasta yo creo que son de verdad una tribu de espíritus-fantasmas. Cruzan la selva como la bruma de la que los demás indios creen que están hechos.

Paul había estado analizando la historia de Francesca y la miró a los ojos.

—¿Y por qué quisieron secuestrar el avión y raptarla a usted?

—Tengo cierta idea. Acompáñenme, se los mostraré.

Francesca se levantó de la mesa y, a través de varios pasadizos iluminados con antorchas, los condujo hasta un dormitorio espacioso, abrió un cofre y sacó una caja de aluminio abollada y chamuscada. La puso encima de la cama y la abrió. Dentro había una maraña de cables y circuitos.

—Esto es un prototipo de la máquina que estaba construyendo en El Cairo. No entraré en detalles técnicos, pero si se introduce agua salada por esta boca, se elimina la sal y por la otra boca sale agua potable.

—¿Un sistema de desalinización?

—Sí. Era revolucionario en comparación a los existentes. Tardé dos años en perfeccionarlo. Hasta entonces el problema de la desalinización era el elevado coste. Pero con mi sistema se podían desalinizar miles de litros por solo unos centavos. Además, producía calor transformable en energía. —Meneó la cabeza—. Habría convertido los desiertos en vergeles y aportado a todo el mundo los beneficios de la energía eléctrica.

—Sigo sin entenderlo —dijo Paul—. ¿Por qué iban a querer que algo tan extraordinario no llegase a todo el mundo?

—Yo me he hecho esa misma pregunta muchas veces en los últimos diez años, pero sigo sin encontrar una explicación satisfactoria.

—¿Y era este el único prototipo que tenía?

—Sí —repuso Francesca—. Me lo traje todo de São Paulo. Todos mis escritos se quemaron en el avión. —Alegró el semblante y añadió—: Pero mis conocimientos hidráulicos se quedaron en mi cabeza. Puede ser muy aburrido quedarte sentada y que te adoren todo el día. En la práctica, soy una prisionera. Me ocultaron de las expediciones de búsqueda tras el accidente. En el único sitio donde puedo estar realmente a solas es en este palacio. Solo pueden entrar aquellos a quienes yo invite expresamente. Para mi servicio elegí a quienes me parecieron más leales. Y fuera del palacio me vigila mi guardia pretoriana.

—O sea que ser una diosa blanca no es tan estu-

pendo como pudiera parecer a primera vista —bromeó
Paul.

—Se queda corto. Por eso me alegró tanto que lle-
gasen caídos del cielo. Pero, en fin... descansen bien
esta noche. Mañana los acompañaré para que conozcan
el poblado, y luego haremos planes.

—¿Planes para qué? —preguntó Gamay.

—Parece obvio, ¿no? Planes para escapar.

## 18

Austin dio cuenta de un rápido desayuno a base de
huevos revueltos con jamón en la cubierta de su barco-
vivienda amarrado en un embarcadero del Potomac en
Fairfax, Virginia. Miró anhelante el plácido curso del
río. Prefería remar que soportar el tráfico de la mañana
en la Beltway.

Los acontecimientos de los últimos días lo tenían
soliviantado. Haber estado dos veces a punto de que lo
matasen hacía que se tomase el caso como algo personal.

Al volante de un jeep Cherokee de la NUMA color
turquesa, Austin se dirigió hacia el sur y luego al este, a
través del puente Woodrow Wilson Memorial que co-
munica con Maryland, donde dejó la Beltway. Al llegar
a la salida de Suitland dejó la autopista y se adentró en
un complejo de edificios de metal, tan feos e impersona-
les que solo podía haberlos construido el gobierno
federal.

Un profesor que atendía en recepción tomó su
nombre e hizo una llamada. Al cabo de unos minutos
un hombre delgado de mediana edad llegó portando
una tablilla. Llevaba unos vaqueros manchados de pintura, una camisa de algodón y una gorra de béisbol con
el logotipo del Smithsonian National Air and Space

Museum. Estrechó la mano de Austin con firmeza y se presentó.

—Soy Fred Miller. Hablamos por teléfono —le recordó.

—Gracias por recibirme tan pronto.

—No me ha causado ningún problema —dijo Miller arqueando las cejas con expresión inquisitiva—. ¿Es usted el mismo Kurt Austin que encontró la tumba de Cristóbal Colón en Guatemala?

—Pues sí.

—Debió de ser toda una aventura.

—Desde luego.

—No me extraña. Bien, aparte de lo que he leído en los periódicos sobre los éxitos de la NUMA en operaciones submarinas, no sé mucho acerca de ella.

—Puede que ambos podamos aprender cosas sobre nuestros trabajos respectivos. Yo sé muy poco de las instalaciones de Paul E. Garber Preservation, Restoration and Storage. En su página web dice que restauran ustedes aviones históricos y antiguos.

—Eso es solo la punta del iceberg —dijo Miller acompañándolo a la puerta—. Se lo enseñaré.

Condujo a Austin al exterior y continuó explicándole mientras pasaban frente a una hilera de edificios idénticos, todos de tejado bajo y grandes puertas correderas.

—Paul Garber era un apasionado de los aviones, por fortuna para nosotros. Cuando era solo un niño vio a Orville Wright pilotar el primer avión militar de combate. Posteriormente trabajó para la Smithsonian y fue el alma de la fundación del Museo Aeronáutico Nacional. La fuerza aérea y la armada conservaban aparatos de la Segunda Guerra Mundial y algunos aviones enemigos abatidos. Querían deshacerse de ellos. Garber eligió un terreno de más de diez hectáreas que pertenecía al gobierno federal. El centro tiene ahora treinta y dos edificios. —Se detuvieron frente a uno de los edificios más grandes y Miller añadió—: Este es el edificio 10, el taller donde hacemos las restauraciones.

—He visto algunos de sus trabajos en su página web.

—Pues a lo mejor también me ha visto a mí. Trabajé durante años como director de proyectos para la Boeing en Seattle, pero soy de Virginia, y en cuanto tuve oportunidad de venir a la central la aproveché. Siempre estamos trabajando en varios proyectos a la vez. Acabamos de restaurar un Hawker Hurricane. Se ha retrasado un poco debido a problemas de falta de piezas. También estamos restaurando el fuselaje del *Enola Gay*, el B-29 que transportó la bomba atómica lanzada sobre Hiroshima. Y tenemos un estupendo biplano que llamamos «el bichito de Pitt». Estamos pintando el fuselaje. Pero no restauramos solo aviones. También restauramos un mísil ruso aire-tierra, motores de avión, incluso la nave espacial que utilizaron en *Encuentros en la tercera fase*. En el camino de vuelta podemos pararnos a verla.

—Me encantaría. Parece una colección muy completa.

—Ya lo creo. Tenemos aviones de todo el mundo. Los preparamos para exponerlos en las salas del museo. Tres de los edificios están destinados exclusivamente a exponer nuestras piezas en régimen rotatario. Esto es un club muy selecto. Los aparatos han de tener cierto rango, por así decirlo; interés histórico o tecnológico, o ser modelos únicos. Bueno, esto es lo que a usted le interesa.

Entraron en un almacén. Las paredes estaban cubiertas de estanterías llenas de centenares de cajas de cartón de todos los tamaños.

—El almacenamiento es nuestra tercera función más importante, después de la restauración y de la conservación —explicó Miller—. Tenemos más de ciento cincuenta aparatos y toneladas de artefactos repartidos por todo el complejo. Casi todo lo que hay aquí son piezas de aviones.

Miller consultó uno de los impresos de su tablilla y se adentró por un pasillo, seguido de Austin.

—¿Y cómo encuentra lo que busca? —preguntó Austin asombrado.

Miller rió.

—No es tan difícil como parece. Toda pieza importante de cualquier avión tiene una identificación propia. Conservamos archivos completos de números de serie, matrículas y códigos alfanuméricos. Aquí. Esto es lo que buscamos.

Con una navaja, Miller cortó la cinta de sellado de una caja, la abrió y sacó un cilindro de metal de unos sesenta centímetros de largo. Austin pensó que era la pieza que él había enviado desde California, pero estaba demasiado reluciente y no tenía abolladuras ni estaba desportillado.

—Esta pieza es idéntica a la que usted nos envió —dijo Miller sacando el cilindro de Austin de la caja—. Comparamos sus números de serie. Este es de un avión que fue retirado del servicio, y por eso está en tan buen estado.

Miller le pasó el cilindro y Austin lo sopesó. Al igual que el otro, era de aluminio ligero y apenas pesaba dos o tres kilos.

—¿Para qué se utilizaba?

—Era un estuche hermético, al agua y al aire. Este está inmaculado porque el avión no llegó a entrar en servicio activo. Examinamos el interior del suyo pero el agua de mar se filtró a través del agujero y contaminó el residuo de lo que hubiese dentro, caso de haber algo. Lo que sí podemos decirle es de qué avión proceden estos cilindros.

—Cualquier dato me será útil.

—¿Ha oído hablar de las alas volantes Northrop?

—Claro, y he visto fotografías. Fueron los primitivos aparatos de ala delta.

—Jack Northrop se adelantó mucho a su tiempo. Piense, por ejemplo, en los bombarderos y los cazas «invisibles» y comprenderá hasta qué punto se adelantó.

—¿Y qué tiene que ver el ala delta con estos cilindros?

—Pues que proceden de alas delta. ¿Dónde encontró usted este, si no le importa decírmelo?

—Frente a la costa de Baja California.

—Hummm. Esto hace el misterio de nuestro avión fantasma más indescifrable aún.

—¿Fantasma?

Miller dejó ambos cilindros en el estante.

—Nuestro cilindro procede de un avión que fue desguazado después de la guerra. Con los números de serie podemos seguir la historia hasta la línea de montaje —explicó Miller dándole al cilindro unos golpecitos con el dedo—. La designación numérica de esta pieza no concuerda con ningún avión registrado. Procede de un avión que no existe.

—¿Y cómo es posible? ¿Por un error?

—Es posible, pero no es probable. Quizá sea dar un palo de ciego, pero me inclino a pensar que el gobierno encargó un avión y no quiso que nadie conociese su existencia.

—¿Podría especificar qué tipo de avión era?

Miller guardó los cilindros en la caja y volvió a sellarla con la cinta.

—Demos un paseo —dijo.

El edificio 20 estaba atestado de aviones, bombas y piezas de aviones. Se detuvieron frente a un monoplaza de extraño aspecto, con un ala muy ancha que se prolongaba hacia atrás, y dos hélices montadas en sentido inverso en el bord de salida.

—Este es el N1-M, el primer proyecto de Jack Northrop. Quería demostrar que un ala volante podía volar sin todas las superficies que lastran, como los compartimientos de los motores y las secciones de cola.

Austin rodeó el aparato.

—Parece un bumerán gigantesco.

—Northrop lo llamó *Jeep*. Lo construyó en 1940, casi como un juguete. Tuvo varios problemas serios durante las pruebas, pero funcionó lo bastante bien para que Northrop convenciese a la fuerza aérea de que fabricasen el bombardero B-35.

—Interesante. Pero ¿qué relación tiene con los cilindros?

—Northrop utilizó este modelo para convencer al general Hap Arnold de que financiase alas más grandes, hasta el tamaño de un bombardero. Después de la guerra, convirtieron un par de alas B-35 turbohélices en aparatos a reacción y los llamaron serie B-49. El bombardero batió todos los récords de distancia y velocidad habidos y por haber. Llevaba ocho motores a reacción que le proporcionaban una velocidad de crucero de seiscientos cincuenta kilómetros por hora a trece mil metros de altura. Y, pese a que uno se estrelló durante un vuelo de prueba, la fuerza aérea encargó treinta con distintos fuselajes. A los pilotos les encantó. Dijeron que era tan manejable que más parecía un caza que un bombardero. Luego, en 1949, a los pocos meses de encargar el pedido, la fuerza aérea canceló el programa de ala delta en favor del programa del B-36, a pesar de que era un aparato inferior. Pero sobrevivió un ala delta de seis motores y fue desguazado. De ahí procede el cilindro que tenemos nosotros. El suyo procede de otro bombardero.

—¿Del avión fantasma?, ¿del que no existe?

—En efecto —asintió Miller—. Se construyeron los artefactos más peregrinos después de la rendición de Alemania. La guerra fría empezó a agudizarse. La gente veía comunistas hasta debajo de la cama. Todo era secretos. Y la Casa Blanca se puso aun más nerviosa cuando los rusos desarrollaron la bomba atómica. Deduzco que construyeron el avión del que procede su cilindro para alguna misión secreta.

—¿Qué clase de misión?

—No lo sé, pero podría aventurarla.

—Una buena conjetura puede ser mejor que nada, amigo mío.

Miller rió.

—El bombardero de Northrop fue el bombardero «invisible» original. El radar era todavía relativamente primitivo por entonces; le costaba mucho captar en sus pantallas una silueta tan delgada. En 1948 hicieron volar un ala sobre el Pacífico y volver al continente, a ochocientos kilómetos por hora, en línea recta hacia la estación de radar costero de la bahía de Half Moon, al sur de San Francisco. El avión no fue detectado por el radar hasta que estuvo prácticamente encima de la estación.

—Una característica así habría sido muy útil para entrar y salir de territorio enemigo.

—Eso es lo que pienso yo, pero no tengo pruebas.

—¿Y qué pudo suceder con aquel avión?

—A pesar del bajo perfil que diese en las pantallas del radar, podía ser abatido. Pero lo más probable es que fuese desguazado como los demás, que se estrellase en un vuelo de prueba o en una misión. Porque aún seguían perfeccionando el diseño.

—Ninguna de estas posibilidades explica cómo terminó una de las piezas frente a la costa de México.

Miller se encogió de hombros.

—Quizá pueda encontrar algo en los archivos —dijo Austin.

—Buena suerte. ¿Recuerda lo que le he dicho acerca del secretismo que cundió en la posguerra? Después de que la fuerza aérea cancelase el contrato del último pedido de alas delta, desecharon todos los aviones que se estaban construyendo. Rechazaron la petición del Smithsoian de que les cediesen un avión para exponerlo, y ordenaron destruir todas las piezas. Los archivos oficiales relativos al ala delta se «perdieron», supuestamente por órdenes directas de Truman.

—Ya. No me extraña —dijo Austin mirando el ala delta como si las respuestas a sus preguntas estuviesen encerradas en su aerodinámico fuselaje. Pero, al igual que el avión, sus pensamientos se negaban a despegar del suelo—. Bueno, gracias por su valiosa ayuda. Aunque parece que estoy en un callejón sin salida.

—Me gustaría poder aclararle más cosas —dijo Miller—. Se me ocurre algo. Aunque quizá también sea un palo de ciego. La viuda de uno de los pilotos de pruebas vive cerca de aquí. Vino un día a pedir información acerca de su esposo, que murió mientras probaban una de esas grandes ala delta. Estaba compilando material para un libro que quería escribir, solo para sus hijos y sus nietos. Le dimos varias fotografías y se puso muy contenta. Quizá su esposo le contase algo acerca del proyecto y el prototipo. Puede que ella no supiese nada acerca del avión que faltaba, pero es posible que algo dejase deslizar su esposo.

Austin miró el reloj. No tenía que estar en la oficina de la NUMA hasta la hora del almuerzo.

—Gracias por todo —dijo Kurt—. Voy a ver si la encuentro en casa.

Volvieron al centro de visitantes y buscaron el nombre y las señas de la viuda, que había hecho una importante donación al centro en nombre de su esposo.

Austin volvió a darle las gracias a Miller y fue hacia las afueras de Washington, prácticamente en la zona rural. La casa, de dos plantas y estilo victoriano, se alzaba en una calle secundaria. Había un coche aparcado enfrente. Austin subió los peldaños del porche y llamó al timbre. Un hombre de complexión atlética, de cincuenta y tantos años, salió a abrir.

Kurt se presentó.

—Quisiera hablar con la señora Phyliis Martin. ¿Vive aquí?

—Vivía. Por desgracia, mi madre murió hace unas semanas.

—Lo siento —dijo Austin—. Perdone.

—No se preocupe. Soy Buzz Martin. Me estoy ocupando un poco de la casa. Quizá pueda ayudarlo en lo que desee.

—Puede que sí. Soy funcionario de la NUMA y llevó a cabo una investigación acerca de los aviones ala delta. He pensado que tal vez su madre estuviese interesada en hablarme de su padre.

—La NUMA es el organismo que se ocupa de ciencias oceanográficas, ¿no es así?

—En efecto. Pero esto puede tener relación con el trabajo de la NUMA.

Buzz Martin miró a Austin como para hacerse una idea de con quién trataba y le sonrió.

—Estaré encantado de hablar con usted. Siéntese —le dijo señalando una mecedora del porche—. He estado trabajando en el sótano y me vendrá bien un poco de aire fresco. Acabo de preparar una jarra de café helado.

Buzz volvió a entrar en la casa y, al cabo de unos minutos, regresó con el café. Se sentó en otra mecedora y dirigió la mirada hacia los robles que proporcionaban sombra al amplio césped.

—Me crié aquí. Y no he viajado mucho, debido a

las exigencias del trabajo y a las responsabilidades familiares. Dirijo un servicio de vuelos chárter en las afueras de Baltimore —explicó Buzz tras tomar un sorbo de café—. Pero no hablemos de mí. ¿Qué desea saber sobre mi padre?

—Cualquier cosa que pueda recordar puede servir de ayuda para aclarar un misterio que tiene que ver con el ala delta que él pilotaba.

A Martin se le iluminó la cara. Dio una palmada, casi exultante.

—¡Ah! ¡Estaba seguro de que un día u otro empezarían a tirar de la manta!

—¿Tirar de la manta?

—Exacto —dijo Martin con un dejo de amargura—. Toda esa patraña que relaciona a mi padre con el falso accidente.

Austin tuvo la sensación de que se iba a enterar de más cosas si lo dejaba hablar que si hablaba él.

—Dígame lo que sepa —lo animó Kurt.

La verdad es que Buzz Martin no habría necesitado que lo animase. Llevaba años esperando que alguien quisiera escuchar su relato.

—Perdone —dijo suspirando—. Se trata de algo que ha venido acumulándose a lo largo de años.

Buzz se levantó y empezó a pasear por el porche. Su rostro se desencajó con expresión angustiada. Tuvo que respirar hondo varias veces para dominar su emoción. Luego se sentó en la barandilla del porche y cruzó los brazos.

—Mi padre murió en 1949. Según mi madre, ocurrió mientras probaba uno de los alas delta. El diseño era defectuoso y siempre se topaban con un problema u otro. Durante un vuelo, el aparato supuestamente hizo un trompo y mi padre no pudo controlarlo. Se estrelló y murió. Yo tenía siete años.

—Debió de ser muy duro para usted.

—Era muy pequeño —dijo Buzz encogiéndose de hombros—. Supongo que todo lo que rodeó su muerte me distrajo del dolor: la banda de la fuerza aérea, los telegramas del presidente... Además, yo nunca había visto mucho a mi padre. Durante la guerra casi siempre estuvo fuera. —Hizo una pausa—. En realidad, lo que me sorprendió fue que mi padre no muriese.

—¿Quiere decir que su padre no murió en el accidente?

—Tenía un aspecto muy saludable cuando lo vi en el cementerio de Arlington.

—¿Se refiere a cuando lo vio en el féretro?

—No. Asistió al funeral desde lejos.

Austin le dirigió una mirada perpleja, sin saber exactamente qué esperaba ver. Pero no le pareció que Buzz estuviese loco.

—A ver, a ver... Me gustaría oír eso —lo animó a seguir.

Buzz Martin sonrió abiertamente.

—Llevo cuarenta años esperando oírle a alguien estas palabras. —Dejó vagar la mirada un momento, como si pudiese ver la escena en una pantalla invisible—. Aún recuerdo pequeños detalles. Era primavera y los petirrojos revoloteaban por todas partes. Recuerdo los reflejos del sol en los botones de los uniformes de los miembros de la fuerza aérea, y el olor a hierba recién cortada. Yo estaba de pie junto al ataúd, al lado de mi madre, cogido de su mano, incómodo con mi traje porque hacía mucho calor y me apretaba el cuello de la camisa. El pastor entonaba su cantinela. Todo el mundo tenía los ojos fijos en él. —Respiró hondo como si necesitara más energía para retrotraerse al pasado—. Vi un movimiento, acaso de un pájaro, y dirigí la mirada más allá de la gente. Un hombre de traje oscuro acababa de asomarse por detrás de un árbol. Estaba demasiado lejos para distinguir su cara, pero era inconfundible.

Mi padre tenía una curiosa manera de descansar el cuerpo en una pierna cuando estaba de pie. La flexionaba un poco debido a una lesión que se produjo en su juventud jugando a rugby.

—¿Y qué hacía?

—Nada. Se quedó allí de pie. Noté que me miraba. Luego levantó un poco el brazo derecho como si fuese a saludarme. Pero entonces aparecieron dos hombres a su lado. Hablaron, me pareció que discutían. Y los tres se alejaron. Intenté llamar la atención de mi madre, pero ella me acalló.

—¿Está seguro de que no fue una ensoñación provocada por el trauma de un niño?

—Sí. Estaba tan seguro que después del funeral le conté a mi madre lo que había visto, pero solo conseguí hacerla llorar. Nunca olvidaré aquellas lágrimas. Y no volví a hablarle de ello. Como mi madre era todavía bastante joven volvió a casarse. Mi padrastro era buena persona. Le iba bien en los negocios y fueron felices durante muchos años. —Se echó a reír y añadió—: Yo, claro está, adoraba el recuerdo de mi padre. Quería ser aviador. Mi madre quiso disuadirme, pero no pudo y me hice piloto. Era algo que bullía dentro de mí desde siempre. Indagué sobre lo ocurrido con mi padre, aunque en vano. Estaba convencido de que nunca se llegaría a saber la verdad. Y ahora aparece usted y empieza a hacerme preguntas.

—¿Qué sabe del trabajo de su padre?

—Era un piloto veterano. Lo contrató la Avion Corporation, la empresa que Northrop montó para fabricar alas delta, pese a que aún seguía en la fuerza aérea. Mi padre vivió situaciones muy apuradas. El ala delta era una gran idea, pero con los materiales y los conocimientos de la época, pilotar los prototipos era muy peligroso. Por eso no le sorprendió a nadie que su avión se estrellase.

—Era usted muy pequeño, pero ¿recuerda cosas que él dijese?

—No mucho. Según mi madre a él le encantaba pilotar aquellos artilugios, de los cuales decía que iban a revolucionar la aviación. Parecía muy entusiasmado con las misiones que le asignaban. Una vez desapareció varias semanas. No se comunicó con nosotros de ningún modo. Mi madre comentó que, al regresar mi padre a casa, ella le preguntó por qué estaba tan quemado por el sol. Él contestó que más que del sol era de la nieve, pero nunca aclaró la cuestión.

—¿Y no dejó documentos, notas o un diario?

—Nada que yo sepa. Recuerdo que después de su muerte vinieron a casa varios miembros de la fuerza aérea. Quizá se llevaron todo lo que hubiese escrito. En fin... no sé si le habré servido de mucha ayuda.

Austin pensó en su conversación con Fred Miller en Garber, sobre todo en la mención de los rudimentos tecnológicos del primer prototipo del avión «invisible».

—Me inclino a pensar que su padre debía de estar entrenándose para una misión secreta en el norte.

—De eso hace cincuenta años. ¿Por qué seguir manteniendo el secreto?

—Los secretos tienden a justificarse más allá de lo necesario.

Buzz Martin dirigió la mirada hacia las sombras del jardín.

—Lo peor es saber que mi padre ha podido estar vivo durante todos estos años —dijo volviendo a mirar a Austin—. Y, quién sabe, puede que aún lo esté. Tendría ochenta y tantos años.

—Es posible. También puede significar que por ahí hay alguien que está en el secreto.

—No sabe cuánto me gustaría que saliese a relucir la verdad, señor Austin. ¿Me ayudará?

—Haré lo que pueda.

Siguieron hablando un rato y, antes de despedirse, intercambiaron los números de teléfono y Austin le prometió llamarlo si averiguaba algo.

Kurt regresó de nuevo a Washington. Como todo buen detective, había llamado a distintas puertas y se había dado unos cuantos paseos, pero aquel rompecabezas era demasiado antiguo, demasiado complicado para los métodos habituales. No tendría más remedio que recurrir al genio informático de la NUMA: Hiram Yaeger.

## 19

El poblado indio era una maravilla de urbanismo. Al caminar por la retícula de calzadas de tierra endurecida, que comunicaba las chozas de techumbre de paja, los Trout casi podían olvidar que estaban junto a una misteriosa y bella diosa blanca, con un biquini de piel de jaguar y una escolta de seis indios chulo armados y pintados con los mismos colores de un reactor.

Francesca encabezaba el grupo. Los guerreros, tres a cada lado, marcaban el paso a distancia de una lanza. Francesca se detuvo frente al pozo del centro del poblado. Varias nativas llenaban recipientes de agua mientras grupos de niños desnudos jugaban a perseguirse alegremente entre las piernas de sus madres. Francesca sonrió radiante, con visible orgullo.

—Todas las mejoras que ven aquí son parte de un plan completo —dijo la doctora Cabral señalando en derredor—. Diseñé el proyecto como si fuese a construir una nueva infraestructura para São Paulo. Trabajé meses antes de remover una sola piedra. Hice un estudio exhaustivo sobre las posibilidades de fuentes de abastecimiento y de mano de obra. Monté un taller para improvisar las herramientas que necesitaríamos para hacer tuberías, válvulas y conexiones. Por otra parte, era necesario mantener el poblado en funcionamiento, no interrumpir sus actividades de caza y cosecha.

—Extraordinario —dijo Gamay mirando alrededor de las chozas perfectamente dispuestas. No pudo evitar comparar el poblado con el deprimente enclave de Dieter y el relativamente civilizado asentamiento donde el doctor Ramírez tenía su casa—. Extraordinario de verdad —repitió Gamay.

—Gracias, pero cuando lo tuve todo preparado no fue tan difícil como parece. La clave estaba en el suministro de agua. Porque aquí es tan esencial para la vida como en el llamado mundo civilizado. Formé varias brigadas para que cavasen y desviasen el río. Y tuvimos los mismos problemas que en cualquier obra de estas características. Los nativos que tenían que palear la tierra se quejaban de que se les exigiese demasiado y que eso resentía la calidad de su trabajo. —Les dirigió una maliciosa mirada y se echó a reír—. Pero fue fantástico. Abrimos un canal para traer agua del lago. Luego solo tuvimos que canalizarla hasta los pozos. La técnica de la rueda hidráulica, tan antigua, fue básica.

—No tiene nada que envidiar a las que he visto en las viejas ciudades industriales de Nueva Inglaterra —le elogió Paul al detenerse frente a una choza no mayor que un garaje de una casa particular—. Pero lo que más me ha impresionado es la instalación de cañerías de los aseos. En mi tierra, en pleno siglo xx, aún utilizan letrinas exteriores.

—Estoy orgullosa de nuestros retretes —dijo Francesca mientras proseguían la visita al poblado—. Cuando me convencí de que mi método de desalinización jamás vería la luz, concentré todos mis esfuerzos en mejorar la vida de estos pobres salvajes. Vivían como en la Edad de Piedra. Su higiene era lamentable. La muertes de las mujeres al dar a luz estaba a la orden del día. Y el índice de mortalidad infantil era increíblemente elevado. Los adultos eran víctimas de todos los parásitos de la selva. Su medicina tradicional a base de plantas no bastaba para prevenir sus enfermedades y curarlas. Su dieta era poco nutritiva. Conseguir un abastecimiento de agua potable y regular, no sólo protegía al pueblo de sus dolencias más habituales sino que les permitía cultivar productos sanos.

—Parece que también sabe usted bastante de cirugía —dijo Gamay—. Porque el hermano de Tessa tenía una cicatriz muy reveladora en el abdomen.

Francesca dio una palmada como una niña entusiasmada.

—Ah, sí, la operación de apendicitis. Habría muerto si no lo opero. En realidad, mi formación médica no pasa de los primeros auxilios. Debo agradecer el éxito de la intervención a la farmacopea de los chulo. Impregnan los dardos de sus cerbatanas con la savia de una planta. La utilizan para paralizar a las piezas de caza. Basta una pequeña cantidad para paralizar a una persona. La unté en una hoja grande de árbol y se la apliqué a la piel. Funcionó como anestesia local. Los puntos se los di con fibras de otra planta que parece resistente a la infección. El remedo de bisturí que utilicé era una punta de obsidiana, más afilada que un escalpelo. Un instrumental muy casero.

—Ojalá pudiese decir lo mismo de las armas que esgrimen sus escoltas —dijo Paul mirando las puntas metálicas de las lanzas cortas que portaban los nativos, que además llevaban arco y carcaj con largas flechas.

—Los arcos y las puntas de las lanzas están hechas con aluminio del avión. El arco corto es más fácil de llevar en la selva y el diseño hace que la flecha tenga mayor alcance.

—Si Arnaud y sus hombres estuviesen aún vivos podrían dar fe de su eficacia —dijo Paul.

—Siento mucho lo de esos hombres, pero ellos se lo buscaron. Los chulo son una tribu relativamente pequeña y siempre han preferido esconderse que luchar. Ciertamente son reductores de cabezas y practican el canibalismo con los enemigos, pero rara vez realizan incursiones para apresar a alguien. Todo lo que quieren es que los dejen en paz. El hombre blanco los obligó a internarse en la selva. Creyeron estar a salvo más allá de las cataratas, pero los explotadores blancos siguieron presionándolos. Y habrían sido aniquilados si no llego a ayudarlos a mejorar sus defensas.

—He notado la disposición o estructura del poblado —dijo Gamay—. Me recuerda la estructura urbanística de las antiguas ciudades amuralladas.

—Y está bien visto. Todo aquel que cruza la empalizada se encuentra en una situación muy comprometida. Porque el poblado está lleno de callejones sin salida que facilitan las emboscadas.

—¿Y si los intrusos que se presentasen aquí viniesen a rescatarla? —preguntó Paul—. ¿No serían estas defensas un obstáculo para usted misma?

—Hace tiempo que perdí la esperanza de que vengan a rescatarme. Mi padre habría organizado grupos de búsqueda en la selva para localizarme. Pero debió de creer que había muerto, y es lógico. Tres hombres murieron en el siniestro. Además, el jefe de la tribu murió por mi culpa. No me gustaría ser resposable de más muertes.

—Es una ironía —musitó Gamay—. Cuanto más haga usted por estos nativos menos probable es que la rescaten.

—Cierto, pero me habrían tenido prisionera aunque me hubiese limitado a ser una diosa displicente y a engordar. Pero me dije que, puesto que no iba a tener más remedio que seguir aquí, sería un pecado no utilizar mis conocimientos para mejorar su suerte. Cuando al fin lleguen aquí los blancos, confío en que los chulo utilicen sus conocimientos en lugar de sus armas para afrontar el impacto de la civilización. Por desgracia, entretanto, tengo poco control para frenar el salvajismo de la tribu. En cuanto Arnaud y sus amigos se mostraron hostiles estuvieron perdidos. En el caso de ustedes ha sido más fácil. Estaban tan indefensos en la selva que de momento no los consideran una amenaza.

—¿Una amenaza? ¿De momento? —exclamó Gamay alarmada.

—Sí; procure que no noten que tiene miedo —contestó Francesca muy seria—. No entiendo lo que decimos pero son muy intuitivos. —Se detuvo a mostrarles un grifo que servía como boca de incendios y luego prosiguió—. Están preocupados. Creen que ustedes son dioses defectuosos, insignificantes.

—Pues... si nos consideran insignificantes, ¿por qué los preocupamos? —preguntó Gamay.

—Temen que hayan venido aquí a llevarme de nuevo al cielo del que procedo.

—¿Eso le han dicho?

—No es necesario que me lo digan. Conozco muy bien a estos nativos. Además, Tessa ha oído rumores. Les ronda por la cabeza quemarlos vivos, porque el humo de sus cuerpos los devolverá al cielo. Problema resuelto.

Paul miró por el rabillo del ojo a los guardias, pero no detectó el menor cambio en su impasible expresión.

—Yo no puedo discutir su lógica. Para ellos eso soluciona el problema, aunque no para nosotros, claro —dijo Paul.

—Estoy de acuerdo. Por eso es tanto más urgente que logremos escapar. Vengan conmigo. Tenemos que hablar de un plan sin que los guardias estén pendientes de nosotros.

Habían llegado a un camino de piedras blancas que conducía al templo desde el poblado. Seguida de los Trout, Francesca llegó al claro circular en cuyo centro se encontraba el avión. Se sentó en un banco de madera pulida frente al morro del Learjet, y los Trout se acomodaron en el suelo con las piernas cruzadas.

—Vengo aquí para estar sola. Solo a los hechiceros se les permite estar en el templo. Los guerreros se quedan en la espesura vigilando nuestros movimientos. Aunque podremos hablar tranquilamente sobre nuestros planes para huir.

Gamay miró hacia una de las frondas donde los guerreros se habían apostado, pero sin dejarse ver.

—Espero que tenga usted alguna idea viable, porque nosotros no la tenemos —dijo Gamay.

—Su idea inicial es la acertada —dijo Francesca—. Nuestro único medio de salir de aquí es por el río, afluente arriba y luego por el canal hasta el lago para, desde allí, seguir el curso principal hacia la cuenca baja del río. A través de la selva nunca lo conseguiríamos. Nos atraparían o nos perderíamos.

—Pero los nativos van en piragua —dijo Paul—. Necesitaremos llevarles mucha delantera.

—Podremos disponer de varias horas de ventaja. Aunque son remeros muy diestros y fuertes. Mientras que ellos remarán cada vez con más ímpetu nosotros nos debilitaremos.

—¿Y qué harán si nos alcanzan? —preguntó Paul.

—No hay duda —contestó Francesca—: nos matarán.

—¿Incluso a usted, su diosa?

—Sí. Abandonarlos significaría que me demonizasen. Y tengo miedo. Les aseguro que mi cabeza estaría junto a las suyas en los postes de la entrada del poblado.

Paul se pasó la mano por el cuello con aprensión.

De pronto dejaron de estar solos. Un nativo acababa de irrumpir en el claro seguido de ocho guerreros armados. Les sacaba casi un palmo de estatura a los otros indios y, a diferencia de las achatadas facciones de los demás miembros de la tribu, tenía un perfil casi romano. Su musculoso cuerpo estaba pintado de rojo en lugar de azul y blanco. Se acercó a Francesca y le habló, gesticulando mucho y señalando a los Trout. Francesca se levantó como una cobra agresiva y lo atajó con una cortante réplica. Él la fulminó con la mirada pero agachó la cabeza, retrocedió varios pasos, dio media vuelta y se alejó del templo. Francesca lo siguió con la mirada, furiosa.

—Mal asunto —dijo la doctora Cabral.

—¿Quiénes son? —preguntó Gamay.

—El más alto es el hijo del jefe al que maté al estrellarse el avión contra su choza. Lo he llamado Alarico, como el rey visigodo. Es bastante inteligente y tiene dotes de mando, pero es pendenciero. Le encantaría destronarme, y ha reunido a un grupo de jóvenes revoltosos que lo apoyan. El hecho de que se haya atrevido a entrar en este recinto prohibido demuestra que está envalentonado. Es obvio que explota el problema que pueda representar la llegada de ustedes. Debemos volver al palacio.

Al salir del claro, de inmediato aparecieron los guerreros que habían estado vigilando en la espesura y volvieron a flanquearlos para darles escolta. Francesca avivó el paso y en pocos minutos llegaron al recinto del poblado. Algo había cambiado. Se habían formado grupos de nativos que desviaron la mirada cuando pasó la comitiva. No sonreían amistosamente como cuando la diosa y sus invitados partieron hacia el templo.

Unos veinte hombres armados se habían congregado frente al palacio con Alarico en el centro. Se alejaron con mirada hosca a un ademán de Francesca, pero Gamay reparó en que no se daban ninguna prisa. Tessa los saludó al entrar. Estaba asustada. Ella y Francesca hablaron durante unos momentos en la lengua nativa y luego Francesca se lo tradujo a los Trout.

—Los hechiceros han tomado una decisión. Quieren matarlos a ustedes por la mañana. Pasarán la noche infundiéndose ánimo y preparando las hogueras para quemarlos.

Gamay apretó los labios.

—Pues lo siento, pero no vamos a poder quedarnos para la barbacoa —ironizó—. Si nos conduce hasta la piragua más próxima nos despediremos.

—¡Imposible! ¡No podrían alejarse ni diez metros!

—Pues, ¿qué vamos a hacer entonces?

Francesca subió a su estrado y se sentó en el trono con la mirada fija en la puerta de entrada.

—Esperar —se limitó a contestar.

## 20

La antigua nave colgaba como si pendiese de cables invisibles. Las cubiertas del casco quedaban contorneadas por una especie de tul azulado que semejaba una telaraña reverberante. Las enormes velas cuadradas cabeceaban henchidas por el viento, y unos espectrales gallardetes se agitaban en el palo mesana como si los azotase una fresca brisa.

Hiram Yaeger se recostó en el respaldo de la silla y estudió la imagen virtual que se alzaba frente a su consola en forma de herradura.

—Es precioso, Max —dijo Hiram—, pero hay que resaltar los detalles.

Una voz femenina suave e incorpórea llenó la estancia desde una docena de altavoces instalados en las paredes.

—Solo me has pedido un plano, Hiram —dijo la voz con un dejo de petulancia.

—Es verdad, Max —admitió Yaeger—, y me has dado mucho más. Pero ahora me gustaría ver algo que se acerque lo más posible al original.

—Eso está hecho —dijo la voz.

El casco de la nave se solidificó como un espectro que materializase su ectoplasma. Su casco resplandecía con reflejos dorados que hacían destacar los primorosos grabados que cubrían el casco de proa a popa. Yaeger se fijó en el espolón, coronado por una imagen en madera del rey Edgar. Los cascos de su corcel piafaban sobre los siete monarcas cuyas barbas enmarañadas rozaban sus mantos. Luego examinó las tablas astronómicas que representaban las gestas de los dioses del Olimpo, y la alta popa, embellecida con imágenes bíblicas. Todos los detalles eran perfectos.

—¡Formidable! —exclamó Yaeger—. No me habías dicho que habías programado toda la imagen. Ahora solo necesitas un par de delfines.

Al instante aparecieron bajo el barco olas virtuales, y a proa un par de delfines saltando y chapoteando. La imagen tridimensional giró lentamente mientras los silbidos y piruetas de los delfines llenaban el aire.

Yaeger dio una palmada y se echó a reír como un niño entusiasmado.

—¡Eres fantástica, *Max*!

—Lógico —dijo la voz femenina—; me pariste tú.

Yaeger no sólo había creado la enorme inteligencia artificial sino que había incorporado su propia voz al programa original, Pero, como no le gustaba hablar consigo mismo, le dio a la voz de *Max* un tono femenino. Y la computadora había desarrollado una personalidad femenina por cuenta propia.

—Si me haces la pelota, puedes conseguir de mí lo que quieras —dijo Yaeger.

—Gracias. Si has terminado, me tomaré un descanso para que mis circuitos se refresquen un poco. Los hologramas siempre me dejan agotada.

Yaeger sabía que *Max* tenía tendencia a exagerar, y que el barco representaba solo una pequeña parte de la capacidad de sus circuitos. Pero, además de una versión femenina de su propia voz, Yaeger le había programado ciertos rasgos humanos, como la necesidad de saberse valorada.

Con un simple ademán frente a la pantalla, Hiram hizo que la nave, el oleaje y los delfines acróbatas desaparecieran al instante.

Yaeger oyó un aplauso y vio a Austin, que se había acercado hasta su silla.

—Hola, Kurt —lo saludó sonriente—. Siéntate.

—Todo un espectáculo —dijo Austin con expresión admirativa, sentándose junto a Yaeger—. Desde el principio hasta el fin. Dudo que ni siquiera David Copperfield fuese capaz de hacer desaparecer un bergantín inglés de esa manera.

Yaeger era un verdadero genio de la informática. Utilizaba los ordenadores como un mago la varita y la chistera. Aunque su aspecto distaba mucho de ser el de un mago. Vestía con estudiado desaliño, con vaqueros y cazadora sobre una camiseta blanca corriente. Calzaba botas tejanas muy raídas. Y como un sumo sacerdote controlaba las instalaciones que ocupaban casi toda la décima planta del edificio de la sede de la NUMA, donde se almacenaba y procesaba una ingente cantidad de datos digitales sobre oceanografía y ciencias afines.

—Eso ha sido una nadería —dijo con satisfacción infantil. Sus ojos grises reflejaban su entusiasmo tras unas gafas metálicas estilo Truman, apoyadas en el puente de la nariz—. Espera a ver el regalito que *Max* y yo te tenemos reservado.

—Me muero de impaciencia. Era el *Sovereign of the Seas*, ¿verdad?

—Exacto. Lo botaron en 1637 por orden de Carlos I. Era uno de los barcos más grandes construidos hasta entonces.

—Pero creo recordar que también uno de los más pesados. Tuvieron que cortarle la cubierta superior; muy a propósito, porque a Carlos I también le cortaron la suya.

—Añadiré las modificaciones después —dijo Yaeger—. El nuevo programa estará disponible para el departamento de arqueología náutica siempre que quieran celebrar algún aniversario. *Max* ha estado haciendo una lista de centenares de barcos antiguos. Nosotros reunimos planos, maquetas, datos históricos, todo lo que sabemos acerca de un barco, y lo introducimos en los ordenadores. A su vez, *Max* lo ensambla todo en una imagen holográfica. Incluso puede completar detalles que faltan cuando la información es incompleta. —Hizo una pausa—. *Max*, ¿te importaría decirle a Kurt qué has encontrado con el material que nos dio?

El rostro de una mujer bella y sonriente apareció en un monitor de pantalla gigante, un poco más allá de la consola.

—No me importa dejar que se me enfríe el café para hablar con el señor Austin —coqueteó la voz femenina.

Por encima de la plataforma que separaba la consola de la pantalla gigante brotó una luz azulada formada por la retícula de haces de láser que partían de las paredes. Pieza a pieza, pero a la velocidad del rayo, los haces montaron una nave.

—Vamos —dijo Yaeger.

El informático se levantó y se acercaron a la plataforma. A Austin se le nubló la vista por un momento, pero enseguida se vio de pie con Yaeger en la cubierta del velero, de cara a la grácil proa curvada hacia dentro. Varios escudos circulares de madera adornaban los costados.

—Esta es la siguiente fase del programa. No solo podrás ver realmente los barcos de nuestro inventario sino pasear por la cubierta del que quieras. La perspectiva virtual cambia a medida que te mueves. La sencillez del diseño lo ha hecho muy fácil en este caso.

—Juraría que estoy en la cubierta del *Gogstad*.

—Exacto. Lo construyeron en Noruega entre los años 700 y 1000. La nave original tenía veintiséis metros de eslora y era enteramente de roble, algo más resistente que vigas ligeras. Este es un modelo a escala del cincuenta por ciento.

—Es precioso —dijo—. Pero ¿qué tiene ver con el material que te di?

—Te mostraré lo que he encontrado.

Caminaron entre las reverberantes paredes y regresaron a la consola.

—No ha sido difícil conseguir datos sobre el grupo Mulholland —dijo Yaeger—. Como tu difunto abogado te dijo, la sociedad tiene intereses en proyectos y obras hidráulicas. He tenido que hacer muchas indagaciones, pero he averiguado que forma parte de una sociedad mayor llamada Gogstad. El logotipo de la empresa madre es el barco que tienes frente a ti.

El holograma desapareció y en su lugar apareció en el monitor una versión estilizada de la nave.

—Sigue, sigue, que me interesa mucho.

—Le he pedido a *Max* que empiece a trabajar con el Gogstad. No he averiguado gran cosa acerca de la sociedad, pero por lo visto es una multinacional que explota todo tipo de negocios. Tiene intereses en finanzas, ingeniería, banca y en el sector inmobiliario.

Yaeger le pasó a Austin un CD-ROM.

—Aquí está todo lo que he averiguado. Nada extraordinario. De modo que seguiré buceando.

—Gracias, Hiram. Lo examinaré. Entretanto, he de pediros otro favor a ti y a *Max* —dijo Austin, y le contó lo de su visita al Smithsonian y su entrevista con el hijo del piloto—. Me interesa saber si llegaron a fabricar ese avión y qué ocurrió con el piloto.

*Max* no había perdido detalle de la conversación. Una fotografía de un avión en forma de enorme ala apareció en la pantalla.

—Esta es una fotografía sacada de los archivos del Smithsonian, del avión YB-49A, el último bombardero de ala delta diseñado por Northrop —dijo *Max* con voz queda—. Puedo ofreceros una imagen tridimensional, como la de los barcos.

—De momento me basta así. La referencia grabada en el cilindro es YB-49B.

La fotografía fue sustituida por un croquis.

—Este es el YB-49B —dijo *Max*.

—¿Qué diferencia hay entre este modelo y el que nos acabas de mostrar?

—Los diseñadores solucionaron el problema de la oscilación que tanto preocupaba a los pilotos de los bombarderos. Además, estaba concebido para que fuese más veloz y tuviese más autonomía que el modelo anterior. Pero no llegaron a fabricarlo.

Austin no iba a ponerse a discutir con *Max*, claro. En lugar de ello examinó los datos estadísticos y de rendimiento bajo la imagen. Y vio un dato preocupante.

—Un momento —dijo—. Vuelve atrás. Mira: dice que la velocidad de crucero era de ochocientos cincuenta kilómetros por hora. ¿Cómo podían saber qué velocidad alcanzaba, si no había llevado a cabo pruebas de vuelo real?

—Podría ser una estimación, ¿no? —aventuró Yaeger.

—Es posible. Pero aquí no dice que sea una estimación.

—Es verdad. Debieron de realizar pruebas ya que por entonces carecían de cerebritos tan inteligentes como *Max* para que hiciesen una simulación de vuelo.

—Gracias por el cumplido, aunque no dices más que la pura verdad. Kurt tiene razón, Hiram. Mientras hablabais he hecho unas comprobaciones. He averiguado que siempre que se diseñaba un avión sin que se llegase a fabricar, indicaban la velocidad estimada. Salvo en este caso.

Tampoco Yaeger se permitía discutir con *Max*.

—Pues parece que este avión sí existió, ¿no es así? ¿Qué pudo ocurrir con él?

—Me temo que no podremos averiguar mucho más de momento —dijo Austin—. Los archivos de Northrop y de la fuerza aérea se perdieron. ¿Qué puede decirnos *Max* del piloto Frank Martin?

—¿Quieres que pulse la búsqueda rápida o la avanzada? —preguntó *Max*.

—¿Qué diferencia hay?

—La rápida va directamente a los archivos del personal militar dependiente del Pentágono, que contienen el nombre de todos aquellos, vivos o muertos, que hayan servido en las Fuerzas Armadas. La búsqueda avanzada proporciona información adicional procedente de los archivos secretos del Pentágono. Supongo que os interesará más que haga una excursioncita por el Consejo de Seguridad, el FBI y la CIA.

—Verás, *Max*, es por pura curiosidad, pero ¿no es ilegal piratear esos bancos de datos?

—¡Piratear! ¡Qué palabra más fea! —exclamó *Max*—. Digamos que me limito a hacer unas visitas de cumplido a mis compañeras computadoras para cuchichear un ratito.

—En tal caso, alterna con ellas cuanto quieras —dijo Austin.

—Me muero de curiosidad —dijo *Max*—. He intentado abrir varios portales, pero Harry los cerró a cal y canto.

—¿Quién es Harry?, ¿otro ordenador? —preguntó Yaeger.

—No, hombre, no seas bobo. Me refiero a Harry Truman.

Austin se rascó la cabeza.

—¿Quieres decir que todos los archivos relativos a ese piloto fueron sellados por orden del presidente?

—En efecto —asintió *Max*—. Aparte de la filiación del señor Martin y otros datos básicos, todo lo demás es secreto. —Hizo una pausa inhabitual y luego añadió—: Es curioso. Acabo de dar con una pista. Ha sido como si alguien abriese un portal. Aquí tenemos a nuestro hombre —anunció a la vez que aparecía la imagen de un piloto de uniforme—. En la actualidad vive en el estado de Nueva York, en Cooperstown.

—¿Aún vive?

—Bueno... en esto parece haber cierta discrepancia. Según el Pentágono murió en accidente de aviación en 1949. Pero esta nueva información dice lo contrario.

—¿Un error?

—No me sorprendería. Los humanos son falibles. Yo no.

—¿Figura su número de teléfono?

—No, pero sí la dirección.

La impresora soltó una hoja de papel. Sin salir de su perplejidad, Austin miró el nombre y la dirección como si estuviesen escritos en tinta invisible. Dobló la hoja y se la guardó en el bolsillo.

—Gracias, Hiram. Y gracias a ti, *Max*. Me habéis ayudado muchísimo.

—¿Adónde vas ahora? —preguntó Yaeger.

—A Cooperstown. Puede que esta sea mi única oportunidad de que me contraten para su equipo de béisbol.

21

En la otra orilla del Potomac, en el nuevo edificio del cuartel general de la CIA en Langley, Virginia, un analista se preguntaba si su ordenador tenía hipo. Era un experto en temas de Europa central llamado J. Barrett Browning. Se levantó y miró por encima de la mampara hacia el cubículo contiguo.

—Oye, Jack, ¿tienes un momento? Quiero que veas esto; es muy raro.

El compañero de rostro cetrino que ocupaba el despachito adyacente dejó a un lado el periódico ruso que marcaba con rotulador y se frotó los ojos.

—Sexo, delincuencia y más sexo. No sé qué puede haber más raro que la prensa rusa —dijo John Rowland, un respetado traductor que se había unido a la CIA tras los oscuros días de la Agencia en la época de Nixon—. Es como las revistas sobre hormonas que venden en los supermercados americanos. Casi echo de menos las estadísticas sobre producción de tractores —añadió levantándose de su consola y acercándose al cubículo de Browning—. ¿Cuál es el problema, joven?

—Este absurdo mensaje en mi ordenador —contestó Browning meneando la cabeza—. Estaba pasando páginas de documentos históricos sobre la Unión Soviética y acaba de aparecer esto en pantalla.

Rowland se inclinó y lo leyó: PROTOCOLO ACTIVADO PARA SANCIÓN CON PERJUICIO TOTAL.

Rowland se tiró de su perilla entrecana.

—¿Perjuicio total? Ya nadie utiliza ese lenguaje.

—¿Qué significa?

—Es un eufemismo de la época de la guerra fría y la de Vietnam. Es un modo educado de referirse a un asesinato.

—¿Cómo?

—¿Es que no os enseñan nada en Yale? —exclamó Rowland sonriente—. «Sancionar» es preparar un asesinato. Es una jerga a lo James Bond.

—Ah, entiendo —dijo Barrett, mirando hacia los otros cubículos—. Veamos cuál de nuestros estimados colegas se dedica a estas bromas pesadas.

Rowland se había quedado pensativo y no contestó. Se sentó en la silla de Browning y se fijó en el número del archivo que aparecía subrayado al final del mensaje. Resaltó el nombre y pulsó el *enter*. Aparecieron una serie de dígitos.

—Si se trata de una broma, es muy buena —musitó—. Nadie ha utilizado esta codificación desde los tiempos en que Allen Dulles fue director de la CIA, tras la Segunda Guerra Mundial.

Rowland pulsó la tecla para imprimir y se llevó la copia del mensaje a su cubículo, seguido de su desconcertado colega. Hizo una rápida llamada telefónica, introdujo el código en su ordenador y tecleó unos dígitos.

—Le envío esto a un compañero del Departamento de Claves. Es un código bastante anticuado. Podrá descifrarlo en pocos minutos, con los programas de que hoy disponemos.

—¿De dónde crees que procede el mensaje? —preguntó Browning.

—¿Qué estabas leyendo en pantalla cuando ha aparecido el mensaje?

—Archivos, básicamente informes diplomáticos. El secretario de un senador lo necesitaba para su jefe, que está en la comisión de cuerpos armados. Buscaba modelos de comportamiento soviético, probablemente para conseguir que aumenten el presupuesto de defensa.

—¿Y cuál era el contexto de esos informes?

—Informes de agentes de campo para el director de la CIA. Tienen que ver con el desarrollo nuclear soviético. Estaban en los viejos archivos que Clinton ordenó desclasificar.

—Interesante. Eso significa que se trata de materiales que solo podían ser consultados por cargos del más alto nivel.

—Es posible. Pero... ¿de qué va eso del protocolo?

Rowland suspiró.

—No sé qué hará la CIA cuando los viejos zorros como yo se retiren a sus cuarteles de invierno. Verás, los protocolos se refieren a acciones secretas llevadas a cabo en los viejos tiempos. Primero se aprobaba una medida, por lo general al más alto nivel, por el director de la CIA, la Agencia Nacional de Seguridad y la Junta de Estado Mayor. Todos la firmaban. Oficialmente se dejaba al presidente al margen, para que pudiera negar lo que conviniese llegado el caso. La medida en cuestión podía implicar ciertas acciones en réplica a una amenaza o amenazas. Eso es un protocolo. Y la acción contemplada se transformaba en una orden. Y la orden se parcelaba.

—Coherente. Así, quienes cumpliesen la orden solo conocerían una parte de la misma. Es una manera de mantener el secreto.

—Exacto. Por lo visto, algo sí te enseñaron en las aulas de Yale, aunque mal. Esos descerebrados planes, como el de cargarse a Castro o el del Irán-contra fueron concebidos de ese modo, y acabaron en desastre.

—¿Por qué entonces el protocolo?

—La razón básica es que los máximos responsables puedan negar toda responsabilidad. Un protocolo solía reservarse para las medidas más graves. En este caso, estamos hablando de un asesinato político. No fue algo decidido a la ligera. Los jefes de Estado no se dedican en principio al asesinato de sus colegas, o de ministros de su propio gobierno. Sienta malos precedentes. De modo que, llegado el caso, se trata de una orden procedente de distintos niveles. Se concibió para no dejar rastro. Nadie dio ninguna orden que pudiera rastrearse hasta el origen. Una serie de circunstancias predeterminadas tenían que coincidir para que la orden fuese ejecutada hasta el final.

—Suena como el sistema de llaves múltiples que utilizaban con los bombarderos nucleares. Había que abrir varios contactos, y la misión podían ser cancelada hasta el último momento.

—Algo así. Permítame otra analogía. Se cree detectar una amenaza y se empuña la pistola. La amenaza crece y otra mano introduce el cargador. La amenaza se incrementa y una tercera mano quita el seguro. Luego se aprieta el gatillo y la amenaza desaparece. Todos estos pasos de acción-reacción serían necesarios para disparar la pistola.

—Entiendo —dijo Browning—. Pero lo que no entiendo es cómo ha aparecido ese condenado mensaje en mi ordenador.

—Puede que no sea tan extraño como parece —dijo Rowland, que pasaba casi todo el día en la tediosa tarea de leer y analizar periódicos y estaba encantado de hacer un poco de ejercicio intelectual. Se reclinó en la silla y miró el techo—. En principio el protocolo debió de imprimirse en papel y probablemente después fue fragmentado. El protocolo nunca llegó a ejecutarse. Después, la CIA informatizó sus archivos. El protocolo se condificó en el banco de datos. Ha estado ahí durante décadas, hasta que todos los mecanismos activadores se han disparado. En principio, el director ha de ser informado de manera automática, pero los documentos han sido desclasificados y el ordenador ignora que un simple analista va a leer un archivo en principio reservado solo para el director.

—Brillante —dijo Browning—. Ahora tenemos que imaginar qué ha podido activar un protocolo que tiene cincuenta años de antigüedad. Ayer estuve consultando estos mismos archivos. Y el mensaje no apareció.

—Eso significa que el protocolo ha sido activado en las últimas veinticuatro horas. Espera...

La señal de correo entrante parpadeó en la pantalla. Rowland abrió el mensaje.

«Querido Rowland. Aquí está tu mensaje. Por favor, envíanos algo más dificilito la próxima vez.»

El texto del mensaje decía simplemente: «Ejecución en marcha».

—Es una respuesta cifrada del ejecutor —dijo Rowland. Browning meneó la cabeza—. Me pregunto quién sería el pobre desgraciado.

—No creo que tengamos que preocuparnos por el pasado. Es el futuro lo que me preocupa.

—Eh, vamos, Jack, ¡que este protocolo se aprobó hace medio siglo! Todos los que intervinieron deben de haber muerto hace mucho tiempo. El ejecutor y su víctima.

—Quizá —dijo Rowland—. O quizá no —añadió dándole unos golpecitos con los dedos a la pantalla—. Esta respuesta es reciente; acaban de enviarla. Significa que el ejecutor todavía vive, y también su víctima... de momento.

—¿Qué quieres decir?

Rowland cogió el teléfono, muy serio, algo poco habitual en él, que casi siempre estaba risueño.

—Como el director no ha dado contraorden, el protocolo pasa a la siguiente fase: matar. —Rowland alzó la mano para atajar la pregunta de Browning y casi le gritó al auricular—: Por favor, póngame con el director. Es muy urgente; urgentísimo —remachó.

## 22

Las llamas se habían extinguido y los bomberos estaban despejando la calzada cuando Zavala regresó al edificio donde Hanley tenía el bufete.

Burló la cinta amarilla de la policía, mostrando brevemente su carné de la NUMA. Se lo acercó a las narices del investigador del incendio y volvió a guardárselo en su cartera. No quería tener que explicar por qué un funcionario de un organismo oceanográfico federal se encontraba en San Diego en el lugar del siniestro.

El investigador, que se llamaba Connors, le dijo que varios testigos le habían comentado lo del helicóptero que había sobrevolado el sector, y descrito un extraño haz luminoso visto antes de la explosión. Pero Connors no descartaba que la detonación se hubiese producido en el interior del edificio. Era lógico que pensara así, se dijo Zavala, porque no ocurre todos los días que un helicóptero ataque un edificio de oficinas en San Diego.

—¿Cómo está la mujer herida? —preguntó.

—Según el último parte, fuera de peligro —contestó Connors—. Dos hombres la sacaron de su oficina antes de que el fuego se propagase.

Zavala le dio las gracias y fue hasta la esquina para tomar un taxi. Al alzar la mano para llamarlo, un Ford negro se detuvo junto al bordillo. El agente Miguel Gómez se inclinó hacia la puerta del pasajero y la abrió para que subiese Zavala.

—Hay mucho ajetreo en la ciudad desde que usted y su compañero llegaron —le dijo el agente del FBI mirándolo como quien está de vuelta de todo—. Horas después de que ustedes estuviesen en mi despacho se cargan al Granjero y al sinvergüenza de su abogado. ¿Por qué no se quedan unos cuantos días más? Toda la mafia mexicana y sus afiliados se autodestruiría, y yo me quedaría sin trabajo, algo que me vendría estupendamente.

Zavala se echó a reír.

—Gracias de nuevo por cubrirnos las espaldas en Tijuana.

—En compensación por el riesgo de provocar un incidente internacional, por cruzar la frontera con un grupos de tiradores de elite, quizá puede explicarme qué puñeta está pasando.

—Ojalá lo supiese —repuso Zavala encogiéndose de hombros—. ¿Qué ha ocurrido con Pedralez?

—Estaba en su coche blindado cruzando Colonia Obrera, un barrio peligrosísimo de las afueras de Tijuana. Llevaba escolta por delante y por detrás. El primer vehículo saltó por los aires, al cabo de unos segundos explotó el coche de Pedralez. La carga explosiva debió de ser potentísima porque el blindaje del coche era digno de un tanque. El tercer vehículo consiguió huir.

—Hubiese bastado un misil antitanque.

Gómez clavó la mirada en Zavala.

—La policía mexicana ha encontrado en un callejón la funda de un misil antitanque Gustav.

—¡Vaya! ¿Se dedican ahora los suecos a atacar a los capos de la droga a misilazos?

—Ojalá. El ordenador que guía esos misiles se vende en el mercado de armas como rosquillas. Probablemente los camuflan en dobles fondos de contenedores de cereales. Se puede disparar apoyándolo en el hombro. Por lo que me han contado, dos hombres pueden disparar seis proyectiles en un minuto. ¿Y qué sabe usted de lo ocurrido con Hanley?

—Kurt y yo acabábamos de salir del edificio. Vimos un helicóptero verde que sobrevolaba la calle, frente al edificio del despacho de Hanley. Volvimos a entrar y oímos la explosión mientras subíamos en el ascensor. Varios testigos vieron un haz luminoso. Podía proceder de un lanzamisiles.

—Sabía de abogados teledirigidos y teledigeridos. Chiste de abogados.

—En estos momentos, dudo que Hanley tenga ganas de reír.

—Nunca fue una persona con mucho sentido del humor. Alguien ha querido matarlo del modo más expeditivo y aparatoso. —Hizo una pausa—. ¿Y por qué volvieron al edificio?

—Porque Kurt pensó que el helicóptero se parecía al que vimos después de la explosión de la fábrica de tortillas de Baja California.

—De modo que llegaron a hablar con Hanley, ¿no?

Gómez podría estar algo adormilado, pero no se le escapaba detalle, pensó Zavala.

—Le hemos hecho preguntas acerca de la fábrica de tortillas. Y nos ha dicho que un *broker* de Sacramento se puso en contacto con él, para un cliente que quería un negocio-tapadera en México. Y Hanley puso a su cliente en contacto con Pedralez.

—¿Cómo se llamaba el *broker*?

—Jones. Pero no me dé las gracias. Ha muerto.

—No me lo diga —dijo Gómez con expresión maliciosa—. ¿A que explotó su coche?

—No exactamente. Se despeñó por una carretera de montaña. Pasó por un accidente.

Un hombre de traje azul se acercó y golpeó con los nudillos la ventanilla. El agente asintió con la cabeza y miró a Zavala.

—Quieren que entre. Estaremos en contacto. Entre paisanos hay que ayudarse.

—Por supuesto —dijo Zavala abriendo la puerta para salir—. Volveré a Washington. Puede llamarme a la central de la NUMA si me necesita.

Zavala solo había sido sincero a medias. Le había ocultado deliberadamente lo que Hanley les contó acerca del Mulholland Group. Dudaba que el FBI irrumpiese por la puerta esgrimiendo una orden judicial, pero no había querido complicar su investigación.

De nuevo en el hotel, llamó a información de Los Ángeles, pidió el número del Mulholland Group y marcó. La simpática telefonista que atendió le dio la dirección de la oficina. Luego, Zavala le pidió al conserje que le proporcionase un coche de alquiler y, al poco, iba al volante en dirección norte, rumbo a Los Ángeles.

A media mañana, dejó la autopista de Hollywood y se adentró por un barrio de bloques residenciales típicamente californianos, solo separados por plazas con centros comerciales. Zavala no estaba seguro de qué esperaba encontrar. Pero después de la explosión en la fábrica de tortillas y de las extrañas muertes de Hanley y Pedralez, le sorprendió encontrar una oficina corriente, en un edificio emparedado entre unos almacenes y un Pizza Hut.

El vestíbulo era amplio y luminoso. La amable recepcionista que lo atendió era la misma que le había dado la dirección por teléfono. Zavala no tuvo que desplegar su encanto latino. La joven contestó con gentileza a sus preguntas sobre la empresa, le dio un montón de folletos y le dijo que llamase si alguna vez necesitaba asistencia sobre ingeniería hidráulica.

Joe volvió al coche y contempló la impersonal fachada, sin saber qué hacer a continuación. Entonces sonó su móvil. Era Austin, que lo llamaba desde su despacho de la central de la NUMA.

—¿Ha habido suerte? —preguntó.

—Estoy delante del edificio del Mulholland Group —contestó Zavala, y se extendió en los detalles de lo que había averiguado.

Por su parte, Austin le contó lo de su visita al centro Garber del Smithsonian, su conversación con Buzz Martin y las revelaciones de *Max*.

—Pues has avanzado más que yo —dijo Zavala.

—No lo sé. Hasta ahora todo son callejones sin salida. Esta tarde voy al otro extremo del estado, a ver si puedo aclarar el misterio del piloto del ala delta. Mientras tanto, tú puedes seguir indagando en Los Ángeles acerca de Gogstad.

Quedaron en comparar sus notas en Washington al día siguiente. Zavala colgó y llamó a *Los Angeles Times*. Pidió hablar con Randy Cohen de la sección de economía.

Al cabo de unos momentos una voz aniñada atendió la llamada.

—¡Joe Zavala! ¡Qué agradable sorpresa! ¿Cómo estás?

—Muy bien, gracias. ¿Y cómo está el mejor periodista de investigación al oeste del Misisipí?

—Hace lo que puede con las pocas neuronas que le quedan de nuestros días de tequila. ¿Sigues sacando adelante a la NUMA?

—En realidad no estoy en misión de la NUMA. Te llamo para pedirte que me eches una mano.

—Siempre haré lo que pueda por un ex compañero de facultad.

—Te lo agradezco, Randy. Necesito información sobre una empresa radicada en California. ¿Has oído hablar de la Gogstad Corporation?

Cohen guardó silencio unos instantes.

—¿Gogstad, has dicho?

—Exacto —confirmó Joe, y le deletreó el nombre para que no hubiese lugar a error—. ¿Te suena?

—Vuelve a llamarme a este otro número —dijo Cohen, y colgó sin más.

Zavala volvió a marcar.

—Perdona que te haya cortado —dijo Cohen—. Este es el número de mi móvil. ¿Dónde estás?

Zavala le dio la dirección. Cohen estaba familiarizado con la zona y le indicó un bar donde podían encontrarse.

Cuando Zavala iba ya por su segunda taza entró Cohen. El periodista lo vio y le dirigió una sonrisa radiante. Se acercó y le tendió la mano.

—¡Estás formidable, Joe! No has cambiado nada.

—Tú tampoco —dijo Zavala sin mentir.

El periodista estaba casi igual que cuando colaboraban ambos en el periódico de la facultad. Cohen siempre había sido delgado y ahora había engordado un poco. Su barba estaba algo entrecana, pero conservaba su corpulencia de tanque, y sus ojos azules miraban tras sus gafas de carey con la intensidad de siempre.

Cohen pidió un cortado y una botella de agua y condujo a Joe a una mesa alejada de las demás. Bebió un sorbo, dijo que el café era estupendo y se inclinó hacia delante.

—Cuéntame —dijo con voz queda—. ¿Por qué está interesada la NUMA en la Gogstad Corporation?

—Seguro que te habrás enterado de lo ocurrido con una manada de ballenas encontradas muertas en la costa de San Diego.

—Sí.

—La investigación de la posible causa de la muerte nos ha llevado a una fábrica de la Baja California. Y la fábrica está vinculada al Mulholland Group, del que forma parte la Gogstad Corporation.

—¿De qué es la fábrica? —preguntó Cohen entornando los ojos.

—No te rías. Es una fábrica de tortilla.

—No me río. Nada de lo que tenga que ver con esa empresa me hace ninguna gracia.

—¿La conoces?

—Y muy a fondo. Por eso me ha sorprendido tanto tu llamada. Formo parte de un equipo de investigación sobre esa corporación. Llevamos trabajando casi un año. Preparamos una serie de reportajes que titularemos «Los piratas del agua».

—Creía que la piratería había acabado en los tiempos del capitán Kidd.

—Esto va mucho más allá de lo que Kidd pudo imaginar nunca.

—¿Y qué os indujo a investigar?

—Pura casualidad. Analizábamos la cuestión de las fusiones empresariales; las que pasan casi inadvertidas y no acaparan titulares en los periódicos, pero que afectan al ciudadano de a pie tanto como las más espectaculares. Empezamos a zigzaguear por un rastro muy tenue, como el cazador que detecta huellas semiborradas por la nieve en el bosque una y otra vez.

—Y las huellas eran de la Gogstad, ¿no?

—Sí —repuso Cohen—. Tardamos un mes en encauzar nuestros pasos convenientemente. Pero de momento solo tenemos una panorama fragmentario. Es una corporación enorme. Tienen *holdings* que mueven centenares de miles de millones. Puede que sea el conglomerado de empresas más grande de la historia.

—La verdad es que no soy lector asiduo del *Wall Street Journal*, pero si tan importante es esa corporación, me extraña no haber leído nunca nada acerca de ella.

—Pues no te extrañe. Han invertido millones en mantener en secreto sus actividades. Operan a través de sociedades interpuestas, empresas-tapadera, falsas sociedades. Recurren a todo el repertorio de camuflaje empresarial. De no ser por la informática estaríamos a dos velas. Todos los datos que hemos podido reunir los introducimos en el banco de datos de Geographic Information, que conecta la información con determinados puntos del mapa. La policía utiliza el mismo sistema para seguir el rastro de operaciones delictivas. Disponemos ya de algunos gráficos que muestran la implantación de la Gogstad en todo el mundo.

—¿Y quién está detrás de esta supermultinacional?

—Estamos casi seguros de que el poder se concentra en una sola persona: Brynhild Sigurd.

Como Zavala tenía justa fama de ligón aguzó el oído.

—Pues háblame de la señorita Sigurd.

—Poco podré decirte. Nunca ha figurado entre la lista de las más grandes fortunas, ni de las personas más poderosas, aunque tendría que estar en el número uno. Sabemos que nació en Estados Unidos de padres escandinavos, que estudió en Europa y posteriormente fundó una empresa de consultores de ingeniería llamada Mulholland Group.

—Acabo de estar allí. Tenía que haber pedido hablar con ella, por lo visto.

—Habría sido inútil. Sigue figurando como presidenta de la compañía, pero nunca se la ve.

—Una lástima.

Cohen sonrió.

—¿Has oído hablar del escándalo del valle del Owens?

—Sí, creo que tenía que ver con el sistema de abastecimiento de agua de Los Ángeles.

—Exacto. Hoy en día resulta difícil de creer, pero en los años veinte Los Ángeles no era más que una ciudad desértica. La ciudad necesitaba agua para desarrollarse. El curso de agua dulce más cercano era el plácido Owens, que está a más de trescientos kilómetros al norte de la ciudad. Los Ángeles envió varias personas para comprar los derechos del agua del río. Y cuando los habitantes de la cuenca cayeron en la cuenta de lo que estaba ocurriendo era demasiado tarde para hacer nada. Su agua iba a parar directamente a Los Ángeles.

—¿Y qué ocurrió con el Owens?

—Pues que se secó —repuso Cohen—. Casi todo el agua por la que pagaban los contribuyentes fue al valle de San Fernando, no a la ciudad. Un grupo de empresarios había comprado allí terrenos a muy bajo precio, y los precios se dispararon cuando llegó el agua. Los especuladores se hicieron millonarios. El tipo que ideó la maniobra se llamaba William Mulholland.

—Interesante. ¿Y cuál es la vinculación del Mulholland Group con la Gogstad Corporation?

—El Mulholland Group fue la semilla de la Gogstad. Ahora es una filial que proporciona servicios de ingeniería hidráulica para la corporación central.

—¿Y qué hace exactamente la Gogstad?

—Al principio invirtieron en conducciones hidráulica, energía e inmobiliarias. Pero desde entonces han diversificado sus inversiones en entidades financieras, compañías de seguros y medios informativos. Y desde hace unos años se han concentrado en un productor: el oro azul.

—No estoy familiarizado con el mercado de diamantes.

Cohen alzó el vaso de agua.

—¿Oro azul? ¿Te refieres al agua? —comprendió Joe.

—Pues sí —confirmó Cohen, y miró el agua al trasluz como si de un vino de cosecha se tratase. El agua ha dejado de ser un derecho natural. Ahora es un producto básico que puede llegar a costar tanto como la gasolina. Gogstad es quien domina en el negocio del agua. Controla los intereses hidráulicos en muchos países. Distribuye agua a más de doscientos millones de personas. Su mayor éxito ha sido conseguir que se aprobase la ley de privatización de recursos hidráulicos de la cuenca del Colorado.

—Algo he leído sobre eso, pero explícamelo.

—El río Colorado es el caudal más importante para abastecer a los estados del oeste y el sudoeste. La cuenca la ha administrado siempre el gobierno federal, que ha construido las presas y los embalses en colaboración con los estados y los condados. Pero se aprobó un proyecto de ley de privatización.

—Las privatizaciones están a la orden del día. Privatizan hasta las cárceles. ¿Por qué no van a privatizar las sociedades hidráulicas?

—Ese fue exactamente el argumento que esgrimieron los defensores del proyecto de ley. Los estados han luchado por los derechos del agua desde hace años, y se han gastado millones y millones en demandas judiciales. Quienes presentaron el proyecto aseguran que acabarán con esos litigios; que el abastecimiento de agua será más eficiente, que los inversores financiarán las obras y reformas más necesarias. Lo que desató el proyecto fue la sequía. En las ciudades escasea el agua y la población está alarmada.

—¿Y qué pinta aquí la Gogstad?

—Tal como está concebido el proyecto, la cuenca del Colorado será administrada por un grupo de empresas.

—Para potenciar la riqueza, claro.

—Esa es la idea. El único problema radica en que estas empresas pertenecen a la Gogstad, aunque no sea del dominio público.

—O sea que la Gogstad controla la cuenca hidráulica del Colorado, ¿no?

—Sí —repuso Cohen—. Y ha estado haciendo lo mismo a menor escala en todo el país. Ha suscrito contratos para extraer agua de los glaciares de Alaska, extiende sus tentáculos por Canadá, que dispone de los recursos hidráulicos más importantes de América del Norte, y se han hecho con el control del agua de la Columbia Británica. Dentro de poco los Grandes Lagos no serán más que embalses de la Gogstad.

Zavala dejó escapar un silbido.

—¡Vaya! Pero encaja en todo eso de la globalización, de la concentración del poder económico en unas pocas manos.

—Desde luego. Apoderarse de los recursos más preciosos de un país es legal, nos guste o no. Pero la Gogstad no juega limpio, y eso es mucho más alarmante.

—¿A qué te refieres?

—Te pondré un ejemplo. El congresista Jeremy Kinkaid se opuso encarnizadamente al proyecto de privatización de la cuenca del Colorado, y amenazaba con exigir que se volviese a someter a debate el proyecto de ley en la Cámara. Murió en un accidente.

—Muchas personas mueren en un accidente.

El periodista sacó un mapamundi del bolsillo y lo desplegó encima de la mesa.

—¿Ves estos cuadritos rojos? No te molestes en contarlos. Hay docenas.

—¿Adquisiciones de la Gogstad?

—Por así decirlo. A medida que se extendía, la Gogstad se topaba con intereses creados, con las empresas y las autoridades que controlaban el agua en otros países. Y en muchos casos se ha encontrado con fuerte resistencia. —Le dio unos golpecitos al mapa y añadió—: Hemos cotejado los datos de las adquisiciones con información sobre personal de las empresas. En todos los lugares donde ves el cuadrado rojo, la adquisición coincidió con fatales «accidentes» o desapariciones de algún alto cargo.

—Pues... o bien emplea métodos mafiosos o es que tiene mucha suerte.

—Tú mismo. En los últimos diez años ha absorbido empresas hidráulicas en Francia, Italia, Reino Unido y América del Sur. Es como los *borg*, esa raza de *Star Trek* que acrecienta su poder absorbiendo a otras especies. Se han hecho con concesiones de explotación en Asia y Sudáfrica. —Hizo una pausa para tomar aliento, a la vez que miraba inquieto hacia la puerta de la entrada. Se relajó el ver que entraba una mujer con un niño—. Perdona. Todo este asunto me tiene un poco desquiciado. Pura psicosis.

—Un poco de psicosis es saludable, amigo mío —dijo Zavala arqueando las cejas.

—Puede que tengamos un topo en la sección de noticias —le susurró Cohen—. Por eso te he pedido que me llamases al móvil —añadió juguetando con la cucharilla—. Están ocurriendo cosas muy raras en el periódico.

—¿Qué cosas?

—Nada que pueda probar. Encuentras los archivos desordenados, extraños en el edificio, miradas raras.

—¿Y no serán figuraciones tuyas?

—Otros compañeros han notado lo mismo. ¿Tan trastornado me notas ya?

—Me estás poniendo nervioso incluso a mí.

—Tanto mejor que estés nervioso. Dudo que la Gogstad vacilara en eliminar a cualquiera que se interponga en su objetivo.

—¿Y en qué consiste ese objetivo?

—Para mí está claro que lo que quieren es controlar el abastecimiento de agua en todo el mundo.

—Eso es mucho querer —dijo Zavala pensativo—. Lo que han hecho en Norteamérica y Europa es impresionante. Pero ¿de verdad crees que una sola empresa puede controlar todos los recursos hidráulicos del planeta?

—No es tan difícil como parece. El agua dulce no

representa ni la mitad del uno por ciento de la masa líquida del planeta. Lo demás es agua salada, o se encuentra encerrada en los casquetes polares o en el subsuelo. Gran parte del agua dulce de la que podemos disponer está demasiado contaminada para ser utilizable, y el mundo necesita cada vez más agua.

—Pero la mayoría de esa agua la sigue controlando todo tipo de empresas, entidades y gobiernos.

—Ya no. La Gogstad pone en el punto de mira un determinado caudal de agua. Se ofrece a administrarlo haciendo todo tipo de concesiones generosas. Y, una vez ha conseguido poner un pie en la explotación, recurre al soborno, al chantaje y a lo que sea para hacerse con la propiedad de la explotación. En los últimos cinco años ha acelerado enormemente el ritmo de privatizaciones. Se ha visto favorecida por el hecho de que, debido a los nuevos acuerdos internacionales sobre comercio, los países ya no son dueños de sus recursos hidráulicos. ¿No te das cuenta, Joe? Se trata de una reedición del caso del Owens, pero ¡a escala planetaria!

—Por lo visto la Gogstad es como un pulpo gigantesco.

—Vale como analogía, aunque sea manida. —Sacó un lápiz rojo y trazó varias líneas y flechas en el mapa antes de añadir—: Aquí tienes los tentáculos. El agua fluirá de Alaska y Canadá a China; de Escocia y Austria irá a parar a África y a Oriente Medio. Australia ha suscrito contratos para exportar agua a Asia. Aparentemente, se trata de consorcios independientes. Pero la Gogstad lo controla todo.

—¿Y cómo piensan canalizar y suministrar tanta agua?

—Una de las empresas del holding ya ha desarrollado la tecnología necesaria para transportar millones de litros por mar en enormes bolsas selladas. Además, los astilleros de la Gogstad han construido buques-cisterna con capacidad para cincuenta mil toneladas, con depósitos que pueden servir también para el transporte de crudo.

—Pero eso ha de resultarles carísimo.

—Según ellos, el agua subirá tanto que se convertirá casi en moneda de cambio. La población pagará lo que sea. La mayor parte de esa agua no servirá para saciar la sed de los parias que apenas tienen algo que comer. Por si fuera poco, la tecnología que prevén es muy contaminante.

—¡Increíble!

—Pues espera, que hay más. Solo he contado una pequeña parte. —Volvió a golpetear el mapa en la zona de América del Norte—. Aquí está el gran mercado, en Estados Unidos. ¿Recuerdas lo que te he dicho sobre el control de los recursos hidráulicos canadienses? Pues se proponen desviar enormes caudales de agua desde la bahía del Hudson, a través de los Grandes Lagos hasta California y estados colindantes —dijo poniendo el dedo en Alaska—. California y otros estados del desierto han dejado la cuenca del Colorado casi exhausta. De modo que, otro de sus proyectos, consiste en desviar agua del glaciar del Yukón y canalizarla hasta el oeste americano a través de un complejo sistema de presas, diques y embalses gigantescos. Una décima parte de la Columbia Británica quedaría inundada, y se produciría un rebrote de muchas epidemias. Las nuevas centrales hidroeléctricas producirían enormes cantidades de energía. ¿Adivinas quién se está situando estratégicamente para rentabilizar los sectores eléctrico e inmobiliario?

—Me parece que sí.

—¡Ganarán miles de millones! Llevan años madurando los planes para esta monstruosidad. Nunca los han dado a conocer porque son tan costosos como destructivos, pero están consiguiendo muy fuertes apoyos, y es posible que logren su objetivo.

—Te refieres a los de la Gogstad, ¿no?

—Lo vas entendiendo —dijo Cohen cada vez más excitado—. Y esta vez no habrá oposición. Han comprado periódicos y cadenas de televisión. Y pueden organizar campañas difíciles de contrarrestar. El poder político que pueden llegar a acaparar es colosal. Cuentan con ex presidentes, primeros ministros y ministros de Asuntos Exteriores en su cúpula de dirección. No hay modo de combatirlos. Si pones esa clase de poder político y financiero en manos de alguien dispuesto a utilizar métodos mafiosos, entenderás por qué estoy tan nervioso.

Cohen guardó silencio unos momentos. Estaba sulfurado y le sudaba la frente. Miró a Zavala como si lo invitase a contradecirlo. Y de pronto su cuerpo pareció deshincharse.

—Perdona —se excusó—. Llevo demasiado tiempo con este asunto. Creo que estoy a punto de sufrir un ataque de nervios. Es la primera vez que tengo ocasión de contárselo a alguien de confianza.

—En mi opinión, cuanto antes salgan los reportajes, mejor —dijo Zavala—. ¿Cuánto podéis tardar?

—No mucho. Estamos encajando las últimas piezas. Queremos tener pruebas de por qué la Gogstad ha construido tantos buques-cisterna.

—Supongo que por lo que decías, para transportar agua.

—Sí. Sabemos que han suscrito contratos para transportar agua de los glaciares de Alaska. Pero tienen demasiados buques-cisterna para el mercado de que disponen, aunque contemos con el mercado de China.

—Un barco no se construye de la noche a la mañana. Quizá quieran estar preparados. Los tendrán en el dique seco hasta que necesiten utilizarlos.

—Eso es lo extraño. Los barcos no están en el dique seco. Todos llevaban dotación, con capitán y tripulación al completo. Están fondeados en Alaska, como si aguardasen algo.

—¿Aguardar qué?

—Eso nos gustaría saber.

—Algo traman —musitó Zavala.

—Mi olfato periodístico me dice lo mismo.

Zavala sintió un escalofrío, como si uno de los tentáculos que habían mencionado acabara de posarse en su espalda. Recordó la conversación mantenida con Austin acerca de esos temores que, a veces, lo asaltan a uno en el mar. Y, como de costumbre, la intuición de Kurt era acertada. Zavala temía que algo descomunal e implacable permanecía al acecho en las azules sombras, agazapado, aguardando.

Un monstruo llamado Gogstad.

## 23

El director de la CIA, Erwin LeGrand, sonrió orgulloso al ver a su hija Katherine, de catorce años, trotar a lomos de su caballo, un precioso animal castrado de color castaño. La jovencita desmontó y le ofreció a su padre el trofeo que había ganado en el concurso de monta a la inglesa.

—Para tu despacho, papá —dijo Katherine entusiasmada, mirándolo con sus ojos azules—. Por ser el mejor padre del mundo. Tú me regalaste a *Val* y me pagaste esas costosas clases de equitación.

LeGrand aceptó el trofeo y le pasó el brazo por los hombros, pensando en lo mucho que se parecía a su madre.

—Gracias, Katie, pero no he sido yo quien le ha enseñado a *Valiant* quien manda —le dijo sonriente—. Solo acepto el trofeo a condición de que sea en mero depósito. En cuanto haya presumido mostrándoselo a los compañeros de la agencia, volverá a tu vitrina de trofeos con los demás.

El orgullo de LeGrand se mezclaba con sentimientos de culpabilidad. Ciertamente, él había costeado la afición de su hija a la equitación. Pero era la primera vez que iba a verla competir.

Se les acercó el fotógrafo del club y LeGrand posó con su hija y su caballo. Solo lamentaba que su esposa no viviese para compartir aquel momento.

Katie condujo a *Val* al establo y LeGrand se quedó por el recinto, charlando con su secretaria, una mujer de aspecto corriente pero de gran inteligencia, Hester Leonard.

La prensa comentaba a veces que LeGrand guardaba cierto parecido con un Lincoln sin barba, una comparación basada en su fama de persona íntegra, pese a dirigir el servicio de inteligencia más grande del mundo. En otros tiempos, sin televisión ni tanta orquestación como en la actualidad, habría sido considerado seriamente como candidato a la presidencia.

En ese momento sonó el teléfono móvil de Hester, que contestó al punto.

—Señor —dijo ella titubeante—, lo llaman de Langley.

LeGrand arrugó la frente, mascullando por lo bajo que no le concediesen un momento de paz.

—¿No le he dicho que no me molestase nadie durante dos horas, mientras estuviese en Mclean, a menos que fuese algo muy urgente?

—Es John Rowland, y dice que es sumamente importante.

—¿Rowland? De acuerdo —dijo LeGrand cogiendo el móvil—. Hola, John —añadió cambiando su expresión ceñuda por una sonrisa—. No tienes por qué excusarte. Llamas a tiempo de que te dé la buena noticia. Katie ha ganado el concurso de monta inglesa del club... Gracias. Pero bueno, ¿de qué se trata eso tan urgente para interrumpir el que acaso sea el momento más importante de la vida de Katie? —Frunció el ceño al escuchar y luego dijo—: No, nunca había oído hablar de ello... Sí, por supuesto... Espérame en mi despacho.

Le tendió el móvil a su secretaria, miró el trofeo de Kathie y meneó la cabeza.

—Dile al chófer que me recoja frente a las cuadras —le ordenó a Hester—. Hemos de volver a Langley enseguida. Luego llama a mi despacho y diles que ayuden a Rowland en todo lo que necesite. Voy a despedirme de la gente. En fin, probablemente esto va a costarme otro caballo.

LeGrand volvió junto a su hija para excusarse y, veinte minutos después, su limusina negra se detuvo frente al cuartel general de la CIA. Bajó y cruzó el vestíbulo a grandes zancadas con sus largas piernas. Uno de sus ayudantes salió a su encuentro y le tendió una carpeta que LeGrand empezó a hojear en el ascensor. Al cabo de unos momentos entró en su oficina. John Rowland lo estaba aguardando con un nervioso joven a quien presentó como un compañero, un analista llamado Browning.

Rowland y el director se estrecharon la mano como los viejos amigos que eran. Años antes, ambos ocupaban cargos de nivel similar en la Agencia. Pero LeGrand tenía ambiciones políticas y muchas ganas de escalar. Rowland se daba por satisfecho con seguir como mentor de jóvenes analistas que ascendían desde escalafones inferiores. LeGrand tenía una inquebrantable confianza en Rowland que, en más de una ocasión, había evitado que su jefe diese un patinazo.

—Acabo de leer los materiales que has sacado del banco de datos. ¿Qué opinas?

Rowland no perdió el tiempo en rodeos y le ofreció un sucinto análisis.

—¿Y no hay forma de detener esto? —preguntó LeGrand.

—El protocolo se ha activado. Y la sanción será ejecutada hasta el final.

—¡Joder! Van a rodar cabezas cuando acabe con esto. ¿Quién es el objetivo?

Rowland le tendió un papel. LeGrand leyó el nombre impreso y se quedó lívido.

—Llama al servicio secreto. Diles que acabamos de descubrir un complot para asesinar al presidente de la Cámara de Representantes. Hay que proporcionarle protección de inmediato. ¡Maldita sea! —exclamó—. ¿Puede decirme alguien cómo ha podido ocurrir una cosa así?

—Tendremos que indagar bastante para averiguar todos los detalles. Lo único que sabemos es que el protocolo se ha activado debido a insistentes preguntas de la NUMA a los servicios de inteligencia.

—¿De la NUMA? —Un halo casi luciferino envolvió a LeGrand al hacer una impresionante demostración de su famosa habilidad para desahogarse. Descargó una palmada en su mesa con tal fuerza que hizo saltar la pluma del secante—. ¡Póngame inmediatamente con James Sanecker! —le gritó al ayudante que tenía más cerca.

24

—Estamos a veinte minutos de Albany —dijo Buzz Martin.

Austin miró por la ventanilla del Piper-Seneca bimotor de Martin. La visibilidad era tan completa como cuando salieron de Baltimore a primera hora de la tarde. Austin casi podía leer los nombres de los barcos que pespunteaban las orillas del Hudson.

—Gracias de nuevo por el transporte. Mi compañero Joe Zavala es quien suele llevarme en estos aparatitos, pero aún está en California.

Martin alzó el pulgar.

—Bah... Yo tendría que darle las gracias a usted. Estoy seguro de que hubiese podido ir por sus propios medios.

—Probablemente, pero mis motivos no están exentos de egoísmo. Quiero que identifique usted a su padre.

Martin dirigió la mirada hacia los montes Catskill.

—Me pregunto si lo reconoceré después de tantos años. Ha pasado mucho tiempo. Ha podido cambiar muchísimo. —Una nube ensombreció sus facciones. Ladeó ligeramente la cabeza y añadió—: Desde que me llamó usted para que volásemos hasta aquí no he parado de darle vueltas a lo que voy a decirle cuando lo vea. No sabré si abrazarlo o darle un puñetazo.

—Creo que de momento debe estrecharle la mano. Atizarle un directo a un padre perdido durante tantos años no es la mejor manera de empezar un reencuentro familiar.

Martin se echó a reír.

—Sí, tiene razón. Pero no puedo evitar estar furioso con él. Tampoco podré evitar preguntarle por qué nos abandonó a mi madre y a mí, y por qué ha estado oculto todos estos años haciéndonos creer que había muerto. Es una suerte que mi madre ya haya fallecido. Era una mujer chapada a la antigua. La habría matado pensar que había contraído segundas nupcias estando su primer esposo aún vivo. ¡Joder! —exclamó con voz quebrada—. Espero no ser yo quien empiece a chochear.

Martin cogió el micrófono y llamó a la torre de control de Albany para pedir instrucciones para el aterrizaje. Al cabo de unos minutos habían tomado tierra.

No había colas en el mostrador de alquiler de coches y, al poco, salían de la ciudad con un todoterreno Pathfinder.

Austin tomó la carretera 88 en dirección sudoeste, hacia Binghamton, a través de un paisaje de onduladas lomas y pequeñas granjas. A una hora de Albany, dejó la autopista y enfiló por una salida que en dirección norte conducía a Cooperstown, un pueblo idílico cuya pulcra calle principal parecía un decorado de una película de Frank Capra. Desde Cooperstown enfilaron hacia el oeste por una sinuosa carretera comarcal de dos carriles. Aquella era la tierra de Natty, llamado Leatherstocking, el personaje de John Fenimore Cooper y, con un poco de imaginación Austin pudo ver a Ojo de Águila merodear por los bosques con su partida de indios. Las poblaciones y las casas estaban cada vez más diseminadas. Era un región con más vacas que personas.

Incluso con un mapa era difícil encontrar el lugar que buscaban. Austin se detuvo en una gasolinera que tenía también supermercado. Buzz se apeó a preguntar para orientarse y volvió exultante.

—El vejete que me ha atendido dice que conoce a Bucky Martin desde hace años. Me ha dicho que es un tipo simpático pero muy reservado. Siga por esta misma carretera un kilómetro y gire a la izquierda. La granja está a ocho kilómetros del cruce.

La carretera se estrechaba y accidentaba a cada trecho, porque el asfaltado era casi un eufemismo. Las granjas alternaban con extensas frondas, y estuvieron a punto de pasar de largo del cruce. La única indicación era un buzón de correos de aluminio, sin nombre ni número. Un acceso de tierra discurría más allá del buzón hacia el bosque. Subieron por el acceso y pasaron por una arboleda que ocultaba la casa de la autopista. Los árboles limitaban con un prado donde pacía un pequeño rebaño de vacas. Y a un kilómetro de la carretera divisaron la granja.

La casa, de dos plantas, había sido construida en una época en que era normal que tres generaciones viviesen juntas para trabajar en la granja. Las decorativas ventanas y los paneles con vidrieras indicaban que el propietario había dispuesto de bastantes recursos para permitirse aquellos detalles. Un porche rodeaba la fachada, y detrás de la casa había un establo pintado de rojo y un silo. Junto al establo se extendía un cercado con dos caballos. En el patio había una camioneta casi nueva.

Austin se adentró en el acceso circular y aparcaron enfrente de la casa. Nadie salió a saludarlos. Tampoco se asomó nadie a las ventanas.

—Quizá debería dejar usted que vaya yo primero —sugirió Austin—. Puede que ayude preparar un poco el terreno antes de que ustedes se vean.

—Me parece bien —dijo Buzz—. Me estoy acobardando por momentos.

Austin le apretó el brazo.

—Tranquilo. Conservará su entereza.

Kurt no sabía cómo se habría sentido él en similares circunstancias ni qué habría hecho. Pero dudaba que hubiese podido conservar la calma.

—Hablaré con él y lo prepararé con tacto.

—Se lo agradezco —dijo Martin.

Austin fue hasta la puerta de la entrada y llamó con los nudillos. Nadie contestó. Y tampoco apareció nadie cuando pulsó el viejo timbre. Se dio la vuelta y separó los brazos para que Martin lo viese. Bajó del porche y rodeó la casa hasta el establo. Solo se oía el cloqueo de una gallina y gruñidos de cerdos.

La puerta del establo estaba abierta. Olía a una repelente mezcla de estiercol y heno. Un caballo piafó al pasar Austin frente a su cuadra, quizá pensando que iba a darle azúcar.

Del viejo Bucky Martin no había ni rastro.

Kurt lo llamó a viva voz. Como tampoco hubo respuesta, salió del establo. Los cerdos se acercaron a la valla de su pocilga, quizá pensando, al igual que el caballo, que iba a darles de comer. Un cuervo solitario sobrevolaba la granja. Austin volvió a entrar en el establo.

—¿Qué quiere usted? —preguntó de pronto un hombre alto y corpulento que apareció como por ensalmo.

—¿Bucky Martin? —dijo Kurt.

—Soy yo. ¿Quién es usted? Pero hábleme fuerte, porque ya no oigo como antes.

Bucky se acercó unos pasos. Era tan alto y de complexión tan recia que podía haber hecho anuncios de tractores. Llevaba una camisa y pantalones beige, botas de trabajo de suela gruesa y una sucia gorra de béisbol que cubría su pelo, blanco como la nieve. Tenía el rostro curtido por el sol y surcado de profundas arrugas. Sus ojos azules miraban bajo unas pobladas cejas, tan blancas como su pelo.

Kurt le calculó unos ochenta años muy bien llevados. Mordisqueaba un cigarro.

—Me llamo Kurt Austin y soy funcionario de la NUMA.

—¿Y qué quiere de mí?

—Busco a Bucky Martin, que fue piloto de pruebas a finales de los cincuenta. ¿Es usted?

Los ojos de Bucky lo miraron risueños, como si bromease para sus adentros.

—Sí, yo soy.

Austin se preguntó si debía ir al grano y decirle que su hijo estaba allí, pero Bucky se adelantó.

—¿Ha venido solo? —le dijo.

Era una pregunta extraña que alarmó a Austin. Había algo en aquel viejo que no acababa de gustarle.

Bucky no aguardó a su respuesta. Salió del establo y al ver que en el coche no había nadie pareció tranquilizarse. Arrojó el cigarro al suelo y lo aplastó con el tacón. Luego volvió a entrar en el establo.

A Kurt le extrañó que Buzz no estuviese en el coche.

—Con tanto heno seco por todas partes, hay que tener cuidado con las colillas —dijo Bucky sonriente—. ¿Cómo me ha localizado?

—Consultamos viejos archivos oficiales y apareció su dirección. ¿Desde cuándo se ocupa de esta granja?

El viejo suspiró.

—A veces pienso que desde toda la vida, hijo. Y puede que así haya sido. No hay nada como trabajar la tierra y cuidar del ganado para comprender por qué antiguamente tantas personas abandonaban el campo en cuanto podían. Es un trabajo muy duro. Pero parece que estoy a punto de librarme de él. Aunque no creía que viniese usted tan pronto.

—¿Me esperaba? —exclamó Austin perplejo.

Bucky se apartó a un lado y llevó la mano detrás de la puerta de una cuadra. Sacó una escopeta de dos cañones y le apuntó al pecho.

—De acuerdo a lo previsto por el protocolo, he recibido una llamada telefónica. Yo de usted no me movería. Mi vista no es tan buena como antes, pero a esta distancia no fallo.

Austin miró el negro cañón de la escopeta.

—Creo que será mejor que baje el arma. Puede dispararse accidentalmente.

—Lo siento, hijo, pero no puedo hacerlo —replicó Bucky—. Y no intente coger la horca de esa bala de heno. Lo partiría por la mitad antes de que diese un paso. Como le he dicho, es ese maldito protocolo el que exige que dispare, no yo.

—Sigo sin entender de qué me habla.

—Por supuesto que no lo entiende. El protocolo existe probablemente desde antes de que usted naciese. No creo que importe ya que le cuente de qué va todo.

A Kurt se le aceleró el pulso. Estaba indefenso. Todo lo que podía hacer era tratar de ganar tiempo.

—Creo que comete un error.

—Nada de errores. Por eso le he preguntado qué ha venido a hacer aquí. No quería matar a un simple turista que sólo quisiera comprar huevos. El hecho de que haya venido a buscar a Bucky demuestra que ha venido para impedírmelo.

—¿Para impedirle qué?

—Cumplir con mi contrato.

—Yo no sé nada de ningún contrato. Pero... ¿entonces no es usted Bucky Martin?

—Claro que no. Hace mucho tiempo que lo maté.

—¿Por qué? No era más que un piloto de pruebas.

—No fue nada personal, como tampoco lo será con usted. Yo trabajaba para la OSS a las órdenes de Bill Donovan. Era lo que ahora llaman un ejecutor. Cumplí con varias misiones después de la guerra y luego les comuniqué que quería retirarme. Pero el jefe me dijo que de ninguna manera podían permitírmelo. Yo sabía demasiado. De modo que hicimos un trato. Me tendrían en activo solo para una nueva misión. El único problema era que no sabían cuándo se daría la orden de ejecución. Podía tardar cinco meses o cinco años. —Se echó a reír a carcajadas y luego añadió—: Nadie imaginaba que pudiesen tardar tanto, sobre todo yo.

Austin reparó en que el supuesto Bucky fingía un deje campesino poco convincente.

—¿Y a quién tenía que matar?

—Secreto de estado. Concibieron un sistema para que si alguien se olía algo, el protocolo se activara. Era un plan muy inteligente. Provocarían que alguien tratase de dar conmigo para impedirme cumplir con la misión. Y me enviaron aquí, a este lugar perdido. Cuando empezó usted a meter las narices, se activaron una serie de directrices: una lo encaminaría hasta mí, y la última ordenaría que llevase a cabo la sanción original contra el presidente de la Cámara de los Representantes, que parece que ha descubierto el secreto de estado en cuestión y se propone desvelarlo.

—Ese protocolo del que usted habla debe de tener cincuenta años de antigüedad. El congresista a quien debía matar lleva muerto muchos años.

—Eso da igual —replicó el viejo meneando la cabeza—. Sigo teniendo que cumplir órdenes. Es una pena. Porque ese secreto es tan antiguo que probablemente ya carece de interés. —Volvió a su acento de lugareño y la mirada de sus ojos azules se hizo más dura y fría—. La verdad es que me alegro de que haya venido, hijo. Porque después de esto podré retirarme.

El viejo ciñó el dedo índice de la mano derecha al gatillo de la escopeta. Austin se armó de valor. Tensó los músculos del estómago como si por pura fuerza de voluntad pudiese evitar que la bala perforase su caja torácica. De haber tenido tiempo para pensar, habría reparado en la ironía que entrañaba que, después de haberse jugado la vida en innumerables misiones, fuese a morir a manos de un viejo octogenario, medio ciego y medio sordo.

De pronto, Buzz apareció detrás del viejo. La vista del ejecutor era aún lo bastante aguda para detectar un involuntario cambio en la expresión de Austin. Se dio la vuelta en el mismo instante en que Buzz gritaba sorprendido.

—¡Usted no es mi padre!

El ejecutor se llevó el arma al hombro, pero sus reflejos ya no eran tan rápidos como antes. Austin tuvo que decidirse en un instante. Podía cargar contra la espalda del viejo, pero pensó que no le daría tiempo.

—¡Bucky! —le gritó a la vez que agarraba la horca clavada en la bala de heno.

El viejo se giró hacia Austin, que le lanzó la horca como si fuese una jabalina. El tridente le atravesó el corazón y los pulmones. Bucky profirió un grito de dolor y la escopeta se disparó apuntando al techo. El caballo se encabritó y la emprendió a coces con la puerta de la cuadra. La escopeta cayó de las manos de Bucky, que puso los ojos en blanco y se desplomó.

Austin alejó la escopeta de una patada, más por puro hábito que por necesidad. Buzz estaba paralizado por la sorpresa, pero se acercó al cuerpo y se arrodilló. Le dieron la vuelta para verle la cara.

Buzz estudió las facciones un momento.

—Sin la menor duda: no es mi padre —dijo Buzz para alivio de Austin—. Mi padre no era tan alto, sino bajito y fornido como yo. No se le parece en nada. ¿Quién demonios es?

—Se hacía llamar Bucky Martin, pero no era su verdadero nombre.

—¿Y por qué quería matarlo a usted... o, mejor dicho, matarnos a los dos?

—Ni siquiera él lo sabía. Era como una de las bombas-trampa que utilizaban los alemanes: explotaban cuando ibas a desactivarla. Por cierto, creía que iba a esperarme en el coche.

—Lo intenté, pero necesitaba bajar y caminar. He rodeado la casa y, al no ver a nadie, entré en el establo a ver si lo veía.

—Pues me alegro de que lo haya hecho —dijo Austin—. Espere... creo oír algo —añadió echándole una última mirada al cuerpo—. Feliz retiro, Bucky.

Kurt enfiló hacia la puerta y Buzz lo siguió hacia el patio. Un coche azul y blanco con luces destellantes en el techo irrumpió desde el bosque. Frenó haciendo rechinar los neumáticos y levantando una polvareda. Bajaron dos hombres de uniforme azul. Uno era corpulento y joven, y el otro delgado y de pelo gris. El más joven se les acercó llevando la mano a la funda del revólver. Su placa lo identificaba como ayudante del sheriff.

—¿Quién de ustedes es Austin? —preguntó.

—Yo —contestó Kurt.

El ayudante del sheriff no debía de contar con que el forastero no tuviese inconveniente en identificarse, y no supo qué decir.

El sheriff apartó a su ayudante sin brusquedad.

—Soy el sheriff Hastings. ¿Han visto a Bucky Martin?

—Está en el establo —contestó Austin.

El ayudante se encaminó al establo y al cabo de unos momentos volvió lívido.

—¡Joder! —exclamó empuñando su revólver—. El viejo Bucky está muerto. Ensartado por una horca. ¿Quién ha sido?

Hastings indicó a su ayudante que se calmase y llamase a la brigada de homicidios del condado.

—¿Podría explicarme qué ha pasado, señor Austin?

—Bucky intentó matarnos a los dos con la escopeta que está junto a su cuerpo. No tuve más remedio que matarlo en defensa propia. Intenté tranquilizarlo, pero fue inútil.

—¿Podría explicarme qué coño está pasando con todo este asunto? Me han llamado incluso desde Washington.

—¿Desde Washington?

—Sí. Primero del despacho del gobernador y luego me pasan a ese maníaco del almirante Sandecker. Me dice que uno de sus hombres, Austin, está en peligro y que vaya enseguida a casa de Bucky, porque si no alguien morirá. Y cuando pregunté por qué creía que iba a morir alguien, me prometió hacerme otro ombligo si no dejaba de hacer preguntas estúpidas. —Hizo una pausa y sonrió—. Pues me temo que tenía razón. ¿Cómo se llama usted? —añadió mirando a Buzz.

—Buzz Martin.

El sheriff puso cara de tonto.

—¿Algún parentesco con el finado?

Austin y Buzz se miraron sin saber qué contestar. Finalmente Austin meneó la cabeza.

—Espero que disponga usted de un rato, sheriff, porque se trata de una historia muy larga.

## 25

Los tambores habían sonado rítmicamente durante una hora. Al principio con un son cadencioso, procedente del mismo tam-tam y con un compás similar al latido de un corazón. Luego se unieron otros tambores que fueron acelerando su ritmo con el contrapunto de un clamor de fondo.

Francesca se paseaba por el salón del trono como una fiera enjaulada, con las manos entrelazadas a la espalda y cabizbaja. Los Trout estaban sentados junto al trono, aguardando a que Francesca hablase. Tessa acababa de repetir su número de ilusionismo y había desaparecido.

Algo provocó una agitación frente a la entrada del palacio y, casi al instante, dos doncellas de Francesca irrumpieron en el salón, se postraron de rodillas y farfullaron muy nerviosas.

Francesca las calmó con su suave voz y las levantó con gentileza del suelo. Les alisó su enmarañado pelo y las escuchó por turno. Luego abrió una caja y sacó dos brazaletes, hechos con metal del avión, y se los puso en la muñeca. Finalmente besó en la cabeza a ambas y las mandó retirarse.

—Los acontecimientos van más deprisa de lo que yo esperaba —les dijo a los Trout—. Las nativas me han dicho que Alarico ha sublevado a la tribu contra nosotros.

—Creía que no podía entrar en palacio —dijo Gamay frunciendo el ceño.

—Siempre he dicho que Alarico es inteligente. Ha enviado a mis doncellas a informarme de sus planes, evidentemente para ejercer presión psicológica. Es él quien ha ordenado hacer sonar los tambores—. Señaló el techo y añadió—: Las paredes del palacio son de arcilla, pero el tejado es de paja endurecida. Le pegarán fuego. Dice que los verdaderos dioses se alzarán de sus cenizas. Si escapamos de las llamas será una prueba de que somos impostores, como él asegura, y entonces nos matarán.

—¿Se atreverán a matar a su reina? —preguntó Gamay.

—No sería la primera vez que la realeza cae en desgracia. ¿Han olvidado a la reina María de Escocia y a Ana Bolena?

—Ya —dijo Gamay—. ¿Y qué hacemos entonces?

—Huir. ¿Están dispuestos?

—Podemos marcharnos cuando quiera —dijo Paul—. Pero ¿cómo vamos a abrirnos paso entre esa multitud?

—Aún conservo ciertos recursos de diosa blanca; algunos ases en la manga, por así decirlo. —Ladeó la cabeza—. Ah, estupendo, Tessa ya está aquí.

Tessa se había materializado tan silenciosamente como una sombra. Le dijo unas palabras en su lengua nativa a Francesca, que asintió con la cabeza. Tessa cogió una de las antorchas que flanqueaban el trono.

—Doctor Trout —dijo—, ¿sería tan amable de ayudar a Tessa?

Trout se acercó a la nativa y la aupó, sujetándola

por la cintura. Era ligera como una pluma. Tessa aplicó la antorcha al rincón, donde la arcilla de la pared limitaba con la techumbre de paja. La antorcha solo tuvo que arder unos centímetros para que la llama tocase el techo. Repitieron el procedimiento con otra antorcha en la pared opuesta.

—La piromanía no figura entre mis debilidades, pero esto actuará como elemento de distracción y nos permitirá ganar tiempo cuando llegue el momento —dijo Francesca mirando en derredor—. Adiós —añadió con tristeza, sin dirigirse a nadie en particular—. En cierto modo añoraré ser reina. —Se volvió hacia Tessa y discutieron acaloradamente. Cuando la discusión hubo terminado Tessa tenía una expresión de satisfacción. Francesca suspiró y explicó—: ¿Ven lo que ocurre? Mis súbditos se han rebelado. Le he ordenado a Tessa que se quede, pero se niega. Quiere acompañarnos. No tenemos tiempo para discutir más. Síganme.

Los condujo a través de estrechos pasadizos hasta su dormitorio. Las dos bolsas de punto que había encima de la cama explicaban por qué se había ausentado Tessa durante un rato: había estado haciendo el equipaje para la huida. Francesca sacó su abollada maleta de aluminio de un cofre de madera. Le había cosido una correa y se la colgó al hombro.

Después de pasarle una bolsa a Trout y la otra a Gamay, Francesca dijo que dentro había comida y algunas cosas «esenciales».

Gamay miró en derredor de aquel dormitorio interior, sin ventanas.

—¿Y adónde vamos a ir desde aquí? —preguntó.

El sonido de los tambores era ahora más apremiante.

—Antes nos ducharemos, claro —dijo Francesca.

Encendió una lamparita de arcilla con la antorcha, fue hacia la cabina de la ducha y retiró del suelo una pulida tabla de madera que dejó al descubierto una abertura rectangular.

—Hay una escalera. Pero tengan cuidado, que es muy empinada.

Ella bajó primero para alumbrarlos. Se encontraron en un reducido espacio, de pie en el desagüe de grava al que iba a parar el agua de la ducha. Un angosto pasadizo se adentraba en la oscuridad.

—Mis excusas, doctor Trout. No esperaba a alguien tan alto. Tardamos años en excavar este túnel, sacando la tierra en pequeñas cantidades y diseminándola en secreto. Este túnel desemboca en una zanja cubierta que les hice cavar a los hombres hace años, para futuras canalizaciones.

Paul tenía que agacharse mucho para no chocar contra el techo. Al poco todos tuvieron que seguir a gatas. El suelo y las paredes habían sido alisados, y unas vigas separadas por espacios regulares sostenían el techo.

Francesca apagó la antorcha. Siguieron avanzando a oscuras a lo largo de unos quince metros, hasta donde el túnel enlazaba con otro, un poco más ancho.

—No hablen ni hagan el menor ruido —musitó Francesca—. El túnel queda a poco más de medio metro del suelo y los chulo tienen un oído muy fino

Utilizando un primitivo encendedor, similar al que llevaba el hermanastro de Tessa en la bolsa, Francesa volvió a encender la lámpara y siguieron adelante, aunque con lentitud.

Al cabo de unos quince minutos llegaron al final del túnel. Francesca le indicó a Paul que se arrimase a ella, y sacó una pequeña pala de su bolsa y empezó a rascar la pared de tierra hasta que la hoja dio con algo duro.

—Volveré a necesitar su fuerza, doctor Trout. Empuje aquí. Es una puerta, como una escotilla. No creo que haya nadie en el río, pero tenga cuidado.

Francesca se apartó a un lado para dejarle más espacio a Paul, que cargó con el hombro contra la camuflada puerta varias veces, hasta que cedió un poco. Volvió a cargar y consiguió entreabrirla unos centímetros. Miró a través de la estrecha abertura y volvió a cargar con el hombro y la abrió del todo.

La abertura daba a un ribazo cubierto de hierba. Paul salió y las ayudó a hacer lo propio.

El contraste entre la oscuridad del túnel y la luminosidad del exterior los deslumbró. Tuvieron que parpadear unos segundos para habituarse a la luz. Paul volvió a colocar la puerta. Y mientras ellas la camuflaban con ramas él se arrastró hasta lo alto del ribazo y se asomó por el borde.

La empalizada y su siniestra decoración estaban muy cerca. El túnel pasaba justo por debajo. Más allá de la empalizada, Paul vio elevarse una columna de humo negro y oyó lo que le parecieron graznidos de una bandada de cuervos. Pero enseguida se percató de que eran gritos humanos y dejó deslizar el cuerpo hasta el pie del ribazo.

—Parece que preparan una barbacoa regia. —Le sonrió a Francesca con un dejo de amargura—. Ya humea el palacio.

Francesca indicó que la siguieran a lo largo de la orilla del río. El ribazo los ocultaba y, al cabo de unos minutos, llegaron junto a un grupo de doce piraguas. Apartaron dos. Trout pensó hundir las demás pero los cascos eran fuertes y no habría sido fácil perforarlos.

—¿Lleva alguien un saquito de pólvora? —bromeó Paul.

Francesca metió la mano en su bolsa y sacó un frasco. Utilizando una piedra lisa del lecho del río, untó la mezcla negroamarillenta del frasco en las otras canoas. Luego prendió fuego a la mezcla, que se inflamó al instante.

—Fuego griego —dijo Francesca—. Es una mezcla de resina de los árboles de la zona. Arde con más brío que el napalm. Si alguien trata de apagar las llamas con agua solo consigue que el fuego se extienda más.

Los Trout vieron con asombro cómo las llamas empezaban a devorar las piraguas. Aquello los ayudaría, pero en cuanto los nativos descubriesen su artimaña podrían perseguirlos por el camino que bordeaba el río.

Como Paul y Gamay eran más fuertes que Francesca y Tessa, equilibraron los improvisadas dotaciones. Gamay y Francesca subieron a una piragua y Paul y Tessa a otra. Se adentraron en el río y remaron con todas sus fuerzas.

Al cabo de una hora se detuvieron para beber agua y descansar unos minutos. Luego reanudaron la travesía. Ya les habían salido ampollas en las manos. Francesca les pasó un ungüento de su bolsa mágica. Se lo untaron y les alivió el dolor. Siguieron adelante, tratando de alejarse lo más posible del poblado antes de que oscureciese.

Pero, como sucedía siempre en aquellas latitudes, el anochecer se precipitó sobre ellos con gran rapidez. Navegar por el río se hizo difícil y, al poco, casi imposible. Las canoas chocaban con cañaverales y encallaban en bajíos. El agotamiento empezaba a hacer mella en los cuatro fugitivos, que además eran conscientes de no saber adónde iban. Renunciaron a seguir y se acercaron a la orilla, donde cenaron cecina y frutos secos. Intentaron en vano dormir, porque las piraguas eran muy incómodas para conciliar el sueño. Se alegraron al ver las primeras luces del alba.

Medio adormilados y con los músculos entumecidos reanudaron la travesía. El sonido de los tambores los acicateaba para seguir y olvidar el dolor y el agarrotamiento de sus articulaciones. El amedrentador tam-

tam que retumbaba en la selva parecía proceder de todas partes.

Las canoas se adentraron en una cortina de bruma que se alzaba del río y los ocultaba de los chulo. Pero tenían que avanzar con lentitud para sortear los obstáculos. Al salir el sol, sus rayos disiparon la bruma y la convirtieron en una translúcida neblina. Ya con más visibilidad, remaron furiosamente hasta que el sonido de los tambores empezó a extinguirse. Continuaron curso abajo durante una hora sin atreverse a parar. Al cabo de un rato empezaron a oír otro sonido.

—Escuchad —dijo Gamay.

Era un sordo rugido como si un tren cruzase la selva.

La seria expresión de Francesca, casi inmutable durante todo el trayecto, se tornó en esbozo de sonrisa.

—Es la Mano de Dios.

Con renovados bríos, se olvidaron del cansancio, del hambre y del dolor de sus nalgas y volvieron a remar. El rugido era cada vez más ensordecedor, pero no ahogó un súbito zumbido seguido de un ruido sordo.

Paul miró hacia abajo y se quedó atónito. Una flecha de un metro había atravesado un costado de la piragua. Unos centímetros más arriba y lo habría ensartado.

Trout miró hacia la orilla. Vio moverse entre los árboles destellos de cuerpos pintados de blanco y azul. El ululante grito de los chulo llenó el aire.

—¡Nos atacan! —gritó Paul.

Bajo una lluvia de flechas, Gamay y Francesca se agacharon sin dejar de remar hacia el centro del río, hasta quedar fuera del alcance de los proyectiles.

Sus perseguidores habían tardado poco en alcanzarlos, corriendo a lo largo del camino paralelo al río. En un trecho, el camino se desviaba hacia la espesura. Los nativos tuvieron que abriese paso a través de una densa vegetación para volver a tener a tiro las piraguas.

Hicieron varios intentos. Pero una y otra vez las canoas eludían las flechas.

Era obvio que los perseguidores terminarían por atraparlos. Los cuatro estaban exhaustos de tanto remar. Sus movimientos ya no eran rítmicos ni armónicos. Cuando parecía que no podrían seguir avanzando, llegaron a un lago. Se detuvieron unos momentos para decidir qué hacer. Cruzarían el lago lo más rápidamente posible hacia el otro brazo del río. La densa vegetación que crecía a ambas orillas los protegería de las flechas de los chulo.

Volvieron a remar con renovado vigor, manteniéndose equidistantes de la orilla y las cataratas. El estruendo de los miles de toneladas de agua que se desplomaban desde cinco cascadas era ensordecedor. Los improvisados piragüistas apenas se veían entre sí a través de la bruma que se alzaba de las aguas.

Paul juró decirle a Gamay que había cambiado de opinión acerca de construir un hotel allí. Salieron de la bruma y se adentraron en el lago. Cuatro pares de ojos miraron escrutadoramente hacia la selva buscando la salida de la laguna.

Gamay iba en la piragua delantera y señaló con el remo hacia la orilla.

—Por allí, al final de aquella fronda. ¡Oh, Dios...!

Los demás vieron a qué se debía la exclamación de Gamay: destellos blancos y azules a bordo de tres piraguas.

—Son cazadores —dijo Francesca—. Como han estado fuera no deben de saber que huimos. Para ellos sigo siendo su reina. Trataré de confundirlos. Remad hacia sus canoas.

Gamay y Paul enfilaron hacia los cazadores, que no dieron muestras de hostilidad, sino que saludaron con actitud deferente. Pero de pronto se oyeron gritos procedentes de la orilla.

Alarico y sus hombres surgieron de la espesura y se dirigieron a los cazadores con gritos y aspavientos. Los cazadores vacilaron. Pero, tras los insistentes gritos de sus compañeros, dirigieron las piraguas hacia la orilla y las vararon. Nada más adentrar los cascos en la arena los hombres de Alarico los hicieron bajar y subieron.

Los perseguidos habían aprovechado la pausa y remaban febrilmente hacia el río, pero los perseguidores se situaron en línea para formar un ángulo e interceptarlos.

—¡No podremos llegar al río! —gritó Gamay—. Nos cortarán el paso.

—A lo mejor podemos despistarlos entre la bruma —replicó Paul.

Gamay hizo girar la piragua y puso proa hacia las cataratas. Paul y Tessa la siguieron, pero cuanto más se acercaban a las cataratas más agitada estaba la corriente. Los indígenas persistían tenazmente en su persecución. La bruma empezó a envolverlos y a reducir la visibilidad. Era obvio que la corriente los destrozaría si se acercaban demasiado a las cascadas.

—¡Necesitamos ayuda de su bolsa mágica, Francesca! —gritó Paul.

Francesca meneó la cabeza.

Pero Tessa pareció estar en condiciones de atender la súplica de Paul.

—Tengo una cosa —dijo la nativa, y le tendió a Paul una bolsa que sujetaba con las rodillas.

Paul metió la mano y sus dedos tocaron un objeto duro: una pistola de 9 mm.

—¿De dónde ha salido esto? —exclamó asombrado.

—Era de Dieter.

Paul volvió a mirar las canoas de sus perseguidores y luego las cascadas. No tenía muchas opciones. Francesca quería evitar que sus ex súbditos resultasen heridos, pero la situación era desesperada. Los chulo no cejaban y seguían lanzando una lluvia de flechas tras otra.

Paul volvió a meter la mano en la bolsa en busca de un cargador. Pero lo que encontró fue un teléfono móvil GlobalStar vía satélite. Dieter debía de utilizarlo para comunicarse con sus clientes. Paul lo miró un momento antes de comprender la valía de su hallazgo. Profirió un grito jubiloso.

Gamay se había acercado y vio el teléfono.

—¿Funciona?

Paul lo abrió, pulso el botón y comprobó que daba la señal para marcar.

—No me lo puedo creer —dijo Paul pasándole el móvil a Gamay—. Prueba a ver. Yo intentaré asustar a nuestros amigos.

Gamay marcó un número y al cabo de unos segundos contestó una voz familiar.

—¡Kurt! ¡Soy Gamay!

—¿Gamay? Hemos estado muy preocupados por vosotros. ¿Estáis bien tú y Paul?

Gamay miró las canoas que se acercaban y tragó saliva.

—Estamos en un apuro. Mejor dicho, en situación desesperada —gritó para que se la oyese a pesar del estruendo del agua—. No puedo hablar. Te llamo a través de un GlobalStar. ¿Podrías localizar nuestra posición exacta?

¡Pam!

Paul acababa de disparar a la proa de la piragua de Alarico. Pero erró el tiró y no consiguió detenerla.

—¿Qué ha sido eso? ¿Un disparo? —preguntó Austin.

—Sí. Paul ha disparado.

—Te oigo muy mal con todo ese estruendo de fondo. No te retires.

274

Los segundos de espera se hicieron eternos. Gamay no se hacía ilusiones acerca de la llamada. Aunque consiguieran precisar su posición exacta, podían pasar días antes de que alguien acudiese en su ayuda. Pero al menos así Austin sabría qué les había ocurrido. Volvió a oír la voz de Kurt, reposada y tranquilizadora.

—Ya sabemos dónde estáis.

—Estupendo. ¡Pero he de dejarte! —repuso Gamay, y se agachó a tiempo de esquivar una flecha que pasó por encima de su cabeza zumbando como una abeja furiosa.

Las embarcaciones habían derivado de costado hacia el oleaje. Paul y Gamay hundieron los remos en el agua e hicieron girar las canoas, que cabecearon peligrosamente acercándose más a las cataratas, donde la bruma podía ocultarlos.

Los indios titubearon, pero intuyendo que el final estaba próximo empezaron a proferir su ululante grito de guerra. Los arqueros tensaron sus arcos y lanzaron sus flechas contra sus indefensos objetivos.

Paul había perdido la paciencia. Alzó la pistola y apuntó a Alarico. Si mataba al jefe, quizá los demás huyesen o fuesen a llevarse su cadáver.

Francesca gritó. Paul pensó que quería impedirle que disparase, pero la reina blanca estaba señalando hacia lo alto de las cataratas.

Lo que parecía un enorme insecto sobrevoló las cascadas y descendió rápidamente a través de un arco iris y de la nube de bruma, hasta situarse a unos treinta metros encima del lago. El helicóptero se detuvo en el aire unos momentos. Luego enfiló hacia las piraguas de los indios, que remaron furiosamente en dirección a la orilla.

Paul le sonrió a Gamay mientras remaban de nuevo hacia las aguas del lago, más tranquilas. El helicóptero recorrió el perímetro del lago y luego sobrevoló las canoas. Un rostro sonriente, con un enmarañado bigote plateado y ojos profundos, se asomó y les hizo señas. Era el doctor Ramírez.

Sonó el teléfono. Era Austin.

—¿Estáis bien tú y Paul?

—Sí —contestó Gamay riendo aliviada—. Gracias por el taxi. Pero vas a tener que explicarme cómo te las has arreglado. Ha sido extraordinario, incluso para el extraordinario Kurt Austin.

—Luego te lo cuento. Nos veremos mañana. Os necesito aquí, y preparados para trabajar.

Una escalerilla descendió desde el helicóptero.

Ramírez le indicó a Francesca que subiese primero. Ella titubeó, pero se asió a la cuerda inferior y, como corresponde a toda diosa blanca, empezó a ascender hacia el cielo del que había descendido diez años antes.


## 26

Sandy Wheeler iba a subir a su Honda Civic cuando un extraño se le acercó y, con acento extranjero, le preguntó dónde estaba el departamento de publicidad de *Los Angeles Times*. Instintivamente ella apretó el bolso contra el cuerpo y miró en derredor. Se tranquilizó al ver que había otras personas en el aparcamiento del periódico. Se había criado en Los Ángeles y estaba acostumbrada a la pesadilla de la delincuencia callejera. Pero últimamente estaba con los nervios de punta a causa del condenado reportaje sobre el agua y ni siquiera la pistola del calibre 22 de cachas de nácar que llevaba en el bolso lograba tranquilizarla.

El extraño tenía varios dientes de oro y muy mala pinta.

Wheeler tenía la habilidad de los periodistas para calar a las personas a primera vista. Aquel individuo daba el tipo para interpretar el papel del malo en cualquier serie de televisión. Era de su estatura, cuellicorto y muy fornido. Llevaba una sudadera verde oscuro un par de tallas menor de lo que necesitaban sus anchos hombros. Su cara, redonda y sonriente, enmarcada por un pelo rubio cortado al estilo prusiano, le recordó a Sandy a uno de los monstruos de una novela de terror. Pero lo que más le llamó la atención fueron los ojos: los iris eran tan negros que apenas se distinguían las pupilas.

Tras indicarle al extraño dónde estaba el departamento por el que le había preguntado, Sandy subió a su coche y aseguró las puertas. Le daba igual que su actitud no fuese muy amistosa. Al poner marcha atrás para salir, reparó en que el extraño no parecía tener ninguna prisa por ir al departamento de publicidad, sino que la seguía con una mirada tan dura y fría como el mármol.

Sandy Wheeler tenía poco más de treinta años. Llevaba una melena castaña y tenía un cuerpo atlético gracias al jogging y a la gimnasia. Su bronceado rostro era terso y anguloso y no carecía de atractivo, sobre todo gracias a su grandes ojos azules. Era lo bastante bonita para llamar la atención de los buscones que en Los Ángeles parecían caer de las palmeras a cada paso.

La periodista conocían bien el ambiente de las calles y se había endurecido trabajando como reportera de sucesos, antes de que la destinasen a la sección de investigación. No era asustadiza pero aquel tipo la puso muy nerviosa; no solo por su aspecto sino por su talante, que le pareció siniestro.

Miró por el retrovisor pero ya no estaba allí. En fin... se dijo. Se reprochó haber dejado que la asustase. De pequeña, en Los Ángeles, donde se había criado, no tardó en aprender a estar siempre alerta. Y aquel condenado reportaje la tenía tan preocupada que estaba siempre a punto de saltar. Cohen le había prometido que el reportaje se publicaría dentro de un par de días. Se le hacían eternos. Estaba harta de llevarse los disquetes a casa. Cohen estaba también tan nervioso que no se atrevía a dejarlos en la redacción. Todas las noches borraba los documentos del disco duro después de archivarlos en disquetes, y por la mañana volvía a archivarlos en el ordenador.

Sandy no le reprochaba que estuviese tan nervioso. Porque no cabía duda de que el reportaje se las traía. El equipo pensaba incluso en la posibilidad de que les concediesen el premio Pulitzer. Cohen coordinaba el trabajo de tres compañeros. Ella tenía asignado todo lo relativo al Mulholland Group y su misteriosa presidenta, Brynhild Sigurd. Los otros dos se concentraban respectivamente en compras de empresas en Estados Unidos y en el extranjero. Contaban con la colaboración de un contable y de un abogado. Llevaban su trabajo en el más absoluto secreto. Como es natural, el jefe de redacción sabía qué investigaban pero ignoraba su alcance.

Sandy suspiró. El reportaje se iba a publicar dentro de un par de días y luego podría tomarse las largas vacaciones que proyectaba pasar en Maui.

Salió del aparcamiento y se dirigió hacia su apartamento de Culver City. Se detuvo en un centro comercial y compró una botella de vino y algunas cosas para la cena. Cohen iría luego a su casa a comentar con ella algunos cabos sueltos y ella le había prometido un plato especial.

Mientras pagaba en caja notó que había alguien delante del escaparate mirando hacia el interior de la tienda. Volvía a ser aquel condenado tipo de los dientes de oro. Le sonreía. No podía ser una coincidencia. Tenía que haberla seguido. Sandy lo fulminó con la mirada al salir de la tienda y avivó el paso hacia su coche. Sacó la pistola del bolso y se la remetió bajo el cinturón. Luego llamó con el móvil a Cohen, que le había dicho que le comunicase cualquier anomalía que se produjese, pero Cohen no estaba. Sandy le dejó un mensaje en el buzón de voz, diciéndole que iba de camino a casa y que creía que la estaban siguiendo.

Puso el coche en marcha, salió lentamente del centro comercial y dio un acelerón en el cruce justo cuando el semáforo se ponía en rojo. Los coches que iban detrás se detuvieron. Sandy conocía bien el barrio y cruzó por los recintos de aparcamiento de dos moteles. Luego se metió por una calle secundaria y dio un rodeo hasta su casa.

Le palpitaba el corazón mientras conducía pero su pulso se normalizó al parar frente a su casa. Entró en el edificio de cinco plantas y subió hasta la cuarta. Al salir del ascensor se sobresaltó tanto que por poco se le cae la bolsa de la compra al suelo. El tipo del aparcamiento estaba al fondo del pasillo, y de nuevo le sonreía mirándola con fijeza. Ya no tuvo duda. Dejó la bolsa en el suelo, sacó la pistola y lo apuntó.

—¡Si da un paso más le arranco los cojones! —lo amenazó.

El extraño no se movió sino que le sonrió más abiertamente.

Sandy no se explicaba cómo había podido llegar allí antes que ella. Claro... debía de saber dónde vivía. Mientras ella daba un rodeo tratando de despistarlo él había ido directamente a su casa. Aunque eso no explicaba cómo había entrado en el edificio. El conserje se iba a enterar. Pensaba quejarse a la dirección por la negligencia en la seguridad, y hasta puede que lo denunciase en el periódico.

Sin dejar de encañonarlo, rebuscó las llaves en su bolso, abrió la puerta, entró y cerró de un portazo. Al fin a salvo. Dejó el arma en una mesita, echó el cerrojo y la cadena y oteó por la mirilla. El tipo estaba allí plantado, frente a la puerta, con su grotesco rostro ahora distorsionado por el visor. Sostenía la bolsa de la compra como si fuese un repartidor. «¡Menuda jeta!», masculló Sandy furiosa. Esta vez no iba a llamar a Cohen sino a la policía, para denunciar que la estaban acosando.

Y de pronto tuvo la extraña sensación de que no estaba sola.

Se dio la vuleta y se quedó atónita.

El hombre de los dientes de oro estaba allí mismo, delante de ella. *Imposible*. Estaba en el pasillo. De repente, gracias a una súbita inspiración, lo comprendió: gemelos.

Pero la iluminación llegó demasiado tarde. Al retroceder hacia la puerta él se le acercó lentamente, con los ojos brillantes como perlas negras.


Cohen estaba frenético. Le temblaba el teléfono en la mano.

—¡Por el amor de Dios, Joe! ¡Llevo más de una hora tratando de dar contigo!

—Lo siento, estaba fuera —se excusó Zavala—. ¿Qué ocurre?

—Sandy ha desaparecido. Esos cabrones la han secuestrado.

—Tranquilízate. Dime quiénes son Sandy y esos cabrones. Porque si no te explicas...

—De acuerdo, de acuerdo —dijo Cohen, e hizo una pausa para serenarse y explicárselo a Zavala con sosiego, aunque su voz delataba lo asustado que estaba—. He vuelto al periódico, porque tuve un extraño presentimiento. Todos nuestros materiales han desaparecido. Los teníamos en un archivo con contraseña. Y está vacío.

—¿Quién tiene acceso?

—Solo los miembros del equipo —contestó Cohen—. Y son todos de la máxima confianza. La única manera de que haya podido obligar a alguno a abrir el archivo es a punta de pistola. Oh, Dios mío —añadió al comprender que eso era precisamente lo que habría ocurrido.

Zavala notó que iba a perder la colaboración de Cohen.

—¿Y qué ha ocurrido después?

Cohen respiró hondo y se lo explicó.

—Está bien. Perdona. He comprobado el disco duro. Nada. Se necesita una contraseña para acceder a ellos. Y todos los miembros del equipo la conocen. Lo archivamos todo en disquetes al final de cada jornada. Nos turnamos. Sandy Wheeler, que forma parte del equipo, se llevó hoy los disquetes a casa. Me dejó un mensaje diciéndome que un tipo la seguía. Estaba en un aparcamiento cerca de su casa. Íbamos a cenar juntos esta noche, para revisar los materiales de la primera entrega del reportaje. La llamé en cuanto recibí el mensaje. Y no estaba en casa. He ido al apartamento y he entrado, porque ella me dio llave. Encima de la mesa había una bolsa de la compra. Y una botella de vino. Cosa rara, porque siempre lo deja en el botellero. Tiene costumbres fijas en estas cosas.

—¿Y ella qué?

—Nada. Salí de allí en estampida.

—¿Y los otros miembros del equipo? —preguntó Zavala.

—Los llamé pero ninguno contesta. No sé qué hacer.

Probablemente Cohen había salvado la vida al ir al apartamento de Sandy y marcharse enseguida. Aunque quienes acechasen al equipo de investigación ya hubiesen estado allí, podían volver.

—¿Desde dónde me llamas? Oigo música de fondo.

—Estoy en una tasca de moteros y gays, cerca de casa de Sandy —contestó Cohen riendo de puro nerviosismo—. Me he metido aquí porque me pareció que me seguían. Creí más seguro estar en un local público.

—¿Te ha seguido alguien hasta el interior?

—Creo que no. La clientela del local es... ya puedes imaginarlo. Quizá me esperen fuera.

—¿Puedes llamarme dentro de cinco minutos? —preguntó Joe.

—Sí, pero no tardes más. Ya me ha echado el ojo un travesti.

Zavala cortó la comunicación y marcó el número que le había dado Gómez, que contestó a la tercera llamada. Zavala prescindió del saludo de cortesía.

—Estoy en Los Ángeles —dijo—. Necesito protección para una persona, ocultarla en alguna parte. ¿Puede ayudarme? No me haga preguntas ahora. Le prometo explicárselo todo con detalle en cuanto pueda.

—¿Tiene relación con el asunto que se llevaban entre manos por aquí?

—Con eso y con otras cosas. Perdone que sea tan críptico. ¿Puede ayudarme?

Se hizo un silencio y, al cabo de unos momentos, Zavala volvió a oír la voz de Gómez.

—Tenemos una casa segura en Inglewood, para este tipo de situaciones —dijo Gómez—. Siempre hay un agente allí. Lo llamaré para informarlo de que tendrá visita —añadió, y le dio las señas.

—Gracias. Luego hablaremos —dijo Joe.

—Eso espero.

El teléfono sonó en cuanto Zavala colgó. Le dio a Cohen las señas de la casa y le recomendó que fuese en taxi.

—Olvídate de tu coche —lo previno—. Podrían haberte colocado un transmisor.

—¡Claro! ¡Por qué no habré pensado antes en ello!

¡Oh, Dios! Ya sabía yo que este reportaje iba a crear-
nos muchos problemas. Lo lamento por la pobre Sandy y por los demás compañeros. Me siento responsable.

—Dudo que hubieses podido hacer nada, Randy.
No podías saber que el asunto tenía proporciones tan
descomunales.

—¿Descomunales? ¿De qué va?

—Lo has adivinado a la primera —le dijo Zavala—.
Se trata del oro azul, Randy. Oro azul.

## 27

La pelota negra de goma parecía un borroso meteorito,
pero Sandecker había adivinado el bote y su ligera raqueta de madera la golpeó como la lengua de una serpiente. El rápido revés envió la bola con un ruido sordo contra la pared de la derecha. LeGrand se lanzó a
por ella, pero no calculó bien el efecto y su raqueta ni
siquiera impactó en la bola.

—He ganado —dijo Sandecker, recogiendo con
destreza la bola.

Sandecker era un fanático del ejercicio físico y la
nutrición saludable. Gracias a la práctica regular del
jogging y el levantamiento de pesas, estaba en un estado de forma física que le permitía competir con hombres más jóvenes y más atléticos. Estaba con las piernas
separadas y la raqueta apoyada en el brazo derecho,
doblado hacia dentro. Ni una gota de sudor perlaba su
frente. Ni siquiera se había despeinado. Sus pelirrojas
guedejas y su barba estilo Van Dyke seguían impecables.

En cambio, LeGrand sudaba a mares. Al quitarse
sus protectores oculares y secarse el rostro con una toalla recordó por qué había dejado de jugar contra San-

decker. El director de la CIA era más alto y musculoso que Sandecker, que apenas llegaba al metro setenta. Pero, como comprobaba cada vez que pisaba la pista con Sandecker, el squash era un deporte de estrategia, no de fuerza. En circunstancias normales, habría eludido al almirante cuando este lo llamó al día siguiente de producirse el incidente en la granja.

—He reservado pista en el club —había dicho Sandecker en tono jovial—. ¿Qué tal si jugamos un rato?

A pesar del tono ligero de Sandecker, a LeGrand no le cupo duda de que sonaba más como una orden que como una invitación. LeGrand anuló sus citas de la mañana y se detuvo en Watergate para recoger su equipo.

Sandecker lo aguardaba en el club de squash. Llevaba un chándal de marca, azul marino con ribetes dorados. Pero incluso vestido con ropa de deporte no era difícil imaginarlo en la cubierta de un antiguo buque de guerra, ordenando a voces izar las velas o abordar un barco pirata. Dirigía la NUMA de la misma manera, sin quitarle ojo a los cambios de viento ni a los adversarios. Y, al igual que todo buen comandante, velaba con especial celo por la seguridad de sus hombres.

Cuando supo que Austin había sido puesto en peligro por culpa de un disparatado plan de la CIA, estalló con una violencia similar a las erupciones del volcán Krakatoa. Lo que más lo soliviantó fue la implicación de la CIA en el asunto. Estaba orgulloso de LeGrand. Pero era de los que no se casaba con nadie, y creía que la CIA recibía un trato de excesivo privilegio y excesiva financiación.

Aunque pensaba disfrutar subiéndole los colores al director de la CIA, en el fondo solo quería desahogar su enojo. Sandecker no era ajeno a la cicatería política. Es más, era bastante proclive a ella. Tenía una especial habilidad para utilizar sus arrebatos de ira para salirse con la suya. Pero aquellos que ocasionalmente eran blanco de su ira ignoraban que, aunque se sulfurase con facilidad, en el fondo era una persona serena e incluso alegre. Aunque su talante le era muy útil. Los presidentes de los dos partidos más importantes del país lo trataban con deferencia. Los senadores y representantes tomaban la iniciativa para granjearse su trato o su amistad. Y los ministros daban instrucciones a su personal de que les pasasen cualquier llamada suya sin hacerle preguntas.

LeGrand había aceptado de inmediato la invitación del almirante para jugar un partido de squash, porque lo reconcomía el sentimiento de culpabilidad por lo ocurrido en la granja, y agradeció la oportunidad de disculparse, aunque eso significase verse humillado en la pista deportivamente.

Para sorpresa de LeGrand, Sandecker lo saludó sonriente y no le dijo una palabra sobre el incidente durante todo el partido. Incluso se ofreció a pagar la primera ronda en el bar (una ronda de zumo de fruta, claro).

—Gracias por aceptar jugar el partido habiéndote avisado con tan poca antelación —dijo Sandecker con su típica sonrisa de cocodrilo.

LeGrand bebió un sorbo de zumo de papaya y meneó la cabeza.

—Cualquier día de estos te ganaré.

—Primero tendrás que perfeccionar tu revés —dijo Sandecker—. Por cierto, antes de que te marches, quiero darte las gracias por salvar a Austin.

LeGrand sintió alivio, pues no parecía que Sandecker fuese a echarle la caballería encima, sino más bien al contrario.

Sandecker siguió con su desconcertante sonrisa.

—Una lástima que no tuvieses a alguien para reaccionar con más rapidez —dijo—. Así no habría sufrido tanto tu... *revés* —añadió con sarcasmo.

LeGrand masculló para sus adentros. Era obvio que Sandecker quería jugar con él al gato y al ratón.

—Siento ese lamentable episodio —dijo LeGrand, ignorando el doble sentido de la frase de Sandecker—. Era una situación muy compleja. Pero en principio no parecía que fuese a alcanzar tales proporciones.

—Eso tengo entendido —dijo Sandecker con ligereza—. Te diré lo que haré, Erwin. Olvidaré, de momento, que un descerebrado plan ideado por el OSS y llevado a cabo por la CIA, resultó un fiasco y que ahora ha estado a punto de acabar con la vida del jefe del Grupo de Operaciones Especiales de la NUMA, de un inocente y del presidente de la Cámara de Representantes.

—Muy generoso por tu parte, James.

—Sí. Nada relacionado con ese espionaje de patio de colegio se filtrará de la NUMA.

—La Agencia agradece tu discreción —dijo Le-Grand.

Sandecker enarcó una ceja.

—Pero no es gratis —dijo con cierta aspereza—. A cambio quiero un informe completo de este sórdido asunto.

LeGrand ya contaba con que el almirante pidiese algo a cambio de su discreción. Era su modo de proceder habitual, y acababa de poner sus cartas sobre la mesa.

—Comprendo que quieras un informe completo —convino LeGrand.

—Así lo creo —dijo Sandecker con tono afable.

—Ha sido bastante complicado encajar todas las piezas de este asunto, sobre todo con tan poco tiempo. Pero trataré de explicarte lo ocurrido.

—O, afortunadamente en este caso, lo que no ha ocurrido —dijo Sandecker.

LeGrand sonrió.

—La cosa empezó al término de la Segunda Guerra Mundial. Una vez derrotada Alemania, la coalición aliada se deshizo. Churchill empezó a hablar del Telón de Acero y preparó el escenario para la guerra fría. Estados Unidos estaba confiado porque éramos los únicos que poseíamos la bomba atómica. Pero esta confianza se resquebrajó cuando los soviéticos consiguieron su propio ingenio nuclear, y entonces empezó la carrera armamentística. Conseguimos la delantera con la bomba de hidrógeno, pero los rusos nos pisaban los talones y era solo cuestión de tiempo que nos alcanzasen. Como sabes, la bomba de hidrógeno utilizaba un proceso diferente.

—La bomba termonuclear utiliza la fusión en lugar de la fisión —dijo Sandecker, muy versado en física atómica porque había servido en submarinos nucleares—. Los átomos se unen en lugar de dividirse.

LeGrand asintió.

—Consiguieron que el átomo de hidrógeno se fundiese con el átomo de helio. El sol y otras estrellas utilizan el mismo proceso para crear su energía. En cuanto se supo que el principal laboratorio de fusión soviético estaba en Siberia, el gobierno estadounidense empezó a pensar en llevar a cabo un sabotaje. Había mucha chulería después de la derrota del Eje, y no faltaban nostálgicos de la incursión del comando en la planta de agua pesada de Noruega. Sabes a qué me refiero, ¿verdad?

—Sí, a la planta que producía el isótopo necesario para la producción de la bomba atómica alemana —dijo Sandecker.

—En efecto. La incursión del comando retrasó los planes alemanes.

—Una similar incursión de comando en Siberia habría sido una empresa ambiciosa, por decirlo en términos suaves.

—En realidad habría sido imposible —dijo Le-Grand—. La incursión del comando en Noruega fue increíblemente difícil de llevar a cabo, pese a ser más accesible y al apoyo de los partisanos. Pero hubo otro tipo de contingencias.

Sandecker tendía a ver las cosas desde un punto de vista global. Se lo quedó mirando.

—Alemania estaba en guerra con los Aliados cuando se llevó a cabo la incursión en Noruega —recordó—, pero no la URSS y Estados Unidos. Ambos bandos tenían buen cuidado en evitar la confrontación directa. Una incursión en un laboratorio soviético habría sido considerada un abierto acto de guerra imposible de ignorar.

—Correcto. Igual hubiese ocurrido de haber destruido los soviéticos un laboratorio en Nuevo México. Habría provocado una guerra.

Sandecker no era de los que vacilaba en emitir juicios expeditivos respecto de situaciones políticas delicadas.

—Una incursión podía ser factible, pero habría tenido que ser un secreto de estado celosamente guardado —dijo el almirante.

—Sí. Eso fue exactamente lo que dijo el presidente cuando se le expuso el problema.

—Y se dejó implicar.

—Desde luego —convino LeGrand—. Pero no por hombres corrientes. Habían creado la mayor industria militar de la historia casi con chatarra, y la habían utilizaron implacablemente para aplastar a dos formidables enemigos en medio mundo. Pero su determinación y sus recursos no bastaban para afrontar la amenaza. Por suerte para ellos, dos acontecimientos desligados coincidieron y les mostraron el camino. El primero fue la creación del aparato que dieron en llamar ala delta. El diseño era defectuoso, pero tenía una característica con la que no se había contado y que resultaba muy útil: la llamada «invisibilidad». La delgada y estilizada línea del avión y su lisa superficie significaba que, en circunstancias normales, podría burlar la vigilancia del radar.

—Supongo que te refieres a los radares rusos —dijo Sandecker.

LeGrand le dirigió una sonrisa enigmática.

—Supuestamente, todos los aviones de ala delta, incluyendo los que aún estaban en producción, fueron destruidos por la fuerza aérea estadounidense. Pero el presidente dio luz verde para que fabricasen una nueva versión en secreto. Tenía aun mayor autonomía y velocidad que los modelos originales. En pocas palabras, se trataba de un medio de transporte que podía entrar y salir de Siberia sin ser detectado.

—Pero los rusos no son tontos —dijo Sandecker—. Si su laboratorio hubiese saltado por los aires no habrían dudado de que habría sido un sabotaje de Estados Unidos.

—Claro. Y por eso mismo era crucial la segunda parte del plan —dijo LeGrand—, basada en el descubrimiento del anasazium, un subproducto del trabajo en Los Álamos. El científico que descubrió la sustancia era un antropólogo aficionado. Estaba fascinado por la antigua cultura pueblo que, en otros tiempos se desarrolló en el sudoeste americano. Y bautizó su descubrimiento en honor a los anasazi. Se trataba de una sustancia con interesantes propiedades. La más importante era su capacidad para modificar el átomo de hidrógeno de maneras sutiles. Si el anasazium podía ser introducido secretamente en un laboratorio soviético de armamento, desbarataría el trabajo de investigación sobre la fusión nuclear. Los responsables estadounidenses calcularon que, por ese procedimiento, podían retrasar varios años el proyecto soviético. Entretanto, aprovecharíamos ese tiempo para fabricar bombarderos intercontinentales y flotas dotadas con misiles tan avanzados que los soviéticos no podrían llegar a restablecer el equilibrio. El plan era lanzar bombas en paracaídas. Explotarían y liberarían el anasazium, en forma líquida, que penetraría por los registros de ventilación del laboratorio. Para los humanos, la sustancia no es más dañina que el agua. De modo que el personal que sufriese el ataque oiría un extraño estruendo pero muy breve.

—No parece un bombardeo muy al uso.

—Y es que no lo era. Como suele decirse, las situaciones desesperadas exigen medidas desesperadas.

—¿Y si el avión se estrellaba por algún fallo mecánico?

—También se tuvo en cuenta esa posibilidad. No se pensó en recurrir a una cápsula de veneno como la que *no* se tomó Francis Gary Powers después de que se estrellase su U-2. No querían supervivientes que pudiesen hablar. No se les proporcionaron paracaídas a los tripulantes. De hecho, habría sido imposible lanzarse en paracaídas desde el avión. Los asientos y las cabinas eyectables aún no existían. Si encontraban los restos del aparato, Estados Unidos podría decir que se trataba de un avión experimental que se había desviado de su rumbo.

—¿Y la tripulación sabía lo que iba a hacer?

—Eran voluntarios muy motivados que no pensaban que la misión pudiese fracasar.

—Pues fue una lástima que fracasase —dijo Sandecker.

—Ni mucho menos —lo corrigió LeGrand—. La misión fue un éxito total.

—¿Ah sí? Pues, que yo sepa, los soviéticos lograron fabricar la bomba de hidrógeno muy poco tiempo después que nosotros.

—Cierto. Hicieron explotar su primer ingenio termonuclear en 1953, dos años después que nosotros. Recuerda lo que te he dicho acerca de la chulería. No podíamos admitir que un campesino palurdo como Stalin pudiera ganarnos por la mano. Stalin era un hombre que recelaba de todos. Y le ordenó a Igor Kurchatov, el equivalente soviético a nuestro Oppenheimer, que montase una réplica del laboratorio de Siberia en los Urales. Y sus investigaciones tuvieron éxito. Stalin pensó que el laboratorio siberiano había fracasado por negligencia y ordenó matar a los científicos.

—Pues me sorprende que no se ordenase una incursión en la planta de los Urales.

—Se pensó enviar un comando, pero la misión fue anulada. Quizá la consideraron demasiado peligrosa, o tal vez el ala delta tuvo problemas técnicos.

—¿Y qué ocurrió con el avión?

—Lo ocultaron en un hangar sellado con todo su cargamento. La base de Alaska desde la que voló fue abandonada. Los hombres de la base fueron dispersados en diferentes destinos por todo el mundo. Ninguno de ellos conocía los detalles completos de la operación. Y ahí quedó zanjada la cuestión, prácticamente.

—¿Prácticamente? ¿Te refieres al protocolo y a la liquidación del piloto?

LeGrand se rebulló incómodo en la silla.

—Me refiero a eso y a algo más. Liquidaron a toda la tripulación —dijo sin inmutarse—. Eran las únicas personas ajenas al mundo de la política que conocían la misión y el objetivo al detalle. Murieron cuatro hombres. A sus familiares se les dijo que habían fallecido en accidente. Los enterraron con honores militares en Arlington.

—Muy conmovedor.

LeGrand se aclaró la garganta, visiblemente nervioso.

—Todos sabéis que siempre he procurado limpiar

la Agencia. Pero a veces quito una capa de suciedad y me encuentro debajo con otra más gruesa aun. Por desgracia, gran parte de lo que hemos querido hacer bien ha quedado en secreto por razones obvias. Pero lo cierto es que los servicios de inteligencia han hecho cosas de las que no cabe enorgullecerse. Y aquel triste episodio fue una de ellas.

—Austin me contó lo que había averiguado. El piloto estuvo en Arlington asistiendo a su propio funeral. Y tengo entendido que su hijo lo vio y lo reconoció.

—Es que el piloto insistió en ver por última vez a su esposa y a su hijo —dijo el director de la CIA—. Le dijeron que después estaría en custodia por tiempo indefinido, algo que, por supuesto, no fue más que una artimaña, porque poco después de tenerlo bajo protección lo mató precisamente su protector.

—O sea, el granjero.

—Exacto.

La mirada azul de Sandecker se endureció.

—Lamento no sentir la muerte del asesino. Era un frío criminal en una época en la que se supone que utilizamos la razón. Y habría matado a Austin. ¿Qué sentido tenía el protocolo? ¿No bastaba ya con haber matado a los tripulantes?

—Los altos cargos que decidieron la misión no querían dejar el mínimo resquicio por el que pudiera filtrarse el secreto. Temían provocar otra guerra. Las relaciones con los soviéticos eran muy malas por entonces. El protocolo fue concebido para reaccionar a ciegas a cualquier intento de desvelar el secreto. Pensaron que cualquier acción de espionaje procedería del extranjero. A nadie se le ocurrió que la amenaza pudiese partir del propio Congreso de Estados Unidos. Era totalmente innecesario. El presidente de la Cámara de Representantes resultó derrotado al presentarse a la reelección, y no llegó a pronunciar el discurso en el que se proponía desvelar el secreto. Probablemente creyeron que la mina colocada en el camino de quien siguió el rastro se desactivaría entonces por sí sola. Nunca pensaron que pudiera seguir siendo peligrosa cincuenta años después.

Sandecker se recostó en la silla y juntó la yema de los dedos.

—De modo que ese viejo plan concebido por unos halcones es lo que, por poco, acaba con la vida de Austin. Tengo entendido que el asesino tenía listo el equipaje, con un fusil de precisión y explosivos. Por lo visto, con la intención de procurarse un buen retiro. Es una lástima que no podamos explicarle a la opinión pública norteamericana en qué despropósitos se gastaba su dinero en nombre de la democracia.

—Sería un error hacerlo —dijo LeGrand—. Es un asunto todavía muy sensible. Ha costado Dios y ayuda reducir el arsenal nuclear ruso. Si esto llegara a saberse, reforzaría la influencia de los nacionalistas, que aseguran que no se puede confiar en Estados Unidos.

—Lo creen así de todas maneras —replicó Sandecker con sequedad—. Sé, por experiencia, qué es lo que más temen los poderosos: verse en evidencia —añadió sonriente—. Confío en que no haya más protocolos al acecho de incautos —añadió en tono de velada amenaza.

—Ya he ordenado una exhaustiva supervisión de nuestros archivos informáticos, precisamente para evitarlo —le aseguró LeGrand—. No habrá más sorpresas.

—Eso espero.

## 28

Austin se sirvió una jarra de café jamaicano Blue Mountain, bebió un sorbo y recogió el cilindro de aluminio que tenía encima de la mesa. Lo sopesó en su manaza, mirando a la convexa superficie abollada como si fuese una bola de cristal. Pero no vio ningún secreto sino un distorsionado reflejo de sus bronceadas facciones y su pelo blanco.

Volvió a examinar el mapa de Alaska que tenía desplegado en la mesa. Había estado varias veces en Alaska, cuya enorme extensión siempre se le antojaba inabarcable. Buscar la vieja base de los aviones ala delta, en uno de los territorios más accidentados del planeta, era como buscar una aguja en un pajar. La localización resultaba aun más complicada porque, sin duda, habían elegido un emplazamiento que dificultase el reconocimiento aéreo y terrestre. Deslizó el índice de la mano derecha desde Barrow hacia el círculo polar Ártico, al sur de la península de Kenai.

El teléfono sonó cuando empezaba a barruntar una idea.

Con los ojos fijos en el mapa, cogió el auricular.

—¿Sí? —contestó de mal talante.

Era Sandecker.

—¿Podrías venir a mi despacho, Kurt? —le dijo el almirante con tono jovial.

—¿Podría esperar, almirante? —repuso Austin tratando de no perder el hilo de la idea que se le acababa de ocurrir.

—Por supuesto, Kurt —accedió Sandecker, benevolente—. ¿Cinco minutos?

La idea que había brotado en la mente de Austin floreció y se marchitó como una flor al sol (al sol de Sandecker, por así decirlo, que por algo era el astro rey de la NUMA). La mente del almirante funcionaba a tal velocidad que cinco minutos eran para él lo que para otros cinco horas.

—Estaré ahí dentro de dos minutos.

—Estupendo. Creo que te parecerá que ha merecido la pena dedicarme tu tiempo.

Al entrar en el despacho que Sandecker tenía en la décima planta, Austin esperaba ver al director detrás de su enorme mesa, hecha con una escotilla de un barco confederado que, durante la guerra de Secesión, había sido apresado al tratar de romper un bloqueo. Pero el almirante estaba sentado en uno de los cómodos sillones de piel reservados para las visitas, charlando con una mujer que quedaba de espaldas a Austin.

Sandecker llevaba una chaqueta azul marino con unas anclas doradas bordadas en el bolsillo delantero. Se levantó para saludar a Austin.

—Gracias por venir, Kurt. Me gustaría presentarte a una persona.

La mujer se levantó y la preocupación de Austin por el tema de Alaska se evaporó nada más verla.

Era una mujer alta y delgada, con altos pómulos euroasiáticos y ojos oblicuos. En contraste con su exótico aspecto, vestía de un modo muy conservador, con una falda larga color burdeos a juego con su chaqueta. Llevaba una larga trenza rubio oscuro. Era hermosa pero irradiaba algo más que belleza, un porte regio y flexible a la vez. Se acercó a Kurt para estrecharle la mano. Sus ojos oscuros, asentados en profundas cuencas, emitían reflejos dorados de una calidez tropical. Puede que sean figuraciones mías, se dijo Austin, pero su olor a almizcle le recordaba los lejanos tambores. Y entonces cayó en la cuenta de quién era aquella mujer.

—Es usted la doctora Cabral, ¿verdad?

Austin no se habría sorprendido si ella le hubiese contestado con un suave ronroneo.

—Gracias por venir, señor Austin —dijo ella con voz melosa y suave—. Espero no haber interrumpido nada importante. Le he pedido al almirante la oportunidad de agradecerle personalmente su ayuda.

—Fue un placer. Pero Paul y Gamay corrieron con

la parte más dura y difícil. Yo no hice más que contestar el teléfono y pulsar un par de botones.

—Es usted demasiado modesto, señor Austin —dijo Francesca con una sonrisa que habría podido derretir el hielo—. De no ser por su rápida intervención mi cabeza y la de sus compañeros estarían ahora decorando un poblado a miles de kilómetros de este cómodo despacho.

Sandecker se acercó y le indicó a Francesca que volviera a sentarse.

—Al hilo de tan grato recuerdo, doctora Cabral, ¿le importaría contárnoslo todo desde el principio?

—En absoluto —dijo ella—. Hablar con alguien sobre lo que me ha ocurrido es para mí como una terapia. Además, me ayudará a recordar detalles.

Sandecker le indicó a Austin que tomase asiento. Luego fue a sentarse a su mesa y encendió uno de los diez cigarros, hechos especialmente para él, que fumaba cada día.

Él y Austin escucharon absortos mientras Francesca les refería el sobrecogedor relato del secuestro aéreo, del accidente, de lo cerca que estuvo de morir y de su ascensión al trono. Se extendió en pormenores acerca de las obras que impulsó en el poblado de los chulo, y lo hizo con perceptible orgullo. Concluyó con la llegada de los Trout, su desesperada huida y el rescate a cargo del providencial helicóptero.

—Fascinante —dijo Sandecker—, realmente fascinante. Y, dígame, ¿qué ha sido de su amiga Tessa?

—Se quedó con el doctor Ramírez. Su conocimiento de las plantas medicinales será muy valioso para las investigaciones del doctor.

—¿Y su familia? —preguntó el almirante—, me refiero a la suya.

—He hablado por teléfono con mis padres. Están bien. Quieren que vuelva a casa. Pero he decidido que-

296

darme en Estados Unidos. Necesito un poco más de descompresión antes de volver a sumergirme en el torbellino de la vida social de São Paulo. Aparte de eso, estoy decidida a terminar el trabajo que me obligaron a interrumpir hace diez años.

Sandecker la miró. La expresión de Francesca era la viva imagen de la firmeza.

—Estoy convencido de que el pasado no solo es presente sino también futuro —remedó el almirante unos versos de Elliot—. Nos ayudaría a entrever lo que pueda avecinarse si nos cuenta qué la indujo a emprender aquel viaje en avión.

Francesca dejó vagar la mirada como si pudiera ver a través del tiempo.

—He de remontarme a mi infancia. Desde muy pequeña fui consciente de ser una privilegiada, de vivir en una casa lujosa rodeada de chabolas miserables. Y, a medida que crecí y viajé, me percaté de que mi ciudad era como un microcosmos que representaba al resto del mundo. En un mismo lugar convivían los que lo tenían todo y los que no tenían nada. También descubrí que las diferencias entre los países ricos y los pobres se debían a lo que más abunda en la tierra: el agua. El agua es el lubricante del progreso. Sin agua no hay nada que comer. Sin comida no hay ganas de vivir, de elevar el propio nivel de vida. Incluso los países ricos en petróleo, utilizan gran parte de sus ingresos en comprar agua o producirla. Damos por sentado que cuando abrimos el grifo fluye agua, pero no siempre será así. La competencia por los recursos hidráulicos es más encarnizada que nunca.

—Estados Unidos no es ajeno a las disputas por el agua —dijo Sandecker—. En los viejos tiempos ya se combatía por los derechos sobre el agua.

—Eso no será nada comparado con los problemas que se avecinan —dijo Francesca muy seria—. En este siglo ya no se librarán guerras por el petróleo, como en el pasado, sino por el agua. La situación es cada vez más crítica. Los recursos hidráulicos del planeta menguan y la población crece. Y no hay en la Tierra más agua dulce que hace dos mil años, cuando la población era el tres por ciento de la actual. Incluso sin las inevitables sequías, como la actual, el problema se agudizará a medida que aumenten la demanda y la contaminación. Algunos países se quedarán sin agua, y esto provocará oleadas de refugiados. Millones de personas tratarán de cruzar las fronteras de los países más afortunados. Eso acarreará conflictos de toda clase y descenso del nivel de vida. —Hizo una pausa para tomar aliento—. Como personas versadas en cuestiones marinas, deben de percatarse de la ironía que todo esto entraña. Nos enfrentamos a una escasez de agua en un planeta cubierto de agua en sus tres cuartas partes.

—Agua, agua, en todas partes, y ni una gota para beber —terció Austin citando un verso de Coleridge.

—Exacto. Pero supongamos que el viejo marino de Coleridge hubiese tenido una varita mágica que convirtiese el agua salada de un cubo en agua dulce. ¿Qué habría pasado?

—Que su barco habría sobrevivido.

—Pues ahora amplíe la analogía a millones de cubos.

—La crisis global del agua se terminaría —dijo Austin—. Casi el setenta por ciento de la población mundial vive a menos de ochenta kilómetros de las costas.

—Exactamente —confirmó Francesca alegrando el semblante.

—¿Quiere decir que tiene usted esa varita mágica?

—Algo parecido. He creado un sistema revolucionario para desalinizar el agua del mar.

—La desalinización del agua del mar no es una idea nueva —le recordó Sandecker.

—Lo sé —dijo Francesca—. La extracción de la sal

del agua del mar la practicaban ya los antiguos griegos. Se han construido plantas de desalinización en todo el mundo, incluso en Oriente Medio, Se utilizan varios métodos, pero todos muy costosos. En mi tesis doctoral propuse un enfoque radicalmente nuevo. Prescindí de todos los métodos anteriores. Mi objetivo era un proceso que fuese eficiente, eficaz y barato, accesible para el agricultor más pobre que tratase de sobrevivir con el producto de una pequeña parcela. Piensen en las implicaciones. El agua sería prácticamente gratis. Los desiertos se convertirían en centros de civilización.

—Estoy seguro que también pensó en las consecuencias negativas —terció Sandecker—. Un agua barata estimularía el progreso tanto como el crecimiento demográfico y la contaminación que conlleva.

—Sí, también medité muy a fondo sobre eso, almirante Sandecker. Pero las alternativas tendrían consecuencias peores. Yo exigiría garantías de un desarrollo ordenado, antes de permitir que un país utilizase mi sistema.

—Ni que decir tiene que su experimento fue un éxito, ¿verdad? —aventuró Austin.

—En efecto, lo fue. Llevaba un prototipo de mi aparato de desalinización a la conferencia internacional a la que iba a asistir. El agua de mar entraba por un lado y por el otro salía agua dulce. Además, producía energía y los residuos desechables eran prácticamente inapreciables.

—Un sistema semejante valdría miles de millones de dólares.

—Sin duda. Tuve ofertas que me habrían hecho inmensamente rica, pero me proponía regalar mi sistema al mundo, sin compensación económica ninguna.

—Muy generoso por su parte. Y dice usted que tuvo ofertas. Lo que significa que algunas personas conocían sus planes, ¿no?

—En cuanto me puse en contacto con las Naciones Unidas para asistir a la conferencia, mi proyecto se convirtió en un secreto a voces. Lo que nunca he acabado de comprender es que, puesto que eran muchas las personas que conocían mi proyecto, quienes me secuestraron tenían que haber previsto que quedarían en evidencia si trataban de apropiarse de mi descubrimiento.

—Cabe otra posibilidad —sugirió Austin—. Quizá lo que buscaban fuese enterrar su descubrimiento y mantenerlo en secreto para el resto del mundo.

—¿Y por qué iba a querer alguien privar a la humanidad de semejante beneficio?

—Puede que sea usted demasiado joven para recordar un hecho —terció Sandecker, que escuchaba con suma atención—. Hace años circuló la noticia de que alguien había inventado un motor de automóvil que podía recorrer doscientos kilómetros con dos litros de gasolina, y otra versión que funcionaba con agua. Los detalles son lo de menos. El caso es que circuló el rumor de que las compañías petrolíferas compraron el secreto y lo enterraron para evitar su ruina. Parece que nada de eso fue cierto, pero ¿entiende a lo que me refiero?

—Pero ¿quién iba a querer privar a los países pobres de agua barata?

—Nuestras investigaciones nos proporcionan cierta ventaja sobre usted, doctora Cabral. Permita que le haga una pregunta teórica. Supongamos que controlase usted los recursos del agua dulce del planeta. ¿Cómo reaccionaría si de pronto apareciese un sistema que hiciese el agua barata y accesible para todos?

—Mi sistema acabaría con ese teórico monopolio. Pero el caso es que es imposible que nadie controle el agua dulce de todo el mundo.

Sandecker y Austin se miraron.

—En los últimos diez años han ocurrido muchas

cosas, doctora Cabral —dijo Austin—. Ya se lo explicaremos con detalle, pero hemos descubierto que existe una gigantesca multinacional, la Gogstad Corporation, que está muy cerca de hacerse con el monopolio de los recursos de agua dulce del planeta.

—¡Imposible! —exclamó Francesca.

—Ojalá lo fuese.

La mirada de Francesca se endureció.

—Pues en tal caso debió de ser la Gogstad Corporation quien intentó secuestrarme y me robó diez años de mi vida.

—Carecemos de pruebas concluyentes —le advirtió Austin—, pero tenemos sólidas pruebas circunstanciales que apuntan en esa dirección. Dígame, ¿qué sabe usted de una sustancia llamada anasazium?

Francesca se quedó boquiabierta, pero se rehízo y los miró.

—¿Hay algo que no sepan los de la NUMA? —exclamó.

—Muchas cosas, por desgracia. Sabemos muy poco acerca de esa sustancia, aparte de que tiene extraños efectos sobre el átomo de hidrógeno.

—Esa es su propiedad más importante. Se produce debido a una compleja reacción. Esa sustancia es la clave de mi sistema de desalinización. Muy pocas personas conocen su existencia. Porque es sumamente raro.

—¿Y cómo lo descubrió usted?

—Por casualidad. Leí un críptico artículo de un físico que había trabajado en Los Álamos. Más que tratar de perfeccionar los métodos de desalinización existentes, yo quería abordar el problema a nivel molecular o incluso nuclear. Y la solución se me estuvo escapando hasta que leí lo de esa sustancia. Me puse en contacto con el autor del artículo, que tenía una pequeña cantidad de la sustancia y no tuvo inconveniente en cedérmela cuando le expliqué mis motivos.

—¿Y por qué es tan rara esa sustancia?

—Por varias razones. Como aparentemente carece de interés económico, no hay demanda. Además, el proceso de refinamiento es bastante complicado. La veta del mineral del que procede se halla en una zona de África que está en continuas guerras. Pero yo tenía varias onzas, que bastaban para construir un prototipo que funcionase. Y habría propuesto que todas las naciones uniesen sus recursos para producir anasazium que permitiese poner en marcha proyectos piloto. Colaborando podíamos conseguir cantidades suficiente de la sustancia en poco tiempo.

—La Gogstad tenía unas instalaciones frente a la costa de México que fueron destruidas por una explosión —dijo Austin.

—¿Cómo era esa instalación?

Austin le hizo un rápido resumen, empezando por la muerte de las ballenas. Le describió el cilindro que encontraron después de la explosión, y cómo le siguieron la pista que lo relacionaba con el avión de ala delta. Por su parte, Sandecker le explicó la misión del comando enviado a Siberia durante la guerra fría.

—Es increíble —exclamó Francesca—. Y una pena lo de las ballenas —añadió entristecida—. Mi sistema produce calor convertible en energía. La sustancia es bastante inestable y, en determinadas circunstancias, puede convertirse en un potente explosivo. Esa gente debía de intentar reproducir mi sistema de desalinización pero sin reparar en la inestabilidad de la sustancia. ¿De dónde pudieron sacar el anasazium?

—No lo sabemos —contestó Austin—. Existe un yacimiento importante, pero ignoramos dónde está.

—Pues debemos encontrarlo para que pueda reanudar mi investigación —dijo Francesca.

—Y para algo más importante aun —terció Sandecker.

—No sé qué puede ser más importante que continuar mi trabajo.

—Todo a su tiempo, doctora Cabral, todo a su tiempo. Su trabajo será irrelevante si la Gogstad consigue salirse con la suya. Quien controle el abastecimiento de agua en todo el mundo controlará el planeta.

—Parece que hable usted de un dominio global, almirante Sandecker.

—¿Y por qué no? Napoleón y Hitler fracasaron, lo intentaron con las armas, pero se toparon con fuerzas superiores. —Exhaló el humo de su cigarro y lo siguió con la mirada—. Quienes protestan contra la globalización, contra la Organización Mundial de Comercio y el Fondo Monetario Internacional, no lo hacen en vano. Pero el peligro no radica en esas instituciones sino en el hecho de que, en la actualidad, es más fácil que alguien controle todo un sector económico.

—Ya, una especie de Al Capone global —aventuró Austin.

—Pues no faltan similitudes. Capone era implacable en cuanto a exterminar la competencia y tenía un talento organizativo innato. Su poder económico le otorgó influencia política. Pero la destilación clandestina de whisky es una nadería comparada con el problema del agua. El mundo no puede prescindir del agua. Quienes la controlen tendrán el poder absoluto. ¿Quién va a enfrentarse a aquellos que pueden condenarlos a morir de sed? Por eso digo, doctora Cabral, que hay cuestiones más importantes de las que hay que ocuparse primero.

—Tiene razón, almirante Sandecker —reconoció Francesca—. Si la Gogstad encuentra el yacimiento del anasazium, también controlará mi sistema de desalinización.

—La inteligencia y la belleza forman una fantástica combinación —dijo Sandecker con admiración—. Ha puesto usted el dedo en la llaga de mis temores. Es imprescindible que encontremos el yacimiento del anasazium antes que la Gogstad.

—Yo estaba tratando de localizarlo cuando me llamaron. Necesitaré ayuda.

—Eso no es problema. Utilice todos los recursos de la NUMA que necesite, y lo que no tengamos lo buscaremos.

—Creo que Joe y yo deberíamos partir de inmediato hacia Alaska.

—Antes de que partan rumbo al Yukón, querría saber qué opina de esa masiva construcción de barcos que el amigo periodista de Joe le comentó. Me preocupa.

—Pues que, como mínimo, Gogstad se propone transportar millones de toneladas desde Alaska hasta algún lugar falto de agua. Se ha comentado la posibilidad de transportar agua a China.

—Quizá —dijo Sandecker no muy convencido—. Hablaré con Rudi Gunn. Acaso él y Yaeger puedan arrojar alguna luz sobre este misterio. Mientras usted y Joe intentan localizar ese ala delta, ellos pueden averiguar algo acerca de esa flota.

—Empezaré a ponerlo todo en marcha —dijo Austin, se levantó y le estrechó la mano a Francesca—. La acompañaré, doctora Cabral.

—Gracias. Pero, por favor, llámeme Francesca —repuso ella, y ambos se dirigieron al ascensor.

—Así la llamaré si usted me llama Kurt. ¿Qué cocina le gusta más?, ¿coreana, tailandesa, italiana o la tradicional americana?

—¿Cómo dice?

—¿Es que no se lo han comentado? —dijo Austin con fingido asombro—. Las cenas son parte de mis misiones de rescate. Espero que no la rechace. Quién sabe cuánto tiempo tendré que subsistir a base de grasa de ballena y filetes de morsa a partir de hoy.

—En tal caso estaré encantada de aceptar su invitación. ¿Le parece bien a las siete?

—Estupendo. Me dejará tiempo para empezar a hacer los preparativos para nuestro viaje a Alaska.

—Hasta luego, entonces. Como sabe, estoy con los Trout. Y quizá podríamos inclinarnos por la cocina coreana.

Austin la despidió cerca del enorme globo color verde mar que se alzaba en el centro del vestíbulo de la central de la NUMA, un atrio rodeado de cascadas y acuarios rebosantes de fauna marina colorida y exótica.

Luego volvió a su despacho de la cuarta planta y llamó a Zavala, lo informó de su reunión con Sandecker y organizaron los detalles de su viaje.


Francesca ya estaba lista cuando él llegó a la casa que los Trout tenían en Georgetown. Estuvo charlando con Paul y Gamay lo justo que exigía la cortesía y luego él y Francesca fueron hasta su restaurante coreano favorito, situado en un modesto edificio de Alejandría.

Austin sugirió *belogi*, finas tiras de ternera macerada muy caliente. Era uno de sus platos favoritos, pero apenas lo probó, porque estaba absorto en Francesca, que llevaba un vestido de algodón azul pálido que parecía haber atrapado la luz del sol. A Austin le resultaba difícil asociar la imagen de aquella mujer tan hermosa y culta, visiblemente encantada de poder comer un plato civilizado, con lo que había oído contar sobre su reinado como diosa blanca de una tribu salvaje. Ella parecía relajada y a sus anchas, pero mientras reían de la torpeza de ambos en el manejo de los palillos, Austin no podía olvidar la impresión que le causaba. A pesar de su cultura, no cabía duda de que la jungla había influido mucho en ella. Lo notó por la felina gracia de sus movimientos y por lo alerta que estaban siempre sus ojos. Era una característica que a Austin lo fascinaba; esperaba ver más a menudo a Francesca cuando él regresase de su misión.

Esa fue la razón de que lamentase aun más tener que despedirse de ella tan temprano. Porque tenía mucho que hacer antes de viajar a Alaska, tal como le explicó a la doctora. Al dejarla frente a los escalones del porche de casa de los Trout, le preguntó si querría volver a salir con él cuando regresase.

—Sí, me encantaría —contestó ella—. Me propongo estar en Washington bastante tiempo y confío en tener la oportunidad de conocernos mejor.

—Hasta mi regreso, pues —dijo Austin—. En el lugar y a la hora que oportunamente se anunciarán... —añadió parafraseando la jerga burocrática.

Francesca le sonrió y le besó ligeramente en los labios.

—De acuerdo.

## 29

Con el visto bueno de Sandecker, a Austin le prepararon un reactor de la NUMA que pilotaría él mismo. Tras cruzar buena parte del país a 800 km/h, el Cessna Citation Ultra, de color turquesa, repostó en Salt Lake City antes de poner rumbo a Anchorage.

Después de volar toda la noche, al rayar el alba con un sonrosado resplandor sobrevolaron los montes Chugach, que se alzan en las afueras de la gran capital de Alaska, que algunos llaman allí Los Anchorage, en alusión a Los Ángeles. Repostaron y, al cabo de unos minutos, estaban de nuevo en el aire rumbo a Nome.

Poco después de que despegasen de Anchorage, Zavala preparó dos tazas de café humeante. Austin estaba estudiando un viejo mapa que tenía desplegado encima de la mesa, entre los dos asientos de la cabina. Estaba mirando un estrecho cabo que apuntaba a la ex Unión Soviética, que se hallaba a muy pocos kilómetros al otro lado del estrecho de Bering.

Sentado frente a Austin, Zavala bebió un sorbo de café y contempló por la ventanilla la enorme superficie que se extendía por debajo de ellos, negras montañas atravesadas por ríos y cubiertas de densos bosques, visibles a través de los claros que dejaban las nubes.

—Es un territorio inmenso —dijo Zavala—. ¿Adónde iremos después de nuestra escala en Nome?

Austin se recostó en el asiento, apoyó la nuca en las manos entrelazadas y miró el espacio.

—Tengo una idea aproximada —contestó con una sonrisa.

Zavala sabía que su compañero no trataba de intrigarlo, sino que, simplemente, a Austin no le gustaban las sorpresas. Cuando el tiempo lo permitía se limitaba a considerar los datos de que disponía antes de tomar ninguna medida.

—Estoy seguro de que no te sorprenderá que piense que tu idea ha de ser aproximadísima —comentó Zavala señalando hacia abajo.

—Me parece que el territorio tiene más de un millón y medio de kilómetros cuadrados. No me hago muchas ilusiones sobre nuestras posibilidades de éxito. Podríamos rastrearlo todo hasta que nos jubilen y no encontrar nada.

—Por eso hemos de pensar a partir de lo que sabemos —dijo Austin frunciendo el ceño—, no a partir de lo que no sabemos.

Zavala captó la idea.

—Sabemos que el objetivo estaba en la Unión Soviética —dijo señalando en el mapa a la costa noroeste de Alaska, donde los salientes de la recortada costa eran como un agrietado puente natural que conducía a

Asia—. ¿Qué autonomía tenían por término medio los ala delta?

—Unos cinco mil kilómetros a una velocidad de crucero de ochocientos kilómetros por hora. Pero supongo que para aquella misión llevarían depósitos con mayor capacidad.

—Siempre existe la posibilidad de repostar en vuelo —dijo Zavala.

—También he contado con ello. Supongo que tratarían de que la misión fuese lo más sencilla y breve posible para evitar ser detectados.

Austin cogió un lápiz de punta fina y trazó un arco en el mapa desde Barrow al delta del Yukón.

—Eso significa un vuelo que quedaría a más de mil seiscientos kilómetros del objetivo —dijo Zavala—. Muchos kilómetros, ¿no?

—Sí, más que los que tienen algunos estados. De modo que me he dicho que esos halcones querrían llevar a cabo su plan lo más sigilosamente posible. Construir una nueva base representaría un enorme gasto y les llevaría mucho tiempo y, peor aún, llamaría la atención de una manera nada conveniente para ellos.

—O sea... ¡que utilizarán una base ya existente! —exclamó Zavala.

—Exacto. Durante la Segunda Guerra Mundial Alaska rebosaba de baterías de cañones y aeródromos por temor a una invasión japonesa. Cada punto rojo del mapa indica un aeródromo de los que estuvieron en servicio durante la guerra.

—¿Y si se tratase de una base secreta?

—Es que lo era; por lo menos hasta ahora —dijo Austin, y trazó una cruz con el lápiz en el rótulo de Nome y luego un círculo en derredor—. Aquí encontraremos lo que buscamos, aunque he de reconocer que no me he basado más que en conjeturas, puede ser un palo de ciego.

Zavala estudió el mapa y sonrió de medio lado, muy propio de él cuando algo no acababa de convencerlo.

—¿Y cómo puedes estar seguro de que esta es la zona que buscamos? El avión podría haber despegado de cualquier otro aeródromo.

—Cuento con la ayuda de un... espíritu —contestó Austin, y sacó de la chaqueta un pequeño bloc de espiral. La tapa marrón estaba muy raída, pero aún se leía «U.S. Air Force» y el nombre escrito con tinta debajo. Se lo pasó a Zavala—. Este es el diario del padre de Buzz Martin, que fue quien pilotó el ala delta en su última misión.

Zavala rió con regocijo.

—Tenías que haberte dedicado al ilusionismo. Esto es mejor que sacar un conejo de una chistera.

—El conejo saltó a mi regazo... así, por las buenas. Después de que Sandecker se entrevistase con Le-Grand, la CIA indagó y consiguió los efectos personales de Martin. Debieron de darse mucha prisa para deshacerse de toda prueba inculpatoria. Buzz encontró el bloc en uno de los bolsillos del uniforme de su padre. Pensó que podía contener algo importante, y me lo dio poco antes de que partiésemos hacia Washington.

Zavala hojeó las páginas.

—No veo que contenga ningún mapa —dijo.

—No irás a creer que iba a ser coser y cantar, ¿verdad? —dijo Austin y cogió el bloc. Lo abrió por una página en la que había adherida una hojita amarilla—. Martin era un buen soldado. Sabía que hablar más de la cuenta podía costarle muy caro. Casi todo el diario trata de lo mucho que añoraba a su esposa y su hijo. Pero dejó constancia de algunos detalles. Deja que te lea un poco: «A mi querida esposa Phyllis y a mi querido hijo Buzz: Puede que algún día leáis esto. Como tenía mucho tiempo libre empecé este diario rumbo a No Name. Si el alto mando supiese que tomo notas me harían un consejo de guerra. Esta misión es aun más secreta que el proyecto Manhattan. Tal como me han recordado con frecuencia, no soy más que una especie de peón aéreo que no debe pensar, sino limitarse a cumplir órdenes sin hacer preguntas. A veces me siento casi como un prisionero. Me vigilan tan estrechamente como al resto de mis compañeros. De modo que supongo que el hecho de ponerme a escribir un diario viene a ser como decir: ¡Eh, oigan, que soy una persona! Me dan bien de comer. Lo digo porque ya sé lo mucho que te preocupa, Phyllis, que me alimente como es debido. Pero no debes preocuparte porque como mucho pescado fresco y carne excelente. Nuestra caserna no fue concebida para el gélido norte. Caen carámbanos de nieve helada del tejado, pero el metal es un pésimo aislante. Y tenemos encendida la estufa día y noche, que se traga los troncos. Creo que en un iglú no tendríamos tanto frío. Y el avión es como una nevera. Perdona estas lamentaciones. En el fondo, debo considerarme afortunado por pilotar este aparato. A veces me parece increíble que una aeronave como esta se pueda pilotar como un caza. No me cabe duda de que es el avión del futuro». —Austin interrumpió la lectura—. Lo que sigue se refiere a lo mucho que los añora y que desea volver a casa lo antes posible —explicó.

—Una pena que Martin no pudiese ver cumplido su deseo y disfrutar del futuro. No se imaginaba que no solo era un prisionero sino un condenado a muerte.

—Martin no fue el primer ni el último patriota echado a los perros por lo que los mandamases llaman la razón de estado. Por desgracia no podrá tener la satisfacción de saber que su pequeño diario nos mostrará el camino hasta No Name.

—Eso resulta aun más críptico que el latiguillo que solían utilizar durante la guerra: «En cierto lugar del Pacífico».

—Yo pensaba lo mismo hasta que recordé una historia que oí hace años. Al parecer un oficial de la armada británica, que se hizo a la mar a mediados del siglo XIX rumbo a Alaska, vio tierra que no figuraba en el mapa y la consignó como «¿Name». El topógrafo del Almirantazgo que hizo una copia de las cartas de marear interpretó el signo de interrogación como una ce y que la a de Name era una o. De modo que No Name se convirtió en C. Nome, o sea Cabo Nome, y luego solo en Nome. Y escucha esto: «Vuelo sin novedad desde Seattle. El avión va como una seda. Aterrizamos treinta minutos después de rebasar No Name».

—¿Qué velocidad de crucero tenía el ala delta? —preguntó Zavala.

—Entre seiscientos cincuenta y ochocientos kilómetros por hora.

—Eso significa que aterrizaron en un lugar que se encuentra entre trescientos y cuatrocientos kilómetros más allá de Nome.

—Coincide con el cálculo que he hecho yo. Pero presta atención. Porque a partir de aquí viene lo más interesante: «Veo por primera vez nuestro lugar de destino. Les he comentado a los muchachos que desde el aire parece una nariz aguileña».

—Millones de personas tienen la nariz aguileña —dijo Zavala.

—Sí, claro. Eso mismo me dije yo hasta leer el resto: «Solo le faltaría una pipa para parecerse al viejo Douglas».

—O sea a Douglas MacArthur, ¿no? ¿Quién no reconocería su inconfundible perfil?

—Sobre todo alguien que combatió en la Primera Guerra Mundial. Además, Nome está a solo doscientos ochenta kilómetros de Rusia. Me pareció que merecía la pena pedir que el satélite sacase unas fotografías. Mientras tú regresabas a casa las examiné con una lupa.

Austin le pasó las tomas del satélite a Zavala, que las examinó y meneó la cabeza.

—No veo nada que se parezca a un pico de águila.

—Yo tampoco lo he visto. Ya te he dicho que no iba a ser fácil.

Aún seguían examinando las fotos y el mapa cuando el piloto de la NUMA anunció que el avión empezaba a descender hasta el aeropuerto de Nome. Metieron su equipo en las bolsas y estaban ya listos cuando el aparato se detuvo en la pista del pequeño pero moderno aeropuerto. Un taxi los condujo hasta la ciudad por una de las tres carreteras de dos carriles de acceso a Nome. El brillante sol contribuía poco a aliviar la monotonía de la tundra, sin más contraste que los montes Kigluaik que se veían a lo lejos. El taxi los llevó por Front Street, que bordeaba las aguas azul grisáceas del mar de Bering. Pasaron frente al ayuntamiento, un edificio de principios del siglo xx, frente al que habían situado la meta de una carrera de trineos tirados por perros, y los dejó en el muelle del puerto pesquero, donde el hidroavión que habían alquilado los aguardaba con el depósito lleno.

A Zavala le encantó el aparato, un Maule M1, monomotor, que podía despegar y aterrizar en muy poco espacio.

Mientras Joe revisaba el hidroavión, Austin fue a comprar sándwiches y café a un snack-bar llamado Fat Freddies's.

Como no querían llevar mucho equipaje, apenas compraron más que ropa. Austin llevaba su revólver Bowen, pero Zavala había cargado con su metralleta Ingram, que podía escupir cientos de balas por minuto. Cuando Austin le preguntó para qué iban a necesitar semejante arma en tan desolados parajes, Zavala musitó algo acerca de los osos pardos.

Con Zavala a los mandos del hidroavión Maule pusieron rumbo noreste a lo largo de la costa.

Volaban bajo a una velocidad de crucero de 300 km/h. Estaba nublado pero sin la lluvia tan frecuente en Nome. No tardaron en aplicarse a su operación de reconocimiento. Vieron una serie de edificios que Zavala sobrevoló varias veces.

Austin sombreaba con el lápiz en el mapa las zonas que iban sobrevolando. Pero su entusiasmo por la búsqueda acabó por decaer cuando el Maule hubo recorrido kilómetros y kilómetros de costa sin resultado.

En aquellas tierras baldías no había más que arroyos y pozas formadas por la nieve fundida.

Austin animó un poco el vuelo con comentarios jocosos. Pero no consiguió romper la monotonía del rastreo. El habitual buen humor de Zavala empezaba a declinar.

—Hemos visto picos de loro y picos de paloma, pero no picos de águila —refunfuñó.

Austin estudió las partes del mapa que había sombreado y meneó la cabeza

—Nos queda aún mucho territorio por explorar. Me gustaría seguir. ¿Estás cansado?

—No. Pero no tardaremos en tener que repostar.

—Antes hemos pasado por lo que parecía un enclave pesquero. ¿Qué tal si hacemos un alto y aterrizamos para almorzar mientras repostamos a esta preciosidad de aparato?

A modo de respuesta, Zavala viró describiendo un amplio arco. Y, al poco, volvieron a cruzar al río y siguieron su curso durante diez minutos, hasta las cabañas de madera del enclave. Dos hidroaviones estaban amarrados a la orilla del río. Zavala hizo descender el aparato, lo deslizó por la superficie en un amerizaje perfecto y lo acercó hasta un desvencijado embarcadero. Un joven corpulento de cara achatada les lanzó un cabo.

—Bienvenidos a Tinook. El pueblo no tiene más

que ciento setenta habitantes, casi todos emparentados. —dijo con una sonrisa tan radiante como el reflejo del sol en la nieve—. Me llamo Mike Tinook.

El joven no parecía sorprendido de la llegada de dos forasteros literalmente caídos del cielo para visitar aquel enclave tan pequeño. Como estaban acostumbrados a las enormes distancias de Alaska, sus habitantes no tenían inconveniente en volar más de cien kilómetros para ir a desayunar allí.

Quizá debido al escaso contacto que tenían con forasteros, la mayoría de los habitantes de Alaska contaban su vida y milagros a los cinco minutos de conocer a alguien.

Mike les contó que se había criado en el pueblo, que trabajaba como mecánico de aviones en Anchorage y que volvía a casa todos los días.

Por su parte, Austin le dijo que eran miembros de la NUMA.

—Ya me parecía a mí que tenían pinta de funcionarios del gobierno —repuso Tinook—. Van demasiado pulcros para ser operarios de las compañías petrolíferas o cazadores; y parecen tan despistados como los turistas. Hace unos años también estuvieron aquí unos funcionarios de la NUMA. Investigaban en la zona del mar de Chukchi. Y ¿qué les trae a la Tierra del Sol de Medianoche?

—Un estudio geológico, aunque no nos va muy bien —dijo Austin—. Buscamos un cabo que se adentra mucho en el mar. Tiene forma de pico de águila.

Tinook meneó la cabeza.

—Allí tengo mi avioneta —dijo—. Vuelo mucho cuando no salgo a pescar o ayudo a cuidar el rebaño de renos. Me suena. Vamos a la tienda y le echaremos un vistazo al mapa.

Ascendieron por una destartalada escalera hasta un barracón. Era la típica tienda de Alaska, un híbrido de tienda de ultramarinos, farmacia, ferretería y tienda de regalos. Los clientes podían encontrar allí desde insecticidas a latas de conservas, antibióticos, piezas de repuesto para los vehículos y vídeos.

Tinook examinó un mapa de pared.

—Aquí no hay nada con forma de pico de águila —dijo rascándose la nuca—. Quizá deberían hablar con Clarence.

—¿Quién es Clarence?

—Mi abuelo. Antes viajaba mucho por toda esta zona y le encanta hablar con los forasteros.

Austin puso cara de circunstancias. Estaba impaciente por volver a volar. Trató de deshacerse diplomáticamente de Tinook, pero de pronto reparó en que detrás del mostrador colgaba un fusil. Se acercó. Era una carabina M1, el fusil reglamentario de la infantería estadounidense durante la Segunda Guerra Mundial. Ya había visto M1 antes pero aquel estaba tan bien conservado que parecía nuevo.

—¿Es suyo ese fusil? —le preguntó a Tinook.

—Me lo regaló mi abuelo, pero utilizo el mío para cazar. Ese M1 tiene mucha historia. ¿De verdad no quieren hablar con mi abuelo? Podría serles muy útil.

Zavala notó por la expresión de Austin que su compañero volvía a interesarse en la cuestión.

—No me vendría mal estirar un poco más las piernas. Además, aquí no hemos de preocuparnos por volver a casa antes de que oscurezca.

Joe captó la ironía. Porque, en efecto, la luz diurna duraba allí veintidós horas diarias, e incluso después de la puesta del sol la noche no era más que un corto rato de penumbra.

Mike los guió por una calle fangosa, flanqueada de cabañas, por la que correteaban niños de cara redonda, los huskies dormitaban junto a las puertas y los salmones se curaban al sol colgados de listones.

El joven se acercó a la puerta de una cabaña más pequeña que las demás, y llamó con los nudillos.

—Soy yo, abuelo —se anunció.

—Entra.

Olía a leña quemada y guisado de carne. Apenas había muebles, ni siquiera cocina. El guiso estaba en una cacerola encima de un fogón portátil. Solo había una litera en un rincón y una mesa cubierta con un hule a cuadros rojos y blancos.

Un hombre más viejo que un glaciar estaba sentado frente a la mesa pintando una figurita de madera, de unos quince centímetros de altura, que representaba a un oso. A ambos lados tenía otras figuritas que representaban lobos y águilas.

—Abuelo, a estos señores les gustaría oír la historia de tu fusil.

Los ojos del anciano, oscuros y vivaces, emitían un fulgor de persona inteligente y simpática, y alegraban la severidad que incontables arrugas daban a su rostro.

Clarence llevaba gafas de montura negra y su poblada cabellera blanca estaba pulcramente peinada hacia un lado. Les dirigió una franca sonrisa.

Aunque debía de tener más de ochenta años, les estrechó la mano con vigor; tenía aspecto de ser capaz de ahogar a un león marino con sus propias manos. Sin embargo, su voz era tan queda como el murmullo de la nieve empujada por una suave brisa.

—He de volver a la tienda, abuelo. Ya habré repostado el hidroavión cuando ustedes vuelvan —dijo Mike.

—Hago estas figuritas para las tiendas de regalos de Anchorage —dijo el anciano dejando a un lado el oso y el tarrito de pintura—. Me alegro de que se hayan detenido aquí. Llegan para el almuerzo —les dijo señalando dos desvencijadas sillas y, haciendo caso omiso de las protestas de los visitantes, llenó con un cucharón tres cuencos de porcelana con el estofado. Luego llenó una cuchara—. Pruébenlo a ver qué tal.

Austin y Zavala lo hicieron y asintieron con cara de satisfacción.

El anciano les sonrió contento.

—¿Es caribú? —preguntó Zavala.

Clarence se agachó hacia un cubo de la basura y sacó una lata de estofado de ternera.

—Mike es un buen muchacho —dijo Clarence—. Él y su mujer me compran cosas para que no tenga que cocinar. Se preocupan por mí porque vivo solo desde que murió mi mujer. Me gusta hablar con los forasteros, pero no quiero resultar pesado.

Austin miró en derredor. Las paredes estaban decoradas con arpones primitivos y artesanía esquimal. Un grabado de Norman Rockwell que representaba a un muchacho en la consulta de un dentista colgaba junto a una máscara que evocaba a una morsa feroz. También había fotografías familiares, muchas de ellas de una mujer hermosota, probablemente la difunta esposa del anciano. El objeto que menos encajaba en la decoración era un ordenador instalado en un rincón.

El abuelo Tinook reparó en la risueña mirada de Austin al verlo.

—Es asombroso. Como tenemos conexión vía satélite nuestros niños pueden ver cómo es el resto del mundo. Con ese trasto puedo hablar con cualquiera en cualquier parte del mundo. De modo que nunca estoy solo.

Austin dedujo que Clarence no era el típico viejo que mascaba chicle y contaba fanfarronadas. Y lamentó haber querido rehuir verlo.

—Nos gustaría que nos contase la historia de su fusil —dijo Austin.

Cuando los tres hubieron dado cuenta del estofado, el abuelo Tinook fue a dejar los cuencos en el fregadero y volvió a sentarse. Entornó los ojos como si le costase recordar. Pero en cuanto empezó a hablar quedó claro que había contado aquello muchas veces.

—Un día, hace muchos años, salí a cazar. Por entonces abundaban las truchas y los salmones, se ponían trampas para cazar zorros y había manadas de caribús. Siempre cobraba alguna pieza. Tenía un trineo de aluminio con un buen motor. Me era muy útil para trasladarme de un lugar a otro. Si me alejaba demasiado de casa para volver por la noche, solía quedarme en un viejo aeropuerto.

Austin miró a Zavala. En Alaska llamaban aeropuertos a simples pistas.

—¿Dónde estaba ese aeropuerto? —preguntó.

—Muy al norte. Era de la época de la Primera Guerra Mundial. Solían llevar aeroplanos a Rusia y lo utilizaban para escalas técnicas. Los dirigibles solían buscar submarinos. Ya no quedaba gran cosa. Había una cabaña donde podía encender fuego para estar calentito y seco. También me servía para guardar las piezas cobradas e incluso ahumarlas, hasta que llegaba el momento de volver a casa.

—¿Cuánto tiempo hace de eso?

—Unos cincuenta años. Ya no tengo tanta memoria como antes, pero recuerdo que un día ellos me dijeron que no volviese por allí.

—¿Ellos?

—Durante meses no vi a nadie. Un día aparecieron dos hombres en un avión justo cuando yo estaba cocinando una trucha. Eran dos blancos malcarados. Me dijeron que eran funcionarios del gobierno y que querían saber qué estaba haciendo yo allí. En cuanto les di un poco de pescado se mostraron más amables. Me dijeron que se iba a realizar una operación de alto secreto y que ya no podría volver allí. Pero que me comprarían toda la carne y todo el pescado que pudiese proporcionarles. Uno de ellos me regaló el fusil que han visto para que cazase venados. Yo les llevé mucha carne y mucho pescado, pero nunca nos encontrábamos en el aeropuerto sino a mitad de camino.

—¿Vio usted aviones?

—Claro, muchísimos que iban y venían. Una vez, estaba cazando y oí uno que hacía tanto ruido como cien cascadas. Grande como todo este enclave y de una forma rarísima.

—¿Qué forma tenía?

Fue hasta una de las paredes y descolgó un arpón de un gancho.

—Una cosa así —dijo tocando la punta triangular.

—¿Y cuánto tiempo cazó para ellos? —preguntó Austin.

—Unos seis meses, me parece. Un día se presentaron y me dijeron que ya no me necesitaban y que no volviera a acercarme al aeropuerto, porque corría el peligro de pisar una mina; que el fusil podía quedármelo. Y se marcharon sin más.

—Pues nosotros estamos buscando un viejo aeródromo que al parecer se encuentra en un cabo con forma de pico de águila. Pero no lo encontramos.

—Ah, es ese, tenía esa forma. Lo que ocurre es que los hielos y el viento lo han deformado. En verano los ríos se desbordan e inundan la tierra. Ya no tiene la misma forma que antes. ¿Llevan un mapa?

Kurt sacó el mapa del bolsillo de su anorak y lo desplegó.

El abuelo Tinook posó un grueso dedo índice en un sector de la costa, junto a uno de los sombreados que Austin había hecho con el lápiz.

—Está exactamente aquí —dijo el anciano.

—Pues hemos debido de sobrevolarlo —dijo Zavala.

—¿Le dijeron aquellos hombres cómo se llamaban? —preguntó Austin.

—Sí, uno se llamaba Jorgito y el otro Jaimito...

Zavala se echó a reír.

—Ya, el otro sobrino del pato Donald debía de estar ocupado en otras cosas.

El anciano se encogió de hombros.

—Ya había leído tebeos del pato Donald cuando estuve en la marina mercante. Debieron de tomarme por tonto pero yo dejé que lo creyesen.

—Pues probablemente hizo muy bien.

—Como les digo, eran tipos malcarados, aunque nos hicimos buenos amigos. Después de la guerra volví al aeropuerto. Creo que lo de las minas solo me lo dijeron para asustarme. Olía a podrido. —Hizo una pausa, pensativo—. Quizá puedan explicarme algo que siempre me ha intrigado. ¿Cuál era aquella operación tan secreta? No estábamos en guerra con los japoneses entonces. La guerra había terminado.

—Hay algunos hombres que no pueden vivir sin la guerra —repuso Austin—. Y si no hay guerra, la provocan.

—Eso me parece un disparate. Aunque... qué voy a saber yo. En fin... eso ocurrió hace muchos años. ¿Para qué quieren ir a ese aeropuerto tan viejo?

Por una vez Austin no supo qué contestar. Pudo haberle dicho lo importante que era para ellos encontrar la sustancia anasazium, antes de que la Gogstad diese con ella y provocase una catástrofe mundial. Pero, al margen de la conveniencia de decírselo o no, de serle del todo sincero, Austin habría tenido que decirle que también quería que se hiciese justicia sobre lo ocurrido con el padre de Buzz Martin.

—Es que, en cierta ocasión, un muchacho asistió al entierro de su padre, aunque su padre no había muerto —contestó finalmente.

El anciano asintió con la cabeza con expresión solemne, como si la extraña y críptica respuesta lo aclarase todo.

Austin estaba ya dándole vueltas al siguiente paso.

—Muchas gracias por habérnoslo contado —dijo Kurt levantándose—. Y por el estofado; estaba muy bueno.

—Un momento... —les dijo el anciano, y cogió dos figuritas de las que tenía en la mesa.

—Tomen. El oso para la fuerza y el lobo para la astucia.

Austin y Zavala volvieron a darle las gracias por su generosidad.

—Prefiero darles algo para que les traiga suerte, después de haberles dicho dónde está el lugar que buscan. Porque me barrunto que, sin van allí, la van a necesitar.


## 30

El cegador reflejo del sol sobre la superficie del agua, quieta y lisa como un espejo, les había impedido ver con claridad el Pico del Águila al sobrevolarlo la primera vez. Solo se veía una fina y dentada medialuna de tundra, parte de una llanura inundada contigua a la costa, que se extendía hasta una bahía en forma de pera.

Zavala viró, describió un amplio arco y luego cruzó el cabo a unos setenta metros de altitud. El curvado saliente de tierra tenía casi dos kilómetros de longitud y apenas uno de anchura. Un marjal negruzco rodeaba los bordes y acentuaba el efecto de la erosión que había desfigurado su forma original.

—Trata de acercarte lo más posible a esa morrena —dijo Austin señalando hacia los monticulillos de origen glaciar que empezaban donde el cabo se unía a la costa.

Zavala se tocó la visera de su gorra de béisbol que llevaba la sigla NUMA.

—Pan comido. Este aparato podría posarse en la cabeza de un alfiler. Prepárate para un aterrizaje de cine.

Austin tenía una ilimitada confianza en la destreza de Zavala, avalada por sus muchísimas horas de vuelo con todo tipo de aparatos. Aunque a veces arriesgaba tanto que lo imaginaba como si Snoopy creyese que su caseta era un búnker de la Primera Guerra Mundial. Desechó la idea al ver que Zavala volvía a sobrevolar el cabo, viraba a baja altura y reducía la velocidad hasta que los flotadores del hidroavión se deslizaron suavemente por el bajío.

Cuando el aparato estaba a punto de detenerse oyeron un ruido sordo bajo sus pies seguido del estrépito de hierros retorcidos. El hidroavión hizo un trompo como si fuese un artilugio de un parque de atracciones. Austin y Zavala rebotaron contra sus cinturones de seguridad como muñecos de trapo. Sin dejar de girar sobre sí mismo el aparato se detuvo y Zavala consiguió parar el motor.

Cuando la hélice se hubo detenido Austin se palpó la cabeza para asegurarse que aún la tenía unida al cuerpo.

—Si esto ha sido una aterrizaje de cine, prefiero no imaginarme uno de emergencia. ¿No decías que este aparato era capaz de posarse en la cabeza de un alfiler?

Zavala se ajustó la gorra y las gafas de sol reflectantes.

—Perdona —dijo con una humildad inhabitual en él—. Puede que antes los alfileres tuviesen la cabeza más grande.

Austin se limitó a mirarlo con una mueca y sugirió que revisasen todo el aparato. Pero en cuanto se asomaron por la puerta de la cabina una nube de mosquitos de Alaska, grandes como cóndores y ávidos de sangre humana los obligó a entrar de nuevo. Después de casi ducharse con insecticida se aventuraron fuera. Bajaron del aparato hundiéndose en el bajío hasta las rodillas y examinaron el metal retorcido que unía el fuselaje al flotador.

—Me temo que vamos a tener que darle explicaciones a la agencia que nos lo ha alquilado, pero podremos despegar —dijo Zavala, que fue chapoteando a lo largo de la franja de tierra. Al cabo de unos momentos, se agachó y se volvió hacia Austin—. Eh, mira esto.

Austin se acercó y examinó un poste metálico sumergido, a pocos centímetros de la superficie. Era un poste hueco que se había partido y de cuyo interior asomaban cables eléctricos.

—Te felicito —dijo Austin—. Me parece que has dado con una luz de señalización de aterrizaje.

—La intuición de Zavala nunca falla.

Zavala siguió inspeccionando la franja y, al cabo de unos minutos, dio con otro poste, que tenía la lámpara y el cristal todavía intactos.

Austin inspeccionó los alrededores y trató de orientarse. Era fácil deducir por qué habían elegido aquel lugar tan remoto para instalar una base secreta. El terreno era tan liso como la cubierta de un portaaviones y apenas debió de necesitar acondicionamiento. Miró hacia las lomas desde las que el sol se reflejaba en una retícula de arroyos que desembocaban en una laguna contigua a la franja.

Bajaron el equipo del hidroavión, se cargaron las mochilas a la espalda y fueron vadeando hacia un altózano a menos de quinientos metros de allí. Aunque las botas que llevaban impedían que se mojasen los pies, el agua les salpicaba los pantalones impermeables.

Respiraron con alivio al notar que la temperatura debía de rondar los 10 ºC. El bajío era cada vez menos profundo y se convertía en un esponjoso fangal. Luego empezaron a pisar terreno firme, al adentrarse entre ranúnculos, crocos y amapolas. Descubrieron más luces de señalización, alineadas hacia el altozano. Al llegar a un tramo se detuvieron a mirar una enorme bandada de patos que flotaba en el marjal como una oscura humareda. El silencio era tan absoluto que tuvieron la sensación de estar en otro planeta.

Siguieron caminando hasta el pie del altozano, de pendiente abrupta y cumbre redondeada, que recordaba vagamente la forma de una *ciapatta* italiana. Se veían rodales de piedra negra cubiertos de líquenes y musgo a través de la espesura que tapizaba gran parte de la loma.

A Kurt le extrañó que, a diferencia de las lomas que se hallaban a unos centenares de metros de allí y que enlazaban unas con otras como picos de sierra, aquel altozano se alzase en el minúsculo cabo aislado de los demás accidentes del terreno.

—¿No te parece raro que en un sitio tan llano se alce una loma?

—Siento no poder contestarte. No soy geólogo.

—Pero aun me extraña más lo de estas luces de aterrizaje, porque están situadas en hileras que van directamente hacia la base del promontorio.

Se fijó en un poste que quedaba al descubierto y deslizó los dedos por la superficie. Con la hoja de su machete rebanó una laminilla, la examinó y se la pasó a Zavala.

—Pintura —exclamó Zavala pasando la mano por la reluciente superficie que el machete había dejado al descubierto—. Un poste de acero. Se tomaron muchas molestias para mantener esto oculto.

Austin retrocedió varios pasos y alzó la vista hacia la cumbre del altozano.

—Clarence Tinook dijo algo acerca de una vieja base de dirigibles. Puede que haya un hangar bajo ese montículo.

—Tendría sentido, y encajaría con nuestra teoría de que utilizaron una base ya existente. Lo que no sé es cómo vamos a poder entrar, caso de que sea lo que pensamos.

—Prueba con la fórmula mágica «Ábrete Sésamo», y ponle mucha fe.

Zavala dio un paso atrás y pronunció las célebres palabras de *Alí Babá y los cuarenta ladrones*. Como la magia no funcionó, hizo una mueca.

—¿No conoces otra fórmula mágica?

—No, a eso se reduce mi repertorio —dijo Kurt encogiéndose de hombros.

Rodearon el supuesto hangar. Del suelo asomaban los cimientos de pequeñas construcciones que podían haber sido cabañas prefabricadas. En un vertedero vieron montones de latas oxidadas y cristales rotos, pero nada parecido a una entrada al montículo.

Fue Zavala quien topó literalmente con la entrada. Austin iba varios metros por delante cuando oyó un grito y se volvió rápidamente. Joe acababa de desaparecer como si se lo hubiese tragado la tierra, algo que quedó cumplidamente confirmado al oír Austin que, una voz de ultratumba procedente del subsuelo, soltaba una retahíla de tacos. Volvió sobre sus pasos con precaución y vio a Zavala en un sótano, que parecía un hoyo cubierto de vegetación.

—¿Estás bien?

—Sí, la maleza que cubría este maldito hoyo me ha hecho de colchón —contestó Zavala—. Baja. Hay unos escalones.

Austin bajó hasta el fondo del hoyo, que tenía unos dos metros y medio de profundidad. Joe estaba de pie frente a una puerta de acero entreabierta.

—Ya sé lo que vas a decirme: la infalible intuición de Zavala —refunfuñó Austin.

—Pues ¿qué crees tú que ha sido?

Austin sacó una pequeña linterna de luz halógena. La puerta se abrió tras unos persuasivos empujones del hombre de Austin, que entró seguido de Zavala. Un aire frío y fétido les dio en la cara como si estuviesen en un depósito de cadáveres. El haz de la linterna les permitió ver un pasillo cuyas paredes y techo de cemento no aislaban eficazmente del hielo perpetuo del suelo e intensificaban la sensación de frío. Se subieron el cuello de los anoraks y se adentraron por el pasillo.

Había varias puertas que comunicaban con el vestíbulo del búnker subterráneo. Austin iluminó las estancias con la linterna. Camas metálicas oxidadas y colchones podridos indicaban que aquello se había utilizado como dormitorio. Más allá encontraron una cocina y una despensa. La última estancia era una sala de comunicaciones.

—Todo parece indicar que se largaron a toda prisa —dijo Zavala.

Todas las cabinas y aparatos parecían destrozados a martillazos.

Siguieron por un pasadizo, rodeando un hueco ancho y rectangular. El enrejado metálico que sin duda debió de cubrirlo estaba casi completamente oxidado.

Austin enfocó la linterna al fondo del hueco.

—Puede que sea un registro de ventilación o de calefacción —dijo Zavala.

El pasadizo terminaba en un corto tramo de escaleras que conducía a otra puerta de hierro.

Ambos supusieron que estaban justo debajo del hangar. Kurt abrió la puerta y entró. De inmediato notó un cambio de atmósfera. El frío era menos cortante y había menos humedad que en la zona de cemento del búnker. El olor a cerrado quedaba ahogado por el olor a gasóleo y aceite.

En la pared de la derecha había un interruptor y un rótulo que ponía: «Generador». Austin le indicó a Zavala que lo accionase. En principio no surtió ningún efecto, pero luego se oyó un clic en la oscuridad y el petardeo de un motor.

Las luces del techo se encendieron, proyectaron un tenue resplandor y, a los pocos instantes, un intenso brillo iluminó la abovedada cueva artificial.

Zavala se quedó sin habla al ver que en el centro de la cueva se alzaba lo que parecía un ángel exterminador de la mitología noruega.

Se acercó y se situó detrás de la nave y palpó una de las aletas, que se extendía desde la cola del fuselaje.

—Una preciosidad —musitó como si se refiriese a una hermosa mujer—. He leído cosas acerca de estas maravillas, y las he visto en películas, pero nunca las imaginé tan fantásticas.

Austin se detuvo a su lado recorriendo con la mirada aquella especie de escultura de aluminio.

—O hemos dado con una cueva de murciélagos antediluvianos o hemos encontrado el misterioso ala delta perdido —dijo.

Zavala pasó bajo el fuselaje.

—Una vez leí que las aletas le fueron acopladas después para darle mayor estabilidad, cuando pasaron de la propulsión por hélice a la propulsión a chorro. Tiene cincuenta y siete metros desde la punta de un ala a la punta de la otra.

—O sea, la mitad de la longitud de un campo de fútbol —dijo Austin.

—Sí —asintió Zavala—. Fue el avión más grande de su tiempo, aunque solo tiene diecisiete metros desde el morro a la cola. Fíjate en los motores a reacción. En el original los ocho estaban acoplados dentro del fuselaje. Pero en este situaron dos bajo las alas para dejar más espacio para los depósitos de combustible. Y eso encaja con lo que antes has comentado sobre las modificaciones para aumentar su autonomía.

Fueron hasta el morro del aparato. Las aerodinámicas líneas resultaban aun más impresionantes desde allí. Y aunque el aparato pesaba más de doscientas toneladas parecía no ejercer apenas presión sobre el trípode del tren de aterrizaje.

—Jack Northdrop consiguió un logro impresionante con este diseño —dijo Austin.

—Desde luego. Es tan estilizado y plano que apenas hay superficies detectables por el radar. Incluso lo pintaron de negro como los actuales aviones «invisibles». Subamos —dijo Zavala impaciente.

Ascendieron por una escalerilla, entraron por una compuerta situada en la parte inferior del fuselaje y avanzaron por una corta rampa.

Al igual que el resto del avión, la cabina de mando era distinta a las convencionales. Zavala se sentó en el sillón giratorio del piloto. Una palanca hacía que el asiento subiese más de un metro hasta el interior de la carlinga, que parecía una burbuja de plexiglás. El panel de instrumentos estaba entre los asientos del piloto y el copiloto, y los mandos fijados a la parte baja de la carlinga, de manera similar a los de las lanchas «voladoras» de la armada como la *Catalina*.

—Esto proporciona una visibilidad fantástica —dijo Zavala—. Como si estuvieras en la cabina de un caza. —Se había sentado en el asiento del copiloto, situado a la derecha.

Mientras Zavala estudiaba los controles, Austin fue a explorar el resto del aparato. El asiento del mecánico de vuelo estaba frente a una consola llena de impresionantes aparatos, unos tres metros detrás del copiloto, de cara a cola. La cabina de descanso de los pilotos, el compartimento de literas para los tripulantes, el cuarto de baño y la cocina indicaban que el aparato estaba concebido para misiones de larga duración.

Kurt se sentó en el asiento del artillero y miró por

la ventanilla tratando de imaginarse sobrevolando el desolado paisaje siberiano. Luego se introdujo en el compartimiento de las bombas.

Zavala seguía en el asiento del copiloto cuando Austin regresó a la cabina.

—¿Has encontrado algo ahí atrás? —le preguntó a Austin.

—No. El compartimento de las bombas está vacío.

—¿No hay bombas?

—No. Ya ves... con las ilusiones que nos habíamos hecho con esta preciosidad, resulta que no es tan «explosiva».

Zavala esbozó una sonrisa de fingida lascivia.

—Es lo que pasa por colarse solo por la apariencia. Siempre me han atraído las mujeres mayores. Te enseñaré algo. Aún le queda un hálito de vida a esta preciosidad —dijo, y accionó un interruptor. El panel de instrumentos emitió un rojizo resplandor.

—Tiene conectados los inyectores de combustible y está lista para despegar —dijo Austin con incredulidad.

—Debe de estar conectada al generador —asintió Zavala—. No hay razón para que este aparato no pueda seguir funcionando. Aquí ha estado en un ambiente frío y seco; y lo tuvieron en perfectas condiciones hasta que abandonaron este antro.

—Hablando de antros, convendría inspeccionarlo todo a fondo.

Zavala salió a regañadientes de la cabina. Bajaron del avión y recorrieron el perímetro del hangar. Aquel espacio estaba obviamente concebido para un óptimo mantenimiento del aparato. Había carretillas elevadoras hidráulicas y grúas, equipos de revisión, bombas de gasóleo y de aceite.

Joe se detuvo maravillado frente a una pared en la que colgaban todo tipo de herramientas, tan limpias como instrumentos quirúrgicos.

Austin se asomó a un cuarto de almacenaje. Miró en derredor y llamó a Zavala.

Apilados desde el suelo hasta el techo había docenas de cilindros como el encontrado flotando en el mar frente a la costa de Baja California. Austin cogió con cuidado uno de los cilindros y lo sopesó.

—Este es mucho más pesado que el cilindro vacío que tengo en mi despacho.

—Puede que contenga anasazium. Lo lógico es que sea un metal muy pesado.

—La infalible intuición de Zavala ataca de nuevo —dijo Kurt sonriente—. Reconocerás que hemos venido por esto.

—Supongo. Pero ahora comprendo por qué Martin se enamoró de este aparato.

—Confiemos en que no fuese otro caso de «atracción fatal». Vamos a tener que reflexionar detenidamente lo que hayamos de hacer.

Zavala echó un vistazo al cuarto de almacenaje.

—Vamos a necesitar un aparato más grande que el Maule para transportar todo esto.

—¿Sabes qué te digo? Que por hoy nos hemos dado ya un buen palizón. Volvamos a Nome. Desde allí podemos pedir refuerzos. No me entusiasma el modo en que hemos entrado. Busquemos otra salida.

Volvieron al morro del ala delta. El aparato apuntaba hacia la parte más ancha del hangar, de cara a la pista. Probaron a abrir una puerta que seguramente conducía al exterior, pero estaba atrancada por la vegetación. Una amplia sección de la pared parecía poder moverse arriba y abajo como la puerta de un garaje.

Austin vio un interruptor en la pared bajo un rótulo que decía «puerta». Y, como con el interruptor del generador habían tenido suerte, accionaron también aquel. Enseguida se oyó el zumbido de unos motores y luego chirridos metálicos. Los motores no acababan de mover la puerta, atrancada también por la maleza, pero al fin lo lograron. La puerta se abrió por completo y la salida quedó expedita.

Era casi medianoche y el sol se ponía con un resplandor plomizo en la tundra.

Salieron y se giraron. Al mirar el extraño aparato en aquel hangar que el padre de Buzz Martin había llamado «nevera», oyeron el petardeo de un motor a sus espaldas. Al girarse, vieron un helicóptero de grandes dimensiones descendiendo del cielo como un predador.

El aparato hizo una pasada sobre el hidroavión, se detuvo luego en el aire y se alejó un poco. Pero a unos centenares de metros dio media vuelta.

Kurt y Joe vieron un fogonazo en la parte delantera del helicóptero y, casi al instante, el hidroavión estalló en un infierno de llamaradas rojas y amarillentas. Una negra humareda se elevó de la pira funeraria de lo que hasta unos momentos antes había sido un hidroavión, y las llamas iluminaron centenares de metros de tundra a la redonda.

—Acabamos de perder la fianza por el alquiler del aparatito —dijo Zavala.

El helicóptero enfiló hacia el hangar.

Austin y Zavala se habían quedado estupefactos durante los segundos transcurridos desde la aparición del helicóptero hasta el cumplimiento de su destructora misión. Comprendiendo lo vulnerables que eran en aquellos momentos, corrieron hacia el hangar. El helicóptero se les echaba encima y blancos fogonazos surgieron de sus ametralladoras, levantando géiseres de agua y barro, acribillando la franja por la que corrían Kurt y Joe.

Se echaron cuerpo a tierra en el interior del hangar por el lado donde estaba el interruptor. Austin se incorporó lo justo para accionarlo. Volvió a oírse el rechinar de la maquinaria y la puerta empezó a cerrarse lentamente.

El helicóptero aterrizó a unos cien metros de la entrada. Desembarcaron varios hombres con uniformes verdes, se desplegaron y avanzaron hacia el hangar, armados con metralletas.

Por desgracia Zavala había dejado su arma en el hidroavión. Austin sí llevaba su revólver Bowen e hizo un par de disparos para, por lo menos, preocupar un poco a los atacantes. Cuando la puerta del hangar se hubo cerrado por completo, el tableteo de las metralletas apenas se oyó.

—Voy a echarle el cerrojo a la puerta trasera —dijo Austin, y corrió hasta el fondo el hangar, por donde habían entrado.

Luego corrieron por el pasadizo hasta el hueco del sótano. Confiando en que los atacantes fuesen tan estúpidos como audaces, llevaron a rastras uno de los colchones del dormitorio de las literas y taparon el hueco del registro de ventilación. Luego corrieron de nuevo a bloquear la puerta que conducía al hangar.

Todo quedó en silencio, pero no se hacían ilusiones. Era obvio que los atacantes no querían dañar el ala delta pero unos cuantos cohetes bien dirigidos, o cargas explosivas, podían abrir las paredes metálicas del hangar como una lata de sardinas.

—¿Quiénes serán? —preguntó Zavala casi sin aliento.

Se oyeron fuertes golpes en las paredes como si probasen su consistencia. Los ojos verdes de Austin recorrieron el hangar.

—O mucho me equivoco o no tardaremos en saberlo.

## 31

Una ensordecedora explosión retumbó en toda la estructura de acero como si estuvieran en el interior de una campana. Esquirlas de metal al rojo y maleza ardiendo irrumpieron por un boquete abierto en la parte superior de la fachada del hangar. Entró un haz de luz natural, pero el grueso colchón de vegetación crecido a lo largo de varios decenios amortiguó el efecto de la explosión.

—Apuntan alto para no dañar el ala delta. Probablemente confían en que nos asustemos y salgamos —dijo Austin mirando el boquete.

—Pues lo están consiguiendo. Porque estoy acojonado.

Pero Zavala no daba la impresión de estar asustado en absoluto. Se habría retirado hacía mucho tiempo del Grupo de Operaciones Especiales de la NUMA si fuese presa del pánico fácilmente. Recorrió con la mirada el hangar buscando algo que pudiera darles alguna oportunidad.

La reverberación provocada por la explosión apenas se había extinguido cuando oyeron fuertes martillazos en la puerta de hierro de la parte trasera.

Austin y Zavala corrieron bajo el avión y empujaron cajas de herramientas, bancos, taquillas de almacenaje y todo lo que pudieron arrastrar contra la puerta. La improvisada barricada solo frenaría a los atacantes durante unos minutos. Pero les preocupaba más la parte delantera, donde se hallaba el fuego principal de los atacantes. Al correr bajo el fuselaje del aparato Zavala alzó la vista hacia los motores. Los negros tubos de escape que sobresalían de la parte trasera del alta delta parecían cañones que asomasen de troneras.

—Mira, Kurt —dijo Joe sujetándolo del brazo—, esos reactores apuntan hacia la pared trasera. Si pusiéramos en marcha los motores podríamos dispensarles a esos chicos una calurosa bienvenida.

Austin pasó bajo el fuselaje. Se incorporó frente al vértice del ala delta, con los brazos en jarras, y miró hacia la cabina del piloto.

—Claro que... aunque consiguiésemos salir del hangar no tendríamos a donde ir. Se me ocurre algo mejor —dijo pensativo.

Trabajar con Austin había familiarizado a Zavala con la poco ortodoxa manera en que funcionaba la mente de su compañero.

—Bromeas, ¿verdad? —exclamó Joe creyendo adivinarle el pensamiento.

Pero Austin lo miró muy serio.

—Antes has dicho que todo funcionaba, ¿no? —dijo—. Si podemos poner en marcha los motores, ¿para qué vamos a malgastar combustible para freír a esos chicos si simplemente podemos dejarlos con un palmo de narices?

—Ya. Y nosotros con un par de narices estrelladas —dijo Joe mirándolo estupefacto.

—Reconócelo. ¿A que has sentido el cosquilleo de pilotar esta preciosidad?

—Esta preciosidad podría poner objeciones. A lo mejor los motores no arrancan, o el gasóleo podría haber perdido potencia —objetó Zavala. Y expuso una relación de otras posibilidades negativas, pero por su manera de sonreír estaba claro que descartaba la de un desastre. Austin le había despertado su ansia de pilotar todo tipo de aparatos.

—Ya sé que no será fácil. Esos camiones de ahí probablemente son los que utilizaban para sacar el aparato hasta el exterior para el despegue. Nosotros no podremos permitirnos ese lujo. Tendremos que salir por las bravas.

—Hace cincuenta años que los motores de este

aparato no se ponen en marcha. Puede habérseles olvidado roncar —dijo Zavala.

—Piensa en la escena de aquella película de Woody Allen donde arranca un Volkswagen que llevaba décadas en una cueva. Será pan comido.

—Esto no es precisamente un Volkswagen —protestó Zavala sonriente, aunque estaba claro que la idea había calado en él más que como algo de vida o muerte como un reto fascinante—. Primero tendré que comprobar si hay algo para inflar los neumáticos del tren de aterrizaje. No podríamos ir a ninguna parte sin ellos.

Desenrollaron rápidamente la manguera del aire e inflaron los neumáticos. Los martillazos habían cesado aunque la puerta de hierro seguía cerrada. La interrupción de los martillazos escamó a Austin: podía significar que los atacantes se disponían a volar la puerta. Pero no tuvo tiempo de preocuparse por ello porque otra tremenda explosión se oyó en la parte delantera del hangar. La onda expansiva los lanzó de bruces contra el suelo empapado de aceite. Habían disparado otro cohete para ensanchar la brecha abierta por el primero. El humo de la maleza ardiendo llegó hasta el techo.

—¡Larguémonos! —gritó Austin—. Tendremos que parar en una gasolinera para acabar de inflar los neumáticos. Deja la escotilla inferior abierta. En cuanto oiga que los motores arrancan accionaré el interruptor de la pared y mientras la puerta se abre subiré a bordo.

—No olvides cortarle el cordón umbilical a esta preciosidad —dijo Zavala corriendo hacia la escotilla.

Austin se situó junto a la pared con la mano sobre el interruptor. Era consciente de que tenían casi todas las probabilidades en contra, pero confiaba en que la maquinaria bélica americana demostrase su eficacia.

Zavala subió al alto asiento del piloto y miró a través de la carlinga de plástico. Parpadeó al ver aquel extraño panel de instrumentos. Tendría que hacer un curso acelerado. Se relajó tratando de recordar el procedimiento que seguía para pilotar la *Catalina*, procurando no mirar todos los diales sino solo las agujas que indicasen algún problema. Todo parecía funcionar perfectamente. En la consola central, situada entre los dos asientos, estaban la radio y los diales de combustibles y aire. Sus dedos empezaron a pulsar botones y accionar interruptores y el cuadro de mandos se iluminó como una máquina tragaperras.

Zavala contuvo el aliento y fue accionando los interruptores de ignición uno a uno. Las turbinas ronronearon y luego emitieron un agudo zumbido. Le hizo señas a Austin indicándole que los motores funcionaban. Su compañero asintió.

Joe probó el acelerador. Austin accionó el interruptor de la puerta, que al empezar a abrirse dejó pasar una estrecha franja de luz natural y corrió entonces bajo el fuselaje y desconectó los amarres. Luego, utilizando el mazo que había cogido al efecto, retiró los calzos de madera que bloqueaban las ruedas. Después, a tientas entre la humareda, se aupó al interior de la escotilla y la cerró.

Los chorros de fuego que proyectaron las toberas hacia la parte trasera del hangar hicieron que, todo lo que no estaba fijado con pernos se estampase contra la pared a causa de la tremenda fuerza o se fundiese con el enorme calor. El estruendo fue tan ensordecedor que era casi imposible pensar, y una humareda abrasadora y asfixiante llenó el hangar.

Austin llegó jadeante al asiento del copiloto.

—Todo tuyo, muchacho.

—Tiene algunos achaques pero no está mal para su edad —dijo Zavala, y alzó ambos pulgares sin quitarle ojo a la puerta, que seguía abriéndose.

Sin soltar los frenos tiró del acelerador hasta darle

la máxima potencia. De haber contado con una tripulación al completo, Zavala le habría preguntado al mecánico de vuelo si los motores se comportaban con normalidad, pero no tuvo más remedio que confiar en su experto oído. Era imposible distinguir entre cada uno de los motores, aunque el rugido uniforme era una buena señal.

La puerta del hangar se trabó unos segundos y luego se abrió del todo. Zavala soltó los frenos y el aparato dio un brinco hacia delante. Accionó las palancas suavemente y profirió un grito jubiloso al notar que la potencia de miles de caballos impulsaba el avión hacia el exterior. Pero su júbilo duró poco.

El helicóptero estaba en medio de la línea de despegue. Había aterrizado tras abrir el segundo boquete y estaba ahora posado en la tundra, a unos quinientos metros de la entrada del hangar. Varios hombres de uniforme verde estaban junto al hangar preparados para el asalto cuando el ala delta emergió como un monstruoso pájaro negro. Su sorpresa inicial se convirtió en pánico y se dispersaron como hojas impulsadas por el viento.

El piloto del helicóptero estaba recostado en el fuselaje fumando un cigarrillo cuando vio al aparato enfilar hacia él. Subió de un salto a la cabina donde tuvo que elegir entre tres alternativas. Podía quedarse donde estaba y dejar que lo embistiesen; podía disparar toda la artillería contra el aparato que se abalanzaba sobre él y confiar en que sus disparos perforasen el fino fuselaje; u optar por elevarse.

Austin notó como si un enorme pájaro carpintero picotease el fuselaje. Zavala creyó que se desprendía uno de los motores y solo respiró con cierto alivio cuando Austin le aclaró de qué se trataba.

—Nos están ametrallando. ¿Vas a elevarte de una vez o piensas rodar por la tundra hasta Nome?

Debido a la inusual posición del panel de instrumentos, Zavala no podía ver todos los diales. Enfiló hacia el helicóptero para mantener el avión en línea recta y le gritó a Austin que le dijese cuál era la velocidad del viento (la del aparato sumada a la del viento de cola).

—¡Sesenta y cinco! —gritó Austin.

A Zavala le sorprendió la rápida aceleración del aparato, a pesar de su enorme masa y a que los neumáticos del tren de aterrizaje no tenían la presión adecuada. Tuvo que mantener un firme control de la palanca para evitar que el morro del avión se elevase.

—¡Noventa!

El tren de aterrizaje tocó el agua de la laguna pero la velocidad del aparato siguió en aumento.

—¡Ciento cuarenta!

El aparato se acercaba a su velocidad de despegue.

—¡Ciento setenta!

Zavala contó hasta diez y luego tiró de la palanca. Había dado por sentado que se alejarían con facilidad del helicóptero. Pero, en cuanto el ala delta se despegó del suelo, todo lo que pudo ver fue el cielo azul.

El piloto del helicóptero había tomado una decisión equivocada. Supuso que el enorme aparato con forma de murciélago que se abalanzaba hacia él lo embestiría en la superficie, y se elevó casi al mismo tiempo que se elevaba Zavala.

En el asiento del copiloto, Austin vio que el helicóptero se elevaba y quedaba a su altura. Sin reparar en la inminente colisión, Zavala iba concentrado en el despegue. A tenor del panel de instrumentos, Zavala sabía que la rápida aceleración del ala delta desgarraría el tren de aterrizaje, que se cerraba con mucha mayor lentitud. Los pilotos compensaban esto ocultándolo cuando el aparato estaba a menos de cien metros del suelo y elevando el morro en un ángulo muy pronunciado.

De no ser por la inusual maniobra el aparato habría

chocado. Evitaron la colisión por menos de un metro pero se oyó un tremendo estruendo metálico, al rozar el tren de aterrizaje los rotores del helicóptero, que se desintegraron. El aparato quedó suspendido en el aire unos momentos, antes de desplomarse y explotar en una bola de fuego.

El ala delta dio un bandazo, pero Zavala logró recuperar el control. Siguió ascendiendo y, al llegar a los 1.700 metros, equilibró el aparato.

Joe recordó entonces que se le había olvidado respirar. Aspiró con tal avidez que casi se aturdió. Austin le pidió que realizase un control de daños y Joe hizo una inspección visual del panel de instrumentos. El fuselaje estaba acribillado, se habían desprendido fragmentos de aluminio y un segundo motor empezaba a humear.

—Nos la han dejado como un queso ementhal, pero parece que resiste.

Zavala puso rumbo a Nome. En ese momento no importaba a qué altura volase, y mantuvo el aparato a unos mil metros. Al cabo de unos segundos se echó a reír a carcajadas.

—¿Se puede saber qué es tan gracioso? —le gritó Austin mientras intentaba hacer funcionar la radio.

—Pienso en la cara que pondrán cuando nos vean aparecer con un bombardero «invisible» ¡de hace cincuenta años!

—Pues ya te digo yo lo que pensarán y lo que les contestaremos: que volábamos en misión especial y fuimos abducidos por un ovni.

—Suena casi tan inverosímil como la verdadera historia —dijo Zavala meneando la cabeza.


La llegada del acribillado ala delta fue el acontecimiento más espectacular desde la primera carrera de trineos.

La noticia de que un avión de extraña forma se había posado sin tren de aterrizaje en una capa de hielo y nieve corrió como un reguero de pólvora y, al cabo de un rato, todo el enclave rodeó el aparato, expectante.

Austin llamó a Sandecker desde el aeropuerto para informar de sus hallazgos y pedir refuerzos. Sandecker se puso en contacto con el Pentágono, donde le informaron que un grupo de Operaciones Especiales estaba de maniobras en la base aérea de Elendorf, en las afueras de Anchorage. Y ordenaron al grupo volar hasta Nome.

Después de que Austin se reuniese con los de Operaciones Especiales para estudiar la estrategia a seguir, decidieron enviar un helicóptero para que realizase un vuelo de reconocimiento, y que luego siguiese el grueso del grupo de asalto.

Fue una coincidencia que Austin y Zavala regresaran a la base secreta de dirigibles en un helicóptero Pave Hawk, era de la misma clase que el que había patrullado por el área 51, el lugar secreto donde los obsesionados por los ovnis aseguran que se hallan restos de alienígenas y una nave extraterrestre que se estrelló.

El helicóptero sobrevoló la tundra a baja altura para evitar ser detectado. Al llegar a la base hizo una pasada por la inundada pista, rastreando la superficie con sus sensores de movimiento y vibración. Como no encontró rastro de vida, describió un amplio círculo. A bordo iban tres tripulantes, ocho soldados de Operaciones Especiales fuertemente armados y dos pasajeros, Austin y Zavala, que miraban escrutadoramente el cielo, expectantes. No tuvieron que aguardar mucho.

Un avión apareció desde el mar y sobrevoló la base. El cuatrimotor turbohélice Combat Talon estaba especialmente diseñado para transportar grupos de Operaciones Especiales incluso en las condiciones más adversas. Oscuras formas cayeron del fuselaje y, al cabo de unos segundos, se convirtieron en veintiséis paracaídas. Los paracaidistas descendieron hacia las suaves laderas de las lomas detrás del hangar del ala delta.

El helicóptero siguió volando en círculo. El Combat Talon trajo el primer contingente como parte de un plan de ataque estilo boxístico: un uno-dos. Si el asalto inicial encontraba dificultades, el helicóptero ametrallaría la oposición con sus cañones gemelos de 7,62 mm, y desembarcaría al contingente de apoyo donde más se necesitase.

Tras unos minutos de gran tensión se oyó la voz del jefe de comando por la radio del helicóptero: «Todo despejado. Vía libre para entrar».

El helicóptero sobrevoló los restos del hidroavión, y del ennegrecido y chamuscado fuselaje del helicóptero que tuvo el mal encuentro con el murciélago. Se posó delante del hangar, cuya enorme puerta se abría como la boca de un paciente en el sillón de un dentista. Un contingente de soldados con uniforme de camuflaje, armados con rifles de asalto M-16 y lanzagranadas que los convertían en formidables máquinas de matar, vigilaron la entrada mientras otro pelotón inspeccionaba el interior. Los soldados del helicóptero desembarcaron en cuanto las ruedas tocaron el suelo y fueron a unirse a sus compañeros.

Luego, Austin y Zavala bajaron y entraron en el hangar, que sin el ala delta parecía mucho mayor. Dentro encontraron restos ennegrecidos dejados por su despegue. Las paredes traseras estaban chamuscadas, abombadas y con la pintura desconchada. Rodearon los amasijos de escombros hacia el cuarto de almacenaje. La puerta estaba abierta y los cilindros habían desaparecido.

—Más vacío que una botella de tequila un domingo por la mañana —dijo Zavala.

—Me lo temía. Han debido de enviar otro helicóptero.

Salieron del hangar para no seguir respirando el humo que aún llenaba el interior. El Combat Talon había encontrado una franja de tierra llana y seca y acababa de aterrizar a unos quinientos metros de allí. Fueron hacia los restos del helicóptero confiando en que les proporcionase alguna pista sobre los responsables del ataque. Varios cadáveres carbonizados se veían dentro y alrededor del fuselaje.

El oficial que mandaba el primer pelotón desembarcado se acercó y les estrechó la mano a Joe y a Kurt.

—No sé para qué han querido que viniésemos —dijo señalando con el pulgar hacia abajo y mirando los restos del helicóptero—. Ya los habían liquidado ustedes.

—No hemos querido tentar a la suerte —dijo Austin.

—Este lugar está más limpio que un jabón —dijo el oficial sonriente—. Hemos inspeccionado el búnker subterráneo. Hay un par de tipos muertos en el fondo del hueco acerca del que nos alertaron. ¿Saben algo de eso?

Austin y Zavala se miraron sorprendidos.

—Joe y yo les pusimos una pequeña trampa a nuestros visitantes. Pero no confiábamos en que funcionase.

—Pues ha funcionado. Recuérdenme que no debo entrar por la puerta trasera de su casa si un día voy a visitarlos.

—Lo tendré en cuenta. Siento que se hayan tomado tantas molestias por nada —se excusó Austin.

—Nunca está de más la precaución. Ya saben lo que ocurrió en Atka y en Kiska.

Austin asintió con la cabeza. Conocía la historias de dos de las islas Aleutinas ocupadas por los japoneses. Después de que un contingente estadounidense sufriese una carnicería durante la invasión de una isla, planificaron una invasión masiva de Kiska, pero se encontraron con que los japoneses la habían abandonado sigilosamente la noche anterior.

—Lo mismo ha ocurrido aquí. Los polluelos han abandonado el nido.

El oficial volvió a inspeccionar el amasijo de hierros retorcidos y soltó un silbido.

—Desde luego les han cortado ustedes las alas.

—Por desgracia se han llevado algo importante del hangar —dijo Austin meneando la cabeza—. Pero gracias de todas maneras por su ayuda, comandante.

—Ha sido un placer. Las maniobras son muy útiles, pero no hay nada como el fuego real para que los hombres se mantengan en forma.

—La próxima vez procuraremos que haya fuego real.

El oficial sonrió.

—A juzgar por el estado del viejo bombardero que han llevado a Nome, se diría que es usted hombre de palabra.

Austin y Zavala aceptaron el ofrecimiento del oficial de llevarlos a Elendorf, desde donde podrían enlazar con un vuelo a Washington. Cuando los aparatos hicieron escala en Nome para repostar, Zavala se ofreció para utilizar su considerable encanto y la cuenta bancaria de la NUMA para aplacar al dueño del Maule. Al salir de la oficina tras haber aceptado proporcionarle a la agencia un nuevo aparato, Joe se reunió con Austin, que le tendió una hoja de papel.

—Se acaba de recibir esto.

Zavala leyó el mensaje de la NUMA: «Gamay y Francesca secuestradas. Trout herido. Regresen de inmediato. S.».

Sin mediar palabra, Joe y Kurt fueron de inmediato por la pista hasta al Combat Talon, que los aguardaba.

## 32

Paul yacía en la cama de su habitación del hospital con el pecho y la cara vendados, maldiciéndose una y otra vez por no haber estado suficientemente alerta ante el peligro.

Cuando él y Gamay trataban de esquivar las flechas de los cazadores de cabezas, su instinto de supervivencia estaba agudizado al máximo. Pero el regreso al mundo civilizado había embotado sus sentidos. Aunque, por otra parte, no podían imaginar que unos ojos más implacables que los de las fieras de la jungla los acechaban desde una furgoneta aparcada frente a su casa de Georgetown.

Según el rótulo pintado en la carrocería, la furgoneta pertenecía al departamento de Obras Públicas del distrito de Columbia. Pero la pintura aún estaba fresca. El interior del vehículo estaba equipado con la parafernalia electrónica más moderna para vigilancia y escuchas. Frente a la consola dotada de monitores y micrófonos que espiaban la casa de los Trout estaban los hermanos Kradzik.

Pero vigilar y aguardar no iba con el temperamento de los gemelos. En Bosnia procedían de un modo más expeditivo y brutal. Después de elegir a sus víctimas se presentaban, en plena noche, frente a la vivienda con dos camiones cargados con sendos pelotones de paramilitares, echaban la puerta abajo y sacaban a rastras de la cama a sus aterrados ocupantes. A los hombres los llevaban a un descampado y los mataban a tiros; a las mujeres las violaban y asesinaban, y luego volvían a la casa para saquearla.

Allanar el domicilio de los Trout era más problemático. La casa estaba en una calle secundaria pero muy transitada, especialmente desde el regreso del matrimonio. Porque el descubrimiento de una diosa blanca por dos científicos de la NUMA, y su espectacular huida de unos salvajes sedientos de sangre era material idóneo para una película de aventuras. Y, después de que la CNN difundiese un reportaje sobre lo ocurrido, un enjambre de periodistas montaba guardia frente a la vivienda.

Audaces reporteros y fotógrafos del *Washington Post*, el *New York Times*, los canales de televisión locales y una multitud de periódicos sensacionalistas se habían congregado frente a la puerta.

Gamay y Paul se turnaban para salir a decirles amablemente que, de momento, necesitaban descanso y que, cuando hubiesen recuperado fuerzas, contestarían gustosamente a todas sus preguntas en una conferencia de prensa que se organizaría al día siguiente en el cuartel general de la NUMA.

Los fotógrafos retrataron la casa y las unidades móviles de televisión emitieron reportajes con la fachada como fondo. Pero la cobertura informativa que había fascinado a la audiencia de todo el mundo atrajo también la atención de individuos con intenciones más siniestras.

Paul estaba en su despacho de la segunda planta redactando un informe completo para la NUMA. En el estudio de la planta baja Francesca y Gamay analizaban la situación para volver a encarrilar el proyecto de desalinización.

Cuando Francesca dijo que pensaba retrasar su regreso a São Paulo, los Trout le ofrecieron su hospitalidad para librarla de la persecución de los medios informativos.

Al oír que llamaban a la puerta, Gamay suspiró exasperada. Le tocaba a ella afrontar a la prensa. Los equipos de televisión eran los más insistentes y, tal como ella esperaba, se encontró en la puerta con un reportero bloc en mano y con un cámara que la filmaba con su Steadicam. Otro compañero llevaba un foco y una maleta metálica.

Gamay dominó su primer impulso de decirles que se largasen. Se esforzó y les sonrió.

—Veo que no os habéis enterado de que mañana daremos una conferencia de prensa.

—Perdone —dijo el reportero—, no lo sabíamos.

A Gamay le extrañó, porque el comunicado de la NUMA había sido difundido por todas las agencias informativas. Y los medios respetaban mucho a la NUMA, que siempre les proporcionaba material del mayor interés y cumplía su palabra cuando aseguraba que iba a informar sobre lo que fuese. Pero aquel reportero, que llevaba una ropa inusual, no se parecía en nada a los reporteros normales, que solían ser jóvenes bien parecidos y bien vestidos. Este era bajito y fornido y llevaba el pelo casi al rape. Y, aunque le sonreía, era un tipo malcarado y con pinta de mafioso. Además, ¿desde cuándo contrataban las televisiones reporteros o presentadores con marcado acento del este europeo?

Gamay miró más allá esperando ver el camión de la unidad móvil con la antena parabólica, pero no vio más que una furgoneta de Obras Públicas.

—Perdone —dijo Gamay haciendo amago de cerrar la puerta.

La sonrisa desapareció del rostro del reportero, que encajó un pie para evitar que la puerta se cerrase. Aunque sobresaltada, Gamay se recuperó de la sorpresa y cargó con todas sus fuerzas contra la puerta hasta que el tipo gritó de dolor al pillarle el pie. Gamay se dispuso a soltarle un bofetón al intruso, pero los otros dos tipos se le adelantaron y embistieron la puerta con los hombros.

Gamay salió despedida hacia el interior, pero se rehízo enseguida y se levantó. Sin embargo, ya era demasiado tarde para huir o resistirse: el supuesto reportero la encañonaba con una pistola. El cámara dejó su equipo, se acercó y le pasó el brazo por el cuello hasta dejarla casi sin respiración. Luego la estampó contra la pared, con tal fuerza que un espejo con marco del siglo XIX cayó al suelo y se hizo añicos. Era una pieza única que les había costado una fortuna.

Gamay se enfureció y le soltó una patada en la entrepierna. El hombre aflojó su presa por un segundo, volvió a atenazarla y le dirigió una mirada asesina. Ella forcejeó, pero el hombre se pasó el dedo por la garganta con un gesto inequívoco. Gamay lo fulminó con la mirada, que era todo lo que podía hacer, y comprendió que si se resistía la matarían.

Su intuición no la engañaba. Aunque los Kradzik preferían trabajar por su cuenta, de vez en cuando necesitaban ayuda de algunos compatriotas.

Cuando Brynhild Sigurd sacó a los hermanos Kradzik de Bosnia, ellos insistieron en que sacase también a diez de sus secuaces más leales y sanguinarios. Y adoptaron el nombre de guerra de los Doce del Patíbulo. Pero los desafueros del grupo de bosnios hacían que los personajes de la película pareciesen boy scouts. Eran responsables de centenares de asesinatos, violaciones, palizas y torturas. Operaban en ciudades de distintos países, y acudían en cuestión de horas a donde fuese cuando les encomendaban una misión. Y, desde que trabajaban para la Gogstad, se aplicaban a todas las misiones con un entusiasmo sin límites.

Al oír el estrépito del espejo al romperse, Francesca corrió hacia el vestíbulo. El tipo del traje gritó una orden y, antes de que ella pudiese reaccionar, la sujetaron y la estamparon contra la pared junto a Gamay. El de la maleta metálica la abrió y sacó dos metralletas plegables de fabricación checa. El falso reportero abrió la puerta para que entrase otro hombre. A Gamay le pareció un gnomo crecido. Pese a que el día era caluroso llevaba un chaquetón de piel encima de un jersey negro, pantalones holgados y gorra negra de estilo ruso.

Inspeccionó la estancia y dijo algo a los demás que debió de complacerlos porque se echaron a reír.

Gamay había viajado mucho por todo el mundo debido a su trabajo y captó que hablaban en serbocroata. El recién llegado dio una orden y uno de los hombres, armado con una metralleta Skorpion, se adentró por el pasillo. Fue asomándose a las estancias que encontraba hasta llegar a la parte trasera de la casa. Su compañero subió por un tramo de escaleras que comunicaba con la segunda planta.

El tipo del chaquetón negro se acercó a los añicos del espejo y miró a Gamay.

—Siete años de mala suerte —dijo con una sonrisa que parecía salida de la forja de un herrero.

—¿Quién es usted?

Él se abstuvo de contestar.

—¿Dónde está su marido? —preguntó.

Gamay no le mintió: no sabía en qué parte de la casa estaba su esposo. Él asintió como si supiese algo que ella ignoraba y la volvió de cara a la pared. Gamay esperaba que le diese un golpe en la cabeza o le pegase un tiro en la nuca. Pero lo que notó fue el pinchazo de una aguja hipodérmica en el brazo derecho. ¡Cabrones!, pensó. A saber qué le habían inyectado. Ladeó la cabeza a tiempo de ver cómo le vaciaban otra jeringuilla en el brazo a Francesca. Intentó ayudarla pero el brazo no le respondió. Y al cabo de unos segundos la estancia empezó a darle vueltas y tuvo la sensación de caer por un precipicio.


Al oír ruidos extraños Paul había salido de su despacho. Se asomó desde el rellano y vio que un tipo sujetaba a Gamay. Iba a abalanzarse contra el intruso cuando vio al tipo del chaquetón. Volvió a su despacho para pedir ayuda por teléfono, pero no había línea. Debían de haberla cortado. Bajó sigilosamente por una escalera de la parte de atrás que comunicaba con la cocina. Tenía un revólver en el dormitorio, pero la única manera de llegar hasta allí era por el pasillo. Vio que los dos hombres se separaban: uno subió por las escaleras y el otro iba hacia él.

Paul echó a correr y llegó a la cocina. Miró en derredor en busca de algún arma. Lo más obvio y más a mano era un cuchillo. Pero, aparte de que despanzurrar a alguien resultaría tan desagradable como engorroso, un cuchillo no tenía nada que hacer frente a una metralleta. Además, aunque lograse reducir a aquel tipo, sus compinches acabarían con él. Tenía que atraerlo hacia algún sitio donde poder liquidarlo silenciosamente.

La última vez que él y Gamay habían remozado la casa se gastaron el sueldo de un año en instalar armarios de roble, una enorme cocina como de restaurante y una cámara frigorífica tan alta que Paul podía entrar sin agacharse.

Como no vio otra alternativa, se metió en la cámara y dejó la puerta entreabierta unos centímetros. Desenroscó la bombilla, la colocó junto al marco y se puso detrás de la pesada puerta justo a tiempo.

A través del escarchado cristal vio que su perseguidor entraba en la cocina empuñando un arma. Se detuvo a mirar en derredor y enseguida advirtió la puerta entreabierta de la cámara frigorífica. Se acercó con cautela. La abrió con el codo y entró. La puntera de su zapato envió la bombilla rebotando ruidosamente por el suelo. Describió un arco con el cañón de la metralleta con el dedo en el gatillo, pero de pronto se le doblaron las rodillas y cayó al suelo. Trout dejó a un lado el jamón ahumado que había utilizado como arma, recogió la metralleta y salió a la cocina.

Primero inspeccionó las escaleras que conducían desde la cocina hasta la segunda planta. Oyó a otro tipo ir de un lado para otro en la planta de arriba. Se encargaría de él en cuanto se asegurase de que Gamay y Francesca estaban a salvo. Se adentró sigilosamente por el pasillo. Dadas las circunstancias, la metralleta quizá no le sirviese de mucho, porque no quería que Gamay y Francesca se viesen atrapadas entre dos fuegos.

En el vestíbulo vio que los otros dos tipos se inclinaban sobre su esposa y Francesca, tumbadas en el suelo. Reaccionó de un modo tan irreflexivo que, al ir a abalanzarse sobre ellos, no reparó en el tipo que tenía a sus espaldas.

Notó que le hundían un cuchillo en las costillas y, al girarse para enfrentarse a su agresor, se le doblaron las piernas como si fuesen de goma. Cayó de bruces sobre la alfombra y se rompió la nariz. Melo se había encargado de cubrir la puerta trasera para evitar que escapasen por allí. Miró a Trout tendido en el suelo, saltó por encima de él y fue a darle una palmadita en el hombro a su hermano.

—Hiciste bien en encargarme vigilar la puerta trasera, hermano.

—Así parece —repuso su gemelo mirando al hombre tendido en el suelo—. ¿Qué hacemos con él?

—Dejarlo que se desangre por la nariz.

—Bien. A ellas podemos sacarlas por la puerta de atrás sin ser vistos.

Llamó al compinche que estaba en la planta de arriba y le dijo que bajase. Luego condujeron a las dos mujeres hasta un Mercedes de tracción en las cuatro ruedas, las embutieron en el maletero y se alejaron, seguidos por la falsa furgoneta de Obras Públicas.

Tras ser apuñalado, Paul quedó aturdido. Pero el propio dolor de la herida hizo que solo tardase unos segundos en recobrar el conocimiento. Sacó fuerzas de flaqueza, se arrastró hasta su despacho, donde recordó que tenía un teléfono móvil, y marcó el número de la policía.

Cuando recobró de nuevo el conocimiento estaba en un hospital.

Gastó tantas energías maldiciéndose que volvió a quedarse dormido. Y al despertar notó que había alguien más en la habitación. Aunque tenía la vista nublada, vio a dos personas de pie junto a su cama y esbozó una sonrisa.

—¿Por qué puñeta habéis tardado tanto?

—Hemos tenido que hacer autostop con dos cazas desde Elendorf y no hemos podido llegar antes. ¿Qué tal estás?

—El lado derecho no lo tengo del todo mal, pero el izquierdo me duele como si me lo apretasen con tenazas al rojo vivo. Y la pobre nariz...

—El cuchillo no te ha afectado el pulmón por milímetros —dijo Austin uniendo el pulgar y el índice de la mano derecha—. La herida tardará en cicatrizar. Menos mal que no eres zurdo.

—Es lo que me he dicho. ¿Se sabe algo de Gamay y Francesca? —preguntó.

—Creemos que están vivas, pero las han secuestrado.

—La policía vigila aeropuertos y estaciones, como suelen hacer en estos casos —añadió Zavala—. O sea que tendremos que investigar por nuestra cuenta.

El dolor que reflejaban los ojos azules de Paul se tornó en una mirada de firmeza. Puso los pies en el suelo y los miró.

—Voy con vosotros —dijo. Pero el doloroso movimiento lo aturdió y notó que el estómago le daba vueltas. Pese a ello se puso a juguetear con el tubo del gotero—. Tendrías que echarme una mano con esto. Y no tratéis de disuadirme —añadió al ver que Austin fruncía el entrecejo—. Lo mejor que podéis hacer es sacarme de esta prisión. Espero que tengáis cierta influencia con la enfermera de la planta.

Austin conocía lo suficiente a Paul para saber que aunque ellos no lo ayudasen se escaparía del hospital. Pero al ver cómo sonreía Zavala supo que no sería él quien se camelase a la enfermera.

—Veré qué puedo hacer —dijo Austin encogiéndose de hombros—. Entretanto, Joe, quizá deberías traerle a nuestro amigo algo más decoroso que este pijama de hospital —añadió antes de que su amigo se dirigiese hacia la sección de enfermeras.


## 33

El ambiente que se respiraba en la sala de conferencias de la décima planta de la sede de la NUMA era más sombrío que una convención de vendedores de perchas.

El almirante Sandecker no contaba con que Trout asistiese a la reunión, teniendo en cuenta el preocupante informe médico del hospital. El larguirucho geólogo oceanográfico tenía un aspecto cadavérico, pero Sandecker se abstuvo de hacer comentarios. Nada de lo que él dijese disuadiría a Paul de unirse a la búsqueda de Gamay y Francesca.

El almirante le dirigió una sonrisa para darle ánimo y miró en derredor de la mesa. Austin y Zavala flanqueaban a Paul por temor a que su colega se desplomase de un momento a otro. El quinto hombre que estaba sentado a la mesa, de débil complexión y estrecho de hombros, con gafas de carey que le daban un aspecto universitario, era el director de operaciones de la NUMA, Rudi Gunn, adjunto del almirante.

Sandecker consultó el reloj.

—¿Dónde está Yaeger? —preguntó con impaciencia.

Las dotes de Yaeger para manejar los ordenadores le daban cierta permisividad respecto a la puntualidad británica practicada en la NUMA, pero ni siquiera el presidente se habría atrevido a llegar tarde a una reunión convocada por el almirante Sandecker, sobre todo a una reunión tan importante como aquella.

—Llegará en unos minutos —dijo Austin—. Le he pedido que compruebe algo que podría orientarnos para enfocar la reunión.

Austin no paraba de darle vueltas a la cabeza. Se había concedido unas horas de sueño después de regresar de Alaska, y el descanso debía de haberle devuelto la lucidez. Al regresar desde Virginia se le había ocurrido la idea. Y al cabo de unos segundos estaba al habla con Yaeger a través del móvil.

El mago informático de la NUMA iba en su coche hacia la lujosa urbanización de Maryland donde vivía con su esposa, que era pintora, y sus dos hijas adolescentes. Austin le expuso su idea en líneas generales y le pidió que la pusiese en práctica, asegurándole que lo cubriría ante el almirante si llegaba tarde a la reunión.

Sandecker optó por entrar en materia pese a la ausencia de Yaeger.

—Tenemos un serio problema, caballeros. Dos personas han sido secuestradas y una atacada por agresores desconocidos. ¿Querría ponernos al corriente, Kurt?

—La policía del distrito de Columbia está investigando todas las pistas. La furgoneta robada horas antes ha sido encontrada cerca del monumento a Washington. Pero no se han encontrado huellas. Se ha montado un dispositivo especial de vigilancia en aeropuertos y estaciones. Con la ayuda de Paul, el FBI ha hecho un retrato robot del jefe de la banda que ha sido enviado por fax a todas las sedes de la Interpol.

—Me temo que eso no sirva de nada —dijo el almirante—. Quienes han perpetrado esta canallada son profesionales. Tendremos que ser nosotros quienes montemos una operación de búsqueda para encontrar a Gamay y a la doctora Cabral. Como saben, Rudi ha estado fuera del país en cumplimiento de una misión. Lo he tenido tan al corriente de todo como he podido, pero les agradecería que le hiciesen un rápido resumen cronológico de la situación.

Austin estaba preparado.

—Este asunto empezó hace diez años con el frustrado secuestro de la doctora Cabral. Su avión se estrelló en la selva venezolana y se la dio por muerta. Ahora damos un salto de diez años: Joe y yo nos topamos, literalmente, con una manada de ballenas grises muertas frente a San Diego. Habían muerto por exposición a un desmesurado calor procedente de unas instalaciones subacuáticas en la costa de la Baja California, en México. Las instalaciones saltaron por los aires mientras nosotros estábamos investigando allí. Hablé con un mafioso mexicano que era la tapadera del verdadero propietario, una empresa de asesores empresariales californiana llamada Mulholland Group. Ese abogado confirmó que la Mulholland era, a su vez, parte de la multinacional Gogstad Corporation. El abogado y el mafioso fueron asesinados poco después de que hablásemos con ellos.

—De un modo muy espectacular, creo recordar —comentó el almirante Sandecker.

—Cierto. No fueron precisamente balas perdidas las que acabaron con ellos. Fueron asesinatos planeados con todo detalle y los asesinos utilizaron armas muy sofisticadas.

—Eso significa que se trata de una banda de asesinos muy bien organizada y con grandes recursos —dijo Gunn, ex director de logística de la NUMA y persona familiarizada con las dificultades que entrañaba organizar operaciones de aquella naturaleza.

—Nosotros hemos llegado a la misma conclusión —asintió Austin—. La organización y los recursos de que han hecho gala solo puede proceder de una multinacional con motivaciones muy importantes para proceder así.

—¿La Gogstad?

—Sí —dijo Austin.

—No acabo de entender por qué ese nombre —dijo Gunn.

—La única relación que he encontrado es el logotipo de la corporación. Representa a la nave vikinga *Gogstad* descubierta en el siglo XIX. Le pedí a Hiram que indagase sobre la corporación, pero no ha encontrado gran cosa. Incluso Max ha tenido problemas para encontrar información. Básicamente, se trata de un enorme conglomerado de empresas implantadas en todo el mundo. Y la dirige una mujer llamada Brynhild Sigurd.

—¿Una mujer? —exclamó Gunn sorprendido—. El nombre es interesante. Brynhild fue una valquiria, una de las doncellas noruegas que trasladaban a los héroes caídos en el campo de batalla hasta el Valhalla. Y Sigurd fue su amante. No creerán que es ese su verdadero nombre, ¿verdad?

—Sabemos muy poco acerca de esa mujer.

—Sé que las multinacionales pueden ser implacables cuando de defender sus intereses se trata —dijo Gunn meneando la cabeza—. Pero en este caso se trata de auténticos métodos mafiosos.

—Eso parece —convino Austin—. ¿Podrías informar a Rudi de tus descubrimientos, Joe?

—Kurt me pidió que fuese a California para indagar —explicó Zavala—. Hablé con un reportero de *Los Angeles Times*. Sabía bastante de la Gogstad porque diría un equipo que la investigaba. Me contó que preparaban un reportaje que se titularía «Los piratas del agua» y denunciaría que la Gogstad trata de acaparar los recursos de agua a nivel mundial.

—No creo posible que una sola corporación pueda controlar todos los recursos de agua del planeta —dijo Gunn.

—Yo también me mostré muy escéptico —dijo Zavala—. Pero, a juzgar por lo que me contó el reportero, no parece tan imposible. Las empresas de la Gogstad se han hecho legalmente con la propiedad privada de los recursos hidráulicos de la cuenca del Colorado. El agua está pasando del sector público al privado en todo el mundo. Y la Gogstad ha conseguido imponerse a la competencia. Según el reportero, desde hace varios años se vienen produciendo muertes y desapariciones de ejecutivos de la competencia en extrañas circunstancias.

—Si los medios llegan a conocer todo esto y lo difunden será escalofriante.

—Pero dudo que sea pronto. El periódico renunció al reportaje sobre la Gogstad sin razón aparente. Y los tres miembros restantes del equipo de investigación han desaparecido. Mi amigo ha tenido que ocultarse.

—¿Está seguro de que todo eso es así? —exclamó Gunn alarmado.

Zavala meneó lentamente la cabeza. Tras un largo silencio, Gunn volvió a intervenir.

—Es obvio que todo esto tiene una lógica —dijo—. Déjenme pensar.

El talante sencillo de Gunn era engañoso. Haber sido el número uno de su promoción en la Academia de la Armada no fue casual. Tenía un gran talento y su capacidad analítica era impresionante. Apoyó el mentón entre el pulgar y el índice de la mano derecha y permaneció unos momentos abstraído.

—Algo ha cambiado —dijo de pronto Gunn.

—¿A qué se refiere, Rudi? —preguntó Sandecker.

—Sus métodos son ahora distintos. Supongamos que nuestra hipótesis inicial, de que la Gogstad está detrás de todos esos asesinatos y fechorías, fuese acertada. Según Joe, han actuado con sigilo. Determinadas personas han muerto o desaparecido en supuestos accidentes. Esto cambió con los asesinatos del mafioso mexicano y su abogado. Creo que la palabra que ha utilizado el almirante para describirlos ha sido *espectaculares*.

Austin se echó a reír.

—Fue un juego de niños comparado con el ataque perpetrado en Alaska. Joe y yo tuvimos que afrontar un asalto militar en toda regla.

—También el asalto a mi casa fue muy duro —terció Trout.

—Veo dónde quiere ir a parar, Rudi —dijo el almirante—. ¿Cuánto tardó en saberse que la doctora Cabral estaba viva?

—Se supo casi de inmediato —contestó Paul—. El doctor Ramírez llamó a Caracas desde el helicóptero que nos rescató. Y el gobierno venezolano dio la noticia sin dilación. Se diría que la CNN transmitía la noticia a todo el mundo cuando nosotros aún estábamos en la selva.

—Y a partir de ahí los acontecimientos se han precipitado —dijo Sandecker—. Me parece que ya lo veo claro. El catalizador ha sido la noticia de que la doctora Cabral está viva. Y su «resurrección» implica que su proyecto de desalinización podría ser viable. Con lo adelantados que tenía la doctora sus trabajos, todo lo que falta es la sustancia que permite que el método funcione. Y como la doctora Cabral se proponía ceder gratuitamente su descubrimiento al mundo, quienes se oponen a ello han optado por el mismo procedimiento de hace diez años.

—Solo que en esta ocasión lo han conseguido —dijo Austin.

—Cierto. Eso explica el secuestro de Francesca —dijo Paul—. Pero ¿por qué secuestrar también a Gamay?

—Encaja perfectamente —dijo Austin—. Gamay ha tenido suerte. La hubiesen matado de no necesitarla. ¿Recuerdas algún otro detalle del secuestro?

—No vi gran cosa después de los primeros minutos que irrumpieron en casa. El que los mandaba, un tipo con chaquetón negro, tenía un acento muy raro que no he podido situar. Y sus compañeros tenían un acento más raro aun.

Sandecker había estado recostado en el respaldo del sillón, con los dedos apoyado en la mesa, escuchando a los demás. De pronto se levantó como impulsado por un resorte.

—Esos asesinos son la morralla. Debemos ir hasta el origen. Debemos localizar a esa mujer de nombre wagneriano que dirige la Gogstad.

—Es como un fantasma —dijo Austin—. Nadie sabe dónde vive.

—Ella y la Gogstad son la clave —insistió el almirante—. ¿Sabemos dónde tienen su cuartel general?

—Tienen sedes en Nueva York, Washington y en la costa Oeste. Y deben de tener una docena repartidas por Europa y Asia.

—Como una hidra —dijo Sandecker.

—Aunque supiésemos cuál es la sede central no nos serviría de mucho. Porque jurídicamente la Gogstad es un conglomerado legal de empresas. Y negarían cualquier acusación.

Hiram Yaeger entró en ese momento en la sala de conferencias y fue a sentarse en una silla.

—Perdonen —se excusó—. Tenía que acabar de preparar unas cosas para la reunión —añadió mirando expectante a Austin, que enseguida se adelantó a explicarlo.

—He pensado en algo que Hiram me ha mostrado antes. Era un holograma de una nave vikinga. Esa misma nave aparece en el logotipo de la Gogstad. Me he dicho que esa nave debe de tener para ellos una significación especial, para concederle un lugar tan prominente. Le he pedido a Hiram que indagase acerca del nombre Gogstad, más allá de los datos que *Max* nos proporcionó sobre la corporación.

—A petición de Kurt —prosiguió Yaeger— he solicitado a *Max* que se remonte a todos los vínculos históricos y marítimos que yo ignoraba hasta entonces. Existen toneladas de materiales, como pueden imaginar. Kurt me sugirió que buscase alguna conexión con California, quizá con el Mulholland Group. *Max* ha localizado un interesante reportaje periodístico. Un diseñador noruego de barcos antiguos llegó a California para hacer una réplica de la nave *Gogstad* para una persona de gran fortuna.

—¿Y quién es esa persona? —preguntó Austin.

—En el reportaje no lo dicen. Pero ha sido fácil localizarla a través del diseñador noruego. Lo he llamado hace un rato y le he preguntado por aquel trabajo. En su momento le hicieron jurar que guardaría silencio, pero como hace ya tantos años no ha tenido inconveniente en decir que diseñó aquella réplica para una mujer muy alta y atlética que vivía en una enorme mansión.

—¿Una mujer alta?

—Sí, casi gigantesca, según él.

—Eso suena a saga escandinava. ¿Y qué hay de esa enorme mansión?

—Me ha dicho que era como un poblado vikingo pero moderno, situada a orillas de un lago en California, rodeado de montañas.

—¿El lago Tahoe?

—Eso he pensado yo.

—Una enorme mansión vikinga a orillas del lago Tahoe. No debería ser demasiado difícil de encontrar.

—Ya la he localizado. *Max* ha conectado con un satélite comercial —dijo Yaeger pasándoles varios juegos de fotos tomadas por el satélite—. Hay algunos lugares importantes a orillas del lago, complejos turísticos y hoteles. Pero nada parecido a una mansión vikinga.

En la primera fotografía se veían las aguas azules y gélidas del lago Tahoe, tomada desde gran altitud, y parecía un estanque. En otra foto la cámara había hecho zoom sobre un punto junto al lago y al ampliar los detalles se veía perfectamente la mansión y una pista de aterrizaje para helicópteros.

—¿Y quién es la propietaria de esta choza? —preguntó Austin.

—He podido hablar con el dueño de una gestoría local y he entrado en el banco de datos fiscales —dijo Yaeger tan sonriente que, de haber tenido cola, la habría meneado—. Es propiedad de una inmobiliaria.

—Eso no nos da mucha cancha.

—Es que la inmobiliaria forma parte de la Gogstad Corporation.

Sandecker volvió a mirar las fotos unos momentos y luego alzó la vista. Había dominado su conocido temperamento a lo largo de toda la reunión. Pero estaba furioso porque hubiesen secuestrado a una de sus funcionarias predilectas y herido a su esposo. También estaba furioso porque, después de todo lo que había sufrido, hubiesen secuestrado a la doctora Cabral. Y también lo crispaba que, como tantas otras veces, un descubrimiento que podía salvar muchas vidas se le ocultase a la opinión pública de todo el mundo.

—Gracias Hiram —dijo el almirante mirando en

derredor de la mesa con sus imperiosos ojos azules—.
Bien, señores, ya sabemos lo que tenemos que hacer
—añadió con un tono tan cortante como el filo de una
navaja.

## 34

Los dos individuos que vigilaban a Francesca debían de
ser gemelos o producto de un experimento de clona-
ción fallido. Lo más aterrador no era, sin embargo, su
aspecto repulsivo, sino el hecho de que estuviesen siempre en absoluto silencio.

Estaban sentados a unos tres o cuatro metros de
ella, uno a cada lado, apoyados en sendas sillas vueltas
del revés. Eran dos tipos idénticos en todos los aspec-
tos, en su fealdad de gnomos y en su indumentaria, totalmente negra.

Francesca intentaba no mirar aquellos ojos oscuros
y enrojecidos que asomaban bajo unas cejas pobladas y
enmarañadas, sus dentaduras postizas y la enfermiza
palidez de sus rostros de esquizofrénicos.

La miraban con una avidez que no tenía nada que
ver con la lascivia. Aquellos dos tipos no eran los salvajes ignorantes que estaba a acostumbrada a tratar en la
selva. No tenían punto de contacto con los miembros
de la tribu chulo. Simplemente, parecían animales sedientos de sangre.

La doctora Cabral miró en derredor de la extraña
estancia circular de blancas paredes lisas. La temperatura no era nada agradable. Y tenía frío.

En el centro de la estancia había una consola y ella
se decía que era absurdamente grande, se preguntaba si
aquellas sillas tan enormes, al igual que la temperatura,
no sería un truco psicodélico para hacer que quienes en-
cerrasen allí se sintieran empequeñecidos y apocados.

En cuanto al lugar, no tenía ni idea de dónde estaba. Tampoco sabía cómo había llegado a una estancia tan aséptica. Era vagamente consciente de haber sido trasladada de un lugar a otro. Incluso creía recordar haber oído los motores de un reactor, pero le habían inyectado drogas de nuevo y se había sumido en una negra inconsciencia. No había visto ni rastro de Gamay y eso la tenía muy preocupada. Había sentido un pinchazo en su brazo y se había despejado rápidamente como si le hubiesen inyectado un estimulante. Al abrir los ojos había visto a los dos gemelos. Durante varios minutos nadie habló.

La doctora respiró con cierto alivio al ver que se abría una puerta y entraba una mujer que, con ostensibles y enérgicos ademanes, les ordenó a aquellos dos espantajos que se retirasen.

Francesca Cabral se preguntó si, como un especie de broma macabra, no la habrían incluido en una *troupe* de monstruos de una película de Fellini.

Ahora entendía que el escaso mobiliario fuese tan grande. La mujer llevaba un uniforme verde y era gigantesca. Se acomodó en su gran sofá y le sonrió amablemente aunque sin cordialidad.

—¿Se encuentra bien, doctora Cabral?

—¿Qué han hecho con Gamay?

—¿Se refiere a su amiga de la NUMA? Está cómodamente instalada en su habitación.

—Quisiera verla.

La mujer alargó displicentemente un brazo, le dio un toquecito a la pantalla de un monitor y apareció Gamay, acostada en un jergón. Francesca contuvo el aliento. Vio que Gamay se desperezaba y trataba de levantarse pero volvía a caer en el jergón.

—A ella no le hemos administrado el antídoto contra la droga como hemos hecho con usted. De modo que seguirá durmiendo y tardará varias horas en despertar.

—Querría verla personalmente para estar segura de que se encuentra bien.

—Quizá pueda verla luego —dijo Brynhild Sigurd sin comprometerse a ello. Volvió a tocar la pantalla con la mano y la imagen desapareció.

—¿Dónde estoy? —preguntó Francesca mirando en derredor.

—Eso es lo de menos.

—¿Por qué me han traído aquí?

Brynhild ignoró la pregunta.

—¿La han asustado Melo y Radko?

—¿Se refiere a esos dos hongos humanos que acaban de salir?

Brynhild sonrió ante la comparación.

—Es una metáfora inteligente pero sería mejor que los comparase usted a dos sapos venenosos. A pesar de su aparente valor, veo que está usted asustada. Bien. Tenían la misión de asustarla. Durante la campaña de limpieza étnica en Bosnia los hermanos Kradzik mataron personalmente a centenares de personas y organizaron el exterminio de varios miles. Destruyeron pueblos enteros y organizaron muchas matanzas. De no ser por mí ahora estarían en una celda aguardando a ser juzgados por el Tribunal de La Haya por crímenes contra la humanidad. No hay crimen que no hayan cometido. Carecen de conciencia, no tienen el menor sentido moral, ni experimentan el menor remordimiento. Torturar y matar es para ellos como una segunda naturaleza. ¿Entiende?

—Sí. Veo que tampoco usted tiene escrúpulos en contratar asesinos.

—Exactamente. El hecho de que sean asesinos natos es precisamente la razón de que los contratase. No es distinto del carpintero que compra un martillo para clavar clavos. Y los hermanos Kradzik son mi martillo.

—Las personas no son clavos.

—Algunas sí y otras no, doctora Cabral.

Francesca optó por cambiar de tema.

—¿Cómo sabe mi nombre?

—La conozco y la admiro desde hace muchos años, doctora. En mi opinión, su fama como ingeniera hidráulica eclipsa su más reciente notoriedad como diosa blanca.

—Usted sabe quién soy pero yo sigo sin saber quién es usted.

—Me llamo Bryndhild Sigurd. Y aunque su nombre es más famoso que el mío, ambas somos expertas en cuestiones hidráulicas.

—¿Es usted ingeniera?

—Estudié en los centros superiores tecnológicos más avanzados de Europa. Y después de terminar mis estudios me trasladé a California, donde fundé mi empresa de asesoría empresarial, que en la actualidad es una de las más importantes del mundo.

Francesca meneó la cabeza. Creía conocer a todas las personas destacadas en el mundo de la ingeniería hidráulica.

—Nunca oí hablar de usted.

—Tanto mejor. Siempre he estado entre bastidores. Mido casi dos metros veinte. Y mi estatura me convierte en un monstruo, objeto de burla por parte de quienes son muy inferiores a mí.

A pesar de todo, Francesca sintió cierta compasión por Brynhild.

—Yo también he tenido que soportar actitudes burlescas por parte de aquellos a quienes no gusta que una mujer destaque en su campo. Pero nunca me ha preocupado.

—Pues quizá debería preocuparle. A la larga, mi resentimiento por tener que ocultarme de los demás ha sido una ventaja. Orienté mi ira y la encaucé hacia una ambición sin límites. Compré empresas, siempre con visión de futuro. Solo una mosca estropeó mi panal de rica miel —dijo con una fría sonrisa—. Usted, doctora Cabral.

—Nunca me he considerado un insecto, señorita Sigurd.

—Perdón por la analogía, pero es exacta. Hace años vi con claridad que, con el tiempo, la demanda de agua en todo el mundo superaría la capacidad de suministro y me propuse ser la persona que tuviese el grifo a mano. Luego supe de su revolucionario sistema de desalinización que, de tener éxito, echaría abajo todos mis planes. Y no podía permitir que sucediese esto. Pensé en hacerle a usted una oferta, pero había estudiado su personalidad y comprendí que nunca lograría abatir su inoperante altruismo. De modo que opté por impedir que usted proporcionase su método al mundo.

Francesca empezó a sulfurarse.

—De modo que es usted quien estuvo detrás del intento de secuestrarme, ¿no?

—Había confiado en convencerla de que trabajase para mí. Le habría proporcionado un laboratorio para que perfeccionase su sistema. Pero, por desgracia, mis planes fracasaron y usted desapareció en la selva amazónica. Todos la dieron por muerta. Ahora he leído con admiración acerca de sus aventuras entre los salvajes, y que se había convertido en su reina. Comprendí que ambas éramos supervivientes en un mundo hostil.

Francesca logró dominarse y replicó en tono sosegado.

—¿Y qué habría hecho usted con mi sistema si llego a proporcionárselo?

—Lo hubiese mantenido en secreto mientras consolidaba mi control sobre los recursos de agua mudiales.

—Mi intención es regalar mi sistema al mundo —repuso Francesca con tono seco—. Mi objetivo es aliviar el sufrimiento, no aprovecharme de él.

—Es una actitud laudable pero contraproducente. Como a usted la habían dado por muerta, concebí un plan en México para hacer una réplica de su trabajo. Pero resultó destruido en una explosión.

Francesca estuvo a punto de echarse a reír. Sabía la causa de la explosión y sintió la tentación de explicárselo, porque hubiese sido como darle un bofetón. Pero se abstuvo.

—No me sorprende. Trabajar con altas presiones y elevadas temperaturas es peligroso.

—Da igual. El principal laboratorio de aquí trabajaba en otro aspecto del proceso. Y después se produjo el feliz anuncio de su huida del Amazonas. Volvió usted a desaparecer, pero yo conocía sus vínculos con la NUMA. Hemos vigilado a los Trout desde que regresaron.

—Es una pena que vuelva usted a perder el tiempo.

—No creo que esté perdiendo el tiempo ni que sea demasiado tarde para que usted ponga su talento a mi servicio.

—Tiene una extraña manera de contratar a sus empleados. Su primer intento de secuestrarme me hizo pasar diez años de mi vida en la selva. Ahora me droga y vuelve a secuestrarme. ¿Por qué iba yo a querer trabajar para usted?

—Porque puedo ofrecerle un apoyo ilimitado para su investigación.

—Hay una docena de fundaciones que estarían encantadas de financiarme. Aunque yo me inclinase por trabajar para usted, que no es el caso, existe un obstáculo muy importante. El proceso de desalinización implica una compleja metamorfosis molecular que solo se produce en presencia de un raro elemento que actúa como catalizador.

—Sé lo del anasazium. Mis reservas de esa sustancia fueron destruidas en la explosión de las instalaciones de México.

—Qué pena —ironizó Francesca—. El sistema no funciona sin esa sustancia. De modo que si fuese usted tan amable de dejarme marchar...

—Seguro que le agradará saber que dispongo de todo el anasazium necesario para desarrollar su proyecto. Al enterarme de su regreso conseguí una cantidad sustancial de la sustancia refinada. Y en el momento oportuno, debería añadir. Porque la NUMA había enviado parte de su grupo de Operaciones Especiales para cumplir con una misión similar. Ahora puedo llevar a cabo mis planes de control del agua dulce de todo el mundo. Creo que usted es la única que puede valorar la brillantez de mi plan, doctora Cabral.

Francesca fingió estar de acuerdo, como si en el fondo se sintiese halagada por el cumplido.

—Bueno, por supuesto, como ingeniera hidráulica siento cierta curiosidad por una empresa tan ambiciosa.

—El mundo está entrando en una de las más graves sequías de la historia. Y podría durar cien años si hemos de guiarnos por lo ocurrido en otras épocas. Ya se han hecho sentir los primeros efectos en África, China y Oriente Medio. Europa está empezando a sufrir una falta de agua difícil de remediar. Yo me propongo el proceso de desertización del mundo.

—Perdone mi escepticismo, pero eso es absurdo.

—¿De verdad? —replicó Brynhild sonriente—. Estados Unidos no es inmune. Las grandes ciudades del desierto del sudoeste, como Los Ángeles, Phoenix y Las Vegas se abastecen de agua de la cuenca del Colorado, actualmente bajo mi control absoluto. Dependen de una tenue red de presas, embalses y desvíos de ríos. El suministro de agua pende de un hilo. Cualquier perturbación en el suministro de agua sería un desastre.

—¡No se propondrá usted volar los embalses! —exclamó Francesca alarmada.

—No, no voy a recurrir a algo tan burdo. Con su suministro regular a punto de entrar en una gravísima crisis, las ciudades dependen cada vez más de los recursos privados. Las empresas de la Gogstad han comprado empresas hidráulicas en todo el mundo. Podemos provocar una escasez de agua donde y cuando queramos con solo cerrar el grifo. Y entonces esas empresas venderían el agua a quienes puedan pagarla, a las grandes ciudades y los grandes centros tecnológicos.

—¿Y quienes no puedan pagarla?

—Los ricos siempre han dispuesto de suministro de agua barata a expensas de los demás. Con mi plan el agua ya no sería barata. Haríamos esto a escala mundial, en Europa, Asia, Latinoamérica y África. Sería capitalismo en estado puro. Solo las leyes del mercado determinarían el precio.

—Pero el agua no es un producto como las salchichas.

—Ha estado usted en la selva demasiado tiempo. La globalización no es más que la promoción de monopolios en comunicaciones, agricultura, alimentación y poder. ¿Por qué no el agua? Bajo los nuevos tratados internacionales ningún país es ya dueño de sus recursos hidráulicos. Van a parar al mejor postor, y la Gogstad será el mejor.

—Eso equivale a negarles el agua a millones de personas. Se producirá el caos y la hambruna en todos aquellos países que no puedan permitirse pagarla.

—El caos será nuestro aliado. Preparará el camino para que la Gogstad se haga con el poder de los gobiernos débiles. Considérelo un fenómeno darwinista. Solo sobrevivirán los fuertes.

Los glaciales ojos azules de Brynhild miraron con fijeza a Francesca.

—No crea que esto es una venganza por las humillaciones que he tenido que soportar a causa de mi estatura. Soy una empresaria convencida de que para todo negocio es necesario crear el adecuado clima político. Y esto ha exigido una considerable inversión por mi parte. He gastado millones en construir una flota que trasportará el agua desde los lugares donde hay, remolcándola en enormes gabarras a través de los mares. He estado esperando este momento muchos años. Hasta ahora no he dado los pasos decisivos por temor a su proyecto de desalinización. Porque podría acabar con mi monopolio en cuestión de semanas. Pero ahora que la tengo a usted y tengo el anasazium, puedo seguir adelante. Dentro de pocos días la mitad occidental del país se quedará sin agua.

—¡Eso es imposible!

—¿Usted cree? Ya lo veremos. En cuanto la cuenca del Colorado cese de suministrar, encajarán enseguida todas las piezas. Mi empresa controla casi todos los recursos de agua dulce de otras partes del mundo. De modo que nos limitaremos a cerrar la llave de paso, por así decirlo. Al principio de manera gradual y radicalmente. Y si hay quejas diremos que procuramos producir la mayor cantidad de agua posible.

—Y sabe perfectamente cuáles serán las consecuencias —dijo Francesca con frialdad—. Se propone convertir gran parte del mundo en un desierto. Las consecuencias serían espantosas.

—Ciertamente, para algunos será terrible. Pero no para quienes controlen los recursos hidráulicos. Podremos vender el agua al precio que queramos.

—Y cobrársela a gente desesperada. No tardarían en señalarla a usted como el monstruo que en realidad es.

—Todo lo contrario. La Gogstad anunciará que estamos en condiciones de trasportar agua desde Alaska, la Columbia Británica y los Grandes Lagos a otras partes del mundo con la flota que antes le he mencionado.

Y cuando los preciosos buques de la Gogstad aparezcan frente a las costas nos vitorearán como a héroes.

—Aparentemente, ha acumulado ya más riquezas de lo que la mayoría podría soñar. ¿Para qué quiere más?

—Porque a la larga será beneficioso para el mundo. Evitaré que se libren guerras a causa del agua.

—Una *Pax Gogstiana* impuesta por la fuerza.

—No será necesario recurrir a la fuerza. Recompensaré a quienes se plieguen a mis deseos y castigaré a los que no.

—Dejando que mueran de sed.

—Si es necesario, sí. Y, en fin... debe de preguntarse dónde encaja aquí su proyecto de desalinización.

—Supongo que nunca permitirá que frustre sus planes.

—Todo lo contrario. Su sistema es una parte importante de mi plan. No me propongo que mi flota transporte agua de un lugar a otro indefinidamente. La flota no es más que una solución de emergencia mientras el mundo construye una fantástica infraestructura que canalizará el agua desde los casquetes polares. Inmensas zonas agrícolas que se han desertizado tendrán que revitalizarse con una enorme infraestructura de regadío.

—Ningún país podría permitirse semejante infraestructura. Muchísimos países se arruinarían.

—Tanto mejor para apoderarse de ellos a precio de saldo. Y al final yo construiré plantas desalinizadoras con el método Cabral, pero seré yo únicamente quien lo controle.

—Poniéndolo también a disposición del mejor postor.

—Por supuesto. Y ahora, déjeme que le haga mi nueva oferta. La instalaré a usted en un laboratorio equipado con todo lo que necesite.

—¿Y si me niego?

—En tal caso entregaré a su amiga de la NUMA a los hermanos Kradzik. Y le garantizo que no morirá ni rápido ni de modo agradable.

—Ella es inocente. No tiene nada que ver en esto.

—Pero es un clavo que habrá que martillar si es necesario.

Francesca guardó silencio unos momentos.

—¿Y cómo sé que puedo confiar en usted?

—Es que no puede confiar en mí, doctora Cabral. Debería saber que nunca se puede confiar en nadie. Pero es lo bastante inteligente para comprender que es mucho más valiosa para mí que la vida de su amiga y que estoy dispuesta a negociar. Si coopera ella vivirá. ¿De acuerdo?

Aquella mujer y los diabólicos planes que había urdido su mente sin duda brillante le producían náuseas a Francesca. Brynhild era una megalómana y, al igual que tantos de sus crueles e implacables predecesores, era insensible al sufrimiento de los inocentes. Pero Francesca no habría sobrevivido a diez años entre salvajes, fieras e insectos y plantas venenosos si no fuese una mujer extraordinaria. Podía ser tan maquiavélica como la persona más calculadora. Vivir en la jungla le había aportado la callada ferocidad de un jaguar al acecho. Desde su huida la consumía el deseo de venganza. Sabía que era un sentimiento negativo pero la ayudaba a conservar la entereza y la agilidad mental. Tenía que detener a aquella mujer como fuese.

Se dominó para no sonreír e inclinó la cabeza en señal de sumisión.

—Usted gana —dijo con fingida voz entrecortada—. La ayudaré.

—De acuerdo. Le enseñaré las instalaciones donde trabajará. Le aseguro que le impresionarán.

—Quiero hablar con Gamay para asegurarme de que está bien.

Bryndhild pulsó el botón del intercomunicador. Aparecieron dos hombres con uniforme verde y Francesca sintió alivio al ver que no eran los Kradzik.

—Conducid a la doctora Cabral a ver a nuestra invitada —les ordenó Brynhild—. Luego traedla aquí. —Miró a Francesca y añadió—: Le doy diez minutos. Quiero que se ponga a trabajar de inmediato.

Los dos hombres condujeron a Francesca por un laberinto de pasadizos hasta un ascensor que descendió a través de varias plantas. Se detuvo frente a una puerta que uno de ellos abrió introduciendo un código en un teclado. Los hombres permanecieron fuera mientras Francesca entraba en la pequeña estancia.

Gamay estaba sentada en el borde del jergón. Parecía aturdida, como un boxeador que hubiese encajado un fuerte castigo. Pero se le iluminó la cara al ver a Francesca. Al intentar levantarse se le doblaron las piernas y tuvo que volver a sentarse.

Francesca se sentó a su lado y le rodeó los hombros con el brazo.

—¿Te encuentras bien?

Gamay se apartó unos mechones de su enmarañada melena que le caían sobre la frente.

—Las piernas no me sostienen. Pero creo que me reharé pronto. ¿Y tú?

—Me han administrado un estimulante y llevo despejada varias horas. El efecto de las drogas no tardará en pasar.

—¿Sabes qué ha ocurrido con Paul? Estaba en la planta de arriba cuando los secuestradores irrumpieron en casa.

Francesca meneó la cabeza. Gamay prefirió no pensar en lo peor y miró a la doctora.

—¿Sabes dónde estamos?

—Nuestra anfitriona no me lo ha dicho.

—Eso significa que por lo menos has podido hablar con la persona a quien debo agradecer este espléndido alojamiento.

—Sí. Y se llama Brynhild Sigurd. Quienes nos secuestraron trabajan para ella.

Gamay fue a decir algo pero Francesca apretó los labios y miró de uno a otro lado. Gamay entendió su gesto. Estaba segura de que había cámara y micrófono ocultos.

—Dispongo de cinco minutos. Solo quería que supieras que he accedido a trabajar para la señorita Sigurd con mi método de desalinización. Tendremos que permanecer aquí hasta que haya terminado el prototipo. Y no sé cuánto tardaré.

—¿Vas a colaborar con la persona que nos ha secuestrado?

—Sí —contestó Francesca con firmeza—. He perdido diez años de mi vida aislada en la jungla. Se puede ganar muchísimo dinero. Además, creo que la Gogstad es la organización que tiene más posibilidades de ofrecerle mi método de desalinización al mundo de un modo ordenado y controlado.

—¿Estás segura de que eso es lo que quieres?

—Completamente segura —contestó Francesa sin vacilar.

Al instante se abrió la puerta y uno de los hombres le indicó que saliese. Ella abrazó a Gamay y luego salió flanqueada por los centinelas.

En cuanto se quedó sola, Gamay reflexionó sobre lo que acababa de ocurrir. De un modo casi imperceptible, Francesca le había guiñado un ojo al despedirse. Estaba segura de que no habían sido figuraciones suyas. Y respiró aliviada al pensar que la alarmante perspectiva de que Francesca fuese a trabajar para el enemigo, tenía un... matiz, por así decirlo. Algo debía de tramar la doctora para escapar de allí. Pero de momento Gamay tenía preocupaciones más apremiantes. Se echó en el jergón y cerró los ojos. Su prioridad era conseguir que su cuerpo y su mente descansaran. Luego pensaría en cómo escapar.

## 35

Austin flotaba por encima de las aguas azul cobalto del lago Tahoe, suspendido de un parapente rojo y blanco. Iba sentado en una silla reclinable sujeta con cables a una embarcación setenta metros más abajo.

—Demos otra pasada, Joe —dijo Austin por la radio.

Zavala, que iba al mando de la lancha, le hizo señas para indicarle que lo había oído. Hizo un lento y amplio viraje para volver al lado californiano del lago. La maniobra le permitió recorrer con la mirada todo el contorno de la orilla.

El Tahoe se halla entre los límites de los estados de California y Nevada, a unos cuarenta kilómetros de Reno. Bordeado de abruptas montañas cubiertas de nieve en invierno, el Tahoe es el mayor lago de montaña de Estados Unidos. Se halla sobre un llano situado a 1.600 m de altitud, tiene 500 de profundidad, 35 km de longitud y 20 de anchura. Se encuentra en una hondonada formada por movimientos tectónicos. Dos tercios de sus 700 km² caen en territorio californiano. Por su lado norte sus aguas se vierten en el río Truckee; y, por el sur, un río de dinero desemboca en las arcas de los casinos de Stateline.

El hombre que descubrió el lago fue John C. Freemont, que llegó a la zona para realizar estudios topográficos. A los angloparlantes, el nombre que los indios washoe le daban al lago, Da-ow («mucha agua») les sonaba «tahoe» y así lo transcribieron.

Mientras volaba, algo atrajo la atención de Austin: una franja de la costa y el espeso bosque que había detrás. Habría preferido filmarlo o fotografiarlo, en lugar de fiar la imagen a su imperfecta memoria. Pero estaba seguro de que todo movimiento de cualquier medio de transporte en las inmediaciones del santuario de la Gogstad debía de ser vigilado estrechamente. Mostrar especial interés en aquella franja de la costa, filmándola o fotografiándola, podía disparar la alarma.

Pasó frente a un largo muelle que sobresalía de una rocosa cala como un espigón. Un remolcador estaba amarrado al muelle. Detrás de un cobertizo, la pared de roca negruzca se elevaba en una pronunciada pendiente que terminaba en un llano con densa vegetación. A unos centenares de metros de la orilla el terreno volvía a elevarse en una ladera cubierta de bosque. Las torres, tejados y torreones que asomaba entre las copas de los árboles le recordaron a Austin a los castillos de los cuentos de los hermanos Grimm.

Vio que algo se movía. Varios hombres con oscura indumentaria corrían hacia la punta del muelle. Estaba demasiado lejos para distinguir detalles pero no le habría sorprendido que fotografías suyas volando en parapente estuviesen ya en el álbum familiar de la Gogstad.

El muelle desapareció de su campo de visión al remolcarlo la lancha casi dos kilómetros más al sur. Cuando estuvieron en lugar seguro, desde el que no podían ser vistos, Zavala le indicó por señas que ya podía bajarlo y tiró del cable como un muchacho del hilo de una cometa. Austin aterrizó suavemente en la lancha, algo muy de agradecer, porque incluso en pleno verano el agua no pasaba de los 15 °C.

—¿Has visto algo interesante? —preguntó Zavala.

—No hay alfombrilla dando la bienvenida, si te refieres a eso.

—Me ha parecido ver una comité de recepción en el muelle.

—Han salido a la carrera en cuanto hicimos nuestra segunda pasada. Hemos debido de llegar a la zona donde empiezan sus medidas de seguridad.

Habían dado por supuesto que el recinto estaría bien vigilado y que no tenía sentido tratar de encontrar un acceso rodeándolo. Pensaron que lo más obvio era a menudo lo más inocuo y, esgrimiendo un fajo de billetes, convencieron al dueño de la lancha y el parapente, que se los alquiló por unas horas.

Austin ayudó a Zavala a plegar el paramente y a amarrar la lancha. Luego sacó de una bolsa un bloc de dibujo y un lápiz. Excusándose por su escasa habilidad como dibujante, pese a que lo hacía bastante bien, trazó varios dibujos de lo que había visto desde el aire. Cogió las fotos obtenidas por el satélite que Yaeger les proporcionó y las comparó con sus dibujos. Las escaleras que partían del muelle comunicaban con una pasarela que, a su vez, se ensanchaba y enlazaba con un tramo asfaltado que conducía al complejo principal. Un ramal que partía del acceso conducía a una pista de aterrizaje para helicópteros.

—Hay que descartar un ataque frontal por mar —dijo Austin.

—Tanto mejor. Todavía no he olvidado cómo nos ametrallaron en Alaska —dijo Zavala.

—Confiaba en ver algo bajo el agua. Antiguamente, las aguas del lago eran transparentes como el cristal, pero las urbanizaciones construidas alrededor han hecho que el agua esté llena de algas.

Zavala había examinado otra fotografía. Tras la reunión en el cuartel general de la NUMA para decidir la estrategia conveniente, pidió que le facilitasen una fotografía del lago Tahoe, en la que se indicaba la temperatura del agua a distintos niveles con franjas coloreadas. Todo eran franjas azules, salvo en un sector de la orilla occidental donde el rojo indicaba una temperatura elevada. Y ese sector estaba prácticamente bajo el muelle de la Gogstad. La temperatura que indicaba la franja era similar a la que emitían las instalaciones submarinas de la costa en la Baja California.

—Las fotografías no engañan —dijo Zavala—, aunque cabe la posibilidad de que haya un manantial de agua caliente.

—De acuerdo —dijo Austin frunciendo el ceño—. Suponiendo que tuviesen aquí unas instalaciones similares a las de la Baja California, hay algo que no entiendo. Se trataría de instalaciones de una planta desalinizadora. Y esto es un lago de agua dulce.

—Cierto. No tiene sentido. Pero solo hay una manera de aclararlo. Regresemos a ver si ha llegado nuestro paquetito.

Austin puso el motor en marcha y enfiló hacia el sur del lago Tahoe. Se deslizaron por las aguas intensamente azules y al poco llegaron a un puerto deportivo. Un tipo larguirucho estaba de pie en un espigón haciéndoles señas. Era Paul, que se había quedado en tierra. Su herida aún no había cicatrizado y no hubiese podido soportar el cabeceo de una embarcación. Al arrimarse al muelle Paul atrapó con su mano buena el cabo que le lanzaron y lo ató al amarre.

—Ya ha llegado vuestro paquetito —les anunció—. Está en el aparcamiento.

—Se han dado prisa, por lo que veo —dijo Austin con cara de satisfacción—. Vamos a echarle un vistazo.

Austin y Zavala fueron hacia el aparcamiento.

—Esperadme —les dijo Paul.

Pero Austin estaba impaciente por comprobar el envío.

—Ya te diremos lo que hay —dijo Kurt mirándolo.

—Luego no digáis que no os he avisado —murmuró Paul meneando la cabeza.

El camión con trailer estaba aparcado a un lado del recinto. Encima del trailer había un extraño vehículo largo como una limusina, protegido por capas de goma espuma y una cubierta de plástico.

Al acercarse Austin se abrió la puerta de la cabina del camión y apareció Jim Contos, el patrón del *Sea Robin*, que fue hacia ellos muy sonriente.

—¡Vaya por Dios! —exclamó Zavala.

—¡Jim! ¡Qué agradable sorpresa! —dijo Austin.

—¿Se puede saber qué puñeta pasa, Kurt? —dijo Jim.

—Se trata de una emergencia, Jim.

—Sí, ya he supuesto que se trataba de una emergencia cuando Rudi Gunn me ha dicho que enviase el *Seabus* al lago Tahoe lo antes posible. De modo que he salido inmediatamente desde San Diego para ver quién lo necesitaba.

Junto al camión había un mesa y varias sillas plegables, sin duda para reponer fuerzas en los descansos durante el viaje. Se sentaron los cuatro y Austin expuso la situación, utilizando las fotografías y los dibujos para ilustrarla. Contos guardó silencio durante toda la explicación, cada vez más serio a medida que oía los detalles.

—Así que ya ves de qué va, Jim —dijo Austin—. Al comprender que solo había una manera de entrar, pensamos en el sumergible que estaba más a mano. Pero por desgracia era el que estabas probando.

—¿Por qué jugar a la gallinita ciega? —dijo Contos aludiendo a las operaciones secretas submarinas que se llevaban a cabo durante la guerra fría—. ¿Por qué no entrar sin más?

—Por lo pronto, el recinto dispone de más medidas de seguridad que Fort Knox. Hemos inspeccionado los accesos por tierra. El complejo está rodeado por una alambrada de espino electrificado que hace que se dispare la alarma con un soplo. Por si fuera poco, guardias armados patrullan por el exterior continuamente. Solo hay un ramal de acceso para entrar y salir. Pero discurre por un denso bosque y esta muy vigilado. Si enviásemos a un grupo de la brigada de rescate podrían tener muchas bajas. Además, ¿qué ocurriría si nos equivocásemos?, ¿si Francesca y Gamay no estuvieran aquí y todo lo que hay tras esas alambradas fuese perfectamente legal?

—Pero no crees que sea así, ¿verdad?

—No, desde luego.

Contos dirigió la mirada hacia los veleros que se deslizaban apaciblemente por el lago. Luego miró a Paul.

—¿Cree que su esposa está ahí? —le preguntó.

—Sí. Y voy a liberarla a cualquier precio.

Contos miró el brazo que Trout llevaba en cabestrillo.

—Me temo que necesitaría otra mano. Y que sus amigos van a necesitar ayuda para botar el *Seabus*.

—Lo diseñé yo —dijo Zavala.

—Lo sé. Pero no lo has probado. De modo que no conoces sus puntos flacos. Teóricamente, las baterías duran seis horas. Pero en la práctica solo duran cuatro. Y, por lo que me habéis contado, esas instalaciones están bastante lejos de aquí. ¿Habéis pensado cómo llevarlo hasta el lugar del que haya de empezar a navegar?

Austin y Zavala se miraron risueños.

—Ya tenemos decidido el sistema de transporte —contestó Austin—. ¿Quieres verlo?

Contos asintió con la cabeza. Se levantaron y fueron hasta el muelle. Cuanto más se acercaban al agua mayor era la expresión de perplejidad de Contos. Acostumbrado al modernísimo equipo de la NUMA, esperaba ver una enorme gabarra equipada con grúas de alta tecnología. Pero no había aparecido.

—¿Y dónde está ese mágico medio de transporte? —preguntó.

—Me parece que viene por allí —repuso Austin.

Contos miró hacia el lago y puso unos ojos como platos al ver acercarse un viejo vapor de aspas, una embarcación pintada de rojo, blanco y azul, decorada con banderines.

—Bromeáis, ¿verdad? —exclamó Jim—. Parece una tarta de boda.

—¿A que es bonita? Lleva turistas de un lado a otro del lago todos los días. No llama la atención. Es el perfecto camuflaje para una operación secreta, ¿verdad, Joe?

—Además, tengo entendido que sirven un estupendo desayuno a bordo —dijo Zavala muy serio.

Contos siguió mirando estupefacto la embarcación. Luego, sin decir palabra, dio media vuelta y enfiló hacia el aparcamiento.

—Eh, capitán, ¿adónde vas? —lo llamó Austin.

—Pues ¿adónde voy a ir? Al camión, por mi banjo.

36

Francesca estaba en la cubierta de la nave vikinga mirando las líneas de la proa y la popa vueltas hacia dentro y la pintada vela cuadrada. Pese a la gruesa tablazón y a la enorme quilla parecía una embarcación grácil. Miró en derredor de la enorme cámara; su techo abovedado, las llameantes antorchas y las altas paredes de las que colgaban armas medievales, y se preguntó cómo algo tan hermoso podía hallarse en un lugar tan extravagante y feo.

Frente al timón, Brynhild Sigurd interpretó el silencio de Francesca como sobrecogida admiración.

—Es una obra maestra, ¿verdad? Los noruegos llamaron a este tipo de embarcación *skutta* cuando construyeron el original hace casi dos mil años. No era la más grande de sus naves, pero sí la más rápida. La hice reconstruir con todo detalle, desde la cubierta de roble hasta el trenzado de pelo de vaca que utilizaban a modo de calafateado. Tiene más de veintiséis metros de eslora y cinco de manga. La original está en Oslo. Hubo una réplica anterior que cruzó el Atlántico. Seguramente se preguntará usted por qué me tomé la molestia de que la construyesen e instalasen en este enorme salón.

—Bueno... unos coleccionan sellos; otros coches. En materia de gustos no hay nada escrito.

—En este caso no se trata de un capricho de coleccionista —dijo Brynhild, y se apartó del timón para acercarse a Francesca, que se estremeció al notarla tan cerca.

Aunque la complexión de Brynhild era impresionante, su amenazadora presencia iba más allá de lo físico. Parecía capaz de atrapar un rayo en plena tormenta y hacerse una cinta para el pelo con él.

—Elegí este barco como símbolo de mis grandes posesiones porque encarna el espíritu vikingo. Quienes lo tripularon se apoderaban de todo aquello que querían. Vengo aquí a menudo en busca de inspiración. Y así debería hacerlo usted también, doctora Cabral. Venga, que le enseñaré su sitio de trabajo.

A Francesca la habían acompañado hasta allí después de su breve visita a Gamay. Brynhild la condujo a través de un asombroso laberinto de pasadizos que a la doctora le recordaron un trasatlántico. En ningún momento las escoltaron guardias, pero a Francesca no le pasó por la cabeza la idea de escapar. Aunque hubiese podido deshacerse de aquella gigantesca mujer —algo muy poco probable— se habría perdido en el laberinto. Aparte de que sospechaba que los guardias no andaban muy lejos.

Acababan de subir en un ascensor que descendió a velocidad de vértigo. La puerta se abrió a una estancia donde aguardaba un coche monorraíl. Brynhild le indicó a Francesca que subiese a la parte delantera y ella subió detrás, en un espacio y un asiento adecuados a su estatura. Su solo peso activó el acelerador y el monorraíl cruzó un arco y se adentró por un túnel iluminado. Al cabo de unos segundos el vehículo se detuvo en un salón muy parecido al que acababan de abandonar.

También en aquella estancia había ascensor, aunque a diferencia de los convencionales, su cabina transparente tenía forma de huevo. Había asientos para cuatro personas. La puerta emitió un zumbido al cerrarse y el ascensor bajó por una zona totalmente oscura y luego por otra de un intenso azul. Francesca comprendió que se sumergían bajo el agua. El azul se hizo más oscuro hasta que, de pronto, pareció que estaban en el haz de una linterna.

Al abrirse la puerta, bajaron. Francesca apenas podía dar crédito a sus ojos. Se hallaban en un espacio circular intensamente iluminado de más de cien metros de diámetro. El techo también era abovedado. Las exactas dimensiones de la estancia eran difíciles de calcular ya que por todas partes habían conductos, serpentines y recipientes de todos los tamaños. Más de una docena de técnicos de uniforme blanco iban de un lado para otro, entre depósitos y conducciones, o estaban sentados frente a consolas de ordenadores.

—Bueno, ¿qué le parece? —preguntó Brynhild con un dejo de orgullo.

—Es increíble —contestó Francesca, impresionada—. ¿Dónde estamos?, ¿en el fondo del mar?

—Aquí es donde trabajará usted —repuso Brynhild sonriente—. Venga, que se lo enseñaré con detalle.

La mente científica de Francesca ordenó enseguida sus primeras y caóticas impresiones. Aunque los conductos formaban ángulos orientados en diferentes direcciones, todos confluían en el centro de la sala.

—Esto controla las diferentes condiciones que afectan al material básico —dijo Brynhild señalando las luces parpadeantes de un panel—. Estas instalaciones subacuáticas se apoyan sobre cuatro pilares. Dos de ellos son conductos de admisión y los otros dos de expulsión. Como nos hallamos en una masa de agua dulce, primero instilamos el líquido que bombeamos con sal y minerales marinos de esos contenedores. De modo que el agua resultante no se diferencia en nada de la del mar.

Caminaron hacia el centro de la sala, donde se alzaba un enorme depósito cilíndrico de unos siete metros de diámetro y unos tres de altura.

—Aquí tienen el anasazium —dijo Francesca.

—Exacto. El agua pasa por el serpentín y luego vuelve al lago a través de los dos pilares que le he mencionado.

Volvieron hacia la consola de control.

—¿Cree que estamos muy cerca de emular el método de la doctora Cabral?

Francesca examinó los instrumentos.

—Refrigeración, corriente eléctrica, control calórico. Todo bien. Sí, están muy cerca.

—Hemos sometido al anasazium a un proceso de calentamiento, refrigeración y electrificación, pero solo con éxito parcial.

—No me sorprende, porque falta el componente sónico.

—Claro. Las vibraciones de sonido.

—Su idea es buena, pero el proceso no funcionará a menos que el elemento sea sometido a cierto nivel de ondas sónicas de manera coordinada con otras fuerzas. Es como si a un cuarteto de cuerdas se le quitase el violonchelo.

—Ingeniosa comparación. ¿Cómo descubrió esta técnica?

—Pensando de un modo no convencional. Como sabe, hasta ahora se han utilizado tres métodos distintos para la desalinización del agua de mar. En el de electrólisis y el contrario, el osmótico, el agua electrificada pasa a través de unas membranas que eliminan la sal. El tercer método es la destilación, que evapora el agua de la misma manera que el calor del sol convierte en vapor el agua de mar. Pero los tres métodos obligan a un enorme gasto de energía y hace que el coste de la desalinización sea prohibitivo. Mi método cambia la estructura molecular y atómica del agua. En el proceso crea energía y se autoalimenta. Pero la combinación de fuerzas debe ser exacta. De lo contrario no funciona.

—Bien, ahora que ya lo ha visto, ¿cuánto tiempo cree que puede tardar en habilitar las instalaciones para que se adapten a sus necesidades?

—Quizá una semana —contestó Francesca.

—Tres días —replicó Brynhild con sequedad.

—¿Y por qué ese límite?

—Hemos convocado una reunión de la junta de directores aquí. Y acudirán personas procedentes de todo el mundo. Quiero hacerles una demostración de su método. En cuanto lo vean, volverán a su país y pondrán en marcha su parte en el plan general.

—Puedo hacer que funcione en veinticuatro horas —dijo Francesca tras reflexionar unos momentos.

—¿No acaba de decirme que necesita una semana?

—Es que yo trabajo más rápido según el incentivo. Tiene su precio.

—No está en condiciones de negociar.

—Lo sé. Pero quiero que libere a mi amiga. No tiene ni idea de cómo llegó aquí ni de dónde está. Nunca podría identificarlos ni crearles el menor problema. Usted la retiene para asegurarse de que yo colabore.

Una vez que el método demuestre su eficacia ya no la necesitará.

—De acuerdo —dijo Brynhild—. La pondré en libertad en cuanto me muestre usted el primer litro de agua pura.

—¿Qué garantía puede darme de que cumplirá su palabra?

—Ninguna. Pero no tiene alternativa.

—Necesitaré determinado equipo y ayudantes que cumplan mis instrucciones sin rechistar —dijo Francesca.

—Dispondrá de todo lo que necesite —dijo Brynhild haciéndoles señas a varios técnicos para que se acercasen—. Proporcionen a la doctora Cabral todo lo que les pida. ¿Entendido? —Se dirigió a otro técnico a voces y él se acercó con una maleta metálica que Brynhild le pasó a Francesca antes de añadir—: Creo que esto es suyo. Lo encontramos en casa de sus amigos. Bien, he de marcharme. Llámeme en cuanto esté preparada para hacer una prueba.

Mientras Francesca pasaba la mano amorosamente por la maleta que contenía el prototipo, Brynhild se dirigió al ascensor. Al cabo de unos minutos estaba de nuevo en el gran salón. Había llamado a los hermanos Kradzik y la estaban esperando.

—Después de tantos años de decepciones, el método Cabral pronto estará en nuestro poder —les anunció en tono triunfal.

—¿Cuánto falta? —preguntaron al unísono los gemelos.

—Veinticuatro horas.

—No —dijo uno de ellos, dejando ver su dentadura metálica—. ¿Cuánto falta para poder divertirnos con esas dos mujeres?

Brynhild lo sabía. Los gemelos estaban programados como perversos ordenadores para llevar a cabo torturas y asesinatos. Brynhild no tenía la menor intención de dejar a Francesca con vida después de que le hubiese mostrado todo el proceso. Parte de su crueldad se debía a la envidia que sentía por la belleza y el talento científico de Francesca, y parte a puro deseo de venganza. Aquella mujer brasileña le había costado mucho tiempo y dinero. No tenía nada especial contra Gamay, pero a Brynhild no le gustaba dejar cabos sueltos.

Su sonrisa hizo que la ya baja temperatura del salón descendiese otros cinco grados.

—Pronto serán vuestras —les dijo.

## 37

El guardia estaba fumando un cigarrillo al final del muelle de Valhalla cuando llegó el relevo y le pidió su informe. El ex marine parpadeó deslumbrado por el reflejo del sol en el lago y tiró la colilla al agua.

—Más movido que un tiovivo —dijo arrastrando las palabras como los de Alabama—. No han dejado de pasar helicópteros durante toda la noche.

El centinela de relevo, un ex boina verde, alzó la vista al oír el petardeo de un helicóptero que se acercaba.

—Parece que tenemos más visitas.

—¿Se puede saber qué pasa? No es muy normal tanto trajín de noche.

—Parece que un grupo de jefazos viene para una reunión. Tenemos a todo el contingente aquí y se han reforzado las medidas de seguridad en el recinto —dijo mirando hacia el lago—. Por allá va el *Tahoe Queen*.

Miró con los prismáticos hacia la popa de la embarcación, que se dirigía lentamente hacia el norte del lago. Parecía salida de un museo marítimo, pintada de blanco con franjas azules que marcaban la divisoria entre las cubiertas superior e inferior. A proa se alzaban dos altas chimeneas. Las aspas giraban como en los viejos tiempos. La borda de la cubierta superior estaba pintada a franjas rojas, blancas y azules. Multitud de banderines se agitaban con la brisa.

—Hummm —dijo el guardia al enfocar la cubierta—. No hay muchos turistas a bordo hoy. —Pero se habría mostrado menos despreocupado de haber sabido que, los mismos ojos verdes que lo habían observado el día anterior desde el parapente, volvían a observarlo en ese momento.

Austin estaba junto a la cabina del piloto, que tenía forma de caja de cigarros y estaba situada en la parte delantera de la cubierta superior. Observaba a los guardias y trataba de valorar su estado de alerta. Vio que ambos iban armados pero sus gestos indicaban que estaban aburridos.

El capitán del barco, un curtido veterano de Emerald Bay, iba al timón.

—¿Quiere que reduzca la velocidad un par de nudos? —preguntó.

La embarcación era tan anacrónica como bonita, y estaba concebida pensando más en la comodidad que en la rapidez. Iba tan despacio que, si reducía un poco más la velocidad, se pararía, pensó Austin.

—No es necesario, capitán. Bajar el sumergible no tiene ningún problema.

Austin volvió a otear el muelle y vio que uno de los guardias se marchaba y que el otro se situaba a la sombra de una caseta. Ojalá eche una cabezadita, pensó Kurt.

—Gracias por su colaboración, capitán. Confío en no haber decepcionado a sus clientes habituales por alquilar su barco en el último momento.

—Yo navego con este viejo vapor de ruedas con quien quiera embarcar. Además, esto es mucho más entretenido que llevar grupos de turistas.

—Pues me alegro —dijo Austin—. Bueno, tenemos que irnos. Usted siga navegando después de que hayamos abandonado la embarcación.

—¿Cómo regresarán?

—Aún no lo tenemos decidido —contestó Austin sonriente.

Kurt se alejó de la cabina y bajó hasta el espacioso salón de la cubierta inferior. En un día normal habría estado atestado de turistas, comiendo, bebiendo y contemplando el maravilloso paisaje. Pero ahora solo había dos personas en el salón, Joe y Paul.

Trout repasaba una lista. Austin y Zavala revisaron su indumentaria y luego pasaron por la puerta por la que normalmente entraban y salían los pasajeros.

A través de una pasarela acoplada a babor pasaron a la balsa, dotada de unos flotadores como de lanchas de salvamento. Estaban hechos de una fibra sintética capaz de soportar toneladas de peso. La balsa la habían montado a última hora de la mañana y ahora Contos la revisaba para asegurarse de que en el apresurado montaje no se hubiesen cometido errores.

—¿Qué tal? —le preguntó Austin.

—No es tan buena como la que Huckleberry Finn utilizaba en el Misisipí —contestó Jim meneando la cabeza—. Pero servirá.

—Gracias por su autorizado reconocimiento de nuestras dotes de ingenieros navales —ironizó Zavala.

Al abandonar la lancha, Contos puso los ojos en blanco.

—Tened cuidado en no perder el *Seabus*. Porque resulta bastante difícil hacer tests del agua sin su ayuda.

Sin su cubierta protectora, el *Seabus* parecía una salchicha. Era una especie de minisubmarino turístico que se usaba en Florida, concebido para transportar brigadas de operarios que realizaban trabajos submarinos a profundidades moderadas. Su casco transparente, de plástico acrílico, podía soportar considerable presión y la cabina tenía cabida para seis pasajeros. El casco llevada adosadas unas varaderas gruesas y redondas sobre las que iban los lastres. En la parte superior de los costados había varios depósitos de aire comprimido. Las estructuras externas estaban acopladas al casco por medio de sólidas abrazaderas. La cabina del piloto, dotada de dos asientos, estaba en la parte delantera. En la sección de popa estaba la sala de máquinas, el corazón eléctrico, hidráulico y mecánico del submarino, y una cámara de despresurización que permitía a los submarinistas entrar y salir mientras el *Seabus* estaba sumergido.

Paul asomó la cabeza por la barandilla de popa.

—Nos acercamos al objetivo —dijo a la vez que miraba el reloj—. Dentro de tres minutos tendremos que bajarlo.

—Estamos preparados —dijo Austin—. ¿Qué tal te encuentras, Paul?

—En plena forma, capitán —repuso sonriendo.

Trout no estaba ni mucho menos en plena forma. A pesar de su estoico talante, tan característico de los de Nueva Inglaterra, estaba muy preocupado por Gamay y deseaba desesperadamente entrar en acción. Pero sabía que con un brazo prácticamente inutilizado no haría más que estorbar. Austin lo había convencido de que necesitaban a alguien con la cabeza fría que se quedase allí para pedir refuerzos si la situación se complicaba.

Habían utilizado una grúa para trasladar el sumergible desde el trailer del camión a la balsa. El vapor zarpó por la mañana temprano, antes de que el muelle se llenase de turistas. Pese al enorme peso que llevaba, la balsa pudo ser remolcada con facilidad.

Al darles Contos la señal, Austin y Zavala acuchillaron los flotadores simultáneamente con sus cuchillos. El aire salió a presión con un fuerte siseo que rápidamente se convirtió en roncos resoplidos. Aprisionados entre el agua y la plataforma los flotadores se desinflaron rápidamente. Cuando la parte trasera de la plataforma se sumergió, soltaron los cabos que amarraban el *Seabus*. Luego se introdujeron por la escotilla de popa, se aseguraron de que todo estaba en orden y se acomodaron en la cabina de mando.

La parte delantera de la plataforma se inclinó hacia arriba. Luego, desprovista del aire de sus flotadores, se equilibró durante unos momentos y empezó a hundirse.

Fue un sistema bastante rudimentario para botar un sumergible tan sofisticado, pero funcionó. El *Seabus* mantuvo el equilibrio mientras la plataforma se hundía. El sumergible se balanceó suavemente en la estela del vapor y se hundió entre la espuma que levantaban las aspas.

A medida que descendían el agua pasaba del azul verdoso al azul marino.

Austin reguló el lastre y el submarino llegó a los diecisiete metros de profundidad. Los motores gimieron cuando Zavala puso rumbo a la orilla. Tuvieron suerte de que no hubiese corriente que embistiera la proa casi roma del sumergible y pudieron mantenerlo a una velocidad regular de diez nudos. Al cabo de media hora habían recorrido las cinco millas para desembarcar.

Con Zavala al timón, Austin observaba la pantalla del sonar. La pared de roca de la costa se adentraba verticalmente en el agua a lo largo de más de treinta metros, hasta una ancha cornisa. El sonar detectó una enorme estructura posada en la cornisa que quedaba en la vertical del espigón del muelle. Miraron hacia arriba y vieron su forma alargada y la silueta a contraluz de las embarcaciones amarradas.

Austin confió en que su deducción hubiese sido

acertada, que el centinela estuviese demasiado embotado por el aburrimiento para notar cualquier cambio en el chapoteo del agua que el minisubmarino pudiese provocar. Zavala siguió descendiendo en espiral, mientras Austin alternaba la observación visual directa con la de la pantalla del radar.

—Equilíbralo, rápido —dijo.

Zavala lo hizo de inmediato y el sumergible describió un círculo como un tiburón hambriento.

—¿Qué ocurre? Nos acercamos demasiado a la cornisa.

—No exactamente. Pero apártate un poco y desciende otros diecisiete metros.

El *Seabus* se alejó de la orilla y giró, de nuevo con la proa de cara a la cornisa.

—¡Joder! —exclamó Zavala—. Que yo sepa, el Cosmorama está en Texas.

—Dudo que veas a ninguna de las famosas vaqueras de Dallas ahí dentro.

—Esto es muy parecido a lo que saltó hecho trizas en Baja California. Me repatea reconocerlo, pero tenías razón, como de costumbre.

—Pura suerte.

—Con suerte o sin ella, lo que está claro es que tendremos que entrar.

—Pues, ya sabes, muchacho, hay que vivir el presente. Cuanto antes mejor. Pero primero echémosle un vistazo por debajo.

Zavala asintió e hizo descender el *Seabus* hasta situarlo justo debajo de la estructura, cuya superficie estaba hecha de un translúcido material verde que emitía un tenue resplandor. Pese a la hipérbole de Zavala, las instalaciones habrían sido una impresionante obra de ingeniería incluso en tierra firme. Y al igual que en las de Baja California, aquella estructura se apoyaba en cuatro pilares cilíndricos.

—Hay aberturas en los pilares exteriores —dijo Austin—. Probablemente son como los de México y sirven también como conductos de admisión y de desagüe.

Zavala acercó el submarino a un quinto pilar que se hallaba en el mismo centro de la estructura y encendió los dos faros.

—En este no hay aberturas. Pero... un momento. —Acercó el sumergible a un hueco de forma ovalada del pilar—. Parece una compuerta. Aunque tampoco aquí veo alfombra de bienvenida.

—Quizá olvidaron ponerla —dijo Austin—. ¿Y si aparcases y bajásemos a hacerles una visita de buena vecindad?

Zavala hizo posar el *Seabus* en la cornisa junto a uno de los pilares. Se colgaron las botellas de aire y los auriculares para comunicarse bajo el agua. Austin metió su revólver Bowen y cargadores de repuesto en una mochila hermética en la que también llevaban una Glock 9 mm.

Austin entró en la cámara de despresurización, la inundó y luego abrió la escotilla exterior. Al cabo de unos minutos, Zavala se unió a él fuera del sumergible. Nadaron hasta el pilar, treparon por él y se sujetaron a unas barras horizontales a ambos lados de la compuerta. A la derecha había un panel y, protegidos por una tapa articulada de plástico transparente, dos grandes botones, uno rojo y otro verde.

Titubearon.

—Podría estar conectado a una alarma —dijo Zavala adivinándole el pensamiento a Austin.

—Ya. Pero ¿por qué iban a ponerla? En estas inmediaciones no abundan los ladrones.

—Tampoco tenemos muchas alternativas —dijo Zavala—. Así que, hala, échale valor —añadió con tono burlón.

Austin pulsó el botón verde. No oyeron ninguna alarma, aunque eso no significaba que no se hubiese disparado en el interior. Una sección del pilar se deslizó silenciosamente hacia un lado y dejó ver un hueco como una boca. Zavala alzó el pulgar y ambos nadaron hacia el interior de una cámara con forma de sombrerera. Una escalerilla metálica llegaba hasta el techo. En la pared había un interruptor que abría la puerta. Tras accionarlo, se descolgó la mochila un momento e, incomprensiblemente, se le resbaló entre las manos y cayó por la abertura de la cámara de descompresión.

—Olvídalo —dijo anticipándose a la pregunta de Zavala—. No tenemos tiempo.

La compuerta exterior se cerró y se encendieron varias luces. La cámara quedó pronto seca y se abrió una escotilla circular en el techo. Nada indicaba que su presencia hubiese sido descubierta. Solo se oía zumbido de maquinaria bastante lejos de allí.

Austin se aupó por la escalerilla y asomó la cabeza por la compuerta. Le hizo señas a Zavala de que lo siguiese y subieron hasta arriba. Se encontraron en otra cámara, también circular pero más grande. De la pared colgaban trajes de buceo y en una estantería había botellas de aire y un completo surtido de herramientas.

Austin se quitó los auriculares, la máscara y la botella y cogió un cepillo de mango largo de púas rígidas.

—Deben de utilizarlo para limpiar los orificios de entrada. Porque de lo contrario se obturarían con las algas.

Zavala se acercó a una escotilla y señaló otro interruptor verde.

—Empiezo a sentirme como un mono en uno de esos tests de inteligencia, en los que el simio pulsa un botón para que salga la comida.

—Pues yo no —dijo Austin—. Un chimpancé no sería tan tonto para meterse en un sitio como este.

Zavala pulsó el botón. La compuerta se abrió y entraron en una sala en la que había cabinas con duchas y estanterías. Austin cogió un paquete envuelto en plástico y lo desenvolvió. Dentro había un traje blanco de dos piezas, de fibra sintética. Se despojaron de sus trajes de submarinistas y se pusieron los uniformes blancos encima de su ropa interior térmica. La cabellera plateada de Austin le delataba a la legua, pero respiró aliviado al ver que cada paquete contenía una escafandra de plástico que le ajustaba perfectamente.

—¿Qué tal me sienta? —le preguntó a Zavala, consciente de que el traje le venía un poco estrecho debido a sus anchos hombros.

—Pareces un hongo, de esos blancos e incomestibles.

—Estupendo. Es la imagen que quería conseguir.

La sala tenía techo abovedado. Había tuberías de distinta anchura y longitud. El zumbido que habían oído antes era ahora muy fuerte. Y parecía proceder de todas partes.

—¡Bingo! —musitó Austin.

—Me recuerda una escena de *Alien* —dijo Zavala.

—Ojalá estos tíos fuesen extraterrestres —dijo Austin.

De pronto, alguien de uniforme blanco salió por detrás de una gruesa tubería vertical. Austin y Zavala se pusieron tensos e, instintivamente, fueron a echar mano de las armas que ya no tenían. Se miraron con impotencia. Pero el técnico, que llevaba un detector, no reparó en ellos y se internó por el laberinto de tuberías.

La enorme sala tenía dos niveles separados por andamiajes y pasarelas metálicas. Decidieron subir al nivel superior, desde donde podrían ver mejor todas las instalaciones y correrían menos riesgo de toparse con otro técnico. Subieron por las escaleras más cercanas y fueron hacia el centro de la planta. Desde allí vieron a otros técnicos enfrascados en su trabajo en la planta inferior, pero ninguno de ellos alzó la vista.

Desde allí las instalaciones resultaban aun más impresionantes. Parecía una colmena futurista llena de zánganos reconvertidos en obreros.

—Podríamos pasar todo el día inspeccionando esto —dijo Austin—. Tendríamos que contratar un guía.

Descendieron por otras escaleras a la planta principal y se ocultaron detrás de una ancha tubería. Vieron a tres técnicos de pie frente a una consola de ordenador. Estaban de espaldas, concentrados en su trabajo.

Dos se alejaron y dejaron al otro solo.

Mirando rápidamente en derredor para asegurarse de que nadie lo veía, Austin se acercó rápidamente al desprevenido técnico y le aplicó una fuerte llave en el cuello.

—Si hace el menor ruido lo desnuco —lo amenazó a la vez que lo arrastraba hasta detrás de la tubería—. Te presento a nuestro guía.

—Ya nos conocemos —dijo Zavala.

Austin volvió al técnico y lo miró. Francesca. El terror que reflejaban los ojos de la doctora desapareció al instante.

—¿Qué hace usted aquí? —dijo ella.

—Teníamos una cita, ¿lo recuerda? —repuso él sonriente—. En el lugar y a la hora que se anunciarán oportunamente...

Francesca le sonrió a pesar de su nerviosismo.

—No podemos quedarnos aquí —dijo—. Síganme.

Se adentraron por el laberinto y entraron en una estancia amueblada con una sencilla mesa y varias sillas de plástico.

—Pedí este despacho para poder trabajar sin tanto ruido. Podemos estar tranquilos durante unos minutos. Si entrase alguien finjan saber lo que están haciendo —añadió meneando la cabeza asombrada—.

¡Por todos los demonios!, ¿cómo se las han arreglado para entrar aquí?

—Hemos llegado en autobús —dijo Austin—. ¿Dónde está Gamay?

—Esta es la planta de desalinización. Ella está en el recinto principal. La tienen encerrada en una celda y sometida a estrecha vigilancia en la primera planta.

—¿Cómo podemos llegar hasta allí?

—Yo les indicaré cómo. Hay un ascensor que parte del laboratorio. Conduce hasta un vehículo monorraíl que a través de un túnel llega al recinto principal. Desde allí otro ascensor los conducirá hasta la planta en que ella se encuentra. ¿Creen que podrán rescatarla?

—Lo intentaremos —dijo Zavala sonriente.

—Será muy peligroso. Aunque, quizá tengan alguna posibilidad. Los guardias están hoy sobrecargados de trabajo, porque va a tener lugar una importante reunión a la que asistirán muchas personas. Deben salir de aquí enseguida, antes de que llegue algún técnico.

—¿De qué tratará esa reunión? —preguntó Zavala.

—No lo sé, pero es muy importante. Debo tener mi método a punto para hacer una demostración a la hora de la reunión. De lo contrario matarán a Gamay.

Francesca se asomó a la puerta del despacho para ver si había alguien en las inmediaciones. Al ver que el camino estaba expedito, los condujo hasta el ascensor.

A Austin le pareció que la doctora estaba agotada. Tenía unas ojeras muy marcadas. Tras desearles buena suerte, Francesca desapareció por la retícula de tuberías.

Sin perder un momento, Austin y Zavala entraron en el extraño ascensor en forma de huevo que, a través del agua, los llevó hasta la cámara de la que partía el pequeño vehículo monorraíl. Cruzaron el túnel hasta que el vehículo se detuvo. La cámara comunicaba con un pasadizo. La puerta del otro ascensor estaba a solo unos pasos. La luz del panel indicaba que el ascensor descendía.

—¿Por las buenas o por las malas? —preguntó Zavala.

—Lo intentaremos por las buenas, a ver qué pasa.

Se abrió la puerta y salió un guardia con una metralleta en bandolera. Miró a Zavala con expresión recelosa y luego a Austin.

—Perdone —dijo Zavala con tono amable—. ¿Podría decirnos dónde está la señora de la NUMA? Es inconfundible, alta y pelirroja.

El guardia intentó encañonarlos, pero el puño derecho de Austin le impactó en la boca del estómago, derribándolo.

—Creía que íbamos a intentarlo por las buenas.

—Pues ni siquiera se ha quejado, ¿verdad? —dijo Austin.

Kurt agarró al guardia por los brazos, Zavala por los pies y lo arrastraron hasta el interior del ascensor. Zavala pulsó el botón de la primera planta, pero detuvo el ascensor a mitad de la ascensión y lo bloqueó. Austin se arrodilló junto al guardia y le dio unos cachetitos en los mofletes. El hombre abrió los ojos aterrado.

—Hoy nos sentimos generosos. Te daremos una segunda oportunidad. ¿Dónde está ella?

El hombre meneó la cabeza.

Austin no estaba de humor para perder el tiempo. Le encañonó la nariz con su propia metralleta.

—No hagas que me impaciente —le susurró Austin—. Sabemos que está en la primera planta. Si no nos dices dónde, encontraremos a otro que nos lo diga. ¿Entendido?

El hombre asintió con la cabeza.

—Bien —dijo Austin, y lo levantó.

Zavala pulsó el botón de la siguiente planta.

No había nadie esperando el ascensor. Empujaron al guardia por el pasillo.

—¿Qué medidas de seguridad hay más adelante?

—La mayoría de los guardias está arriba para escoltar a los que llegan para la reunión.

Austin sentía curiosidad por saber el objeto de la reunión y la identidad de quienes iban a asistir, pero estaba más preocupado por Gamay.

—Vamos, guíanos —le espetó al hombre encañonándole las costillas.

Los condujo por otro pasillo y se detuvo frente a una puerta que tenía un teclado junto al marco. Titubeó, pensando si podía burlarlos diciéndoles que no sabía la combinación, pero al ver la mirada de Austin pensó que era mejor no provocarlo. Tecleó el código y la puerta se abrió. Dentro no había nadie.

—Esta es su habitación —dijo el guardia con desconcierto.

Lo empujaron al interior y miraron en derredor. Era evidente que aquella pequeña habitación la utilizaban como celda porque solo podía abrirse desde el exterior. Zavala se acercó al jergón, señaló en la almohada y sonrió.

—Pero estaba aquí —dijo mostrándole a Austin unos cabellos pelirrojos que inequívocamente eran de Gamay.

—¿Adónde la han llevado?

—No lo sé —repuso el hombre, blanco como la cera.

—Verás, tus próximas palabras pueden ser las últimas. De modo que piénsalas bien.

El guardia tuvo el convencimiento de que Austin lo mataría sin vacilar.

—No voy a proteger a esos canallas —dijo de pronto.

—¿Cómo has dicho? ¿A quién te refieres?

—A los hermanos Kradzik. La han llevado al Gran Salón.

—¿Quiénes son esos tipos?

—Dos asesinos que le hacen el trabajo sucio a la jefa —dijo el guardia con patente repugnancia.

—Dinos cómo llegar allí.

Él se lo indicó. Austin le dijo que contase con una nueva visita si los engañaba. Luego lo dejaron en la celda, cerraron la puerta y corrieron hacia el ascensor.

Austin y Zavala no sabían quiénes eran los hermanos Kradzik, ni les importaba. Lo que sí sabían era que no debían de tener planeado nada bueno para Gamay.

38

Los cincuenta hombres reunidos alrededor de la mesa en la cubierta del *Gogstad* no llevaban pieles y armaduras sino trajes oscuros de ejecutivo, pero la escena parecía revivir un rito pagano milenario. La luz de las antorchas se reflejaba en los bordes metálicos de las armas medievales que colgaban de las paredes y proyectaban sombras vacilantes en los rostros de los reunidos.

El efecto teatral que todo ello producía estaba perfectamente estudiado. Brynhild había diseñado el gran salón como un escenario en la que ella era la suprema sacerdotisa.

La junta de directores de la Gogstad estaba formada por algunas de las personalidades más relevantes del mundo. Procedían de muchos países de todos los continentes. Entre ellos se encontraban directores ejecutivos de multinacionales, representantes de grupos de intereses económicos que, en muchos casos, tenían más poder que los gobiernos de sus países respectivos, y políticos, unos en activo y otros no, que les debían sus carreras a los plutócratas que eran la verdadera clase dirigente del mundo. Representaban a todas las razas pero a pesar de la diferencia del color de su piel, tenían un común denominador: una codicia insaciable. Todos irradiaban la misma arrogancia.

Brynhild estaba de pie en la cubierta de su nave vikinga frente a uno de los extremos de la larga mesa.

—Bienvenidos, caballeros —los saludó—. Gracias por haber venido pese a haberlos convocado con tan poco tiempo. Sé que muchos de ustedes han tenido que desplazarse desde muy lejos, pero les aseguro que habrá merecido la pena.

Fue mirándolos a todos, refocilándose con la expresión de avidez que veía en sus rostros.

—Quienes estamos aquí —prosiguió— somos el alma y el corazón de la Gogstad, un gobierno invisible mucho más poderoso que cualquier otro que el mundo haya conocido. Forman ustedes algo más que una elite coordinada. Son como los sacerdotes de una sociedad secreta, como los templarios.

—Perdone que interrumpa su florido discurso —le dijo un traficante en armas inglés apellidado Grimley—, pero no nos dice usted nada nuevo. Espero no haber hecho un viaje de diez mil kilómetros para oírle loas a este grupo.

Brynhild sonrió. Los miembros de la junta eran las únicas personas de este mundo que podían tratarla de tú a tú.

—No, lord Grimley. Les he pedido que viniesen para informarlos de que nuestros planes se han visto drásticamente acelerados.

El inglés parecía seguir sin impresionarse por el pomposo tono de Brynhild.

—Al principio nos expuso usted que tardaríamos años en conseguir el monopolio del agua. ¿Debo entender que eso ha cambiado y que en lugar de años se trata de meses?

—No, lord Grimley. No se trata de meses sino de días.

Se oyó un murmullo en todo el salón.

—Olvide mi primer comentario —dijo Grimley sonriéndole con expresión obsequiosa—. Prosiga, por favor.

—Con mucho gusto —dijo Brynhild—. Como saben por mis informes mensuales, nuestros planes han ido avanzando lentamente, aunque con solidez. Raro ha sido el día que no hayamos comprado grandes paquetes de acciones de empresas hidráulicas. Lo que nos ha llevado más tiempo ha sido la flota. Hemos tenido problemas con la fabricación de las enormes gabarras para el transporte del agua. Y hasta hace muy poco no hemos conseguido resolver los problemas técnicos. Más recientemente, nuestro proyecto ha atraído el interés de la NUMA que, como todos saben, es el organismo estadounidense más importante que controla todo lo relativos a los mares.

—¿Y cómo se ha enterado la NUMA de nuestros proyectos? —preguntó un magnate norteamericano del sector inmobiliario.

—Es complicado y largo de explicar. A todos se les proporcionará un informe detallado sobre el interés de la NUMA en nuestras actividades. Baste, por el momento, recordarle que los funcionarios de la NUMA son muy tenaces y tienen mucha suerte.

—Pues a mí me parece que esto constituye un grave problema —dijo el norteamericano—. Primero nos topamos con un grupo de periodistas que investiga sobre nuestros proyectos, y ahora esto.

—El periódico que iba a publicar el reportaje ya no lo publicará, ni ningún otro periódico. Todos los materiales de su investigación han sido destruidos. Y, por lo que a la NUMA se refiere, también hemos neutralizado la situación.

—Lo que no significa que no sea preocupante —dijo Howes—. Hemos gastado millones para mantener en secreto nuestras actividades. Y todo podría irse al traste si, por cualquier contingencia, nuestros planes trascienden.

—Coincido con usted —dijo Brynhild—. Hemos hecho todo lo posible para que no se produzcan filtraciones. Pero una operación de esta envergadura y duración no podía garantizar que no se produjesen. La tapadera que concebimos para disfrazar nuestras actividades ante la opinión pública empieza a agrietarse. Era solo cuestión de tiempo que sucediese. De modo que no me sorprende, aunque sí ha servido para que aceleremos nuestros planes.

—¿Está diciendo que ha acelerado los planes a causa de la NUMA?

—En absoluto. Solo que se ha producido un giro favorable de los acontecimientos.

Un banquero alemán apellidado Heimmler fue el primero en ver por dónde iba Brynhild.

—Solo hay un medio que pueda justificar una aceleración tan espectacular —dijo con la expresión de una boa ante un conejo indefenso—: que haya conseguido usted perfeccionar el método de desalinización de la doctora Cabral.

Brynhild aguardó a que se acallase el murmullo que recorrió la mesa.

—Mejor aun —repuso con tono triunfal—. La doctora Cabral está perfeccionando el método para nosotros.

—¿Ella? —exclamó el alemán—. He leído en la prensa que sigue viva, pero...

—Sigue viva y se encuentra perfectamente. Ha accedido a trabajar para la Gogstad porque somos los únicos que disponemos del anasazium, el elemento esencial para el proceso. En estos momentos la doctora

Cabral se encuentra en nuestro laboratorio, donde está preparando una demostración. Dentro de un rato les mostraré el milagro. He hablado con ella antes de nuestra reunión y me ha dicho que estaría preparada para la demostración dentro de una hora. Entretanto, están invitados a tomar lo que les apetezca en el comedor. Debo ir a organizar el transporte y dentro de un rato volveré con ustedes.

Mientras los miembros de la junta salían del gran salón, Brynhild se dirigió a la entrada principal del recinto. Varios todoterreno de color verde oscuro estaban alineados frente al espacioso porche. Junto a cada vehículo aguardaban el chófer y un guardia armado.

—¿Está todo listo? —le preguntó Brynhild al guardia del primer vehículo.

—Sí, señora. Podemos trasladar a los invitados en cuanto usted lo ordene.

El vehículo monorraíl era el medio más rápido para llegar al laboratorio, aunque estaba concebido para pequeños grupos. Para el transporte de un grupo tan numeroso era más rápido utilizar otros vehículos. Brynhild no dejaba nada al azar. Subió al asiento del acompañante del vehículo delantero y ordenó al chófer que la llevase al lago. Al cabo de unos minutos se detuvo junto al borde del altozano que daba al mar. Descendió hacia el muelle, pasó por delante del ascensor rápido en forma de huevo y fue hasta el enorme montacargas. Al cabo de unos momentos estaba en el laboratorio. Enseguida notó que todos estaban muy excitados.

Francesca estaba trabajando en la consola de control.

—Ahora mismo iba a llamarla —dijo al ver a Brynhild—. Puedo hacer la demostración antes de lo que esperaba.

—¿Está segura de que funcionará?

—Puedo ofrecerle una primicia ahora mismo si quiere.

—No —dijo Brynhild tras reflexionarlo—. Estoy impaciente por ver las caras de todos cuando comprueben la eficacia del método.

—Sí, estoy segura de que les sorprenderá.

Brynhild utilizó su teléfono móvil para ordenar que los vehículos empezasen a trasladar a los miembros de la junta. Al cabo de media hora estaban todos en el laboratorio alrededor del depósito central. Brynhild les presentó a Francesca. Se oyó un murmullo de admiración cuando la encantadora científica brasileña se situó en el centro del grupo. Y aunque les sonrió a todos, se dijo que jamás había visto rostros tan reveladores de codicia. No tuvo necesidad de recordarse que la ambición de aquella gente era la causa de que hubiese pasado diez años en la jungla aislada del resto del mundo. Mientras vivió con los indios confiando en ser rescatada algún día, posiblemente miles de personas que se habrían beneficiado de su método habían muerto de sed.

Francesca nunca había visto tanta maldad reunida, pero disimuló bien el desprecio que sentía por ellos.

—No sé cuántos de ustedes tienen preparación científica, pero no son necesarios grandes conocimientos técnicos para entender el principio básico de lo que van a presenciar. Los métodos de desalinización existen desde los tiempos de la Grecia clásica. Aunque todas las técnicas aplicadas hasta ahora utilizaban un proceso físico, calentando el agua para convertirla en vapor, tratándola con electricidad, haciéndola pasar por membranas que filtraban la sal como la arena por un cedazo. Un día me dije que podía ser más fácil modificar la estructura molecular de los elementos químicos presentes en el agua de mar a un nivel atómico y subatómico.

—Su método suena a alquimia, doctora Cabral —dijo el alemán de suaves facciones.

—Es una analogía muy apropiada. Aunque la alquimia nunca logró sus objetivos, sentó las bases de la química. Y al igual que los alquimistas también yo intentaba transformar un metal corriente en oro. Solo que, en mi caso, se trataba de oro azul: el agua, más preciosa que cualquier mineral. Pero necesitaba una especie de magia para conseguirlo. —Miró el depósito donde se encontraba el núcleo de anasazium y prosiguió—: En este depósito está el catalizador que hace funcionar el método. El agua salada entra en contacto con una sustancia que la purifica.

—¿Y cuándo veremos una demostración de este milagro? —preguntó lord Grimley.

—Si tienen la bondad de seguirme...

Francesca los condujo hasta la consola y empezó a teclear. De inmediato varias máquinas se pusieron en marcha y empezó a circular agua por las tuberías.

—Lo que oyen es agua salada que entra en el depósito. El proceso solo tarda unos minutos.

Francesca los condujo al otro lado del depósito catalizador. Permaneció en silencio mientras los congregados estaban cada vez más expectantes. Luego miró un panel de instrumentos.

—Por ahí sale el agua purificada —dijo señalando la boca de una tubería—. Notarán un considerable aumento de la temperatura debido al calor que genera el proceso.

—Y si no lo entiendo mal, ese calor puede utilizarse para producir energía —dijo el norteamericano.

—Exacto. En este momento el agua está siendo pasada por las frías aguas del lago, donde el calor se disipa. Con unos ajustes bastante sencillos, estas instalaciones podrían habilitarse para que el calor vuelva a las mismas y las abastezca de energía. Además, habría un excedente de energía que se podría vender.

De nuevo se oyó un murmullo entre los presentes.

Francesca casi podía palpar el halo de codicia que rodeaba aquellos hombres, al pensar en los millones de dólares que iban a ganar, no solo por el monopolio del agua sino por la producción de energía barata.

La doctora fue entonces hasta un serpentín que colgaba de la tubería del agua purificada. En la base del serpentín había un grifo y vasos de plástico.

—Esta es una unidad de refrigeración —les explicó—. ¿Cuál era la calidad del agua producida por el proceso antes de hoy? —añadió dirigiéndose a un técnico.

—Bastante mala, por no decir malísima —repuso él.

Francesca abrió el grifo y llenó un vaso. Lo levantó a la luz como un experto en vinos, bebió un sorbo y luego apuró el vaso.

—Todavía está un poco tibia, pero es muy similar al agua de muchos manantiales que conozco.

Brynhild se acercó a ella, se sirvió un vaso y bebió.

—¡Néctar de los dioses! —exclamó con un tono triunfal.

Los miembros de la junta se acercaron casi a empellones al grifo. Y cada vez que uno de ellos bebía se producía una exclamación de asombro. Al cabo de unos minutos todos hablaban a la vez. Mientras se aglutinaban frente al grifo como si fuese la fuente de la eterna juventud, Brynhild condujo a Francesca a un aparte.

—La felicito, doctora Cabral. Parece que el método ha tenido éxito.

—Hace diez años que sé que tendría éxito.

Pero los pensamientos de Brynhild estaban puestos en el futuro, no en el pasado.

—¿Ha dado instrucciones a mis técnicos para que sepan hacer funcionar el proceso?

—Sí. Solo he tenido que hacer algunos ajustes en el procedimiento. Usted estaba muy cerca de perfeccionar mi método, ¿sabe?

—O sea que con el tiempo hubiésemos conseguido el mismo resultado que usted, ¿no?

—Probablemente no —contestó Francesca—. Su método y el mío eran como las líneas paralelas, que nunca llegan a encontrarse. En fin... ahora que he cumplido mi palabra, le toca a usted cumplir la suya.

—Por supuesto —dijo Brynhild a la vez que se desprendía el móvil del cinturón y le dirigía a Francesa una sonrisa glacial—. Decidles a los hermanos Kradzik que pueden disponer a su antojo de la mujer de la NUMA.

—¿Cómo? —exclamó Francesca sujetándola del brazo—. ¡Usted me prometió...!

Brynhild se zafó con facilidad.

—También le dije que no podía confiar en mí. Ahora que ha hecho la demostración de la eficacia del método su amiga no me sirve de nada. —Volvió a acercarse el móvil al oído y su sonrisa se desvaneció de pronto—. ¿Cómo ha dicho? —tronó—. ¿Cuánto hace?

La gigantesca escandinava estaba sulfurada.

—Ya hablaremos después —le dijo a Francesca antes de enfilar hacia el ascensor con paso militar.

Francesca se quedó estupefacta, pero la ira que durante diez años la había sostenido volvió a aflorar. Si Gamay moría, le sería más fácil hacer lo que había decidido. Apretó los dientes y volvió hacia el laberinto de tuberías.

## 39

Gamay casi se sintió aliviada cuando dos guardias fueron a buscarla. Estaba desesperada por salir de allí. Había llegado a la conclusión de que aquella celda estaba hecha a prueba de fugas y que jamás podría escapar. Lo mejor que se le había ocurrido era llamar a alguien de la NUMA para que acudiese con toda la parafernalia de

James Bond, pero se temía que eso tendría que esperar. Solo podría tener alguna oportunidad si conseguía salir de la celda.

Se le encogió el corazón al ver que los guardias la conducían por un laberinto de pasadizos. De haber escapado, se habría perdido a los pocos metros.

Los guardias se detuvieron frente a una puerta de bronce de casi tres metros de altura, grabada con escenas de la mitología: gigantes, enanos, extraños monstruos, calaveras, caballos alados, árboles retorcidos, ruinas y relámpagos alrededor de un motivo central, un barco vikingo muy antiguo.

Uno de los hombres pulsó un botón de la pared y la puerta se abrió silenciosamente. El otro la empujó al interior apretándole el cañón de su metralleta contra la espalda.

—Esto no ha sido idea nuestra —le dijo a modo de disculpa.

La puerta se cerró y Gamay miró en derredor.

—Magnífico —masculló entre dientes.

Se hallaba en una enorme cámara iluminada por centenares de antorchas apoyadas en receptáculos circulares. En el centro se alzaba un barco, con una sola vela cuadrada, que parecía idéntico al grabado en la puerta. Pero no estaba en un museo sino más bien en una cripta gigantesca. Quizá hubiesen convertido la nave en un mausoleo, como hacían los vikingos. Se acercó a la nave.

Dos pares de ojos inyectados en sangre la observaban.

Era los mismos ojos que la habían observado con avidez a través de una cámara oculta en su celda, mientras ella languidecía en el jergón.

Los gemelos Kradzik habían pasado horas frente a la pantalla. Conocían su cuerpo de memoria, desde sus estilizadas piernas hasta su melena pelirroja. Pero no había nada sexual en su voyeurismo. Eso habría sido demasiado humano. Su interés se limitaba al deseo de hacerla sufrir. Eran como esos perros a los que se enseña a sostener una golosina con el morro hasta que el amo los autoriza a comerla. Ver a Gamay espoleó su sadismo. Les habían prometido poder disponer como quisieran de Gamay y de la otra mujer. Y como de momento Brynhild estaba ocupada en el laboratorio, ordenaron que condujesen a Gamay al gran salón y los guardias obedecieron, aunque a regañadientes. El pequeño ejército que protegía a la Gogstad y que desplazaba parte de sus efectivos a donde hiciese falta, como en Alaska, estaba formado por ex militares: ex legionarios franceses, ex miembros de las Fuerzas Especiales estadounidenses, ex miembros de la infantería de la URSS, paracaidistas británicos, y todo tipo de mercenarios. En sus casernas solían bromear diciendo que haber sido expulsado deshonrosamente del ejército era mérito indispensable para trabajar en la Gogstad, y si se había pasado cierto tiempo en la cárcel, tanto mejor. Mataban a quien fuese en cuanto se les ordenaba. Pero se consideraban profesionales que simplemente hacían un trabajo. Los Kradzik eran diferentes. Todos estaban al corriente de las matanzas que perpetraron en Bosnia, y se rumoreaba que cumplían misiones especiales para la Gogstad. Además, los ex militares conocían los estrechos lazos entre los gemelos y Brynhild. Y cuando les ordenaron llevarles a la prisionera, cumplieron la orden.

Gamay no había llegado aún a la nave cuando oyó ruido de motores que retumbaron entre las altas paredes de piedra. A su izquierda apareció un faro de luz intensa y luego otro a su derecha.

Motocicletas.

Se sintió como una gacela que cruzase imprudentemente una autopista.

Los motoristas aceleraron y se lanzaron hacia ella a toda velocidad.

Gamay reparó en que entre el manillar y el antebrazo sujetaban lanzas. Cargaban hacia ella como una grotesca y aterradora caricatura de caballeros medievales en injusta lid. Estaba indefensa.

Cuando creyó que iban a atravesarla, los Kradzik se desviaron, pero dieron media vuelta y empezaron a zigzaguear a su alrededor, casi rozándola.

Los gemelos conducían sendas Yamaha de 250 cm$^3$, las mismas que utilizaban los centinelas para patrullar por las inmediaciones del recinto. Las lanzas procedían de la colección de armas antiguas que adornaban las paredes.

Los Kradzik no tenía mucha imaginación y siempre actuaban de la misma manera. Tanto si su víctima era una joven adolescente como un anciano, seguían el mismo método: intimidar, aterrorizar, torturar y matar.

Gamay oyó una voz a su izquierda:

—Si corres mucho...

Luego otra a su derecha:

—... a lo mejor no te pillamos.

Reconoció las voces. Aquellos bastardos eran los mismos que irrumpieron en su casa. Comprendió que querían jugar con ella.

—¡Dejaos ver! —les gritó.

Los gemelos se limitaron a hacer roncar sus motores. Estaban acostumbrados a que sus víctimas se aterrorizasen y suplicasen. No sabían cómo reaccionar ante una mujer indefensa que no parecía muy asustada. Pero les picó la curiosidad y se acercaron hasta pocos metros de ella.

—¿Quiénes sois?

—Somos la Muerte —contestaron al unísono.

Los gemelos encabritaron sus monturas y luego

volvieron a zigzaguear y a describir círculos cada vez más ceñidos a Gamay. Querían aturdirla, hacerla girar siguiéndolos con la mirada hasta que se marease y se desplomase como una muñeca de trapo. Pero Gamay evitó entrar en el juego. Se limitó a mirar hacia el frente con los brazos ceñidos a los lados. El humo de los tubos de escape le daba en la cara. Tuvo que hacer acopio de todo su autodominio para no desmoronarse. Aunque sabía que de un momento a otro la ensartarían con sus lanzas.

Al ver que Gamay no tenía intención de correr, se acercaron y con las lanzas le rasgaron la falda. Ella encogió el estómago. Pero se dijo que no iba a servir de nada y optó por echar a caminar. Eso los excitó y volvieron al juego de acercársele mucho, hacer amago de ensartarla con las lanzas y esquivarla en el último momento.

Gamay siguió caminando, ensordecida por el ruido de los motores, pero sin modificar su paso. De todas maneras, se decía, podían matarla fácilmente en cuanto se les antojase.

En una de sus pasadas, uno de los Kradzik se lanzó a gran velocidad hacia ella, que tuvo la sangre fría de detenerse frente a la rueda. La sorpresa hizo que la moto resbalase y que el macabro ballet se descoordinase y, como si una bailarina hubiese trastabillado en el escenario, cundiera la confusión entre los intérpretes, que empezaron a ir de un lado para otro desconcertados. Ella echó a correr y rodeó la proa del barco con la intención de subir a cubierta. Pero no pudo. Porque se encontró con una barrera de escudos que protegían los costados por encima de los receptáculos de los remos. Entonces comprendió por qué los Kradzik le habían permitido acercarse tanto a la nave. Sabían que no podría subir. El único acceso a la cubierta era una rampa situada junto a la popa. Quizá esperaban que lo intentase por allí. Gamay hizo amago de dirigirse hacia la rampa y de inmediato aceleraron para cortarle el paso. Ella asió uno de los escudos, lo descolgó y se protegió recostada contra el casco. Los gemelos cargaron esgrimiendo las lanzas. El pesado escudo, hecho de madera ribeteada de hierro, estaba concebido para un corpulento vikingo, no para una mujer frágil. Por suerte para Gamay, ella era alta y atlética y consiguió pasar el brazo por las abrazaderas de cuero y sostenerlo ante sí.

Justo a tiempo.

Las lanzas se clavaron en el escudo y la fuerza del impacto la hizo golpearse contra el barco, dejándola sin aliento. Pero Gamay tuvo arrestos para tirar de ambas lanzas hasta desclavarlas. A diferencia del escudo, las lanzas era muy ligeras, con finas astas de madera y afiladas puntas de bronce. Con la mano derecha sujetó ambas lanzas y con la izquierda el escudo. Aunque los hubiese privado de aquellas dos armas, los Kradzik tenían un amplio surtido a su disposición. Uno de ellos descolgó de la pared una bola de hierro con púas y se la lanzó con tal fuerza que, al impactar en el escudo, la hizo caer al suelo. Una segunda bola, lanzada por el otro gemelo, astilló el escudo, que sin duda le salvó la vida.

Los Kradzik esgrimieron entonces sendas mazas y, lanzándose a toda velocidad con sus Yamaha, golpearon con saña el escudo, que se desintegró al segundo mazazo.

Gamay comprendió entonces que, pese a su inferioridad, no tenía más remedio que intentar atacar a su vez. Cuando se le acercaron de nuevo se pasó una lanza a la mano izquierda y esgrimió la otra con el brazo derecho. Pero, en lugar de aguardar la embestida para intentar ensartar al agresor, se la lanzó al que se abalanzaba hacia ella por la izquierda. El lanzamiento fue demasiado bajo y, en lugar de ensartar al atacante, se introdujo en la rueda delantera de la Yamaha. El asta se partió, pero la motocicleta dio tal brinco que el gemelo salió despedido por encima del manillar y cayó de cabeza al suelo. Su hermano detuvo la motocicleta y bajó. Pero ya antes de llegar junto al cuerpo vio que su hermano estaba muerto.

Empezó a aullar como un lobo y Gamay se estremeció. Corrió hacia la popa del barco, confiando en que si lograba subir a la cubierta encontraría otra arma. Pero vio aterrada cómo él cogía una enorme hacha que colgaba de la pared y se abalanzaba hacia ella. Gamay corrió hacia la popa y él la embistió con la rueda delantera y la derribó.

Gamay sintió un intenso dolor en todo el cuerpo.

—Has matado a mi hermano —dijo él, jadeante—. Yo te mataré a ti lentamente.

Con su negra indumentaria, Kradzik parecía un verdugo. Le aplastó un tobillo con una de sus recias botas y la hizo gritar de dolor. Pero su propio grito fue aun más espeluznante cuando, al ir a descargar el hachazo, una flecha le atravesó el cuello.

Kradzik se desplomó sin vida.

Gamay oyó rápidas zancadas que se acercaban, notó que la sujetaban por detrás y al girar la cabeza vio que Zavala le sonreía. Luego vio a Austin, armado con una ballesta.

—¿Está bien? —le preguntó Kurt.

—Bueno... creo que con un poco de cirugía estética quedaré pasable —contestó—. No me tomen por desagradecida, pero ¿por qué jugar a Guillermo Tell teniendo eso? —añadió al ver que Zavala llevaba una metralleta.

—Este juguetito que le hemos arrebatado a un guardia va muy bien para hacer un buen barrido, pero no para un tiro de precisión. Si Kurt hubiese fallado, sin embargo, me habría dado tiempo de ametrallar a ese miserable.

Gamay los besó a ambos en la mejilla.

Austin se acercó al otro cadáver y miró a Gamay con admiración.

—De todas maneras... ¡caray! Es usted una mujer peligrosa, ¿sabe?

—No lo crea. Estaba a punto de desmoronarme. Por cierto, ¿se puede saber dónde estamos?

—En el lago Tahoe.

—¿El lago Tahoe? ¿Y cómo han dado conmigo?

—Ya se lo explicaremos cuando recojamos a Francesca. ¿Puede caminar? —preguntó Kurt al ver el tobillo de Gamay.

—Saldré de aquí aunque sea reptando —dijo ella—. Les sientan muy bien esos modelitos —añadió mirando sus uniformes blancos, a la vez que los seguía, cojeando, flanqueada por sus salvadores.

De pronto se abrió la puerta y entró Brynhild. Iba sola, pero su imponente físico era amedrentador. Apenas se detuvo a mirar a los cadáveres de los Kradzik. Fue directamente hacia los intrusos que estaban junto a Gamay y se plantó frente a ellos con los brazos en jarras.

—Supongo que han sido ustedes quienes han hecho esta chapuza —les espetó.

Austin se encogió de hombros.

—Perdone. Sentimos no haberlo hecho mejor.

—Eran un par de subnormales. Si no los hubiesen matado ustedes, lo habría hecho yo. Han desobedecido mis órdenes y han violado este sagrado lugar.

—Ya sabe lo difícil que es hoy en día encontrar mano de obra especializada.

—No lo crea. Sobra gente a la que le encanta matar. ¿Cómo han entrado aquí?

—Pues por la puerta. ¿Qué es este lugar?

—Es el corazón y el alma de mi imperio.

—O sea que usted es la escurridiza Brynhild Sigurd —dijo Austin.

—Exacto, y sé quiénes son ustedes: los señores Austin y Zavala. Los hemos vigilado estrechamente desde su visita a nuestras instalaciones en México.

—Pero esto es mucho más bonito. ¿Quién es su decorador? —bromeó Austin.

—Pueden burlarse cuanto quieran. Este barco simboliza el pasado, el presente y el glorioso futuro.

—Sí. Estoy de acuerdo con usted en cuanto al barco. Porque su quietud simboliza perfectamente el presente y el futuro. No va a ir a ninguna parte. Y su imperio tampoco.

—Ustedes los de la NUMA empiezan a hartarme.

—Me hago cargo. Somos muy pesados. De modo que, si nos disculpa, tenemos cosas que hacer.

Por la fuerza de la costumbre cuando estaba frente a una mujer, Zavala le sonrió a Brynhild. Ella le correspondió agarrándolo por la chaqueta, zarandeándolo como un muñeco y derribándolo sin esfuerzo.

—Esos no son modales propios de una señora —se quejó Zavala desde el suelo. Pero nada más incorporarse, recibió un revés de la gigantesca mujer que volvió a dar con él en el suelo.

Austin comprendió que la monstruosa Brynhild era perfectamente capaz de matar a Zavala con sus propias manos e intentó defenderlo. En cuanto se acercó, Bruynhild le lanzó un patadón al tórax que le hizo crujir las costillas y lo tumbó.

Al ver a su compañero inerte, Joe se olvidó de que lo que tenía delante era una mujer y se enzarzó con ella en una feroz pelea. Brynhild le sacaba casi dos palmos de estatura y pesaba unos veinte kilos más. La única ventaja de Zavala (aunque no podía estar seguro de que así fuese) era su habilidad en el manejo de los puños, adquirida en los tiempos en que se pagaba los estudios en la Academia Naval luchando como peso medio profesional.

Sin embargo, a los primeros intercambios de golpes, Zavala comprendió que aquello no era una mujer sino un verdadero ciclón. No solo respondía a sus ganchos y directos con golpes más potentes aun, sino con patadas certeras que de un momento a otro acabarían con él.

Zavala estaba grogui. Con la vista nublada vio que Brynhild iba a lanzarle un directo a la mandíbula que podría arrancarle la cabeza de cuajo. Pero, inesperadamente, Brynhild bajó la guardia y se desplomó hecha un ovillo.

Tambaleante, Joe vio a Gamay detrás de Brynhild, sujetando un escudo vikingo con ambas manos.

—Es que le tenía ganas a esta zorra —dijo Gamay sonriente.

Austin se incorporó con expresión de dolor, llevándose la mano al costado derecho.

—Creo que me ha roto todas las costillas —dijo.

—Hemos de salir de aquí enseguida —los apremió Zavala.

—Un momento —dijo Austin señalando el barco—. Se me ocurre una maniobra de diversión. Nos la merecemos, ¿verdad?

Fue renqueante hacia la pared, descolgó dos antorchas y las lanzó a la cubierta del barco. La vela prendió enseguida y las llamas se propagaron a la seca madera de las bordas. Una densa humareda se elevó hacia el techo y empezaron a brotar llamas.

—No quedarán ni las cenizas —dijo Austin enfilando hacia la puerta.

Se situaron a un lado mientras el humo, cada vez más denso, llenaba el gran salón.

Al cabo de un par de minutos se abrió la puerta e irrumpió un grupo de hombres armados que fueron directamente hacia el barco en llamas, sin llegar a ver a las tres sombras que se escabullían hacia el exterior ocultas por el humo.

## 40

En el interior de la abovedada planta submarina Francesca estaba enfrascada en una actividad febril. Solo le faltaba una pieza para completar su plan. No se atrevía a ponerlo en práctica hasta asegurarse de que los demás estaban a salvo, sobre todo después de la precipitada salida de Brynhild.

Miró en derredor. Los técnicos estaban muy ocupados atendiendo con talante obsequioso a los miembros de la junta, que se arremolinaban junto al depósito y brindaban con agua como si fuese champán. Pero la fiesta no podía prolongarse indefinidamente. Y Francesca temía que alguien reparase en su frenético tecleo en la consola del ordenador central.

El murmullo de las conversaciones se interrumpió de pronto y Francesca vio que tres personas salían del ascensor del personal. Se quedó sin aliento al ver a sus tres amigos, aunque estaban casi irreconocibles. Gamay cojeaba y su preciosa melena pelirroja parecía un estropajo; tenía los brazos y las piernas llenos de cardenales. Los uniformes blancos de Austin y Zavala estaban manchados de sangre y hollín. Y Joe tenía el rostro tumefacto.

Se abrieron paso entre los congregados en la planta y fueron hacia ella. Austin le sonrió.

—Perdone que hayamos tardado tanto. Es que nos hemos topado con algunos obstáculos.

—Gracias a Dios están aquí —dijo Francesca.

Austin le rodeó los hombros con el brazo.

—Pero no pensamos quedarnos. Tenemos un taxi aguardando abajo. ¿Quiere que la llevemos?

—Antes he de terminar una cosa —contestó Francesca.

Fue hasta el panel de control e introdujo una serie de códigos. Observó unos momentos los datos y asintió con la cabeza, satisfecha.

—Ya está —dijo—. Podemos marcharnos.

Metralleta en mano, Zavala no les había quitado ojo a los congregados, por si a alguno le apetecía hacerse el héroe. Austin miraba a los miembros de la junta con curiosidad. Ellos le devolvían la mirada con expresión de odio. El inglés llamado Grimley dio un paso al frente y se acercó a Austin.

—Exigimos que nos digan quiénes son y qué hacen aquí —le espetó.

Austin se rió sin ganas, le plantó la mano en el pecho y lo empujó hacia el grupo.

—¿Quién es este payaso? —preguntó Francesca.

—Él y sus compinches simbolizan toda la basura de este mundo.

Como filósofo aficionado, Austin siempre había sentido curiosidad por los conceptos del bien y el mal, pero las discusiones metafísicas tendrían que esperar. Ignoró al inglés, tomó del brazo a Francesca y la condujo hacia la salida, desde donde pasarían a la cámara de despresurización y de allí al submarino.

Gamay fue tras ellos seguida de Zavala, que cubría la retirada.

Cuando apenas habían dado unos pasos se abrió la puerta del montacargas y una veintena de hombres armados irrumpió en el laboratorio. Los rodearon y desarmaron a Zavala.

Brynhild salió del ascensor y sus hombres se apartaron para darle paso. Estaba pálida, pero el fulgor de su mirada era estremecedor. Temblando de pura rabia, señaló a los miembros de la NUMA como si fuese a devorarlos.

—¡Mátenlos! —ordenó a sus hombres.

Los miembros de la junta sonrieron complacidos ante el inesperado giro de los acontecimientos, y se quedaron mirando, impacientes por ver cómo morían aquellos tres. Pero cuando los hombres de Brynhild se disponían a cumplir la orden, Francesca dio un paso al frente por delante de sus amigos.

—¡Deténganse! —gritó con el tono imperioso que utilizaba con sus súbditos de la jungla.

—¡Quítese de en medio o la matarán a usted también! —le gritó Brynhild.

—Lo dudo.

—Pero ¿quién se ha creído que es usted para desafiarme? —le espetó Brynhild.

A modo de respuesta, Francesca se acercó a la consola. Los monitores parpadeaban con tantas luces de colores que parecían una atracción de feria. Era tan evidente que la doctora había preparado algo terrible que Brynhild se abalanzó sobre ella como una pantera enfurecida.

—¿Qué ha hecho?

—Véalo usted misma —se limitó a contestar Francesca apartándose a un lado.

—¿Qué significa esto? —exclamó Brynhild mirando la pantalla.

—Pues que los chips se han puesto nerviosos y han decidido provocar una reacción en cadena.

—¿Qué quiere decir? Explíquese o la...

—¿O me mata? Adelante. Soy la única que puede detener la de-to-na-ción... ¿Entendido? —replicó Francesca desafiante, aunque sonriéndole—. Hay algo que usted no sabía ni sabe sobre el anasazium. Por sí solo es tan inocuo como el hierro. Pero sus átomos se vuelven sumamente inestables bajo determinadas condiciones.

—¿Qué condiciones?

—Pues... exactamente las que he programado hace unos momentos. Y a menos que yo lo desprograme, todo esto saltará por los aires.

—Trata de asustarme.

—¿De veras? Véalo usted misma. La temperatura

del interior del depósito que indica la gráfica, empieza a salirse de la escala. ¿Aún no está convencida? Pues recuerde la misteriosa explosión que se produjo en sus instalaciones de México. En cuanto me contó lo ocurrido comprendí la causa. Bastaron solo unos kilos de la sustancia para destruir sus instalaciones. De modo que imagine lo que ocurrirá cuando sean unos centenares de kilos los que exploten.

Brynhild miró a los técnicos y les gritó que alguien detuviese la reacción.

—Es imposible, señora. Desconocemos qué hay que programar para desactivarlo. Cualquier cosa que hiciésemos podría precipitar la explosión.

Brynhild le arrebató la metralleta al guardia que tenía más cerca y encañonó a Gamay.

—O detiene usted esto, Francesca, o acribillo a sus amigos.

—Me parece que es usted quien trata de asustarme —replicó Francesca—. Aunque siempre ha tenido la intención de matarnos. Así, por lo menos, morirá usted también, y todos esos canallas.

Brynhild se quedó lívida y bajó el arma.

—Dígame qué quiere.

—¿Que qué quiero? Usted debe de estar loca, ¿verdad? Quiero que mis amigos salgan de aquí sanos y salvos.

Brynhild tenía suficientes conocimientos técnicos para saber que la doctora era perfectamente capaz de programar una explosión que destruyese la planta y los matase a todos. Y como Francesca era la única que podía desactivar la reacción, Brynhild decidió dejar marchar a los tres miembros de la NUMA.

En cuanto Francesca desactivase la reacción, ordenaría a sus hombres que los rodeasen y los matasen. Luego ella se encargaría personalmente de Francesca.

—De acuerdo —dijo devolviéndole la metralleta al hombre que tenía al lado—. Pero usted se queda aquí.

Francesca suspiró aliviada y miró a Austin.

—¿Me ha dicho que han llegado por mar?

—Sí, ya le he dicho que tenemos un taxi abajo —dijo Austin, cauteloso, para no dar detalles.

—Me temo que no podrán tomar ese taxi. La temperatura es ya demasiado elevada donde supongo que está... aparcado.

—Pues entonces trataremos de subir hasta el muelle en el ascensor.

—Es lo mejor que pueden hacer.

—Pero no podemos dejarla a usted aquí.

—No me matarán, porque me necesitan. Además, cuento con que la NUMA me rescate —dijo mirando a Brynhild con altivez—. Los acompañaré hasta el ascensor.

—Nada de tretas —le espetó Brynhild, e indicó a dos de sus hombres que los escoltasen.

Francesca pulsó el botón que abría la puerta del ascensor en forma de huevo.

—Están heridos. Los ayudaré a subir. —Cuando estuvieron todos sentados les susurró—: ¿Lleva alguien una pistola?

Llevaban una. Austin se la había quitado a uno de los hermanos Kradzik.

—Sí —dijo Austin—. Pero sería un suicidio intentar abrirse paso con solo un arma.

—No pienso hacer tal cosa. La pistola... por favor.

Austin se la tendió a regañadientes. Francesca sacó un sobre que llevaba bajo el uniforme y se lo dio.

—Aquí está todo. Protéjalo como si de su propia vida se tratase.

—¿Qué es?

—Ya lo verá cuando vuelva a la civilización —contestó ella besándolo con ternura en la mejilla—. Siento que tengamos que posponer nuestra cita. —Miró a los demás y añadió—: Adiós, amigos míos. Gracias por todo.

Su tono de su voz bastaba para comprender que era una despedida para siempre.

—¡Suba! —le gritó Austin a la vez que la agarraba de un brazo y la atraía hacia sí.

Pero Francesca se zafó y dio un paso atrás.

—Disponen de cinco minutos. Aprovéchenlos.

Luego pulsó el botón de subida.

La puerta se cerró y el ascensor ascendió a gran velocidad.

Mientras los dos hombres de la escolta seguían el ascensor con la mirada, Francesca empuñó la pistola y disparó a los controles del ascensor. Luego hizo lo mismo con los del montacargas y tiró la pistola al suelo.

Brynhild corrió a ver qué había sucedido, seguida de varios de sus hombres, al mismo tiempo que una sirena aullaba por el sistema de megafonía.

—¿Qué ha hecho? —le gritó Brynhild.

—¡Es la alarma! —le gritó Francesca—. La reacción ha empezado la cuenta atrás. Ya nada puede detenerla.

—Pero me dijo que la detendría si dejaba libres a sus amigos...

Francesca se echó a reír.

—Le mentí. Usted misma me dijo que no se podía confiar en nadie.

Los técnicos fueron los primeros en percatarse del peligro y, aprovechando la confusión, se escabulleron hasta una escalera de emergencia que comunicaba con un conducto hermético por el que se podía llegar hasta la superficie. Los miembros de la junta los vieron huir y optaron por seguirlos. La disciplina de los hombres de Brynhild se disipó como por ensalmo y cundió el pánico. Apartaron de su camino a los miembros de la junta a culatazos y abatieron a los que se resistían. Los cadáveres empezaron a amontonarse frente a la entrada de la escalera de emergencia. Los hombres de Brynhild pasaron por encima de los cuerpos, pero no cabían todos en el estrecho conducto. Nadie cedía y otros empujaban por detrás. Al cabo de unos segundos la única vía de escape estaba bloqueada por decenas de muertos.

Brynhild no podía creer que en cuestión de minutos todo su mundo se viniese abajo. Concentró toda su ira en Francesca, que no hizo el menor intento de huir. Brynhild se agachó para recoger la pistola de Austin y la apuntó.

—¡Voy a matarla!

—Ya lo hizo hace diez años, cuando su disparatado plan me condenó a la selva.

Brynhild apretó tres veces el gatillo. Le temblaba tanto la mano de pura rabia que los dos primeros disparos fallaron, pero el tercero se alojó en el pecho de Francesca, que resbaló poco a poco y quedó sentada con la espalda contra la pared. Vio una nube negra que se cernía sobre ella, sonrió beatíficamente y expiró.

Brynhild dejó la pistola y fue hasta la consola. Miró la pantalla con expresión de impotencia. Alzó los puños y rugió como una fiera. Pero la sirena aullaba con más fuerza.

De pronto, los torturados átomos y moléculas atrapados en el núcleo de anasazium se liberaron, desencadenando una tremenda reacción que fundió el depósito y produjo llamaradas de tal intensidad que el cuerpo de Brynhild quedó reducido a cenizas antes de que la definitiva explosión convirtiese el laboratorio en un infierno.

Humo sobrecalentado ascendió por los huecos del

ascensor, del montacargas y a lo largo del túnel del vehículo monorraíl; se filtró por todo el complejo y llenó los pasadizos. Y al humo siguieron llamas que arrasaron todo el Valhalla. Y la nave vikinga, que fue para Brynhild el símbolo de una ambición insaciable, despareció del todo en una tormenta de fuego.

41

La *Boston Wahler* cruzó el lago con la proa levantada. Austin forzaba al máximo los dos motores fueraborda Evinrude de 150 cv. Su rostro parecía una máscara de bronce. Estaba furioso y desolado.

Había intentado volver al laboratorio, pero el ascensor estaba bloqueado y también el montacargas. Y cuando trató de bajar por una escalera Gamay lo sujetó del brazo.

—Es inútil —le dijo ella—. No hay tiempo.

—Hazle caso —convino Zavala—. Tenemos menos de cuatro minutos.

Austin era consciente de que tenían razón. Si intentaba un rescate sin esperanza moriría él y pondría en peligro la vida de sus amigos. Salieron del cobertizo y pasaron al muelle. El guardia estaba sentado al sol, adormilado. Se levantó y trató de empuñar su arma, pero Austin no estaba de humor para andarse con contemplaciones. Se abalanzó sobre el aterrorizado hombre y lo lanzó al agua.

Subieron a la embarcación. La llave estaba en el contacto y los depósitos de combustible llenos. Los motores se pusieron en marcha de inmediato. Arrancaron y Austin puso rumbo a la zona del lago que quedaba en territorio de Nevada. Oyó gritar a Zavala y miró hacia atrás. Joe y Gamay miraban hacia el muelle, donde el agua burbujeaba como una olla hirviendo.

Se oyó un temblor y un géiser rojo brotó hasta más de cien metros de altura. Se llevaron las manos a la cara en un movimiento instintivo, temerosos de que aquella lluvia abrasadora los alcanzase. Cuando se atrevieron a mirar de nuevo el muelle había desaparecido por completo.

Se formó una ola de casi tres metros que enfiló hacia ellos.

—Teóricamente estas embarcaciones son insumergibles —dijo Zavala, que no las tenía todas consigo.

—También aseguraban eso del *Titanic* —le recordó Gamay.

Austin hizo virar la embarcación para que la proa encarase la ola. Se sujetaron, temerosos de que los arrollase, pero la ola solo los hizo elevarse y pasó de largo. Austin recordó que incluso una *tsunami* no es muy temible hasta que rompe en la orilla. Confiaba en que la ola perdiera impulso antes de romper en la costa de Nevada.

También en tierra se notaban los efectos de la explosión. Una humareda se elevaba del bosque donde Austin había visto los torreones del recinto desde el parapente. La humareda era cada vez más oscura y densa. Austin redujo la velocidad y los tres se quedaron mirando las lenguas de fuego, amarillas y rojas, que parecían encaramarse por la columna de humo como si huyeran de sí mismas.

—*Götterdämmerung* —musitó Kurt.

—¿El crepúsculo de los dioses? —preguntó Gamay.

—Más bien el crepúsculo de una diosa.

Los tres guardaron silencio. Solo se oía el ruido de los motores y el siseo de la proa al surcar el agua. Luego oyeron lo que pareció el ulular de un búho y al ladear la cabeza vieron un vapor de aspas de color rojo, blanco y azul que se dirigía hacia ellos.

El *Tahoe Queen* hizo sonar de nuevo la sirena. El larguirucho Paul les hacía señas desde la cubierta superior. Austin correspondió agitando la mano y a continuación aceleró y dirigió la *Boston Wahler* hacia el viejo vapor.

# EPÍLOGO

*En el desierto libio, seis meses después*

El más anciano del poblado era delgado como un alambre, y en su curtido rostro ya no cabía una arruga más, después de tantos años soportando el sol abrasador del desierto. La mala nutrición había reducido las piezas de su dentadura a solo dos, una en cada mandíbula. Pero la falta de dientes no le impedía sonreír con orgullo.

Estaba en el centro del oasis delimitado por chozas de barro y escuálidas palmeras.

El anciano tenía el mismo talante que el alcalde de una gran urbe que se dispusiese a cortar la cinta de rigor para inaugurar unas obras públicas.

El pueblo estaba situado en un remoto lugar al oeste de las pirámides de Giza, una de las regiones más inhóspitas del mundo. Entre Egipto y Libia se extienden miles de kilómetros cuadrados de arena abrasadora en los que solo se ven desperdigados restos de *panzers* que quedaron allí al término de la Segunda Guerra Mundial.

Unos enclaves espaciados se aferraban precariamente a la vida en oasis igualmente precarios. Porque a veces, los oasis se secan y cuando esto ocurre se pierden las cosechas y las hambrunas asolan los poblados. El ciclo entre épocas de subsistencia y de hambre se repetía desde hacía siglos.

Pero las cosas estaban a punto de cambiar.

A modo de reconocimiento de los beneficios que iban a recibir, el poblado estaba adornado con banderines. Todos los camellos llevaban en sus jorobas telas trenzadas y adornadas. Una gran carpa a franjas azules y blancas, los colores de la bandera de Estados Unidos, se había levantado en la plaza, que apenas era más que un ensanchamiento polvoriento en el centro del enclave. Junto al poblado se alineaban varios helicópteros.

Diplomáticos de las Naciones Unidas y de varios países de África y Oriente Próximo se habían congregado a la sombra de la carpa.

El más anciano del poblado estaba junto a una estructura que era bastante improbable encontrar en pleno desierto. Era una fuente circular de mármol, en cuyo interior había otra más pequeña, rodeada por una escultura que representaba a una mujer alada. La fuente estaba construida de tal manera que el agua fluía de las palmas de la mujer vueltas hacia arriba.

El anciano estaba preparado. Con gesto ceremonioso, se quitó el colgante del que pendía un vasito, lo llenó de agua y bebió un sorbo. Su desdentada sonrisa se hizo aun más amplia y, con la voz quebrada y vacilante, exclamó en árabe: *Elhamdelillah lilmayya!*

Se le unieron otros hombres del poblado, que fueron bebiendo por turno del vaso, como si fuese el vaso y no la fuente el mágico manantial.

Las mujeres, que habían estado aguardando, corrieron a llenar sus tinajas de barro. Los niños que se arremolinaban alrededor de la fuente interpretaron el alboroto de sus madres como una señal para refrescarse. Y, en un santiamén, la fuente se llenó de niños que empezaron a jugar desnudos a chapotear y salpicarse.

Los diplomáticos y funcionarios de los distintos gobiernos se congregaron alrededor de la fuente.

A la sombra de una palmera estaban varios miembros del Grupo de Operaciones Especiales de la NUMA y el capitán del *Sea Robin*.

—¿Entiende alguno de vosotros lo que dice el anciano? —preguntó Zavala.

—Mis conocimientos de árabe son muy limitados —contestó Gamay—, pero creo que le da las gracias a Alá por el agua, por el maravilloso regalo de la vida.

Paul rodeó los hombros de su esposa con su brazo bueno.

—Qué pena que Francesca no esté aquí para verse inmortalizada en mármol. Me recuerda a sus tiempos de diosa blanca.

—Por lo poco que la conocía, me parece que no le hubiese dado ninguna importancia —dijo Austin—. Probablemente se hubiese limitado a revisar el depósito y la infraestructura de riego, y asegurarse de que las tuberías que parten de la planta desalinizadora no tenían fugas. Y luego se hubiese marchado a dirigir la instalación de otra planta desalinizadora.

—Tienes razón —dijo Paul—. En cuanto los demás países comprueben lo bien que funciona la planta piloto del Mediterráneo, todos querrán instalarlas. Bahrein y Arabia Saudí ya han anunciado que están dispuestos a aportar financiación. Pero las Naciones Unidas han prometido acceder a la petición que Francesca unió a los planos que os confió, y se volcarán en la construcción de estas plantas en los países subsaharianos.

—Tengo entendido que los estados del sudoeste de EE.UU. y México están tomando la iniciativa para construir plantas en la costa de California —dijo Austin—. Y eso remediaría la falta de agua en la cuenca del Colorado.

—Creo que a Francesca le gustaría mucho ver que

quienes antes se enfrentaban por el agua ahora colaboran para llevarla a aquellos lugares asolados por las sequías —dijo Gamay—. Se ha creado un nuevo clima de colaboración. Puede que aún podamos albergar esperanzas sobre nuestra especie.

—Soy optimista —dijo Austin—. Las Naciones Unidas han prometido acelerar su lento paso burocrático. Han realizado una gran labor instalando una refinería en los nuevos yacimientos de anasazium en Canadá. El método de Francesca es asombrosamente sencillo. A juzgar por la rapidez y bajo coste de esta planta, cualquier país podrá disponer de agua potable barata.

—Toda una ironía, ¿verdad? —dijo Gamay—. El anasazium surgió en Los Álamos, donde trabajaban en la fabricación de armas de destrucción masiva.

—Y a punto ha estado de quedar solo en eso, si la Gogstad llega a salirse con la suya —dijo Austin.

A pesar de que hacía mucho calor, Gamay se estremeció al pensarlo.

—A veces imagino que aquella mujer gigantesca, sus monstruosos secuaces y su horrible guarida no han sido más que una pesadilla.

—Por desgracia eran muy reales, y no fue precisamente del paraíso de donde logramos escapar.

—Solo confío en que la Gogstad no rebrote.

—No lo creo —dijo Austin—. Se han quedado sin liderazgo, sin los conocimientos científicos de Sigurd y sin los poderosos canallas que la apoyaban. Además, todos los países han visto lo cerca que han estado de perder el bien más precioso, y reclamarán siempre su soberanía sobre el agua.

Jim Contos había estado escuchando la conversación con interés.

—Gracias por haberme invitado —dijo—. Por lo menos sé que he perdido dos submarinos por una buena causa.

—Me alegro de que lo comentes. ¿Qué tienes que decir tú, Joe?

Zavala sonrió, sacó una hoja del bolsillo de su camisa y la desdobló.

—Bueno... Esto es solo un esbozo preliminar —dijo—. Pero te dará una idea de lo que nos traemos entre manos.

Contos puso cara de asombro.

—¡Es precioso! —exclamó.

Zavala hizo una mueca de escepticismo.

—Yo no diría tanto. Es un poco deforme. Pero puede sumergirse a mayor profundidad y más rápido (aparte de que puede llevar más instrumentos y realizar más funciones) que cualquier submarino existente. Pero requerirá muchas pruebas.

—¿Cuándo empezamos? —preguntó Contos.

—Los trabajos preliminares ya están en marcha. Tengo una reunión en el Instituto Smithsoniano. Proyectan un monumento a los pilotos fallecidos durante las pruebas del ala delta, y me han pedido que dé unas charlas para difundir la campaña. Pero luego estaré libre para ayudar en las pruebas.

—Bueno... ¿se puede saber a qué esperamos aquí? —preguntó Gamay.

—Buena pregunta —dijo Austin—. El método de Francesca convertirá este arenal en un vergel, pero no es el lugar más adecuado para gentes de mar como nosotros —añadió enfilando hacia el helicóptero azul turquesa que llevaba la sigla NUMA pintada en el fuselaje en letras negras.

—¡Eh, Kurt! ¿Adónde vamos? —preguntó Zavala.

—¿Adónde crees tú que podemos ir? —dijo Austin sonriéndole—. ¿No somos gentes de mar? ¡Pues a darnos un chapuzón!